谭德晶 著

《红楼梦》后四十回
真伪辨析

百花洲文艺出版社
BAIHUAZHOU LITERATURE AND ART PRESS

图书在版编目（CIP）数据

《红楼梦》后四十回真伪辨析 / 谭德晶著 . -- 南昌：
百花洲文艺出版社 ,2023.7
ISBN 978-7-5500-3470-9

Ⅰ . ① 红…… Ⅱ . ① 谭…… Ⅲ . ① 《红楼梦》研究
Ⅳ . ① I207.411

中国版本图书馆 CIP 数据核字 (2019) 第 252006 号

《红楼梦》后四十回真伪辨析　　谭德晶　著

出 版 人　章华荣
责任编辑　杨　旭
装帧设计　文人雅士
出 版 者　百花洲文艺出版社
地　　址　南昌市红谷滩新区世贸路 898 号博能中心一期 A 座 20 楼
电　　话　0791-86895108（发行热线）0791-86894717（编辑热线）
邮　　编　330038
经　　销　全国新华书店
印　　刷　廊坊市海涛印刷有限公司
开　　本　880 毫米 ×1230 毫米　1/32
印　　张　13.25
版　　次　2020 年 1 月第 1 版　2023 年 7 月第 2 次印刷
字　　数　287 千字
书　　号　978-7-5500-3470-9
定　　价　62.00 元

赣版权登字　　05-2019-315

网址：http://www.bhzwy.com
图书若有印装错误，影响阅读，可向承印厂联系调换

目　录

序

　　本书名为《〈红楼梦〉后四十回真伪辨析》，其实就是要针对那已极深的"高续说"的成见做一篇翻案文章，为谁翻案，当然是为曹雪芹，那被我、也被无数的研究者和读者惊为天人的曹雪芹翻案。当然，在某种意义上也是为高鹗和程伟元翻案，他们两人，自己本来从未说过后四十回为他们所续，却几乎莫名其妙地背上了这个荣誉或者"黑锅"。

　　虽然是做"翻案"文章，但其实这却并不是笔者的独见，更不是时下常常被人谓之的"炒作"。早在民国时代，就有人对"高续说"提出了质疑，在笔者所查阅过的《"红楼梦"研究稀见资料汇编》中，就有王希廉、袁圣时、华皎、宋孔显等人从不同的角度对之提出过质疑。在20世纪60年代，更有林语堂先生的《平心论高鹗》一书，从版本、人物刻画、思想、伏线等角度证明或推测后四十回仍为曹雪芹的原笔。另外很有说服力（对质疑高续说）的是俞平伯先生前后态度的转变，俞平伯先生早年本来是力主高续说的一员战将，其于20世纪50年代出版的《"红楼梦"研究》一书就是主高续说的代表作。但是到了六十年代，俞平伯先生却对自己早年所持的高续说产生了动摇，而偏向于接受《红楼梦》后四十回仍为曹雪芹原笔的观点。即使是首开高续说之端的胡适先生，其实在后来对高续说也不是没有疑虑的，他在《考证"红楼梦"的新材料》一文中说："如果甲戌以前雪芹已成八十回书，那么，从甲戌到壬午这九年之中，雪芹做的什么书？难道他没有继续此书吗？如果他续作的书是八十回以后的书，那些文稿又在何处呢？"其言辞间就对高续说显出了疑虑。在新中国成立后的大陆红学中，虽然高续说似乎已成为一种定论，但实际上，对高续说的质疑声却也一直不绝于耳，尤其是在改革开放后的几十年，有不少学者从不同的角度研究了后四十回的真伪问题，对高续说提出了严重的质疑。其中杜春耕、林冠夫、赵冈、陈钟毅、陈丙藻、马瑞芳、熊立扬、夏和、曹立波等人的研究，或从版本学、或从所谓"错误继承"、或从史料的钩稽方面进行了比较充分有力的论证。这些研究都各从某一方面证明，红楼梦后四十回极有可能就是曹雪芹的原作，高鹗只是对曹雪芹的已经损坏的旧稿，进行了一些编辑和整理工作，而此亦与程伟元和高鹗两人的序和引言（程甲本、程乙本的序和引言）所述相一致。

本书的研究，就是在前述诸时期诸人的启发和研究的基础上，对后四十回的真伪问题进行了更全面也更深入地研究。我们的研究一共分为十三章，这十三章可以把它分为四大部分，第一大部分是第一、第二章，从《红楼梦》文本本身的相互照应（前八十回与后四十回之间），即笔者所谓"文本自证"的角度进行论证。第三章至第九章是第二大部分，此一部分从分量上来说，是本书的主体，也是本书中自认为最有创见和发现的所在。笔者对所有脂批重新进行了一番比较彻底全面的筛查研究，纠正了以往对脂批的偏颇利用，从作为第一手材料的"脂批"中，发现了相当多的能够证明前八十回与后四十回为曹公一人所著的证据。对这部分文字，笔者统冠之以"脂批钩沉"的章目名称（另列序号）。第三部分是第十至第十二章，在这三章中我们再一次探究了红学研究的几大"谜"。这些所谓的"谜"，其实只是从高续说的角度难以解释的"谜"，如果从曹雪芹原创的角度重新审视，这些所谓的"谜"就会迎刃而解。第四部分，就是名之为"三粒老鼠屎"的最后一章。在最后一章中，我们从对作家的风格、个性、语言使用、文采、人物刻画等等方面的分析中，得出了第81回、82回、83回中相当的一部分，为高鹗所补的结论（不是曹公未写，而是程伟元搜集到的后四十回原稿中的前面三回丢失破损严重，此亦与程、高二人的引言和序所述一致）。

本书的论证具有这样一个特点：就是它虽然以考证为基础，但是它并非纯粹的硬考据。我们的方法，就是把硬考据与软证明有机地结合起来，具体地说，就是我们对考据中必须涉及的原文部分，既进行硬证明，同时也会对其所涉部分的思想、主题、人物刻画、叙事艺术、艺术技巧，乃至语言特点等进行分析。当然，这些"顺带"分析，不是游离于本书主旨的赏析，而是为了在硬的证明之外，对后四十回的真伪问题同时进行一种软性的然而亦可说是基因性的证明。毕竟，艺术风格、语言风格、才气等，是根本不能伪造的，正如曹丕所言，"文以气为主，……虽在父兄，不能以移子弟。"这种硬证明与软证明的结合、或者说是逻辑推理与文学感悟的结合，构成了本书的最大特点。

伟大的曹雪芹，完成了120回的《红楼梦》，但是200余年来，却因故而蒙受了这种"不白之冤"，这是很不应该出现的现象，因此我，作为一个红学的老的新手，决心不揣浅陋，为之一洗其百年之屈。

孟子曰："吾岂好辩哉？吾不得已也！"

是为序。

绪　论

一

　　胡适先生的"大胆假设，小心求证"，被他自己和学界认为是进行学术研究的八字真言，也是他对杜威实验主义哲学内涵的一个最简练的概括，同时也是他自己多年进行学术研究的一个经验总结。"小心求证"我们很容易理解，就是找寻尽可能多的证据进行合乎逻辑的证明。但什么是"大胆假设"呢？或者说怎样来"大胆假设"呢？胡适先生却未能给予清晰的解释和说明。当然，他自己的学术研究例证和他的另一些论述或许可以用来进行这方面的补充，譬如他说：待人要在有疑处不疑，学问要在无疑处有疑。怀疑，可以被认为是"大胆假设"的一个重要来源，譬如他对红楼梦的作者及其身世的考证，对孔子身世经历的考证以及对孔子思想来源的研究，恐怕就是从对一些既有的成见的"怀疑"开始。但是，如果我们打破砂锅问到底，问，这种怀疑又是怎么来的呢？我们恐怕很难再继续回答这样的深问。我以为，如果我们要回答这样不断深究的提问，我们就必须引入"直觉"的概念，所谓直觉，就是我们在面对现象时对于事物的某种内在本质的一种突然的模糊的把握。虽然此时对于事物本质的把握尚不十分清晰，但是对于事物本质的某种突然的发现不禁令发现者十分激动，同时他也在内心里倾向于觉得（认为）他的突然的直觉发现极有可能就是事情的真相。我想，正是在这样的直觉把握的自信和兴奋中，才会有接下来的长年累月的艰苦的小心求证的发生。因此，我以为，正是这种对于事物本质的某种突然的直觉，才是这种"大胆假设"的开始，也才是整个学术研究活动的开始。正是在"直觉"这一点上，艺术活动与学术活动，具有某种相通的性质，不同的是，在艺术活动中，在直觉活动后的主要工作是联想和想象，而学术活动接下来的工作就是"小心求证"。

笔者从小阅读红楼梦，至花甲之年，已是再四再五，间或也阅读些鉴赏评论，我从小所得到的知识是，《红楼梦》的作者曹雪芹只写了前80回就一命呜呼了，后四十回是一个叫高鹗的进士所补的。我20余岁，30余岁、40余岁读《红楼梦》，从未怀疑于此，但是到了更加年长，自己的阅历也更丰富些，也搞过了一些学术研究以后，却在再四再五的阅读中，不禁产生了疑问，或者更具体地说，当我读到其中一些十分精彩的篇回和一些动人的情节、描写时，我却不禁陡然产生了这样的感觉或直觉，一个完全没有相似经历的人，一个从未从事过小说创作的人，要为别人中途代笔，要补完长达四十回，几十万字的小说，而且相当的篇回，其动人精彩，毫不亚于前八十回，这在整个环宇世界，是可能产生的事吗？林语堂先生曾说，后四十回中的"双美护玉"一段精彩绝伦的文字，正是"曹氏游龙莫测的文笔"[1]。其实，哪里只是"双美护玉"一例可以证明后四十回曹氏那绝无可能被人替代的文字呢，除了开头几回那不知为谁所补充的很少一部分文字（笔者以为为他人所补充的，大约占到两回左右的样子。下详），里面的绝大部分，无数的例子，都可以证明后四十回是曹公自己亲笔所为。例如第91回宝黛二人以禅语的机锋表达爱情的坚定一节，一方面它是宝黛二人爱情在后四十回的重要发展，是从小孩子的拈酸吃醋式的爱情到成年时的持重重诺的爱情发展，从情节与性格的照应与发展来说，它照应着前80回中一系列相关的情节细节，尤其照应着第22回"听曲文宝玉悟禅机，制灯谜贾政悲谶语"中的相关情节。正是在这一回里，宝玉因为夹在宝钗、黛玉、湘云中间受了气，回到房中便参了一会禅，后来钗、黛、湘三人来了，黛玉和宝钗两人通过一段禅语机锋，暂时化解了宝玉的出世萌芽：

　　三人说着，过来见了宝玉。黛玉先笑道："宝玉，我问你：至贵者'宝'，至坚者'玉'。尔有何贵？尔有何坚？"宝玉竟不能答。二人笑道："这样愚钝，还参禅呢！"湘云也拍手笑道："宝哥哥可输了。"黛玉又道："你道'无可云证，是立足境'，固然好了，只是据我看来，还未尽善。我还续两句云：'无立足境，方是干净。'"宝钗道："实在这方悟彻。当日南宗六祖惠能初寻师至韶州，闻五祖宏忍在黄梅，他便充作火头僧。五祖欲求法嗣，令诸僧各出一偈，上座神秀说道：'身是菩提树，心如明镜台。时时勤拂拭，莫使有尘埃。'惠能在厨房舂米，听了道：'美则美矣，了则未了。'因自念一偈曰：'菩提本非树，明镜亦非台。本来无一物，何处染尘埃？'五祖便将衣钵传给了他。今儿这偈语亦同此意了。只是方才这句机锋，尚未完全了结，这便丢开手不成？"黛玉笑道：

"他不能答就算输了，这会子答上了也不为出奇了。只是以后再不许谈禅了。——连我们两个人所知所能的，你还不知不能呢，还去参什么禅呢！"

第22回这段精彩的参禅式的机锋对话，不仅照应着后面一系列重要的情节发展，（照应宝玉出家，照应宝玉出家与黛死钗嫁），也与第91回宝玉与黛玉两人的以禅语机锋表达爱情誓言相照应：

……宝玉豁然开朗，笑道："很是，很是。你的性灵，比我竟强远了。怨不得前年我生气的时候，你和我说过几句禅话，我实在对不上来。我虽丈六金身，还借你一茎所化。"

黛玉乘此机会，说道："我便问你一句话，你如何回答？"宝玉盘着腿，合着手，闭着眼，撅着嘴，道："讲来。"黛玉道："宝姐姐和你好，你怎么样？宝姐姐不和你好，你怎么样？宝姐姐前儿和你好，如今不和你好，你怎么样？今儿和你好，后来不和你好，你怎么样？你和他好，他偏不和你好，你怎么样？你不和他好，他偏要和你好，你怎么样？"宝玉呆了半晌，忽然大笑道："任凭弱水三千，我只取一瓢饮。"黛玉道："瓢之漂水，奈何？"宝玉道："非瓢漂水：水自流，瓢自漂耳。"黛玉道："水止珠沉，奈何？"宝玉道："禅心已作沾泥絮，莫向春风舞鹧鸪。"黛玉道："禅门第一戒是不打诳语的。"宝玉道："有如三宝。"

> 黛玉低头不语。只听见檐外老鸦呱呱地叫了几
> 声，便飞向东南上去。宝玉道："不知主何吉凶？"
> 黛玉道："'人有吉凶事，不在鸟音中'。"

这一段描写，不仅在形式上照应第22回的一段机锋对话，而且是宝黛两人爱情发展的最强音，如果孤立地看这段对话，它在艺术上甚至还要超出第22回中上面所引那段。我们试想，一个从未写过小说的进士，一个从来没有类似经历的人，居然能够在替别人补小说时，补出不但与前80回天衣无缝，甚至在某种程度上还能补出超出前80回中的相关部分的文字来，天地宇宙间难道会有这种咄咄怪事吗？

这样的例子在后40回中举不胜举。再譬如，我们都知道贾宝玉在前80回中的一个重要特点，就是怜惜女儿，往往说出许多呆话，做出许多呆事，例如他自己淋着雨，倒劝别的女儿不要淋着雨，譬如他看见自己的小厮茗烟轻薄女儿，于是搅了茗烟的好事，在女儿羞怯跑开时，还生怕该女儿害怕，于是对着该女儿远远的喊道：你不要担心，我不会告诉别人的。此外他对于村庄丫头二丫头的喜爱，对刘姥姥口中的"抽柴女子"的怜惜（还被黛玉嘲笑了一通），哄银钏儿喝莲子羹汤等等，都是表现他这种呆气的，富有诗情画意的美丽诗篇，也是最富曹氏风格特色的文字。这种动人的美丽文字在后40回中也仍然存在，下面我们选取第101回中的一段最可爱的呆气描写：

> ……只见宝玉穿着衣服，歪在炕上，两个眼睛
> 呆呆的看宝钗梳头。凤姐站在门口，还是宝钗一回

头看见了，连忙起身让座。宝玉也爬起来，凤姐才笑嘻嘻地坐下。宝钗因说麝月道："你们瞧着二奶奶进来，也不言语声儿。"麝月笑着道："二奶奶头里进来就摆手儿不叫言语么。"凤姐因向宝玉道："你还不走，等什么呢？没见这么大人了，还是这么小孩子气。人家各自梳头，你爬在傍边看什么？成日家一块子在屋里，还看不够吗？也不怕丫头们笑话。"说着，"哧"的一笑，又瞅着他咂嘴儿。宝玉虽也有些不好意思，还不理会；把个宝钗直臊得满脸飞红……

……

凤姐儿看他两口儿这般恩爱缠绵，想起贾琏方才那种光景，甚实伤心，坐不住，便起身向宝钗笑道："我和你上太太屋里去罢。"笑着出了房门，一同来见贾母。宝玉正在那里回贾母往舅舅家去。贾母点头说道："去罢，只是少吃酒，早些回来，你身子才好些。"宝玉答应着出来，刚走到院内，又转身回来，向宝钗耳边说了几句，不知什么。宝钗笑道："是了，你快去罢。"

将宝玉催着去了。这里贾母和凤姐宝钗说了没三句话，只见秋纹进来传说："二爷打发焙茗回来说，请二奶奶。"宝钗道："他又忘了什么，又叫他回来？"秋纹道："我叫小丫头问了焙茗，说是'二爷忘了一句话，二爷叫我回来告诉二奶奶：若是去呢，快些来罢；若不去呢，别在风地里站着。'"说的贾母凤姐并地下站着的老婆子丫头都笑了。宝钗的脸上飞红，把秋纹啐了一口，说道："好个糊涂东西，这也值的这么慌慌张张跑了来说？"秋纹也笑着回去叫小丫头去骂焙茗。那焙茗一面跑着，一面回头说道："二爷把我巴巴儿的叫下马来，叫回来说；我若不说，回来对出来，又骂我了。这会子说了，他们又骂我。"那丫头笑着跑回来说了。贾母向宝钗道："你去罢，省了他这么不放心。"说的宝钗站不住，又被凤姐怄着玩笑，没好意思，才走了。

由于情节转入悲剧的关系，也由于里面的主人公年龄增长，后40回中的此类呆气描写在频率上要比前80回中少了许多，以上所引也许是后40回中唯一的呆气描写。然所引这段，不仅与前80回中贾宝玉的怜爱呆气性格相统一，在艺术风格、语言上也与前80回毫无二致，甚至在其丰富性上还超出了前80回的相关描写（此段呆气表现可以分解为三个局部：第一个是凤姐眼中的贾宝玉呆看宝钗梳头，第二个是宝玉刚出去，又转回来在宝钗耳边说悄悄话，第三个是刚离开，又打发小厮回来转告宝钗别让风吹着了。其实，由于避免引文太长，我已经省去了另外穿插的精彩的情节细节，一是宝玉因为思念晴雯，告诉袭人把那件晴雯补过的孔雀裘收好，它永不再穿，另外一个细节就是王熙凤知道他思念晴雯，于是想到了给他补五儿的事，宝玉听到不由感到高兴）。此外，我们还要注意到，由于人物身份环境（已婚，黛玉已逝等）的改变，这段呆气描写不可能以前80回的相关描写作为依傍，他必须既保持人物性格的统一性，又必须写出在新的环境中那同一特性的新的或许更复杂的表现形式。在后四十回中，此类精彩的描写及人物刻画比比皆是，现我们在绪论中只能从略。

二

从笔者对于后40回的艺术直觉中，我们坚信后40回的主体部分必是曹公自己所撰，那么接下来我们自然就要进行"小心求证"，而这才是真正的学术探究的开始，尽管它的重要前提是那个肇始于直觉的"大胆假设"。

"小心求证"的第一步，就是要全面梳理一下前此认为后四十回是高鹗所续的证据是否真的可靠。遍检前人的研究，他们的证据大约有这样三大方面：第一，是高鹗的内兄一个叫张船山的人在一首诗的小序中说了这样一句话："传奇红楼梦80回以后，俱兰墅所补。"[2]（注，由于这些证据和对于证据的分析研究，前人已经做得非常详细，在红学中已是常识，故笔者在此只简略述及）。后人对此的争论是，这个"补"字到底是补写的补，还是补缀修补的"补"？结合程伟元、高鹗自己在程甲本、程乙本中的序和引言所述判断，这个"补"字应该只是补缀修补的"补"，也就是他们所说的"细加厘剔，截长补短"，"详加校阅，改定无讹"，"惟按其前后关照者，略为修辑，使其有应接而无矛盾"。我们退一步说，即使高鹗的内兄张船山所说的补字是补写的"补"，这也只是一个孤证，这个孤证不足以推翻我们很多的其他证据（下详），也不能推翻我们从对于作品的审美直觉及其分析中所得出的结论。

与对于这个"补"字的讨论相关，认为后40回为高鹗所续的还有一个似是而非的"证据"，在此我们也顺带提及。在程伟元的引言中，有一段文字叙说了他得到红楼梦后40回的经过，原话是这样的："然原目一百廿卷，今所传只八十卷，殊非全本。即间称有全部者，及检阅仍只八十卷，读者颇以为憾。不佞以是书既有百廿卷之目，岂无全璧？爰为竭力搜罗，自藏书家甚至故纸堆中无不留心，数年以来，仅积有廿余卷。一日偶于鼓担上得十余卷，遂重价购之，欣然审阅，见其前后起伏，尚属接榫，然漶漫不可收拾。乃同友人细加厘剔，截长补短，抄成全部。"[3]在我们看来，程伟元的这段话，说得详细诚恳，告诉了我们他终于寻得后40回的经过。但是胡适在其新红学的开山之作《红楼梦考证》中却如此论证："程序说先得二十余卷，后又在鼓担上得十余卷，此话便是作伪的铁证，因为世间没有这样奇巧的事。"胡适先生的《红楼梦考证》在红学的研究史上，可以说功莫大焉，但是此一断言，却无论如何犯了武断轻率的毛病，亦与先生历来倡导并践行的"小心求证"的实证哲学精神相违背。后来那些怀疑高鹗续书的人几乎都说了同一句话来质问胡适先生：胡适先生在曹雪芹逝世100多年后那么"奇巧"地得到了甲戌本《红楼梦》，处心积虑的《红楼梦》收藏者和出版商程伟元在距曹公去世仅仅不到三十年的情形下，又怎么不可能搜罗到《红楼梦》的后40回呢？（后来还有一系列的证据证明在程本问世的前几年，120回本的红楼梦已有几人亲睹，下详）。很显然，胡适先生的这个说法无论就事实还是就逻辑而言都是不足为凭的。当然，胡适在当时得出这样的结论还是可以理解，他大概在最早所进行的对《红楼梦》的成功考证中不禁有点被胜利冲昏了头脑，或者陷入了那最初的似乎逻辑自恰"圈套"中。

　　否定《红楼梦》后40回为曹公所撰的第二大方面的依据便是赫赫有名的脂批。因为前80回的脂批中，脂砚斋、畸笏叟等多次提到了80回以后的情形，例如提到了末尾的"情榜"，提到了宝玉是"情不情"，黛玉是"情情"，还提到了好些与"狱神庙"有关的情节（例如小红和茜雪还到狱神庙看望宝玉，小红在贾家被抄，宝玉身陷狱神庙后对宝玉还有大帮助，提到了凤姐扫雪拾到了丢失的玉），提到了卫若兰因麒麟而与湘云成就了一段姻缘，等等。我们现在怎么来解释脂批中出现的这些与今本后40回不相符合的或今本后40回中不曾出现的情节内容呢？毫无疑问，脂批所言当然都是曾经有过的内容，作为曹雪芹至亲的脂砚斋和畸笏叟不会撒谎也用不着撒谎。但是我们要知道，曹雪芹的《红楼梦》是经过他"在悼红轩中，批阅十载，增删五次"后而成（实际就修订而言未完全成）的大著，其中有许多情节内容文字都是经过他反复多次修改的，例如在早期的红楼梦中，就有秦可卿在天香楼与其公公贾珍通奸被丫鬟撞见而含羞自尽（吊死）的情节，后来在畸笏叟等亲属的建议下，给秦可卿留了点面子，而改成了秦可卿病死。又如对于尤三姐的刻画处理，亦可见出明显的修改的痕迹，在最初的处理中，尤三姐是一个早已与贾珍贾蓉父子一起鬼混过的风尘女子，以致在66回柳湘莲问贾宝玉尤三姐的品行时，贾宝玉只说"你原说只要一个绝色的，如今得了个绝色的，便罢了，何必再疑"，在柳湘莲说"你们东府里，除了两个石头狮子干净罢了"时，宝玉只说"你既深知，又来问我作什么？连我也未必干净了"（第66回此处，也是未能修改以照应前面的改动之处）。但是到了后来，曹公可能是为了把尤三姐刻画成一个品德高尚的女子，故把与贾珍父子鬼混的内容改掉，尤三姐遂成了一个品行纯洁刚烈的女子。此外，还有许多版本研究显示《红楼梦》确实经过了反复的修改。因此，根据对前80回修改变化的研究，我们猜想后40回也是经过反复修改的，脂评中所提到的一些与今本后40回不相符或没有的内容，极有可能是曹雪芹在修改过程中将其删掉或改掉了（对"脂批"的研究，是本书的一个研究重点，但我们对"脂批"的研究是多向多路径的。下详）。

关于此，笔者根据一些线索材料还有一个猜想，就是在贾府被抄家的情节以后，曹雪芹的写作面临着两个写作方向，一个方向就是按照前80回的更生活化的真实性的写法，也就是曹雪芹在《红楼梦》"缘起"中所说的"其间离合悲欢，兴衰际遇，俱是按踪循迹，不敢稍加穿凿，至失其真"，把曹家被抄家以后的种种悲惨遭遇呈现在读者面前，于是就有了脂砚斋、畸笏叟提到的一些情节内容，例如茜雪和小红到狱神庙探监，袭人和蒋玉菡经过一系列的事件巧合终成姻缘，而且还给予了在生计上陷入困境的宝玉和宝钗极大的帮助，等等。但是，这一个更加现实主义的方向在写作上可能面临一些困难，一是可能会触碰当时的文字狱的红线（关于此，前人研究甚多，此不繁言），再加之曹家本来就是被抄家羁押过的罪人之家，在此一点上就更不能不格外谨慎；其次，曹雪芹的创作虽然不是为了稻粱谋，也不用取悦谁，但是，他也不能完全不考虑当时读者的审美取向，亦即我们通常所说的"大团圆"的审美取向。如果真的"按踪循迹"地把曹家抄家被羁押之时之后的种种苦难展现出来，恐怕会使一般读者难以接受。实际上，现在我们在脂批中亦能看到这样的阅读感受，例如在第42回写到刘姥姥对凤姐说的一段话"或一时有不遂心的事，必然是遇难成祥，逢凶化吉"后有这样一段"脂批"："应了这话固好，批书人焉能不悲伤！狱庙相逢之日，始知'遇难成祥，逢凶化吉'，实伏线千里。哀哉伤哉！此后文字，不忍卒读。辛卯冬日"[4]。这里所说的"此后文字"，指的就是"狱庙相逢之日"后的文字。显然，当时脂砚斋等所看到的狱庙之后的文字就是极其悲惨，以至于让人"不忍卒读"的。因此，我们猜测因为这种"审美取向"方面的原因，让作者删除或改写了那些"按踪循迹"描写苦难的部分，实不是完全没有根据的猜测。所以，我们现在就看到了在贾府被抄家的情节之后，出现了一系列带有某种妥协性的审美取向的情节安排：譬如曹家被返还所抄部分家产，贾珍贾赦从流放地被赦免归来，贾宝玉虽然厌恶科举，但还是为了尽孝在表面上做出了假意的妥协，去考了个功名，然后又弃若敝履地丢弃了它，以及他虽然离开了宝钗而出家，但是之前还是与宝钗同房，于是就有了"这宝玉固然是有意负荆，那宝钗自然也无心拒客，从过门至今日，方才是雨腻云香，氤氲调畅。从此'二五之精，妙合而凝'"的情节安排和宝钗怀孕的暗示，以及结尾处被鲁迅先生诟病过的出家前"披着大红猩猩斗篷"拜见父亲的描写。但是我们要注意的是，曹公的这一系列妥协性的审美安排，都只是表面性的，甚至是假意的，都是一笔带过，均未做出展开描写，也都从根本上没有违背前80回贾宝玉的叛逆个性。

第三，抄家之后的描写之所以没有如脂砚斋、畸笏叟曾所见过的更加写实性的路径延伸下来，可能还有两个叙述方面的原因，第一个可能的叙述方面的原因就是，如果要按那种写实性的写法写下来的话，小说的篇幅可能要大大的加长，还可能需要增加一系列的人物和情节，譬如如果要有"狱神庙"的相关情节，就要写监狱，写探监，写狱卒，写一系列的人物关系，还要把在前80回中仅出现名字的茜雪复活，还要写宝玉与宝钗怎样在破房子里"寒冬噎酸齑，雪夜围破毡"[5]以及接受袭人和蒋玉菡的资助等等，这样可能会使接近生命尾声的曹雪芹不堪重负。第二个可能的叙述方面的原因是，曹雪芹的红楼梦，其叙述的场景情节基本上都发生在荣府、宁府内，而极少写广阔纷繁的外部世界，在前八十回中，在荣府、宁府之外的场景极其寥寥，万不得已需触及的，则一般都采取了其概略的写法（后40回稍多，但也写得极其简略）。关于此，脂砚斋在评点中对此的解释是："此书只是着意于闺中，故叙闺中之事切，略涉于外事者则简，不得谓之不均也。"[6]这种解释当然是对的，但我以为还有一种原因，就是每个作家的创作都有自己熟悉的生活积累，都有属于自己的叙事场，在这个范围之内，作家的创作往往"如万斛泉源，不择地而出"，写起来得心应手，而一旦脱离了他熟悉的生活范围，往往就会感到笔头枯涩，"半折心始"，写得难尽人意。我猜想，曹雪芹之所以在抄家的情节之后，没有完全按照写实性的方式展示在贾府之外世界的情节故事，之所以把一度已经写出的发生在贾府之外的故事删去另写，可能也存在这方面的原因。

认为《红楼梦》后40回为高鹗所撰的第三大方面的理由就是依据《红楼梦》第五回的判词和曲子，认为后40回中有的人物的结局"不应谶"。关于这些判词、曲子与整个红楼梦人物结局的关系（结局除晴雯一人，都在后四十回里展现），我们可以先把它分为三大类来观察：一类是完全对应的，一类是简略交代微有差异的，一类是差异较大的。通过这样的分类，我们发现，真正差异较大的只有王熙凤一人。下面我们就按照判词和曲子词的顺序进行简略说明：

判词的第一位是晴雯，晴雯的结局在前80回中已结束，不论。判词的第二位是袭人，其判词是"枉自温柔和顺，空云似桂如兰；堪羡优伶有福，谁知公子无缘。"从判词和前80回那个"汗巾子"的伏笔，袭人最后是与蒋玉菡结为夫妇。关于此，今本红楼梦后40回对袭人的结局采取了戏剧化的简略交代的方式（详见第120回），曹公似乎觉得没有必要或不愿意去具体展示与红楼梦主旨没有大关系的这一段人物故事，他没有具体展现袭人怎样与蒋玉菡相识的过程，但其结局仍是与蒋玉菡结为了夫妇，与判词是相符的。

判词的第三位是香菱，判词是："根并荷花一茎香，平生遭际实堪伤；自从两地生孤木，致使香魂返故乡。"根据判词，应该是香菱被金桂折磨而死，这一点与今本红楼梦微有差异，在今本红楼梦中，香菱只是在金桂的折磨下得了重病，后来金桂和宝蟾想毒死她却毒死了金桂自己。后来在120回的末尾，曹公才以极简略的方式交代了香菱是产难而死。交代的方式极为简略，与袭人相似。这个是与判词微有差异的，不知道曹公为什么这样处理，可能香菱的结局也是曹公对后40回中许多人物、情节结局的一种妥协性的审美处理的结果：曹公似不愿意看到香菱那样惨死，动了恻隐之情。当然，我们也可以猜想后40回或后40回中一部分是曹公的早期手稿，未能完全定稿。但即便如此，香菱的结局也只能说与判词微有差别。

判词的第四位是林黛玉和薛宝钗两个人合用的，稍后的曲子也是如此。但无论是判词还是曲子并没有十分清楚具体地交代两人的结局情形，但是暗示了宝黛二人的爱情悲剧，也交代了其结局后来是黛死钗嫁。判词略，曲子是这样的：

> "都道是金玉良缘，俺只念木石前盟。空对
> 着，山中高士晶莹雪；终不忘，世外仙姝寂寞林。
> 叹人间，美中不足今方信；纵然是齐眉举案，到底
> 意难平。"

从此曲子可以看出，宝玉是与宝钗结婚了的，只不过他
"空对着山中高士晶莹雪"般的薛宝钗，而"终不忘世外仙
姝"般的已仙逝了的寂寞的林黛玉，尽管他婚后与宝钗十分恩
爱（"纵然是齐眉举案"），但到底忘不了黛玉，（"到底意
难平"）。从曲子所暗示的他们三人之间的关系和情感表现来
看，今本《红楼梦》后40回中宝黛钗三人的关系及其结局，其
实非常好地贯彻了两人的判词和曲子之意。

无论判词和曲子，接下来的第五和第六位是元春和探
春，两人的结局与结局方式与判词和曲子完全合。元春是在
"喜荣华正好"时得暴病而毙，探春则远嫁，都没有问题。在
此我们需要特别指出的是，就在关于元春的曲子中，有一个特
别的证据，它不仅恰好能够证明后40回中元春的结局就是曹雪
芹在小说之初就安排好的，而且还能够有力的证明，后40回恰
恰就是曹公自己的手笔，由于我们以后在正文中将不再讨论人
物命运与结局应谶不应谶的问题，故我们在此绪论中将不顾啰
嗦烦难，将此证据简要分析。元春的曲子是：

> 喜荣华正好，恨无常又到，眼睁睁把万事全
> 抛，荡悠悠芳魂销耗。望家乡路远山高。故向爹娘

梦里相寻告：儿命已入黄泉，天伦呵须要退步抽身早！

在整个《红楼梦》中，通过托梦表达这个退步抽身意思的有两处，一处是前80回中，秦可卿托梦给王熙凤，一处是在后40回中，元春托梦给贾母。查证一下，与元春的曲子中的"退步抽身"内容精确对应的是在后40回中的第86回中，小说在直接写元春病死之前，先在第86回写了周贵妃的死（开始误传为元春死）作为一种悲剧性的铺垫蓄势，正是在这个误传的情节中，通过薛姨妈和宝钗的对话间接叙述了贾母的一个梦：

> 薛姨妈道："上年原病过一次，也就好了。这回又没听见娘娘有什么病，只闻那府里头几天老太太不大受用，合上眼便看见元妃娘娘，众人都不放心。
>
> 直至打听起来，又没有什么事。到了大前儿晚上，老太太亲口说是'怎么元妃独自一个人到我这里？'众人只道是病中想的话，总不信。老太太又说：'你们不信，元妃还和我说是'荣华易尽，须要退步抽身。'"

这一个通过第三者的叙述补叙出来的情节（这是曹公常用的叙述手法），非常好地印证了元春的曲子：它不仅印证了元春死于暴病，更细腻精准地印证了曲子中那个"退步抽身"的嘱咐（第86回这个"退步抽身"的梦，对于小说还具有另外的重要意义，第一，它在相当的程度上反映了小说的主题之一种，胡适先生曾说，红楼梦表现了"坐吃山空"的主题，同时他又是作者的祖父曹寅那个"树倒猢狲散"预言的再现。况且元春所托给贾母的梦，也与小说前面对元春的描写相映衬。正是在元妃"烈火烹油，鲜花着锦"的省亲中，是她发出一声浩叹："太奢华了！"）。试想一下，如果后40回的作者是高鹗或别的什么人，他能在续作中将一个人物的命运乃至细节与原作者在前面第5回对一个人物的预言作如此的对应吗？（当然，我们在此也并不依赖这一个证据驳倒高鹗续作说，我们只是顺便及此，更有力的证据在正文诸章节中）。

元春、探春的判词和曲子之后是湘云，根据判词和曲子，湘云应该是先嫁得一个"才貌仙郎"，但好景不长，"展眼吊斜晖，湘江水逝楚云飞。"小说对此过程并未具体展现，只是简略提及湘云婚后不久丈夫就因病去世。总体来看湘云亦是应谶的。

湘云之后是妙玉，与湘云一样，小说对妙玉的结局命运也采取了简略交代的方式，后40回里写她最后被强盗利用迷香劫走，而在她被劫走之前小说表现了她的春心摇荡以至于走火入魔，与判词和曲子对她的评价亦是相符的。

在妙玉之后就是迎春和惜春，此二人完全应谶，表现也很充分，无需多言。

惜春之后是凤姐。其实真正其结局命运与判词和曲子有较大差异的只有凤姐一人（香菱只是稍有不合，前已言及）。凤姐的判词云："凡鸟偏从末世来，都知爱慕此生才。一从二令三人木，哭向金陵事更哀。"第一句是说虽然有才，但是生于末世，第二句是说大家（主要是贾府的统治者贾母）都爱她的才干。第三句"一从二令三人木"稍有费解，林语堂先生认为是一个猜不透的"哑谜"。不过笔者以为，此第三句中，我们如果把三个动词的主语理解为贾琏，此"哑谜"就可迎刃而解。这一句实际写了贾琏对待凤姐的三种态度、三个阶段，第一种态度和阶段是"从"，即凤姐在宁荣二府威福无限，连贾琏也不得不听从他，第二种态度和阶段是"令"，即反过来贾琏支使或役使凤姐，联系到脂评中有"凤姐扫雪"的情节，可能在贾家被抄后，凤姐因她的过失也因她的病，大概在家里完全失去了地位，成为贾琏支使或役使的对象。第三个动词即用拆字法（"人木"。注意，拆字法只牵涉到"人木"，与"三"无关。"三"只是顺承前面的"一从二令"的一个序数词）暗示的"休"，大概最后凤姐被贾琏休掉。联系到前面王熙凤害死多姑娘和尤二姐，以及贾琏对凤姐的真实内心，贾琏最后役使凤姐乃至休掉凤姐，似乎是必然的行为。根据判词"哭向金陵事更哀"，凤姐被休后似乎是被赶出贾府，遣回金陵，或者如有的研究者所言，是回到金陵贾家的陵寝之地，做一个看管陵寝的仆人。小说中几次提到秦可卿告诫凤姐要在陵寝处多置办一些田产，似乎这种结局是比较可信的。

从判词对凤姐的人生悲剧走向的预设，可以看出，今本后40回没有完全按照这个走向处理这个人物。现在后40回对凤姐结局的处理是既没有"令"，也没有"休"，而是通过一些铺垫蓄势（例如让凤姐在大观园遇鬼，在庙里求签，在签里居然有"衣锦还乡"四字，别人都认为这是好兆头，唯独见多识广的宝钗觉得并非好兆头，后来果然凤姐濒临死亡之前说胡话说要回金陵了。大概小说就是以这种方式勉强照应了前面对于凤姐"哭向金陵事更哀"的判词），让凤姐以病死结局。

为什么今本后四十回中没有完全按照判词的三个阶段来写凤姐的命运和结局呢？其原因可能就是我们前面提到的那个问题，即在贾府被抄家的情节以后，曹雪芹没有完全按照原来预先设想的更加写实性的方式展现贾府的命运。如果由于各种原因（前面已经提及），小说不写狱神庙，不写茜雪小红探监，不写宝玉宝钗生活陷入困境，不写蒋玉菡和袭人资助他们的生活，一句话，不再去展现贾府被抄家后那种更加悲惨的现实，那当然也就不能再去按照更加真实的路径去写贾琏对凤姐的"二令三人木"和"哭向金陵"了。

在凤姐之后，判词和曲子中最后还剩下三人，一是巧姐，一是李纨，最后是秦可卿，今本在这三人中，巧姐没有任何不合处，李纨（含贾兰）仅暗示了其结局，没有充分展示，而秦可卿则是被作为贾府悲剧的总根源中的一个重要因素被提到，其判词和曲子分别是：

> 情天情海幻情深，情既相逢必主淫。漫言不肖皆荣出，造衅开端实在宁。

> 画梁春尽落香尘。擅风情，秉月貌，便是败家的根本。箕裘颓堕皆从敬，家事消亡首在宁。宿孽总因情。

根据秦可卿的判词和曲子，似乎秦可卿和他的公公贾珍的不伦之情在贾府的总悲剧中有着一种揽总和根源的作用。但是由于秦可卿与贾珍的情事和她的死，曹雪芹已经遵照畸笏叟的命令（下详）在前八十回中早早隐去，因此也就不是我们要讨论的范围了。

　　综上所述，在判词和曲子涉及的所有人物中，实只有王熙凤一人出现了较大的出入（其可能的原因上面已经提及），其次也就是香菱稍有一点点差异，而其他人物，则与判词曲子的设定并无什么出入。至于部分人物的最后结局，小说的后四十回采取了一种简略的方式进行交代，这实只是小说的一种叙述策略或叙述艺术问题。采用这种方式进行交代的人物不少，计有袭人的结局处理、香菱的结局处理，妙玉、湘云、李纨的结局也采取了这一方式。笔者以为，一部长篇小说，既没有必要对每个人物的结局都做出完全完整的叙述交代，也没有必要对一些主要人物的最后结果及其过程巨细无遗进行交代。这样一种要求对几乎所有人物进行全面的交代的心理，实是一种可以理解然而有悖于艺术规律的读者的期待心理（可悲的是，许多红学研究就是一味的迎合观众的这种心理对人物进行这种研究）。如果这样，小说势必无比巨大而且庞杂，稀释主线。如果曹雪芹要完整交代袭人与蒋玉菡的相识相知过程，又把他们结婚、成家和救助宝玉宝钗的过程巨细无遗地写下来，那可能就需要在红楼梦中再增加十回。再说，如此耗费精力篇幅，对于红楼梦的主题表现（女儿的悲剧命运和贾府的悲剧的产生以及对女儿的真性赞美）又有什么必要呢？如果曹雪芹真这样处理，我们会不会觉得小说是痴胖蠢肥屋上架屋呢？当然，我们也不排除有些人物的结局的处理可能有些仓促（例如妙玉），但总的说来，红楼梦后40回对于人物结局的处理方式是适当的，每个人物的交代处理，都在其合理的范围内，整个红楼梦的结构亦是完整的。因此，发端于俞平伯的作为后40回为高鹗所续的所谓"不应谶"的依据实际上是不成立的，至少是证据不力的。

三

在绪论的最后一部分，我们也要从今本红楼梦自身方面来探讨一下高鹗续作说产生的原因，或者说我们也来探讨一下为什么百年来那么多的读者研究者都相信是高鹗续作，产生这种阅读心理感受的依据是什么？

首先，当然还是以胡适、俞平伯等人的新红学研究关于后40回的这一结论左右了人们的认识，而他们的依据亦就是上面笔者所一一辨析的三个方面的理由。但是，我们也不能否认，今本红楼梦后40回本身所存在的一些问题也在一定程度上帮助了强化了人们这一先入为主的错误认识。

程伟元在程甲本序中说，《红楼梦》后40回是他数年来在"藏书家甚至故纸堆"中，乃至于在鼓担中收集得来，但稿子"漶漫不可收拾"，于是"乃同友人细加厘剔，截长补短，抄成全部"。又在程乙本引言中说："书中后40回，系就历年所得，集腋成裘，更无他本可考，惟按其前后关照者，略为修辑，使其有应接而无矛盾，至其原文，未敢擅改。"根据程、高二人的叙述，他们所得的后40回稿子是一部很破烂的稿子，其中很可能残缺了一部分，因此，在他们对后40回的"截长补短"中，极有可能其中有相当一部分是由程、高"按其前后关照者"所添加进去的。就笔者根据作者的艺术水平、艺术风格、文字特性这些软特性进行分析衡量，后40回的前三回，即第81、82、83回中的相当一部分，极有可能不是曹雪芹的原稿，因为这三回中相当多的部分艺术质量很差，文字也很拙劣，人物刻画也很不合理，使笔者感觉、相信，天才如曹雪芹者，绝不可能写出如此拙劣的文字来（由于我们在正文中将要专章论述此问题，在此从略）。

如果我们的推测合理，则这三回对于读者的阅读可能会起到先入为主的引导作用，因为本来已经有研究者告诉读者，说后40回是高鹗所续，而后40回最前面三回拙劣的艺术文字，则等于告诉了读者"果然如此"，这就大大的强化了读者或研究者的这一先入之见。

第二，前面我们说过，曹雪芹在后40回的抄家情节之后，就面临着两种写作路径，一种是更加生活化的也更加写实的路径，就是要大约按照生活本身的面貌，展现曹家在抄家后种种悲惨的遭际，但是，这一路径在诸多方面（前面已言）存在许多困难，曹雪芹大概没有选择这一路径。根据脂砚斋的评点，可能写出了相当一部分后又被自己否定了。那么另一条路径是什么呢（前面未及此）？另一条路径大概就是要部分地制造出一些比较激烈的戏剧化色彩更浓厚的矛盾冲突，以便为各个人物的命运结局。于是我们在后40回中，就看到了一些比较激烈的似乎戏剧化色彩比较浓厚的情节设计，这主要表现在两点，一是所谓"掉包计"，一是"失玉"及相关情节。我们当然不能说，这两段情节写得不好（实际上，这样写的难度可能更大，例如为了写好"掉包计"，曹雪芹可谓是费了九牛二虎之力，总体的艺术水准也相当高），但是，它们毕竟容易给人这样的感觉，就是这些情节设计不太生活化，不如前80回中那么自然雍容，似乎带有某些人为设计的痕迹。

第三，我们也应当看到，在后40回中，曹雪芹不仅在写作方面可能受到一系列非艺术因素的掣肘，可能也受到小说创作本身在后面需要尽快给故事、给人物结局的影响，也就是说，他需要尽快地使故事结局，给人物结局。因此，可能就需要比小说的前80回更快地推动情节的发展，更加剧矛盾冲突。于是，我们看到，小说在相当多的部分，大量地表现了林黛玉的病，以及她对爱情的焦虑，这种反复描写的病情和对爱情的焦虑，有一个好处，就是方便主线的快速推进，方便给主要的故事和人物结局（"掉包计"和"失玉"也有这样的作用，它们方便宝黛钗三人故事的完成和结局），但是，它似乎在艺术上就显得不如前80回那么舒徐自然，会容易使人得出不如前80回那么优美自然的感受。例如"掉包计"，虽然如"泄密""焚稿"以及与宝钗婚礼的对照性描写等等，写得是惊心动魄，但是如果和前80回中大量表现林黛玉的吃醋、小心眼、尖刻、痴情的种种情节和细节比较起来，多少会令人生出有些峻急，不够雍容舒徐的感受。这种要求比较快速地推进故事的需要或写作心情，不仅表现在林黛玉的刻画上，在一些比较次要的人物刻画上也有所反映，例如妙玉，在前80回中，妙玉虽然着墨不多，但是在有限的几个情节场景中，把妙玉的那种"过洁世同嫌"的高冷怪僻，以及与内心不可遏抑的爱情的矛盾表现得叹为观止，她的出现，就像张岱的"湖心亭看雪"一样，小舟虽然只是一芥一点，但却成了整个大观园青春女性颂歌的不可少的一笔，成了整个女性青春爱情赞美的一个重要陪衬。但是在后40回中，尽管长篇小说并不要求为每个次要人物详尽写出其结局，但最后妙玉下棋遇宝玉动春心，乃至在栊翠庵内走火入魔，以及最后被强盗抢走，却似乎给人以过于匆匆收场的感觉，与前80回中写妙玉的有限的几个情节场景还是显出了一点区别，虽然这也许是长篇小说难以避免的问题。

最后，我们还必须看到，后40回的一些小不令人满意之处，除了上面提到的一些原因以外，可能还与后40回只是作者早期的稿子有关，即程伟元所搜集到的后40回可能只是未经作者最后修改完成的手稿。现在已经有大量的版本比较研究，比较有力地证明了这一点。譬如在前80回中，本来已经将秦可卿的死改为了病死，但是在后40回中，在鸳鸯上吊自尽的描写中，却出现了秦可卿的鬼魂告诉鸳鸯结环上吊的描写。显然，之所以出现这种前改而后未改的不匹配的情形，是因为曹雪芹对前80回进行修改后，还未来得及对后40回进行处理修改。另外如许多红学家们提到的巧姐的年龄问题，珍珠的有无问题，也都属于同一类问题。这说明，程伟元得到的后40回只是曹雪芹的一部未经最后修改完成的比较早期的手稿。当然，现在我们无法知道，到底是曹雪芹本来就没有最后修改完成后40回，还是程伟元只搜集到这个早期的手稿呢？

是的，就是这样一些原因导致了我们今天所见到的后40回出现了这样那样一些少许遗憾的地方，但是从其整体上，后四十回仍然是成功的，仍然带有鲜明的曹雪芹天才的印记。它在贾府的败落、在各个人物悲剧的完成、各个人物性格的发展及完整展现（如贾母、凤姐、宝钗、贾政、贾琏、鸳鸯、紫鹃等人的性格在后四十回有新的发展，只有结合后40中的展现，这些人物的性格才是完整的，此外，这种既有变化，而人物性格又相统一，也只有作家一人才能做到，是任何人无法替代的）方面，后40回都做得非常成功。此外，那种挥洒博学的风采，极富个性的人物语言，以及最是曹雪芹天才标志的我们称之为的"有机叙述"的叙事艺术等，则与前80回具有同等风采。以后我们在正文中，将会在分析考证真伪的同时，对其触及到的后40回某一部分的艺术特性及其相关的主题、人物、语言等进行一些相关分析。我们剖析这些"软"的方面，一方面当然是为了让我们认识到后40回的思想和艺术，但更是为了对后40回曹雪芹的著作权进行"软性"证明。当然，我们在进行这些"软性"的证明之时、之前，我们首先会对后40回姓曹而不姓高进行一系列"硬性"的证明，这一"硬"一"软"两种证明的结合，就构成了此书的主体，也是本书的一个特点。

◎**注释：**

[1] 林语堂：《平心论高鹗》，群言出版社，2010年版，第84页。

[2] 朱一玄：《红楼梦资料汇编》，南开大学出版社，2001年版，第48页。

[3] 同上，第45页。

[4] 同上，第460页。

[5] 同上，第306页。

[6] 同上，第78页。

第一章 文本的自我确证（之一）
——"缘起"与"尾声"的统一性

　　说起来有点神奇或者也有趣的是，曹雪芹似乎在他生前就知道，他一生心血凝聚而成的结晶，在他身后可能会存在著作权之争，因此，他有意无意地在自己的著作之中，对自己的著作权，进行了十分有力的自我确证。这种确证不仅出现在小说的开头，而且也出现在小说（第120回）的末尾，他难道冥冥地预知了，他的后40回在他死后的几百年，竟然要经历如此大的磨难。由于他的自我确证，是以前后对应的形式出现的，因此，下面我们对此的分析，也将不辞繁难地将一首一尾联系起来进行，当然，我们的分析将会以对后面的分析为主。

　　我们都知道，曹雪芹的《红楼梦》（《石头记》）在以手抄本的形式在有限的读者中流传的时候，作者自己是没有署名的，这其中的原因可能与小说这一体裁在传统读书人的心目中没有什么地位有关，毕竟在整个清代和更早的时代，这种不署名的情形普遍存在。或者也因为，曹雪芹的小说创作，涉及到当时的政治，或者涉及到现实的曹家的一些人和事，故曹雪芹或觉得署名不方便，就像我们今天许多人写博客或发微信搞个网名一样，免得让人知道谁是谁。但是，曹雪芹毕竟又心有不甘，为什么呢？虽然小说在传统知识分子中的地位不高，但是，曹雪芹自己心里清楚，他的这个小说不一样，这部小说凝聚了他一生的情感和血泪，就像他在第一回"写作缘起"的末尾所说的："满纸荒唐言，一把辛酸泪。都云作者痴，谁解其中味。"此外，他自己也知道，虽然同是小说，但他的小说可与别的小说不等同：

> 我想历来野史的朝代，无非假借汉、唐的名色；莫如我这石头所记，不借此套，只按自己的事体情理，反倒新鲜别致。况且那野史中，或讪谤君相，或贬人妻女，奸淫凶恶，不可胜数；更有一种风月笔墨，其淫秽污臭，最易坏人子弟。至于才子佳人等书，则又开口'文君'，满篇'子建'，千部一腔，千人一面，且终不能不涉淫滥。——在作者不过要写出自己的两首情诗艳赋来，故假捏出男女二人名姓；又必旁添一小人拨乱其间，如戏中的小丑一般。更可厌者，'之乎者也'，非理即文，大不近情，自相矛盾：竟不如我这半世亲见亲闻的几个女子，虽不敢说强似前代书中所有之人，但观其事迹原委，亦可消愁破闷；至于几首歪诗，也可以喷饭供酒。其间离合悲欢，兴衰际遇，俱是按迹循踪，不敢稍加穿凿，至失其真。只愿世人当那醉余睡醒之时，或避事消愁之际，把此一玩，不但是洗旧翻新，却也省了些寿命筋力，不更去谋虚逐妄了。

所引缘起中的这段话，表明曹雪芹不仅自己明白他的小说凝聚了他一生的心血，他也知道，他的小说在写法上艺术上也是"打破了传统的写法"，就如后来鲁迅在《中国小说史略》中所评价的一样。曹雪芹对于传统小说的此类评价和对于自己小说的认知，后来他在小说中借人物之口不止一次地表达过。既然他的小说在他的心目中是如此的重要、如此的不同凡响，但是在习惯传统上或是在其实际的考虑上，他又觉得不方便或不大习惯署名，于是作为一种补救方式，他采取了一种骑墙的或折中的方式，就是在小说的缘起中以一种叙述策略的方式来它个"不署之署"，于是就有了我们常常引用的下面一段话：

> 从此空空道人因空见色，由色生情，传情入色，自色悟空，遂改名情僧，改《石头记》为《情僧录》。东鲁孔梅溪题曰《风月宝鉴》。后因曹雪芹于悼红轩中，披阅十载，增删五次，纂成目录，分出章回，又题曰《金陵十二钗》，并题一绝。——即此便是《石头记》的缘起。

就是在这关于小说缘起的叙述中，小说作者曹雪芹把自己的名"署"了上去。有意思的是，他的至亲好友脂砚斋在评点中唯恐读者仍不解曹雪芹此意，于是在此处批道："若云雪芹批阅增删，然开卷至此这一篇楔子又系谁撰？足见作者之笔，狡猾之至。后文如此处者不少。这正是作者用画家烟云模糊处，观者万不可被作者瞒蔽了去，方是巨眼。"[1]显然，脂砚斋的此段评点的主要意思，也就是要为曹雪芹对于《石头记》的著作权再一次确证。有人可能会说，曹雪芹既然要在此伸张自己的著作权，为什么他不直截了当地说此书为自己所撰呢？而要如此地拐弯抹角地声明自己的权属呢？对于此问，我对此作出两点解释：第一，曹雪芹的此"缘起"，目的并不全是申明自己的著作权，申明著作权只是其中的一个目的或顺带目的。主要目的是什么呢？就是要用一种"烟云模糊"的"狡猾之笔"，一种巧妙的远超时代的叙述策略，使读者对小说叙述者与作者之间的关系，构成一种合适的审美距离，就像鲁迅先生在100多年后的1918年，在写作《狂人日记》时，在小说的前面也用了一个文言文的小序以达成这种目的一样。既然这个缘起的主要目的是为了使读者对小说的叙述者和作者本人之间形成一定的审美距离，就像鲁迅说的，使读者不要认为文中的某某某就是生活中的某某某，因此，他就必须把自己对于著作权属的伸张，只说明到这个程度，如果他直言他就是作者，那他意图造成的审美距离的目的就不能达到，如果这样，他还不如干脆在封面上署上自己的大名呢。这是其一。第二，曹雪芹是大聪明人，大聪明人往往容易犯的一个错误，就是有意无意地认为别人也像他自己一样聪明，因此，曹雪芹大概会这样想，我都把话说到这个地步了，还有什么不明白的吗？鄙人对于《石头记》或《红楼梦》的著作权，难道还有什么疑问吗？其实，曹雪芹这是犯了大聪明人容易犯的错误，不仅他的这种叙述策略远远超出于时代，人们不懂，就是他这种对于著作权的拐弯抹角的申明方式，也在日后惹出了不少事端，不是就有人认为曹雪芹只是红楼梦的修改者，红楼梦的作者另有其人，是他的某某叔父吗。理由是，你看曹雪芹自己都只说"披阅十载，增删五次，纂成目录，分出章回"呢，这不是对于人们的聪明程度估计过高吗？

孤立地看，曹雪芹在缘起中的这一别致的不署之署的署名方式似乎只能证明他对于前80回著作权，似乎与我们要证明的后40回的著作权问题没有关系。但是，我们前面就说过，由于曹雪芹的自证是以一种前后印证，甚至可以说是前后合榫的方式进行的，因此，我们要说明他对后40回的著作权，就不得不先从前面的"缘起"开始。另外，曹雪芹这种前后合榫的自证方式，在其操作上委实有些复杂，因此，我们在把书的尾声的自证直接引出来之前，还必须把他这种复杂的操作捋出个头绪来。

首先，我们来看第1回和第120回的标题上对应，第一回的标题是"甄士隐梦幻识通灵，贾雨村风尘怀闺秀"，第120回的标题是"甄士隐详说太虚情，贾雨村归结红楼梦"，作者为什么要在书的第1回和最末回以甄士隐和贾雨村来开头和结尾呢？他们与《红楼梦》的整个作品以及曹雪芹对于著作权的自我认定又有什么关系呢？现在，我们就按照小说自身标题的（亦是结构的）提示，先把甄士隐和贾雨村在这一复杂机杼中的位置、作用和寓意说清楚，然后再上下求索连通，搞清楚曹雪芹的用意。

我们先说甄士隐，在作者的安排中，甄士隐是最先了知"石头记"整个故事的人，在小说的第一回中写道：

> 一日炎夏永昼，士隐于书房闲坐，手倦抛书，伏几盹睡，不觉朦胧中走至一处，不辨是何地方。忽见那厢来了一僧一道，且行且谈。只听道人问道："你携了此物，意欲何往？"那僧笑道："你放心，如今现有一段风流公案，正该了结，这一干风流冤

家尚未投胎入世，趁此机会，就将此物夹带于中，使他去经历经历。"那道人道："原来近日风流冤家又将造劫历世，但不知起于何处，落于何方？"那僧道："此事说来好笑。只因当年这个石头，娲皇未用，自己却也落得逍遥自在，各处去游玩。一日来到警幻仙子处，那仙子知他有些来历，因留他在赤霞宫中，名他为赤霞宫神瑛侍者。他却常在西方灵河岸上行走，看见那灵河岸上三生石畔有棵'绛珠仙草'，十分娇娜可爱，遂日以甘露灌溉，这绛珠草始得久延岁月。后来既受天地精华，复得甘露滋养，遂脱了草木之胎，幻化人形，仅仅修成女体，终日游于离恨天外，饥餐秘情果，渴饮灌愁水。只因尚未酬报灌溉之德，故甚至五内郁结着一段缠绵不尽之意。常说：'自己受了他雨露之惠，我并无此水可还。他若下世为人，我也同去走一遭，但把我一生所有的眼泪还他，也还得过了。'因此一事，就勾出多少风流冤家都要下凡，造历幻缘，那绛珠仙草也在其中。今日这石正该下世，我来特地将他仍带到警幻仙子案前，给他挂了号，同这些情鬼下凡，一了此案。"那道人道："果是好笑，从来不闻有'还泪'之说。趁此你我何不也下世度脱几个，岂不是一场功德？"那僧道："正合吾意。你且同我到警幻仙子宫中将这蠢物交割清楚，待这一干风流孽鬼下世，你我再去。——如今有一半落尘，然犹未全集。"道人道："既如此，便随你去来。"

却说甄士隐俱听得明白，遂不禁上前施礼，笑问道："二位仙师请了。"那僧道也忙答礼相问。士隐因说道："适闻仙师所谈因果，实人世罕闻者，但弟子愚拙，不能洞悉明白。若蒙大开痴顽，备细一闻，弟子洗耳谛听，稍能警省，亦可免沉沦之苦了。"二仙笑道："此乃玄机，不可预泄。到那时只不要忘了我二人，便可跳出火坑矣。"士隐听了不便再问，因笑道："玄机固不可泄露，但适云'蠢物'，不知为何，或可得见否？"那僧说："若问此物，倒有一面之缘。"说着取出递与士隐。士隐接了看时，原来是块鲜明美玉，上面字迹分明，镌着"通灵宝玉"四字，后面还有几行小字。正欲细看时，那僧便说"已到幻境"，就强从手中夺了去，和那道人竟过了一座大石牌坊，——上面大书四字，乃是"太虚幻境"。两边又有一副对联道：

假作真时真亦假，无为有处有还无。

这就是甄士隐了知"石头"故事的开始，他是在一个梦中听见了一僧一道的叙说。在甄士隐意欲问起故事的端详时，僧道说："此乃天机，不可预泄。到那时只不要忘了我二人。"显然，在这一神话式的设计中，甄士隐是首先了知整个"石头"故事的人。

果然，到了第120回的尾声中，当贾雨村在"急流津""觉迷渡"遇见了甄士隐时，两人在对话中就述及了在第一回缘起中这一未完故事的完整情形：

士隐笑道："一念之间，尘凡顿易。老先生从繁华境中来，岂不知温柔富贵乡中有一宝玉乎？"雨村道："怎么不知。近闻纷纷传述，说他也遁入空门。下愚当时也曾与他往来过数次，再不想此人竟有如是之决绝。"士隐道："非也。这一段奇缘，我先知之。昔年我与先生在仁清巷旧宅门口叙话之前，我已会过他一面。"雨村惊讶道："京城离贵乡甚远，何以能见？"士隐道："神交久矣。"雨村道："既然如此，现今宝玉的下落，仙长定能知之？"士隐道："宝玉，即'宝玉'也。那年荣宁查抄之前，钗黛分离之日，此玉早离世：一为避祸，二为撮合。从此凤缘一了，形质归一。又复稍示神灵，高魁贵子，方显得此玉乃天奇地灵锻炼之宝，非凡间可比。前经茫茫大士渺渺真人携带下凡，如今尘缘已满，仍是此二人携归本处：便是宝玉的下落。"

　　雨村听了，虽不能全然明白，却也十知四五，便点头叹道："原来如此，下愚不知。便那宝玉既有如此的来历，又何以情迷至此，复又豁悟如此？还要请教。"士隐笑道："此事说来，先生未必尽解。太虚幻境，即是真如福地。两番阅册，原始要终之道，历历生平，如何不悟？仙草归真，焉有'通灵'不复原之理呢？"

　　雨村听着，却不明白，知是仙机，也不便更问。因又说道："宝玉之事，既得闻命。但敝族闺秀，如是之多，何元妃以下，算来结局俱属平常呢？"士隐叹道："老先生莫怪拙言！贵族之女，俱属从情天孽海而来。大凡古今女子，那'淫'字固不可犯，只这'情'字也是沾染不得的。所以崔莺苏小，无非仙子尘心；宋玉相如，大是文人口孽。但凡情思缠绵，那结局就不可问了！"

雨村听到这里，不觉拈须长叹。因又问道："请教仙翁：那荣宁两府，尚可如前否？"士隐道："福善祸淫，古今定理。现今荣宁两府，善者修缘，恶者悔祸，将来兰桂齐芳，家道复初，也是自然的道理。"雨村低了半日头，忽然笑道："是了，是了。现在他府中有一个名兰的，已中乡榜，恰好应着'兰字'。适间老仙翁说'兰桂齐芳'，又道'宝玉高魁贵子'，莫非他有遗腹之子，可以飞黄腾达的么？"士隐微笑道："此系后事，未便预说。"雨村还要再问，士隐不答，便命人设具盘飧，邀雨村共食。食毕，雨村还要问自己的终身。士隐便道："老先生草庵暂歇。我还有一段俗缘未了，正当今日完结。"雨村惊讶道："仙长纯修若此，不知尚有何俗缘？"士隐道："也不过是儿女私情罢了。"雨村听了，益发惊异："请问仙长何出此言？"

士隐道："老先生有所不知：小女英莲，幼遭尘劫，老先生初任之时，曾经判断；今归薛姓，产难完劫，遗一子于薛家，以承宗桃。此时正是尘缘脱尽之时，只好接引接引。"士隐说着，拂袖而起，雨村心中恍恍惚惚，就在这急流津觉迷渡口草庵中睡着了。

这士隐自去度脱了香菱，送到太虚幻境，交

那警幻仙子对册。刚过牌坊，见那一僧一道缥缈而来，士隐接着说道："大士、真人，恭喜贺喜！情缘完结，都交割清楚了么？"那僧道说："情缘尚未全结，倒是那蠢物已经回来了。还得把他送还原所，将他的后事叙明，不枉他下世一回。"士隐听了，便拱手而别。那僧道仍携了玉到青埂峰下，将"宝玉"安放在女娲炼石补天之处，各自云游而去。从此后：

天外书传天外事，两番人作一番人。

显然，在红楼梦的这一框架性的前后对应合榫的设计中，甄士隐是作为人间中最先也最完整了解整个石头故事的人这一角色来安排的。这一点，我们还可以从甄士隐的谐音意义来进一步了解作者为什么要这样来设计安排。原来，所谓"甄士隐"即是"真事隐"，我们也可以这样说，甄士隐这个人只是作者"将真事隐去"的创作原则的一个拟人化的设计，当然，曹雪芹大概为了使这个拟人化的人物设计变得更有模有样一点，也顺便给予了他一种结构化（起引出故事和结束故事的作用）的功能。

那么，贾雨村的人物安排又有什么作用呢？

关于此，我们可以从以下几个方面来归纳：

第一，就像相声中的逗哏和捧哏一样，贾雨村在这前后合榫的设计中，成为了和甄士隐搭档的人物，在这种关系中，作者让甄士隐在小说开头送贾雨村走上了仕途，并参与了贾家的浮沉兴衰，并且最后让他们在急流津觉迷渡再相遇，也让贾雨村了知晓了"石头记"故事的来龙去脉。

第二，贾雨村与甄士隐一样，在一定程度上也是作者的创作原则的一个拟人化角色。"甄士隐"即"真事隐"，即将曹家的真事隐去；"贾雨村"即"假语村"（"村言"），即将曹家的真事以一种艺术形式（包含了虚构夸张重新组合等等）表现出来。可以说，将真事隐去，以假语村言表现，正是作者自己创作红楼梦的两大创作原则。

第三，曹雪芹在最后要通过这个包含了文学创作的虚构原则的拟人化人物来最后完成向作者曹雪芹转交"石头记"的任务，并同时借此实现对整个著作权的伸张。

这话怎么说？

原来，在作者这巧妙复杂的前后合榫的设计中，是一僧一道首先发现了这块女娲补天而没有用上被抛弃的石头，觉得"甚属可爱"，于是把它携到"那昌明隆盛之邦、诗礼簪缨之族、花柳繁华地、温柔富贵乡那里去走一遭"。然后，"又不知过了几世几劫，因有个空空道人访道求仙，从这大荒山无稽崖青埂峰下经过。忽见一块大石，上面字迹分明，编述历历。空空道人乃从头一看，原来是无才补天、幻形入世，被那茫茫大士、渺渺真人携入红尘、引登彼岸的一块顽石；上面叙着堕落之乡、投胎之处，以及家庭琐事、闺阁闲情、诗词谜语，倒还全备。只是朝代年纪，失落无考。后面又有一偈云：'无才可去补苍天，枉入红尘若许年。此系身前身后事，倩谁记去作奇传？'"

原来，这部石头自己刻上去的记叙石头红尘经历的"石头记"，又是一个叫做"空空道人"的人首先发现的，而且，我们要注意，空空道人对于石头记的发现，还不是一次，而是一首一尾两次。为什么是两次呢？这就是因为在开

头第一次的发现中，石头上记的"石兄"的红尘经历还只有
"堕落之乡、投胎之处，以及家庭琐事、闺阁闲情、诗词谜
语"这些生活内容，也就是说，只有"石兄"和各个人物的经
历，而没有人物的结局交代。只有到了小说的末尾，也是第
120回的末尾，这部"石头记"上记的内容方才完整。下面我
们不妨将空空道人第二次发现"石头记"的一段话引出：

　　这一日，空空道人又从青埂峰前经过，见那补
天未用之石仍在那里，上面字迹依然如旧，又从头
的细细看了一遍。见后面偈文后又历叙了多少收缘
结果的话头，便点头叹道："我从前见石兄这段奇
文，原说可以闻世传奇，所以曾经抄录，但未见返
本还原。不知何时，复有此段佳话？方知石兄下凡
一次，磨出光阴，修成圆觉，也可谓无复遗憾了。
只怕年深日久，字迹模糊，反有舛错，不如我再抄
录一番，寻个世上清闲无事的人，托他传遍，知道
奇而不奇，俗而不俗，真而不真，假而不假，或者
尘梦劳人，聊倩鸟呼归去，山灵好客，更从石化飞
来，亦未可知。"想毕，便又抄了。仍袖至那繁华
昌盛地方。遍寻了一番，不是建功立业之人，即系
糊口谋衣之辈，那有闲情去和石头饶舌？直寻到急
流津觉迷渡口草庵中，睡着一个人，因想他必是闲
人，便要将这抄录的《石头记》给他看看。那知那
人再叫不醒。空空道人复又使劲拉他，才慢慢地开
眼坐起。便接来草草一看，仍旧掷下道："这事我已
亲见尽知，你这抄录的尚无舛错。我只指与你一个

人，托他传去，便可归结这段新鲜公案了。"空空道人忙问何人，那人道："你须待某年某月某时，到一个悼红轩中，有个曹雪芹先生。只说贾雨村言，托他如此如此。"说毕，仍旧睡下了。

那空空道人牢牢记着此言，又不知过了几世几劫，果然有个悼红轩，见那曹雪芹先生正在那里翻阅历来的古史。空空道人便将贾雨村言了，方把这《石头记》示看。那雪芹先生笑道："果然是'贾雨村言了！'"空空道人便问："先生何以认得此人，便肯替人传述？"那雪芹先生笑道："说你'空空'，原来肚里果然空空。既是'假语村言'，但无鲁鱼亥豕以及背谬矛盾之处，乐得与二三同志，洒余饭饱，雨夕灯窗，同消寂寞，又不必大人先生品题传世。似你这样寻根底，便是刻舟求剑、胶柱鼓瑟了。"那空空道人听了，仰天大笑，掷下抄本，飘然而去，一面走着，口中说道："原来是敷衍荒唐！不但作者不知，抄者不知，并阅者也不知，不过游戏笔墨陶情适性而已！"后人见了这本传奇，亦曾题过四句偈语，为作者缘起之言更进一竿云：

说到辛酸处，荒唐愈可悲。由来同一梦，休笑世人痴！

从这里我们可以最终看出，贾雨村这个拟人化人物安排的最后一种作用功能，就是要通过他的告知，让空空道人将这部天外之书传与正在悼红轩中翻阅古史的曹雪芹。至此，作者通过一系列复杂巧妙又环环相扣的操作，终于又将最后的落脚点落到红楼梦的作者身上，落到了在开篇楔子中就已经说明，在小说的最后又再一次申明的自己对于其著作权的确认上，至此，这个前后合榫的严密复杂的圆圈终于在此合龙！

行文至此，可能会有人要问，为什么最后一定是要让贾雨村而不是甄士隐自己来转告空空道人转交出这部天外之书呢？这应该是由他们两人名字的谐音之义所决定的，甄士隐（真事隐）只涉及知道作品的内容（题材），他的作用到最后度脱香菱，并从一僧一道处得知已将"那蠢物"安放于原处后，其使命已经完成，就如那两句诗所说的："天外书传天外事，两番人作一番人。"他的使命就是知晓这天外之书与天外之事，知道每个人最后的归宿，亦知道"石头"的归宿，即回到他的原生之处。而"贾雨村"则是"假语村（村言）"，才涉及到小说的艺术构思和创作，所以作者要安排他来最后将这部记天外事的天外书转交至作者曹雪芹手中，最后由曹雪芹"于悼红轩中，披阅十载，增删五次，纂成目录，分出章回"，最终完成伟大的《红楼梦》。

至此，我们对于小说这一首一尾前后合榫的巧妙复杂安排的说明本身就告完成了。从以上的说明中我们可以总结申述如下：

第一，小说的第一回的楔子和开头部分与第一百二十回的尾声部分，是一个构思巧妙严密的整体，他们的诸种功能，必须是首尾统一才能正常地发挥其所有功能，这些功能有框架功能，有造成审美距离的功能，亦有唤起读者阅读期待的功能，当然，亦有自我确证其著作权的功能。试问，如果小说的前80回是一个人，而后40回是另外一个人所著，他们怎么可能做到这样前后合榫，天衣无缝呢？如由一僧一道在开头第一回将石头送去尘世，最后在第120回末尾又由他们将已历劫的石头收回至原初处；空空道人在第一回看见了石头上所记的石头在红尘的生活内容，在最后第120回又看见了石头记叙了更完整的"收缘结果的话头"，以及甄士隐亦是一前一后两次由一僧一道处得知石头的前世今生，两个拟人化人物各自的功能设计也都是在一头一尾处统一起来才显示其完整的作用。这些前后统一才能完成的诸种功能，如果分由风马牛不相及的两个人在相隔三十余年后各自独立完成，是有可能的吗？如果宇宙间有这种事，那它就真成为除上帝创世以外的另一个最不可思议的奇迹。所以，这种首尾统一前后合榫（包括语言风格本身）的设计描写本身，是前80回、后40回必出于一人之手最有力的证明。

第二，如果高鹗在一年左右的时间（此已经由胡适考证）续出了后40回，这么一项了不起的成就，他为什么要在小说的结尾处替人邀功为人作嫁，把著作权人弄成曹雪芹呢？而且还是与小说的缘起处的自我确证恰好呼应呢？这只是巧合吗？是高鹗不在乎吗？其实，他是在乎的，他因仅仅修补了《红楼梦》，就自号为"红楼外史"[2]，并且也一定至少给他的舅子张问陶先生得意地说过此事，[3]还有，在《红楼梦》大约修补完成的当晚，高鹗还得意地写了《重订"红楼梦"小说既竣题》一诗，诗曰：

老去风情减昔年，万花丛里日高眠。
昨夜偶抱嫦娥月，悟得光明自在禅。

前两句的意思大概是说，现在我老了，绝少风情，以致在万花丛中也能平静高眠。后两句的意思大概是说我昨夜终于做成了一件大事（重订《红楼梦》完成），感到一种绝大的快意，绝大的成就感。我们看，高鹗自己是十分在乎这件事的，以致于在"重订"完成后还写了一首诗来纪念一下（注意，高鹗自己在此只说"重订"，即编辑修订工作，亦即他在引言中说的"详加校阅，改订无讹"之意。如果说高鹗在程甲、程乙出版时可能为了博得读者信任而说谎话，在此私人领域，在他如此得意写诗纪念的时候他还会说谎吗？把"续写"说成是"重订"吗？）。对于此事如此在意的高鹗，怎么可能在辛辛苦苦地续完了几十万字的《红楼梦》以后，偏偏为别人去证著作权呢？

此外，我们还须特别注意，我们说《红楼梦》的首尾是照应合榫的，但是它们却并不是对称的，假如对称的话，续作者可能还有办法模仿地写出那对应的后半部分。但是《红楼梦》的首尾部分却并不是对称的，例如一僧一道在首尾的两次出现是并不对称的，空空道人的前后出现看见石头上所记的内容也是不对称的，甄士隐两次涉及"石头记"的方式也是不一样的（前一次是梦里听见一僧一道谈论，后面是在和贾雨村的对话中谈及），而在这完全不对称的几组描写中，又尤以直接证明其著作权的方式前后差异大，在前面小说的缘起中是这样写的："后因曹雪芹于悼红轩中，披阅十载，增删五次，纂成目录，分出章回，又题曰《金陵十二钗》，并题一绝。"这里根本没有出现贾雨村，甄士隐也没有出现，空空道人倒是出现了，但是完全没有空空道人寻找人传书，并寻找到贾雨村，以及贾雨村指点找到曹雪芹，并与曹雪芹一番精彩的对话的内容出现。而末尾的相关描写却是这样一番情景：

> 直寻到急流津觉迷渡口草庵中，睡着一个人，因想他必是闲人，便要将这抄录的《石头记》给他看看。那知那人再叫不醒。空空道人复又使劲拉他，才慢慢的开眼坐起。便接来草草一看，仍旧掷下道："这事我已亲见尽知，你这抄录的尚无舛错。我只指与你一个人，托他传去，便可归结这段新鲜公案了。"空空道人忙问何人，那人道："你须待某年某月某时，到一个悼红轩中，有个曹雪芹先生。只说贾雨村言，托他如此如此。"说毕，仍旧睡下了。
>
> 那空空道人牢牢记着此言，又不知过了几世几劫，果然有个悼红轩，见那曹雪芹先生正在那里翻阅历来的古史。空空道人便将贾雨村言了，方把这《石头记》示看。那雪芹先生笑道："果然是'贾雨村言了！'"空空道人便问："先生何以认得此人，便肯替人传述？"那雪芹先生笑道："说你'空空'，原来肚里果然空空。既是'假语村言'，但无鲁鱼亥豕以及背谬矛盾之处，乐得与二三同志，酒余饭饱，雨夕灯窗，同消寂寞，又不必大人先生品题传世。似你这样寻根底，便是刻舟求剑、胶柱鼓瑟了。"那空空道人听了，仰天大笑，掷下抄本，飘然而去。

前后的写法完全不对称，完全没有依傍，如果是另一作者续写的话，他又怎么可能凭空写出这一段证明作者著作权的文字呢？他又为什么要帮别人证其著作权呢？另外，我们看，"尾声"的写法不仅与"缘起"中那部分大不一样，而且由于情景目的不同，尾声部分还写得更加丰富，更加摇曳生姿，诙谐风趣，不仅提到了曹雪芹的名字，而且曹雪芹的音容笑貌也跃然纸上，其谈吐用语也大有曹雪芹的风味。难道说，一个完全没有相似经历，也完全没有小说创作经验的苦读经书之人，在时隔近30年后，还能凭空地比前面的缘起部分写得更加精彩更加丰富吗？

此外，我们还注意到，尾声部分不仅比缘起部分写得更加摇曳多姿，而且在其主题的揭示上，也比缘起部分更进一层，而且也是前后照应的。在缘起部分曹雪芹是以这样一首诗来作结的："满纸荒唐言，一把辛酸泪。都云作者痴，谁解其中味。"由于是开头，是缘起，所以作者在这里只是表达了他的创作里包含着辛酸泪和复杂的况味，在缘起里这样表达是合适的。但是到了尾声，也是全书的末尾处，由于需要卒章显志，进一步揭示小说的意义，小说巧妙地安排了这样一个更加意味深长的结尾，并与前面的一绝照应再题一绝：

　　那空空道人听了，仰天大笑，掷下抄本，飘然而去，一面走着，口中说道："原来是敷衍荒唐！不但作者不知，抄者不知，并阅者也不知，不过游戏笔墨陶情适性而已！"后人见了这本传奇，亦曾题过四句偈语，为作者缘起之言更进一竿。云：

　　说到辛酸处，荒唐愈可悲。由来同一梦，休笑世人痴！

这段结尾包括四句诗，包含着一个共通的意思，意即不仅小说作者所写的荣宁二府诸人生活在一种梦幻之中，而且世人亦都生活在这样一种梦幻之中。散文部分的"原来是敷衍荒唐！不但作者不知，抄者不知，并阅者也不知"表达的是这个意思，最后那"一绝"表达的也是这个意思。这样一种结尾，就使小说的主题从表现荣宁二府的幻梦及其悲剧上升为一种普遍的人类梦幻和悲剧，可以说为整部小说在哲学上进行了一个升华和总结。而更加高妙伟大的是，曹雪芹对于人类生活的这一梦幻且悲剧的性质并未持一种完全否定或鄙弃的态度，而是表现为一种悲悯和理解，那"为作者缘起之言更进一竿的"的"偈语""说到辛酸处，荒唐愈可悲。由来同一梦，休笑世人痴！"就包含着这样相互联系的两层意思。前两句照应了开头的那首诗，再次强调这个故事所包含的悲剧性，第三句则表示不仅荣宁二府诸人诸艳，就是世上所有的人，又何尝不是沉浸于这样的一场梦幻中，但是人类世界这样一种同一的"梦幻"及其悲剧，或许就是人类生活的实在，因此"休笑世人痴"。将人类的生活看作某种梦幻并带有悲剧性，同时又将这种梦幻和悲剧看作某种不可讨论的实在加以接受并理解，小说最后的这一偈语就为一部《红楼梦》打上了最深刻也最悲悯的哲学印记，也揭示深化总结了一部《红楼梦》所展现的诸般生活色相所包含的伟大哲学意义！

这样精妙的前后照应合榫的开头与结尾，这样相互联系而又递进两首诗，以及尾声及其偈语所表现的主题的升华和总结，难道不是同一地出自曹雪芹那一支神鬼莫测之笔吗，不是出自曹雪芹那同一的伟大的悲悯胸怀吗？难道一个八竿子打不着边的所谓续写者高鹗能够写出与开头天衣无缝相联系的尾声，并且能为本已很精彩的缘起之言"更进一竿"吗？

　　本章行文至此，本来已经该结束了，但是还有一点余论笔者仍不忍舍弃，这就是在这巧妙复杂的缘起和尾声中，那诸多的人物，其实只是作者一人的百变金刚，终究只是自己与自己的一体多分进行了一场巧妙的艺术游戏。例如那未能补天而被弃在青埂峰下顽石，不正是作者自己怀才不遇的一个象征吗？所以他的知音和亲戚脂砚斋在"无才补天，幻形入世"后批道："八字便是作者一生惭恨。"[4] 又在"枉入红尘若许年"后批道："惭愧之言，呜咽如闻。"[5] 又如那个两次将自己的经历刻在石头上的"石兄"，不正是一个在大观园享受荣华富贵的"宝玉"，一个是抄家后历尽劫难的"宝玉"吗？再如那最先看见石头文字的空空道人，其实也还是作者自己的一个化身，缘起中空空道人和"石兄"关于石头记的一段有名的对话，其实只是作者自己在通过"对话"显示自己的艺术观念，尤其是下面一段话，更使我们认定所谓空空道人，其实只是作者的另一个名号：（空空道人）"因见上面大旨不过谈情，亦只是实录其事，绝无伤时诲淫之病，方从头至尾抄写回来，闻世传奇。从此空空道人因空见色，由色生情，传情入色，自色悟空，遂改名情僧，改《石头记》为《情僧录》。"这"因空见色，由色生情，传情入色，自色悟空"的过程，不正是曹雪芹自己的一生因缘历劫的变化过程吗？我甚至怀疑，"空空道人"就是曹公自己信佛以后的一个号，且"情僧录"也极有可能曾是《红楼梦》的一个书名，而曾改《石头记》为《情僧录》的就是作者自己。至于在缘起和尾声中出现的另外两个人物，即甄士隐和贾雨村，虽然在书中作者也让他们担当了书中的一个角色，但就其谐音意义而言，其实也只是作者两大创作原则的两个拟人化形象，终究还是作者自己。

我们之所以补充说明此，是想说明，在这缘起和尾声相互构成的合榫的结构中，这套操作最后来到的终点"曹雪芹"，不是偶然的，它就像一个巧妙的魔术一样，最后正是魔术师本人以"真身"的一次现身。这真身，在最后宣示着，曹雪芹对于整部《红楼梦》无可争辩的著作权！

◎ 注释：

[1] 朱一玄：《红楼梦资料汇编》，南开大学出版社，2001年版，第85页。

[2] 同上，第50页。

[3] 同上，第48页。

[4] [5] 同上，第83页。

文本的自我确证（之二）

——两次神游太虚幻境的相互联系

一

在整个120回的《红楼梦》中，除了我们在上一章所说的第一回和最后一回具有照应对榫的结构关系以外，小说的第5回和第116回也具有这种照应对榫的关系。这两回，一是前面的第5回，一是倒数的第5回，这种序数的对应，或也是作者有意的安排，似并非是偶然的。

作者为什么要在相距110回这样遥远的两回中，写作这样容易犯重的两回呢？原来，第5回，它是贾宝玉在温柔富贵乡红尘生活的开始，而第116回，则是贾宝玉在温柔富贵乡红尘生活的结束。我们细玩这相互照应的两回的内容和写法甚至语言，就会知道，这两回，也正如第一回楔子和第120回的尾声一样，也是一个相互联系的统一体，他们的意义也只有在相互联系中才能完全显出，是绝无可能由完全不相干的两个作者独立完成的。这两回所显示出来的这种相互联系性，也能更强化证明，无论前80回还是后40回，均出自曹公一人。

首先，让我们来看看这两回通过相互联系的形式所表现出来的《红楼梦》的某种主题，这种主题或主旨的表现，作者首先是通过贾宝玉两次神游太虚幻境在其中所见到的对联等所表现出来的。在第5回中，当贾宝玉的梦魂在秦氏的引导下，来到太虚幻境时，他首先见到的是一座石头牌坊，上书"太虚幻境"，两边有一幅对联："假作真时真亦假，无为有处有还无。"转过牌坊，接着是一座宫门，也有一幅对联："孽海情天"，"厚地高天，堪叹古今情不尽；痴男怨女，可怜风月债难酬。"然后贾宝玉游览到"薄命司"时，另一幅对联是："春恨秋悲皆自惹，花容月貌为谁妍。"这几幅对联，都表现了某种具有佛教意味的悲剧意旨，在某种程度上，也是小说《红楼梦》在整个故事中所要表现的某一种意旨。警幻仙姑之所以要将贾宝玉带到这些所在来，就是要他领略人生的虚幻本质，以免陷入到人生这种悲剧和虚无徒劳之中，对初入红尘的贾宝玉起一种预警作用。这几幅对联，后两幅意义明白，我只对第一幅作点解释。"假作真时真亦假"即是说，人生的诸般欲望追求，世界的诸般色相，都是空无的，都是"假"的，但是，世人偏偏要把这假的世界的诸般色相，诸般欲望当作是"真"的；而佛法的真如福地，本来是"真"的，但是在沉溺于色相世界的虚无中的人们，却偏偏把它看作是"假"的。下联的"无为有处有还无"其意义及其结构与上联相似，是说世人偏偏要把空无的诸般色相当作"有"，而真正的"有"却反而被他们当作"无"。这幅对联，不知是曹公所撰，还是哪座寺院真有这么一幅对联为曹公所录，它用很平淡的语言表现了佛教的核心意旨，在一定的程度上也表现了《红楼梦》的某种带佛教意味的意旨。

有意思也值得玩味的是，到了第116回，当贾宝玉在和尚的引导下又一次来到"太虚幻境"时，他觉得一切都似曾相识，但是，牌楼上面的对联等与第5回中的虽都一一具对应

关系，但意思却又都不相同，石牌楼上的是："真如福地"，
"假去真来真胜假，无原有是有非无"；宫门上的是："福善
祸淫"，"过去未来，莫谓智贤能打破；前因后果，须知亲近
不相逢"；原"薄命司"处的对联是："引觉情痴"，"喜笑
悲哀都是假，贪求思慕总因痴"。为什么贾宝玉所游的是与第
5回中的所游是同一个所在，而对联处处都与前面不同呢，这
在现实逻辑中是不可能的，但是，这种对应而出而相异的对
联，在《红楼梦》的主题表现上和结构的对应上，却是完全合
理的，也是巧妙的。因为，第5回中的对联，处处要表现的都
是一种警示，以警示贾宝玉，人间的诸般色相都是空无，都是
悲剧，千万不要沉溺其中。但到了第116回，贾宝玉已经历经
红尘，已经觉悟，因此，在此时这里的对联处处都要表现一种
回归真如福地的觉醒和归依感。"假去真来真胜假"的意思是
说，当抛别红尘的"假"，回归真如福地的"真"，方才知
道"真胜假"；"无原有是有非无"意思是说，以往沉溺于
红尘中的人们所认为虚无的佛教世界，原来"有是"，即有
"真"存在，"有非无"即佛门的"有"才是真的"有"，它
不是色相世界的本质上的虚无。第二幅对联说明的是，世俗的
聪明才智不能窥破佛家世界的奥秘，只有一心皈依佛门，才能
打通三界，才能弄通过去现在未来，才能弄通事情的前因后
果。（最后一幅略）。这对应三组对联，他们构成一个圆圈式
的完整的意义表述，它们对应描述的是贾宝玉的整个红尘生活
经历，也是一部《红楼梦》从起至迄的意义的申明与总结。它
的起始，重在警示劝诫，它的结末，重在回归感悟，其整体作
用是曹雪芹运用佛教观念给整个《红楼梦》设置的一个意义或
主题的框架。这三组对联，不仅其意义是相互对应的，具有整

体性，就是其情景的设置和语言形式，也是完全对应着构成为一个整体。它们完完全全就是曹雪芹一个人的整体设计，任何一个另外的续书的人都不可能在没有任何参照说明的情况下，在距离第5回达110回的第116回，写出与前面第5回这样天衣无缝的具有对应关系的第116回的相关内容。

二

其实，这两次太虚幻境之游的作用与意义，不仅仅在于通过这些对联表现了一种框架式的佛教意旨，也许更重要的作用，是表现了隐含在这种佛教主题意旨的框架之下的更重要的意义或主题。这种框架式的主题意旨与其中隐含着的主题或意旨，在表面上看有些矛盾，但它也许正是作家本身所具有的矛盾，也可以说是作家的观念与其艺术创作的矛盾的一种反映。下面我们通过对这隐含的主题意旨的揭示，不仅可以使我们更准确全面地认识红楼梦的主题和呈现方式，也可以使我们认识到，这一前一后的两次神游太虚幻境，是怎样与整个《红楼梦》的故事、与整个《红楼梦》的主题表现和呈现形式，完全融为一个整体的。这种整体性的表现将使我们不能忽略其任何一部分（前后各一部分），否则我们将不能对《红楼梦》的主题表现甚至整个结构和故事过程作出合理的解释。这种统一性可以很强有力地说明，它们来自一个作家的整体生命和整体性的艺术构思，不可能有任何另外的续作者可以越俎代庖。

在第5回所表现的意旨中，在其佛教性的劝诫警示的框架性的意旨之下，实际上内潜着另一层主题和意旨，这内潜的主

题和意旨，即是表现女儿的美丽纯净和贾宝玉对此的沉迷和
赞美。当贾宝玉在梦中跟随秦可卿来到太虚幻境时，他所看
见、进入的就是一派美丽纯净的世界：

　　但见朱栏玉砌，绿树清溪，真是人迹不逢，飞尘罕
到。宝玉在梦中欢喜，想道："这个地方儿有趣！我若能
在这里过一生，强如天天被父母师傅管束呢。"

　　然后曹雪芹在警幻仙姑出现后，又不惜笔墨用类似于曹
植的"洛神赋"似的形式，赞美了女儿的轻灵美丽，这种大篇
幅的赞美式的赋体，后来仅只有第78回赞美哀悼晴雯的《芙蓉
女儿诔》与之相似：

　　方离柳坞，乍出花房。但行处，鸟惊庭树，
将到时，影度回廊。仙袂乍飘兮，闻麝兰之馥郁；
荷衣欲动兮，听环珮之铿锵。靥笑春桃兮，云髻堆
翠；唇绽樱颗兮，榴齿含香。盼纤腰之楚楚兮，风
回雪舞；耀珠翠之的的兮，鸭绿鹅黄。出没花间兮，
宜嗔宜喜；徘徊池上兮，若飞若扬。蛾眉欲颦兮，
将言而未语；莲步乍移兮，欲止而仍行。羡美人之
良质兮，冰清玉润；慕美人之华服兮，闪烁文章。
爱美人之容貌兮，香培玉篆；比美人之态度兮，凤
翥龙翔。其素若何，春梅绽雪；其洁若何，秋蕙披
霜。其静若何，松生空谷；其艳若何，霞映澄塘。
其文若何，龙游曲沼；其神若何，月射寒江。——
远惭西子，近愧王嫱。生于孰地？降自何方？若非

宴罢归来，瑶池不二；定应吹箫引去，紫府无双
者也。

　　整个第5回贾宝玉梦游太虚幻境的过程中，虽然看似处处在
给予贾宝玉以警示和劝诫，但内里多次表现的，都是女儿世界的
清静美丽以及对其的赞美和沉迷。有意思的是，当警幻仙姑领宝
玉在太虚幻境游览，意在给予他以警示时，他心里想的却是：

　　宝玉看了，心下自思道："原来如此。但不知何
为'古今之情'，又何为'风月之债'？从今倒要
领略领略。"宝玉只顾如此一想，不料早把些邪魔
招入膏肓了。

　　显然，贾宝玉对警幻仙姑的一系列警示劝诫，完全置若
罔闻。被他招入膏肓的那些所谓"邪魔"，分明就是他沉迷喜
爱的"古今之情"和"风月之债"。另外，值得我们特别注意
的是，曹雪芹为了更准确地定义贾宝玉所沉迷的古今之情和风
月之债，还通过警幻仙姑之口以赞美的语调将贾宝玉的这种
"淫"，别致地称呼为"意淫"：

　　警幻道："非也。淫虽一理，意则有别。如世之
好淫者，不过悦容貌，喜歌舞，调笑无厌，云雨无
时，恨不能天下之美女供我片时之趣兴：此皆皮肤
滥淫之蠢物耳。如尔则天分中生成一段痴情，吾辈
推之为'意淫'。惟'意淫'二字，可心会而不可
口传，可神通而不能语达。汝今独得此二字，在闺

阁中虽可为良友，却于世道中未免迂阔怪诡，百口
嘲谤，万目睚眦。"

　　显然，这里的"意淫"具有正面意义，它是与俗之"皮
肤滥淫"相对而言的，"皮肤滥淫""淫"的是肉体，像
《红楼梦》中的贾赦、贾珍、薛蟠之流就是如此之徒，而
"意淫"所爱所痴迷的则是女儿整体的美、内在的美，虽然
它或不完全弃绝肉体，但是他对女儿那种发自内心的真心爱
惜，确实与那种"皮肤滥淫"迥然有别。在第5回中，虽然
曹雪芹让警幻仙姑将其妹"兼美"许配与贾宝玉，后来贾宝
玉在领教了警幻所授之事以后又强拉袭人"同领警幻所授之
事"，亦含有肉体之爱的意义。但是，在整部《红楼梦》
中，触及此种"云雨之事"仅一见于此，而繁多不绝的则是贾
宝玉对于女儿的种种可贵的"意淫"。
　　从以上的描述可以看出，第5回无论从环境设置、人物描
写、对贾宝玉的心理表现，还是曹雪芹托身人物所给予贾宝
玉的对女儿之美的痴迷，对他的"意淫"的评价，都是肯定
的。而这种所谓"意淫"，即对女儿美的赞美怜惜，恰好就是
整部《红楼梦》所实际表现的内容，虽然它看起来与那个框架
式的佛教的警示劝诫有所龃龉，但一部《红楼梦》，确实就是
如此地处理了这看似矛盾的主题和意旨。这或许恰好就是它超
出于色情小说也超出于其他"人情小说"的重要原因：他不
否定人生的悲剧，不否定"千红一窟"（哭）"万艳同杯"
（悲），也不完全否定红尘的某种空幻性质，但是，它仍然在
相当的程度上痴迷这种红尘，肯定这种红尘，对这种痴迷给予
相当的同情和理解。从这里的分析我们更可以看出，曹雪芹在

小说的最后那"更上一竿头"一绝偈语，具有多么巨大的主题性的总结性意义：

> 说到辛酸处，荒唐愈可悲。由来同一梦，休笑世人痴。

人们贪恋的红尘生活是辛酸的，从佛教的意义来说，它或许的确是荒唐可悲的，但人世间不就是这样的吗？人们一无例外的都沉迷于这同一的梦幻之中，但是，这就是真实的不可讨论的生命存在，是无须嘲笑人们对此的痴迷的。最终，就像第5回和第116回那潜藏的主题和意旨一样（116回下详），曹雪芹对于生命本身，对于这红尘生活本身，给予了超越佛教伦理的肯定。

三

前面我们说过，第5回的第116回的两次神游太虚幻境，它们之间是前后照应的，是统一的，需要从其相互联系上来理解它们的意义。这无论对于其框架性的主题和意旨还是对于潜藏的主题和意旨都是如此。

如果我们不联系第116回，很可能会说，在第5回贾宝玉之所以仍然痴迷于女儿之美，是因为此时他还未觉悟，就像文中所用的反讽性的词语所说，是在不自觉之中把邪魔"招入膏肓"了。但是这种质疑在我们联系着看了第116回以后，其质疑就会冰消雪融了，为什么呢？因为此时的贾宝玉，已经被和尚携入了"真如福地"，他在此时已经是大迷已觉之人了。但是，这种所谓觉醒的状态只是我们上面已提到的那个框架性的主题意旨的表述，而在其潜藏的或真正的主题意旨中，贾宝玉仍然是不"觉悟"的，是痴迷的，只是与第5回稍有不同的是，第5回他痴迷的重心在女儿之美，而到了第116回，他痴迷或者说他仍念念不忘的，是女儿之情，而对女儿之"美与情"的表现，正是整个一部《红楼梦》的表现内容的重心所在。

所以，我们看到，在第116回当贾宝玉又一次神游太虚幻境时，除了以较客观的笔墨描述了这"真如福地"外，真正令他魂牵情移的，正是那些在整个《红楼梦》故事中令他魂牵梦绕的女儿们，而其中最令他难以割舍的，就是潇湘妃子黛玉和作为芙蓉花神的（或引导他去见芙蓉花神的）晴雯，而这种关注和情感联系，只不过是《红楼梦》中凡世的爱情故事在太虚幻境中的再一次上演。

当他被和尚拉着又一次进入太虚幻境时，他首先见到的是对应于第5回的警幻仙姑的尤三姐。为什么要安排尤三姐充当这样一个引导员般的警幻仙姑呢？大概是因为尤三姐在活着时是一个少见的"绝色"女儿，或许也因为尤三姐那令人赞叹的刚烈性格（由此我们就可以理解了，曹雪芹为什么要把尤三姐从一个早期手稿中的风尘女子在改稿中改造成一个纯洁的刚烈女儿）。然后他又来到了第5回中他曾来到过的"薄命司"，在这里他又见到了《红楼梦》中另一个刚烈英概的女儿鸳鸯，在鸳鸯的引导下，他又见到了管理"绛珠仙草"的"神仙姐姐"，然后他就想到了78回中晴雯死去充当花神之事，他此时心中想的是，能够见到他最爱的芙蓉花神晴雯，小说此处是这样描写的：

　　宝玉听了不解，一心疑定必是遇见了花神了，今日断不可当面错过，便问："管这草的是神仙姐姐了。还有无数名花，必有专管的，我也不敢烦问，只有看管芙蓉花的是哪位神仙？"

　　这里的描写，哪有什么情痴引觉，哪有什么大迷初醒，明明仍然和其在红尘中一样，一心牵挂着他在尘世中所爱之人。后来当他再一次遇见尤三姐，看见尤三姐拿刀拦住他时，在情急中，他果然遇到了替他解危救困的晴雯："宝玉一见，悲喜交际，便说：'我一个人走迷了道儿，遇见仇人，我要逃回，却不见你们一人跟着我。如今好了！晴雯姐姐，快快的带我回家去罢'。"这里的描写也就像第52回"勇晴雯病补孔雀裘"一样，是他最信得过最爱的人在为难处解救了他。

　　在116回的神游太虚幻境中，最叫他牵挂的当然还是林妹妹，他见到林妹妹的过程也显得格外曲折，亦就像红尘生活中他与林妹妹的爱情的过程一样，首先是鸳鸯说林妹妹请他，然后鸳鸯一忽而又不见了，然后又听一位管理绛珠仙草的神仙姐姐给他讲了神瑛侍者与绛珠仙草的故事，然后又听说仙女的主人是"潇湘妃子"，然后又是一波三折地在晴雯的带领下（我们要注意的是，由晴雯带领他去见林妹妹，这一安排绝不是偶然的，而是前80回中的第78回情节的一次重演，在第78回中，在贾宝玉用血泪写下《芙蓉女儿诔》时，正是黛玉理解了贾宝玉的真情，也是她帮他改了不知是谁诔谁的"茜纱窗下，公子情深；黄土陇中，女儿命薄"），终于见到了他"梦魂也无由"的林妹妹：

　　有一侍女笑着招手，宝玉便跟着进去。过了几层房舍，见一正房，珠帘高挂。那侍女说："站着候旨。"宝玉听了，也不敢则声，只好在外等着。

　　那侍女进去不多时，出来说："请侍者参见。"又有一人卷起珠帘。只见一女子头戴花冠，身穿绣服，端坐在内。宝玉略一抬头，见是黛玉的形容，便不禁地说道："妹妹在这里，叫我好想！"

　　我们看第二次神游太虚幻境的过程，何曾有对红尘生活大彻大悟的描写，他心心念念的，其实仍然是对女儿那一番剪不断理还乱的真情。

　　从以上的分析我们看出，第5回和第116回两次神游太虚幻境，是一个相互联系的整体，从框架性意义主旨来看，它表现了贾宝玉从被警示劝诫到大迷觉悟的佛教意旨；而从小说潜藏的真正的主题来看，它表现了贾宝玉对女儿之美的爱与真情；而这中间又有"分工"的不同，第5回侧重于表现他对女儿清静之美的痴迷"意淫"，而第116回则侧重于表现他对众女儿穿越生死的真情（当然，也是对一众女儿悲剧的回顾）。而这相互联系统一的意旨，恰又正是整部《红楼梦》所实际表现的主题内容，也是整部《红楼梦》对于读者所实际发生的审美效应。这样完美的结构和相互联系统一的主题表现和如此巧妙的表现形式，绝不可能分由两个完全不相干的作者在时隔三十年的时隔中来完成，它们只能是作者曹雪芹自己一人精心营构的结果。

　　除了前面我们主要分析了的两种主题的表现的相互联系统一外，第116回与第5回还有许多值得我们玩味的相互关联的细节，如，在第5回中，是袭人出现在宝玉进入梦乡神游的开始与结束，而在第116回中，则是麝月出现在梦乡的一首一尾。这样的安排也不是巧合，它们一方面说明袭人、麝月是宝玉身边最亲近的丫头，如脂砚斋的评点中就把麝月说成是"又一个袭人"。[1]但这中间也有区别，袭人出现在前面的第5回，就和秦可卿的出现一样，她可以说是充当了贾宝玉性启蒙者的角色。而麝月出现在第116回，则表明，在贾宝玉潦倒后的生活中，麝月的重要性日益凸显，麝月在"服侍宝玉心中就只有一个宝玉"方面与袭人近似，但是她比袭人更朴实，更倔强，就像紫鹃之于林黛玉。如在第115回末尾，麝月看见贾宝玉因和尚送还了玉而病情好转，"因心里喜欢忘了情，说道：'真是宝贝！才看见了一会儿，就好了。亏的当初没有砸破！'"在紧接着的116回开头，贾宝玉因听见麝月提到和尚还玉，又一次昏死过去，"那麝月一面哭着，一面打算主意，心想，'若是宝玉一死，我便自尽，跟了他去！'"这些描写非常动人，其对于麝月忠耿质朴的刻画实不亚于紫鹃。小说第5回和第116回的特定时刻对袭人和麝月的这种刻画，应该不是偶然的，他是曹雪芹对两个"同而不同""犯而不犯"的两个忠诚的丫鬟的刻画：袭人出现于前，表现了袭人的娇羞柔媚，麝月出现在后，则表现了麝月的诚朴刚倔。而一前一后的这一变化，又使我们想起脂砚斋在评点中多次提到的麝月在袭人嫁给蒋玉菡后她随在贾宝玉身边的情形，如在第20回中在"都玩去了，这屋里交给谁呢？"后面畸笏叟批道："麝月闲闲无语令余酸鼻，正所谓对景伤情"，[2]在同一回中脂砚斋又批道："闲上一段儿女口舌，却写麝月一人，在袭人出嫁之后，宝玉、宝钗身边还有一人，虽不及袭人周到，亦可免微嫌小敝等患，方不负宝钗之为人也。故袭人出嫁后云，'好歹留着麝月'。……"[3] 从脂批看，在《红楼梦》可能被废弃的另一版本的后面一些回目中，麝月可能有更多此类动人的情节，而在现存的这一版本中，似此有关麝月的描写，可能只是那个诚朴的麝月留下来的一点遗迹。但也足可说明，第5回中写袭人，第116中则安排麝月，实不是偶然的，它是曹雪芹的一种整体性的安排。此外，第115回和116回中写麝月的几处笔墨，无论语言还是人物刻画，都是典型的曹公风采。

第5回和第116回第二个值得玩味的相互照应的情节，是秦可卿这个人物的出现。在第5回的神游太虚幻境中，秦可卿可以说是一个核心，她是作为贾宝玉的一种性刺激、性启蒙或性诱惑的人物出现的，当贾宝玉被和尚携入红尘之后，我们可以看作是她直接引导着贾宝玉走入了温柔富贵乡的红尘之门。在第5回中当贾宝玉被带入到她的充满性暗示意味的房间后，就飘飘入梦，在梦中首先他是跟着秦可卿来到一个宛如仙境之处，而接着出现的美不可言的警幻仙姑似乎也是秦可卿的一个梦中替身，而在他跟着警幻仙姑游历了一番太虚幻境之后，警幻仙姑用以警示他的警幻仙姑自己的妹妹就是"乳名兼美表字可卿"，亦可看作是秦可卿的一个化身，最后贾宝玉梦中被"夜叉海鬼"吓得惊醒，他在梦中呼救喊的亦是"可卿救我"。可以看出，秦可卿在贾宝玉第一次神游太虚幻境中，自始至终就是一个引导者的角色。在作者此时的处理中，她大概就是作为一个"性与美"的象征而出现在贾宝玉的初入红尘的生活中的，虽然这种"性与美"在作者的观念或佛教的观念中，甚至主要具有负面意义（这我们可以从第5回关于秦可卿的判词和曲子中见出），但在第5回贾宝玉未能大迷觉返时，她的绝世的美（"兼美"），她的性与美的诱惑，对贾宝玉而言，却是甘之若饴。

但是到了与之联系对应的第116回，作者对于秦可卿的处理颇值得我们玩味，一方面，由于第116回贾宝玉第二次神游太虚幻境时，他的关注的中心已经从"性与美"转变为"生死之情"，因此居于中心的已经从秦可卿转变而为黛玉和晴雯，以及在此之前死去的贾府中的诸位纯洁的女儿。但是，另一方面，也或许是为了某种形式上的对应，也或许是不能完全抹去秦可卿对于贾宝玉的早期影响（当然，我们也可以说是因为秦可卿也是贾府中已逝之人，但是此前死去的司棋，金钏都并未在第二次太虚幻境中出现，因此这个理由缺乏说服力），秦可卿仍然以一种模糊的方式出现在贾宝玉第二次的太虚幻境之游的一首一尾中。在第二次贾宝玉神游太虚幻境时，小说中是这样写的：

> 宝玉跟了和尚，觉得身轻如叶，飘飘飖飖，也没出大门，不知从那里走出来了。行了一程，到了个荒野地方，远远的望见一座牌楼，好像曾到过的。正要问那和尚，只见恍恍惚惚又来了一个女人。宝玉心里想道："这样旷野地方，那得有如此的丽人？必是神仙下界了。"宝玉想着，走近前来，细细一看，竟有些认得的，只是一时想不起来。见那女人合和尚打了一个照面，就不见了。宝玉一想，竟是尤三姐的样子，越发纳闷："怎么他也在这里？"又要问时，那和尚早拉着宝玉过了牌楼。只见牌上写着"真如福地"四个大字，两边一副对

联，乃是：

　　　假去真来真胜假，无原有是有非无。

　　显然，第二次神游太虚幻境是照应着第一次神游太虚幻境在写，似曾相识的那个牌楼和对联，就明确地提示了这一点。但是，曹雪芹在对应着第5回写到贾宝玉在太虚幻境中见到第一个"丽人"时，却采用了一种模糊的写法，从其整体的对应关系看，来的这个"丽人"，应该还是秦可卿，或是作为她的替身而出现的仙界人物警幻仙姑。因为在第一次神游太虚幻境时，与那个牌楼和对联一起出现的就是她或她们。但是这一次，作者仅仅提示说："宝玉心里想道：'这样旷野地方，那得有如此的丽人？必是神仙下界了。'宝玉想着，走近前来，细细一看，竟有些认得的，只是一时想不起来。见那女人合和尚打了一个照面，就不见了。宝玉一想，竟是尤三姐的样子。""有些认得"，应该就是照应前面第5回神游时的秦可卿或警幻仙姑，但是曹雪芹在此却又虚晃了一枪，说"竟是尤三姐的样子"。那么这里出现的到底是不是尤三姐呢？笔者以为不是，曹雪芹在这里只是把"尤三姐"作为一种"绝色女子"的替代物来使用的，简言之，他在此就是用"尤三姐"来指代秦可卿，之所以此处用这种转移法以"尤三姐"来指代秦可卿，是因为在整部小说中，只有在写到尤三姐时，作者曾使用过"绝色"这个词。（见第66回"情小妹耻情归地府，冷二郎一冷入空门"）。我们之所以作出这个判断，还有如下一些理由：第一，无论从其对应关系还是从人物的重要性上看，尤三姐都不应该出现在这个神游开始的位置。第二，在此段描写稍后的部分，作者本来就花了较大的篇幅来写了尤三姐，她拿了一把剑，说要斩断宝玉的尘缘，这应该才是尤三姐在其中的真正的出现，作者不会使尤三姐分别独立地出现在两个不同的场景中。第三，作者在此的用语是"竟是尤三姐的样子"，而没有直接说是"尤三姐"，在后面作者又分别的写了鸳鸯、晴雯、黛玉，其用语都是比较确定的，因此我们说这里是侧重于用尤三姐的"绝色"来指代秦可卿的"绝色"。第四，在贾宝玉第二次神游太虚幻境在慌乱中欲原路返回时，这时他也遇到了秦可卿（这显然是在形式上照应着第一次神游太虚幻境在写），而特别有意思的是，他在这里又用了和前面类似的虚晃一枪的方法，把秦可卿看成了凤姐，我们不妨引出：

> 正欲找原路而去，却又找不出旧路了。正在为难，见凤姐站在一所房檐下招手儿。宝玉看见，喜欢道："可好了，原来回到自己家里了。怎么一时迷乱如此？"急奔前来说："姐姐在这里么？我被这些人捉弄到这个分儿，林妹妹又不肯见我，不知是何原故？"说着，走到凤姐站的地方，细看起来，并不是凤姐，原来却是贾蓉的前妻秦氏。宝玉只得立住脚，要问凤姐姐在那里。那秦氏也不答言，竟自往屋里去了。

这显然是在形式上照应着第一次神游的结尾在写，只不过第一次神游，在他沉醉于尘世的性与美时，他可以呼唤出"可卿救我"，而这一次神游时，他的精神贯注于和黛玉、晴雯的生死之情，所以此次"那秦氏也不答言，竟自往屋去了"。因此，这种前后对应的关系使我们认定，前面说"竟是尤三姐的样子"实是写秦可卿，这里先把秦可卿看成凤姐，也是写秦可卿。另外，我们要弄清楚曹公在这里运用的一种指代关系，前面是用尤三姐的"绝色"来指代秦可卿的绝色，指代秦可卿，这里则是用凤姐与秦可卿的亲密关系来以凤姐指代秦可卿。

我们在此之所以要不厌其烦地说明秦可卿在贾宝玉的两次神游时出现的情形，首先就是要说明这样相互联系的几点：第一，两次神游中秦可卿的重要性、地位、写法不同，是因为在两次神游的情节中作者的目的不同，对主人公的刻画不同：第一次的核心是表现性与美的沉迷，第二次则是追寻真正的生死之情，而这两种目的，实际牵涉到《红楼梦》的整个主题。第二，尽管如此，尽管秦可卿的重要性在第二次神游时已显得微不足道，但作者为了在形式上与第一次神游形成一种对应关系，还是在神游的开头和结尾处把秦可卿引出来。第三，与第二点相连的是，由于在形式上他不得不把秦可卿引出来，但是从其重要性上秦可卿又远不如第一次那么重要，所以作者巧妙地采用了一种指代的方法，借此以模糊化、淡化秦可卿的重要性。第四，尽管秦可卿在第二次的神游中已显得无关紧要（还可以注意其中作者的用语："原来却是贾蓉的前妻秦氏"），但也许在早期秦可卿所给予贾宝玉在性与美方面的影响，在贾宝玉的心灵里仍然残留着一定的痕迹。

当然，我们之所以要如此不厌其烦地花这么大一篇文字来说明其前后关系，最终也仍然是要说明，分别处于前80回中的第5回和后40回中的第116回中的这样相互联系统一的情节，这样复杂而微妙统一的刻画创造，它们绝不是可以由两个互不相涉的人能够分别创造出来的，它们就像人的遗传信息一样，在无可辩驳的说明，它们来自于同一个作者的生命，来自于同一个作者的艺术创造构思。

第5回与第116回中除了上面两个相互联系的主题和相互联系的细节，还有几处应当也具有相互联系的性质，我们在此亦简略提及：

在第5回中贾宝玉神游太虚幻境所看到的诸艳的判词中，除了林黛玉和薛宝钗，其余诸人都是一人一首判词，唯有她二人是合用一首判词，其判词是："可叹停机德，堪怜咏絮才。玉带林中挂，金簪雪里埋。""停机德"影射宝钗，"咏絮才"影射黛玉，"玉带林中挂"又暗示黛玉，"金簪雪里埋"再暗示薛宝钗。而在第5回中作者并未对此反常安排（指二人合用一首判词）作出任何解释。或许是考虑到这种打破常规的做法读者未必能够理解，故到了与第5回相照应的第116回，在贾宝玉神游又一次来到那个大橱翻检那些册子时，作者便乘此对之作出了解释，以作为对这种恐人不解的做法的一种补救，小说中是这样写的：

> 伸手在上头取了一本，册上写着"金陵十二钗正册"。宝玉拿着一想道："我恍惚记得是那个，只恨记得不清楚。"便打开头一页看去。见上头有画，但是画迹模糊，再瞧不出来。后面有几行字迹，也不清楚，尚可摹拟，便细细的看去，见有什么玉带上头有个好象"林"字，心里想道："莫不是说林妹妹罢？"便认真看去。底下又有"金簪雪里"四字，诧异道："怎么又像他的名字呢？"复将前后四句合起来一念道："也没有什么道理，只

是暗藏着他两个名字，并不为奇。独有那'怜'字
'叹'字不好，这是怎么解？"

　　这一段话，似乎并没有什么别的功能，其唯一的功能似
乎就是告诉读者，这个两人合用的一首判词中，暗藏着林黛
玉和薛宝钗两个人的名字，可以看出，作者是在对第5回中那
个不按常规的做法进行一种说明和补救。从此一点很不经意的
细节亦可说明，这一前一后相距遥远的两回，出于同一作者之
手。若是高鹗所续，绝不可能有如此精密的考虑。

　　第二个值得注意的现象是一前一后对元春的处理的浓
淡，在第5回中，元春和诸钗一样，亦是一首判词和一首曲子
暗示其命运，此外再无文字涉及。而到了第116回第二次神
游太虚幻境时，元春却有着特别的重要性（大略仅在黛玉之
后）。首先在"薄命司"中专门又提到了元春的判词，其具
体描写是这样的："遂往后看，也无暇细玩那画图，只从头看
去。看到尾上，有几句词，什么'虎兔相逢大梦归'一句，
便恍然大悟道：'是了！果然机关不爽！这必是元春姐姐
了。'"这里有两点值得我们留意，一是作者对元春的用语是
"元春姐姐"，在这个用语中作者自己身份和情感的突显十分
强烈，第二，作者在写到"虎兔相逢大梦归"时（"虎兔相逢
大梦归"应该是元春生于虎年，卒于兔年），其用语是"恍然
大悟""果然机关不爽""这必是元春姐姐了"这样连续的表
示十分醒悟的用语，表明作者对于元春的生日忌辰，十分深地
铭刻在心。这样铭刻深厚的记忆和情感，当只有作者曹雪芹自
己才能具有（《红楼梦》本具有强烈的自叙性）。也许更重
要的是，作者不仅在第二次查看判词时专门又提到"元春姐

姐"，而且在恶梦中最后还是元春将其从鬼怪的追逐中救出："宝玉急得前后乱跑，忽见那一群女子都变作鬼怪形象，也来追扑。宝玉正在情急，之前那送玉的和尚，手里拿着一面镜子一照，说道：'我奉元妃娘娘旨意，特来救你！'"相对应第5回最后宝玉呼喊"可卿救我"，我们可见元春在此刻的重要性。"元春姐姐"的用语，"特来救你"的希冀，似乎显示出在作者灵魂深处的某种潜意识，就像我们在恶梦中会呼喊自己的最亲之人，希望最亲的人来拯救自己一样，这显然又是作者自己的身份情感的又一次强烈现身。关于此，我们还可以联系前80回中的第18回"皇恩重元妃省父母，天伦乐宝玉逞才藻"中的一段：

> 想贾府世代诗书，自有一二名手题咏，岂似暴富之家，竟以小儿语搪塞了事呢？只因当日这贾妃未入宫时，自幼亦系贾母教养。后来添了宝玉，贾妃乃长姊，宝玉为幼弟，贾妃念母年将迈，始得此弟，是以独爱怜之。且同侍贾母，刻不相离。那宝玉未入学之先，三四岁时，已得元妃口传教授了几本书，识了数千字在腹中。虽为姊弟，有如母子。自入宫后，时时带信出来与父兄说："千万好生扶养：不严不能成器，过严恐生不虞，且致祖母之忧。"眷念之心，刻刻不忘。前日贾政闻塾师赞他尽有才情，故于游园时聊一试之，虽非名公大笔，却是本家风味；且使贾妃见之，知爱弟所为，亦不负其平日切望之意。因此故将宝玉所题用了。

这是《红楼梦》中关于元春与贾宝玉的姐弟深情最直接详细的一段描写了，此外还有许多其他的元春疼爱宝玉的细节描写。另外，我们也可以注意在脂砚斋的评点中，也有几段表示姐弟深情的文字。就是在上引"已得贾妃手引口传"（注，甲戌本为"手引口传"，程乙本为上引的"口传教授"）侧批道："披书人领至此教，故批至此，竟放声大哭。俺先姊仙逝太早，不然，余何得为废人耶？"[4] 又如在第18回"元妃命他进前，携手拦于怀内"处，庚辰本侧批："作书人将批书人哭坏了。"[5] 从这几段批语中我们知道，第18回描写的姐弟深情及其相关细节，并非作者杜撰，而是其家族生活的某一段的真实反映（从此段批语的语气看，写此批语者似是作者自己。根据胡适和其他许多研究脂批的人的看法，脂批中有一部分批语是作者自己所批）。

我们从上引的相关材料中可以看出，第116回中对于元春的处理，蕴含着作者自己对于"先姊"的深厚感情。这种感情之所以在第116回如此强烈地表现出来，一是因为作者的"先姊"此时已去世，在作者心中有一种深深的隐痛。第二，我们还注意到，在第二次神游太虚幻境中，在作者的内心里有两种最强烈的感情，一是对于已死去的他心爱的女儿们的深情，尤其是对黛玉和晴雯的深情；再就是对其家庭的深深的依恋之感，例如在神游中他遇到了晴雯，"宝玉一见，悲喜交集，便说：'晴雯姐姐，快快地带我回家去吧！'"后来他又仿佛看见了凤姐（实为秦可卿），"宝玉看见，喜欢道：'可好了！原来回到自己家里了！'"后来又好像看见迎春一干人走来，心里喜欢，叫道："我迷住在这里，你们快来救我！"一直到最后那送玉的和尚拿着一面镜子说："我奉元妃娘娘旨意，特来救你！"表现了宝玉在出家之前，或者说在曹雪芹在穷途末路之时，对于其家庭的深深依恋（出家的描写只是曹雪芹为结束全书，所采用的一种结局方式，并非实写，亦非曹雪芹真正的价值选择）。第116回中对于元春的处理，就置于这种对于亲人对于家庭的深深的依恋之情中。从第5回和第116回对于元春的这种浓淡不同的处理，可以见出，这种处理方式不是任意的偶然的，它们来自于作者曹雪芹的生命情感之中，不可能由任何其他的作者代替而续写出来。

注释：

[1] 朱一玄：《红楼梦资料汇编》，南开大学出版社，2001年版，第328页。

[2] 同上。

[3] 同上，第329页。

[4] 同上，第292页。

[5] 同上，第294页。

脂批钩沉（之一）

　　毫无疑问，脂砚斋（包括畸笏叟等）对于《红楼梦》前80回的评点是红楼梦研究最重要的最直接的资料，它不仅包含了大量的有关红楼梦的家族资料，创作情形，艺术问题等，也包含了大量有关《红楼梦》后四十回的真面目的一些线索。例如我们从其评点中知道《红楼梦》最末曾有个"情榜"，宝玉是"情不情"，黛玉是"情情"；又知道在贾家败落之后，小红和茜雪还有大作为，还到"狱神庙"探监，宝玉和宝钗等还有"寒冬噎酸虀，雪夜围破毡"的苦日子，凤姐沦落后居然还扫过雪等等，这么多有关后四十回的信息就都是脂砚斋等在其评点中告诉我们的。但是，惜之的是，直到今天，我们对脂砚斋的评点中所包含的信息的利用，可以说是很不全面的，甚至在相当的程度上还是偏颇的。为什么这么说呢？因为我们对其的利用，基本预先就指向了一个轻率的、很不可靠的结论：即，《红楼梦》的后四十回是一个叫高鹗的人所续写的。于是，脂批中所提到的一些与现存120回本的《红楼梦》后四十回不同的情节、细节或语言等等，就都成了后四十回不是曹雪芹自己所著的某种"铁证"。关于《红楼梦》后四十回中之所以没有出现脂砚斋等曾提到的某些情节细节等的原因，我们已经在本书的绪论中给予了解释，在此就不再说明。我们在本章及本书主要的部分所要处理的问题是，我们要全面地看待脂砚斋等的评点，不仅要研究脂批中有，而现存后四十回无的问题，而且也要寻找脂批中有，今本后四十回亦有的东西或相对应的东西，并对之加以研究。以下我们将会看到，通过对这种关系的研究，我们就能更有力地证明，后四十回的主体部分，恰恰是曹公自己所作。

那么这类材料在脂砚斋的评点中到底有没有呢？有，而且多得很。例如在第2回中脂砚斋批（甲戌侧）道："甄家之宝玉乃上半部不写者，故此处极力表明，以遥照贾家之宝玉，则正为真宝玉传影。"[1]脂批的这段话告诉我们，在整个上半部（"上半部"的用语在脂批中经常出现，似乎前80回只是整个红楼梦的上半部，由此可猜测，曹雪芹最初计划中的红楼梦似乎不止120回。后详），除开第二回，甄宝玉这个影子式的人物在前八十回将不再出现（前80回确实未再出现），既然脂砚斋明言甄宝玉在上半部不再出现，言下之意，甄宝玉会在下半部出现，而细查程本红楼梦，一直到第114回甄宝玉才再次出现。再如在第4回中"这四家皆联络有亲，一损皆损，一荣皆荣，扶持遮饰，俱有照应的"处，脂砚斋侧批："早为下半部伏根。"[2]从此批我们可知，后来贾家主要就因为这几个大家族的各种问题及"相互遮饰"被问罪抄家，而在今程本中，恰好是在后四十回中最好地交代了这几家人历年所犯的案子最后的一个总爆发。又例如在第四回中脂批道："至此了结葫芦庙文字。又伏下千里伏线。起用葫芦字样，收用葫芦字样，盖云一部书皆系葫芦提之意也，此亦系寓意处。"[3]这段脂批告诉我们，在脂砚斋的阅评中，见过比较完整的红楼梦，而且在其开始和结尾部分（另外在103回，还有一个与

"葫芦"字样相联系处），皆运用到了与"葫芦庙"相关的情节细节。这段关系全书结构及首尾构成的脂批，自然就应当进入研究后四十回真伪问题的研究者的视野之中。又如在第7回脂批（甲戌眉）在"只见惜春正同水月庵的小姑子智能儿一处玩耍呢"处批道："闲闲一笔，却将后半部线索提动。"[4]小说中描写惜春出家的倾向，在前80回中也多所表现，但却是在后四十回（后半部）中才有根本性的转折。如此的线索在整个脂批中还有不少，当然，脂批的这些线索，有的比较显明，有的则比较隐晦，在本书以下几章，我们会择其主要的脂批线索，来探究追索后四十回的真伪问题。在本章我们将首先处理第21回中的一段脂批：

一

在第21回"贤袭人娇嗔箴宝玉，俏平儿软语救贾琏"的回前（庚辰回前）批中，脂砚斋给我们留下了这样一段重要的批语：

> 按此回之文固妙，然未见后三十回，犹不见此回之妙。此日"娇嗔箴宝玉，软语救贾琏"，后日"薛宝钗借词含讽谏，王熙凤知命强英雄。"今只从二婢说起，后则直指其主。然今日之袭人之宝玉，亦他日之袭人，他日之宝玉也。今日之平儿之贾琏，亦他日之平儿，他日之贾琏也。何今日之玉犹可箴，他日之玉已不可箴耶？今日之琏犹可救，他日之琏已不能救耶？箴与谏无异也，而袭人安在

哉？宁不悲乎？救与强无别也，甚矣。今因平儿救，此日阿凤英气何如是也？他日之强何身微运蹇，展眼何如彼耶？人世之变迁如此光阴。[5]

此后又批：

今日写袭人，后文写宝钗，今日写平儿，后文写阿凤。文是一样情理，景况光阴事却天壤矣。多少恨泪洒出此两回书。[6]

此回前批给我们透露出了一些有关后四十回的非常重要的信息，第一，我们知道，在当时脂砚斋所见的"后三十回"中（脂砚斋所用语，"后三十回"指80回后的三十回。后详），有一回的回目叫"薛宝钗借词含讽谏，王熙凤知命强英雄"。第二，从脂砚斋对此的感叹中，我们知道，此一回是与本回（即第21回）具有某种对比性，在第21回中，"箴宝玉"的是袭人，而宝玉可箴，而在后三十回的某一回中，"讽谏"的是宝钗，而宝玉已不可谏；在此第21回中，"软语救贾琏"的是平儿，而在后三十回的某回中，贾琏则已不可救。又，在此第21回中，凤姐表现得是"英气何如是"，而到了后三十回的某回，英气的凤姐则是"身微运蹇"。

此条批已经很明白地告诉我们在"后三十回"中有一回叫做"薛宝钗借词含讽谏，王熙凤知命强英雄"，但是，我们现在遍查今程本红楼梦，却不见后三十回或后四十回中有一回是如此的回目名称。那么，这是不是可以反证现今我们所见的程本红楼梦后四十回，根本就非曹雪芹所作，而且续书的人也没有遵循原作者的旨意呢？由于我们从对文本诸多的直觉感悟中和对一些材料的分析中，已经比较确信后四十回的绝大部分，仍是曹公所撰，于是我们就对此与脂批龃龉不合的现象多留了一个心眼，就是我们要从文本中实际看一看，看看后三十回或后四十回文本中，到底有没有可以与脂砚斋所提到的回目名相关的实际"内容"。我们这一查非同小可，原来脂砚斋所说的"薛宝钗借词含讽谏，王熙凤知命强英雄"这些内容都存在，只不过它们被分散到了两回，即第109回和第110回中。实际情形就是，在这两回里，除了脂批所提到的一些内容，作者再延伸增添了一些相关内容，一共构成了两回书，回目名分别成了"候芳魂五儿承错爱，还孽债迎女返真元"，"史太君寿终归地府，王凤姐力诎失人心"，而且似乎巧合的是，第109回和110回，恰好是前80回后的第29和第30回！

那么今本第109回和第110回，是不是的确包含了前述脂批所提到的内容呢？让我们先来看一看，第109回是不是包含了"薛宝钗借词含讽谏"的内容，以及在这一内容之下，有些什么具体描写表现：

为了描述得更清楚些，我们得先说与此相关的第108回。第108回是"强欢笑蘅芜庆生辰，死缠绵潇湘闻鬼哭"，其内容是写贾母在整个贾府一片愁云惨淡中，力主要给薛宝钗做生日，"让大家乐一乐"，以在贾府营造出一点欢快旺盛的气氛来。但是，在这故意制造出来的欢快气氛中，众人愈小心，愈回避那些令人伤感痛心的言语事情，就愈易失口触碰。宴席游戏间，李纨掷出的一个骰子组合名为"十二金钗"，于是宝玉就想起他在第5回中有关"十二金钗"的梦来，又想起黛玉已逝，"一时按捺不住，眼泪便要流下来"。接着他便托故离席，不顾袭人劝说，执意要到黛玉曾经的住地潇湘馆来，眼见潇湘馆一片凄凉，他仿佛听到有人在内啼哭。在第108回的末尾，小说这样写："宝钗明知其故，也不理他。只是怕他忧闷勾出旧病来，便进里间，叫袭人来，细问他宝玉到园是怎么样的光景。未知袭人怎生回说，下回分解。"

这样到第109回的开头，就出现了"薛宝钗借词含讽谏"的内容，好在这段讽谏之言也不长，我们将它全部引在下面：

> 话说宝钗叫袭人问出原故，恐宝玉悲伤成疾，便将黛玉临死的话与袭人假作闲谈，说是："人在世上，有意有情，到了死后，各自干各自的去了，并不是生前那样的人死后还是那样。活人虽有痴心，死的竟不知道。况且林姑娘既说仙去，他看凡人是个不堪的浊物，那里还肯混在世上？只是人自己疑心，所以招出些邪魔外祟来缠扰。"宝钗虽是与袭人说话，原说给宝玉听的。袭人会意，也说是："没有的事。若说林姑娘的魂灵儿还在园里，我们也算相好，怎么没有梦见过一次？"

这就是"借词含讽谏"的主要或起始的内容。说它"借词"，因为薛宝钗知道，如果她要直接地劝谏宝玉，宝玉必不理会，而且可能还会有反作用，所以他便假装（"借词"）与袭人谈起黛玉死后的情形来申发一番道理。怎样来"含讽谏"呢？它就是要宝玉明白人的生死相隔的道理，要让他接受黛玉已死的这个现实。这种讽谏形式，是作为宝玉的妻子，亦是作为理性博学的薛宝钗最合理的一种劝谏的形式。而且这种劝谏的形式，在小说中具有上下一贯的联系性。早在第98回"苦绛珠魂归离恨天，病神瑛泪洒相思地"中，在贾宝玉因为没有与林黛玉成亲，而以为被"宝姐姐"鸠占鹊巢而病重欲死时，就是薛宝钗用类似极端的崩溃疗法，以使贾宝玉"一痛决绝，神魂一归"，直接告诉了林黛玉已死的真相。这样贾宝玉在昏死苏醒之后，亦渐渐无可奈何地接受了黛玉已死的现实，及"又见宝钗举动温柔，就也渐渐的将爱慕黛玉的心肠略移到宝钗身上。"所以说，这里的宝钗的"借词含讽谏"正是第98回薛宝钗劝谏贾宝玉的合乎逻辑的发展。

那么，薛宝钗这种"借词含讽谏"对于贾宝玉到底有没有效果呢？根据前面第21回脂砚斋的批语，这一讽谏的直接效果应该是不大好的，因为前面脂砚斋明确地说，第21回袭人"娇嗔箴宝玉"，而宝玉可"箴"，后半部宝钗"借词含讽谏"，而宝玉"已不可箴"。从第109回接下来的描写看，与脂砚斋的说法应该是基本吻合的，第21回在袭人"娇嗔箴宝玉"（要宝玉不要和别的女孩儿过于亲昵）以后，宝玉以"玉簪"（把玉簪折断）起誓，说"再不听你说，就和这簪子一样。"，但在第109回，在宝钗"借词含讽谏"后，不过是勾起了宝玉的另一个更痴呆的举动，他就要试一试到底能不能在梦魂中见到林妹妹，于是就出现了小说中描写的，连续两个晚上离开自己和薛宝钗的新婚卧房，单独一个人在外室歇息以"候梦"，希望能够在梦中与林妹妹相见的情节。只是由于宝钗的理解（宝钗"想来他那个呆性是不能劝的，倒好叫他睡两夜，索性自己死了心"），也由于两次"候梦"而未得，以及贾宝玉自己觉得对不起宝钗感到的负疚，这场"不可箴"的风波才终告平息。因此，总的说来，第109回的这一故事情节与脂砚斋在第21回的批语是相符合的。

巧而幸运的是，我们现还有一个非常强有力的"外证"，能够证明现第109回中"候芳魂"的情节，就是脂砚斋批语中所提到的"薛宝钗借词含讽谏"中的一部分，因此也能够证明"薛宝钗借词含讽谏"的内容仍存在于今本第109回中，因此第109回就是曹雪芹自己所撰。

在留存现今的有关红楼梦的资料中，（清）富察明义的《题红楼梦》七绝二十首是最早期的重要文献之一，是研究红楼梦的重要资料。富察明义，满洲镶黄旗人，生于乾隆五年（1740年），根据红学家冯其庸先生的研究，他的《题〈红楼梦〉七绝二十首》约写于乾隆二十三年（1758年）或稍早（注：1758年，曹雪芹尚健在，曹雪芹逝于1763年初。又，程甲本出版于1791年冬，富察明义的此组诗写于程甲本之前33年）。有关他的这组咏《红楼梦》的七绝，相关研究非常之多，对其整体的研究我们在此置之不论，我们感兴趣的是与笔者此章相关的第17首，我们先将其引出：

锦衣公子茁兰芽，红粉佳人未破瓜。
少小不妨同室榻，梦魂多个帐儿纱[7]。

关于此诗的含义，目前存在不同的解释，有的（如蔡义江、吴世昌等）认为是咏宝玉与黛玉年两小无猜时的情形，也有的（如朱淡文等）认为只是咏宝玉与宝钗婚后的无性婚姻的情形。笔者认为，总的说来，蔡义江、吴世昌先生的解释稍接近于真实，但是其整体理解仍然是错误的，因为仅只该诗的前两句咏了宝玉黛玉两人少小无猜的生活情形，但是这两句只是此诗的一个铺垫，此诗的重心却在后两句："少小不妨同室榻，梦魂多个帐儿纱。"为了我们论说的方便，我们不妨先对全诗进行解释：

"锦衣公子茁兰芽，红粉佳人未破瓜"，诗中的"锦衣公子"和"红粉佳人"毫无疑问指的是贾宝玉和林黛玉，"茁兰芽"则含有淡淡的性的意味，意思大概是说贾宝玉刚刚朦胧地懂得一点点性的东西（第六回"贾宝玉初试云雨情"有涉及）"未破瓜"意思很好懂，意思就是说两人小时候尽管同处一室，但并未有任何的性方面的关系。第三句"少小不妨同室榻"则写的更具体一点，对应于小说，应该具体指小说第19回有关两人"同室榻"的一段描写，下面我们依然将其引出：

> 彼时黛玉自在床上歇午，丫鬟们皆出去自便，满屋内静悄悄的。宝玉揭起绣线软帘，进入里间，只见黛玉睡在那里，忙上来推他道："好妹妹，才吃了饭，又睡觉！"将黛玉唤醒。黛玉见是宝玉，因说道："你且出去逛逛，我前儿闹了一夜，今儿还没歇过来，浑身酸疼。"宝玉道："酸疼事小，睡出来的病大，我替你解闷儿，混过困去就好了。"黛玉只合着眼，说道："我不困，只略歇歇儿，你且别处去闹会子再来。"宝玉推他道："我往那里去呢，见了别人就怪腻的。"
>
> 黛玉听了，"嗤"的一笑道："你既要在这里，那边去老老实实的坐着，咱们说话儿。"宝玉道：

"我也歪着。"黛玉道:"你就歪着。"宝玉道:"没有枕头。咱们在一个枕头上罢。"黛玉道:"放屁!外头不是枕头?拿一个来枕着。"宝玉出至外间,看了一看,回来笑道:"那个我不要,也不知是那个腌臜老婆子的。"黛玉听了,睁开眼,起身笑道:"真真你就是我命中的'魔星'。请枕这一个!"说着,将自己枕的推给宝玉,又起身将自己的再拿了一个来枕上,二人对着脸儿躺下。

第19回的这一段描写,应该就是富察明义所写的"少小不妨同室榻"的直接来源。那么"梦魂多个帐儿纱"写什么呢?很显然,第四句是与第三句形成对照的,其意是说在小时候两人不妨同睡在一张床上,而到了现在我想在夜晚梦中与你相会却也不能够,我与你的梦魂隔着一层薄薄的"帐儿纱"。很显然,根据此诗在明义20首诗中的位置,尤其根据其诗所描写的内容,与明义此诗相符的只能是第109回"候芳魂五儿承错爱,还孽债迎女返真元"中的相关情节描写。我们先看位置,此诗是20首诗的第17首,而在其第16首,显然已经咏到了第78回"老学士闲征姽婳词,痴公子杜撰芙蓉诔"中与晴雯的相关情节,其诗是这样的:"生小金闺性自娇,可堪磨折几多宵。芙蓉吹断秋风狠,新诔空成何处招。"而在第78回后,包括后四十回一直到第109回,并无一个情节写到宝玉的梦魂,尤其是没有一个其他的相关情节与"少小不妨同室榻"相对应的涉及宝玉与黛玉的情节。因此,这里的"梦魂隔个帐儿纱"只能是第109回中宝玉连续两夜离开新婚的宝钗,而独自睡在室外候梦黛玉的情节,由于此段情节中穿插的情节内容多，下面我们将跳跃着引出一部分与候梦相关的内容来：

　　……宝玉在外面听着，细细地想道："果然也奇。我知道林妹妹死了，那一日不想几遍，怎么从没梦见？想必他到天上去了，瞧我这凡夫俗子，不能交通神明，所以梦都没有一个儿。我如今就在外间睡，或者我从园里回来，他知道我的心，肯与我梦里一见。"……等宝钗睡下，他便叫袭人麝月另铺设下一副被褥，……暗暗地祝赞了几句，方才睡下。起初再睡不着，以后把心一静，谁知竟睡着了，却倒一夜安眠。直到天亮，方才醒来，拭了拭眼，坐着想了一回，并无有梦。便叹口气道："正是'悠悠生死别经年，魂魄不曾来入梦'！"……

　　却说宝玉晚间归房，因想："昨夜黛玉竟不入梦，或者他已经成仙，所以不肯来见我这种浊人，也是有的；不然，就是我的性儿太急了，也未可知。"便想了个主意，向宝钗说道："我昨夜偶然在外头睡着，似乎比在屋里睡的安稳些，……我的意思，还要在外头睡两夜，只怕你们又来拦我。"宝钗听了，明知早晨他嘴里念诗自然是为黛玉的事了，想来他那个呆性是不能劝的，倒好叫他睡两夜，索性自己死了心也罢了。……宝钗因命麝月五儿给宝玉仍在外间铺设了。……

　　及宝玉醒来，见众人都起来了，自己连忙爬起，揉着眼睛，细想昨夜又不曾梦见，可是"仙凡路隔”了。

这便是宝玉两次独睡候梦林黛玉的情形。他两次候梦，都未能得梦，并且在两次未能得梦后，他第一次叹息着引用了《长恨歌》中的诗句"悠悠生死别经年，魂魄不曾来入梦"，第二次用了"仙凡路隔"的古语。这不正是富察明义用比喻性的语言所说的"梦魂隔着帐儿纱"的注脚吗？

至此，我们用脂批以及作品本身，以及富察明义的诗作，证明了现第109回中的"候梦"及其相关情节就是脂砚斋在第21回的批中提到的"薛宝钗借词含讽谏"所包含的内容，虽然可能经过了扩充改写，但其中的"候梦"黛玉的情节仍挪移保留到了新的故事情节之中。至于为什么要将此回目名改为"候芳魂五儿承错爱"，则很可能是因为在曹雪芹将这一情节改写或扩展以后，情节的重心已经从不听从薛宝钗的劝谏而执意要独睡"候梦"林妹妹，转向了在候梦的夜晚不经意地发现了五儿"居然晴雯复生"，于是又将对晴雯的爱意转向了眼前活着的五儿身上。这样，曹雪芹就采用这样一种出其不意的"一击两鸣"的方法，在一个情节里表现了他对两个最深爱的女人的生死之情。而这种情节安排和情感、主题的表现，又恰与整部红楼梦的主题表现和人物刻画序列契合统一（黛玉是十二钗之首，晴雯是又副钗之首。在第5回的判词中，晴雯是第一个，在同一回的《红楼梦》曲子中，黛玉则是第一位；另外，在《芙蓉女儿诔》中，在第116回第二次神游太虚幻境中，也已经表明，晴雯、黛玉，她们既相互作为映衬，同时也是《红楼梦》中获得作者最大同情和最高赞美的两个真性情的女性）。

二

现在，我们再来处理脂批中提到的那个回目名称的下半句"王熙凤知命强英雄"。根据脂批提到它的语气来看，"薛宝钗借词含讽谏，王熙凤知命强英雄"，应该属于同一回目，脂砚斋似乎不大可能把分属两回的回目名拉来组合在一起。但现在，包含了"王熙凤知命强英雄"内容的一些情节却被单独安排到了第110回"史太君寿终归地府，王凤姐力诎失人心"中，这种情形的出现应该是曹雪芹通过增补，将原来的一回扩充成了两回。我们现在分析这相关的两个回目名称，应该可以基本认定，原"王熙凤知命强英雄"所包含的内容，包含在现第110回"王凤姐力诎失小心"中，两者应该都是要通过另一场重大的丧事的办理以和王熙凤在第13回"秦可卿死封龙禁尉，王熙凤协理宁国府"的威风八面相对照（当然也和第21回中"俏平儿软语救贾琏"中的王熙凤对照），而无论是"知命强英雄"还是"力诎失人心"其实都是要表现王熙凤如今的英雄末路。

贾母在第110回（贾府获罪被抄在第105回）刚去世，偌大一个贾府竟没有一个可以办事的人，在这种情况下，在各方面境况都今非昔比的凤姐，不得已站出来主持贾母的丧事，这一方面是势所必然，另一方面也可以算是她"强英雄"。小说对于王熙凤此时的处境与心理有这样一番描写：

……所以内里竟无一人支持，只有凤姐可以照管里头的事，况又贾琏在外作主，里外他二人，倒也相宜。凤姐先前仗着自己的才干，原打量老太太死了，他大有一番作用。邢王二夫人等本知他曾办过秦氏的事，必是妥当，于是仍叫凤姐总理里头的事。凤姐本不应辞，自然应了，心想："这里的事本是我管的，那些家人更是我手下的人。太太和珍大嫂子的人本来难使唤，如今他们都去了。银项虽没有对牌，这种银子却是现成的。外头的事又是我们那个办。虽说我现今身子不好，想来也不致落褒贬，必比宁府里还得办些。"心下已定，且待明日接了三，后日一早分派。便叫周瑞家的传出话去，将花名册取上来。凤姐一一的瞧了，统共男仆只有二十一人，女仆只有十九人，余者俱是些丫头，连各房算上，也不过三十多人，难以派差。心里想道："这回老太太的事倒没有东府里的人多。"又将庄上的弄出几个，也不敷差遣。

但是王熙凤在接手贾母的丧事总办时的这一番本已"知命"的盘算完全错了，最大的困境不仅是抄家后整个贾府的人手不敷使用，而是在贾府被抄后，整个的形势与第13回"协理宁国府"时已经势移时易。首先，现在在整个贾府里，由于贾母已逝，贾赦已在流放中，贾政历来又不管"俗务"，因此，贾府的大权自然就归于"长房太太"即邢夫人的手中，而邢夫人对王熙凤的不满，早在前80回中就已显露。第二，由于刚被抄家，贾政因为害怕丧事的奢靡引起外人的议论，本来主张丧事从简，而邢夫人恰好抓住了这一点，把财权紧紧抓在手里不放，以为自己日后打算。第三，凤姐本因以前的威权算计，得罪了不少人，因此现在在她拖着病体左支右绌时，众人的态度大多是一种"作践"或看热闹的态度。关于此种种困境，小说中有这样一段描写：

> ……凤姐一肚子的委屈，愈想愈气，直到天亮，又得上去。要把各处的人整理整理，又恐邢夫人生气；要和王夫人说，怎奈邢夫人挑唆。这些丫头们见邢夫人等不助着凤姐的威风，更加作践起他来。幸得平儿替凤姐排解，说是："二奶奶巴不得要好，只是老爷太太咐吩了外头，不许糜费，所以我们二奶奶不能应付到了。"说过几次，才得安静些。
>
> 虽说僧经道忏，吊祭供饭，络绎不绝，终是银钱吝啬，谁肯踊跃，不过草草了事。连日王妃诰命也来的不少，凤姐也不能上去照应，只好在底下张罗。叫了那个，走了这个；发一回急，央及一回；支吾过了一起，又打发一起。别说鸳鸯等看去不象样，连凤姐自己心里也过不去了。

这就是王熙凤办理贾母丧事的困境。最后，在连日没日没夜的过度操劳中，尤其是在邢夫人的一顿抢白下，曾经在第13回威风八面的王凤姐，最后竟然几乎吐血而亡，这是一段最能和前面"协理荣国府"相对照的好文章，我们引在下面：

> 次日乃坐夜之期，更加热闹。凤姐这日竟支撑不住，也无方法，只得用尽心力，甚至咽喉嚷

哑，敷衍过了半日。到了下半天，亲友更多了，事情也更繁了，瞻前不能顾后。正在着急，只见一个小丫头跑来说："二奶奶在这里呢。怪不得大太太说：'里头人多，照应不过来，二奶奶是躲着受用去了！'"凤姐听了这话，一口气撞上来，往下一咽，眼泪直流，只觉得眼前一黑，嗓子里一甜，便喷出鲜红的血来，身子站不住，就蹲倒在地。幸亏平儿急忙过来扶住。只见凤姐的血一口一口的吐个不住。

第110回就是这样在各种矛盾纠葛中表现了王熙凤的"知命强英雄"的过程和悲惨结局，这就是脂批笔下"他日"之"阿凤"与"此日"之"阿凤"的赫然对照，如果说，曹雪芹在第13回用一支如椽巨笔表现了王凤姐的左右逢源和威风八面，那么他现在亦用那同一支神鬼莫测之笔写出了她的左支右绌和英雄末路的悲凉。

在此我们需要缀上一笔的是，第110回从某个角度言甚至比第13回写的还要好，因为在第13回王熙凤协理荣国府中，聚焦刻画的中心只是一阿凤，尽管这是一个纵横叱咤，大战三百回合的阿凤，正如脂砚斋在第13回侧批中所说的："写秦氏之丧，却只为阿凤一人。"[8]但是在第110回中，王凤姐的左支右绌，却只是这一场丧事的一个中心（它是多中心的）。在这一场丧事的情节中，不仅写了王凤姐的英雄末路，还表现了鸳鸯的决绝自杀和自杀之前令众人不解的以为奇怪的行为和心理（这都是用无比高明的限制视角写出来的），还进一步表现了邢夫人的冷酷不近人情和左性，以及平儿李纨的善良，还表现了贾宝玉和湘云两人奇怪的大哭（他们看起来是在贾母灵前大哭，但宝玉实际上是在哭黛玉，湘云实际上在哭自己不幸的命运。这很有点类似于鲁迅先生的小说《孤独者》中的魏连殳在他祖母灵前的那多蕴含的大哭）。这多中心的相互交叉映射，这许多人物的刻画，如果没有曹公那冰火两重天的人生经历以及那一枝神鬼莫测之笔，任是谁也无法胜任的，更不要说一个八竿子打不着边的高进士了。

下面我们再分析一下为什么曹公要对回目及回目名进行一番处置修改：

按前面的说明，我们知道在原来的回目名"薛宝钗借词含讽谏，王熙凤知命强英雄"下，王熙凤"知命强英雄"心劳力拙办丧事的情节是与"薛宝钗借词含讽谏"的情节融合在一回中的。这样的安排处理，要么就是十分庞杂过长的一回，要么就是诸情节不能很好地充分展开的一回。因此，曹公经过扩充修改，将贾母丧事诸情节内容单独地列为一回应该是更为合理的。因为贾母的死是"后部"的一个重大事件，也是贾府"浪扫浮萍"（第108回鸳鸯和贾母在掷骰子酒令游戏中所得的一个曲牌名，下面将要分析）的另一个关键转折点，它的重要性本应该单独成为一回，而不应该与"薛宝钗借词含讽谏"所涉及的宝、黛、钗三人的爱情纠葛掺和在一起。其次，单从回目名称来看，也是现如今的回目名更好，因为脂本第72回的回目名就叫"王熙凤恃强羞说病，来旺妇倚势霸成亲"，如果在后四十回中又说"王熙凤知命强英雄"，至少在用语上就有些重复。其次，表现王熙凤"知命"的情节细节，在前80回中也已经多有表现，最典型的是在第74回，在有人告柳二媳妇的状的时候，凤姐就说：

……有人来告柳二媳妇和他妹子通同开局，凡妹子所为都是他作主。我想你素日肯劝我多一事不如少一事，自己保养保养也是好的。我因听不进去，果然应了，先把太太得罪了，而且反赚了一场病。如今我也看破了，随他们闹去罢，横竖还有许多人呢。我白操一会子心，倒惹的万人咒骂，不如且自家养养病。就是病好了，我也会做好好先生，得乐且乐，得笑且笑，一概是非都凭他们去罢，所以我只答应着'知道了'。"平儿笑道："奶奶果然如此，那就是我们的造化了。"

因此，如果现在再说"王熙凤知命强英雄"，在内容上也显得重复，而且与事实不完全相符（她早已知命，奈何现在再言"知命"）。此外，在贾家被抄后，在办理贾母的丧事时，王熙凤所面临的情况，不简单是"知命"不"知命"的问题，也不是"强英雄"还是不"强英雄"的问题，而是必须她站出来才行。在被抄家后，在贾珍和贾赦被发配后，此时能办事的只有她和贾琏两口子。因此，我们揣测，尽管曹雪芹在以前的稿子中可能的确用过"王熙凤知命强英雄"这样的回目名称，但后来在对此回进行扩充修改时，将回目名更为现在的"王凤姐力诎失人心"。这应该是更为准确细腻合理的。"力诎"，更好地表露了她现在的现状：在后四十回中，尤其是在抄家后，王熙凤不仅身体有病，而且她整个人的精神状况都像是变了一个人。早在第108回中，小说就通过已经出嫁回到贾府的史湘云之口对王熙凤在遭受抄家打击后（当然也因为病）的状况有过评说："湘云道：'别人还不离，独有琏二嫂子，连模样儿都改了，说话也不伶俐了。'"因此，现在用"力诎"是十分准确合理的。而"失人心"也更好地描绘了在贾母逝世后她所处的境况，贾母一死，她赖以大权独揽的一棵大树就倒了，相反，与她明里暗里较劲掣肘的邢夫人却执掌了大权。此外，此时她的"失人心"，也从另一个角度照应了她在前80回中的威势和弄权——她以前得罪的人太多了。因此，此时她的"失人心"正是势所必然，也是小说诸多矛盾纠葛的表露以及人物命运走向的必然。

从以上对有关"薛宝钗借词含讽谏，王熙凤知命强英雄"这一脂批的分析中，我们可以看到，后四十回中的这些回目，的确就是曹雪芹自己亲自操刀所为，是任何人都无法替代续写的。同时它也说明，曹雪芹的《红楼梦》，恐怕就是在他仙逝之前，仍然在不断的修改和完善中，所以，我们在脂批中就听到这样的感叹，"此回未补成而芹逝矣，叹叹！"[9]

注释：

[1] 朱一玄：《红楼梦资料汇编》，南开大学出版社，2001年版，第111页。

[2] 同上，第141页。

[3] 同上，146页。

[4] 同上，第183页。

[5] 同上。第335页。

[6] 同上，第335页。

[7] 同上，第25页。

[8] 同上，第246页。

[9] 同上，第364页。

第四章 脂批钩沉（之二）

在脂批中，有关红楼梦的结局和尾声有多条批语，其中个别批语，在现今所谓"程本"120回本中已经没有对应，如在"壬午季春"畸笏叟在第17、18回有一条眉批："前处引十二钗总未的确，皆系漫拟也。至末回警幻情榜，方知正、副、再副、及三、四副芳讳。"[1]这里已经明确提到了末回，并且言明在末回有一个"警幻情榜"，但是在现存的红楼梦120回本中，这个"警幻情榜"已经不存在，此应该是作者曹雪芹已经将其删去。笔者推测，这个情榜当时应该出现在贾宝玉第二次神游太虚幻境的情节中或此情节的末尾，因为畸笏叟明言是"警幻""情榜"，这个"情榜"，应该是与第5回贾宝玉第一次神游太虚幻境中在"薄命司"中所见到的金陵诸钗的判词和曲子等相照应的。此外，笔者分析，畸笏叟所说的"末回"应该是当时他所见到的"末回"，而并不一定是整部书的末回。因为畸笏叟在落款时间为"丁亥夏"的第25回一条眉批中说："叹不得玉兄悬崖撒手文字为恨。"[2]现在我们可以判为是"悬崖撒手"的几回文字，恰好在第116回描写贾宝玉第二次神游太虚幻境之后，也就是说，在壬午年（1762年）季春（曹雪芹逝世是在1762年除夕，按公历算，是1763年初），畸笏叟见到了他所能见到的最晚的载有"情榜"的文字，在此之后或之前，他应当听说过其后还有可称为"悬崖撒手"的文字，但不知何故，他一直到丁亥（1767年）夏，都未见到这部分文字。

在脂批中涉及到末尾结局的除了此条明言"情榜"的文字外，还有多条亦涉及到小说的末尾结局，而它们都可以在现今程本120回本中找到对应，主要有：

一、脂批（甲戌）在第4回有一条侧批："起用'葫芦'字样，收用'葫芦'字样，盖云一部书皆系葫芦提之意也，此亦系寓意处。"[3]

二、脂批在第21回"贤袭人娇嗔箴宝玉，俏平儿软语救贾琏"中有一条夹批：

> 宝玉之情，今古无人可比固矣。然宝玉有情极之毒亦世人莫忍为者，至后半部，则洞明矣。此是宝玉三大病也。宝玉看此世人莫忍为之毒，故后文方有'悬崖撒手'一回。若他人得宝钗为妻，麝月为婢，岂能弃而为僧哉？[4]

除上引一条外，还有第25回"魇魔法姊弟逢五鬼，红楼梦通灵遇双真"中有一条眉批："叹不得见玉兄悬崖撒手文字为恨。"[5]

三、在第41回（庚辰本）中，在一段描写巧姐和板儿争玩具的文字中有一条夹批："柚子即今香团之属也，应与缘通。佛手者，正指迷津者也。以小儿之戏，暗透前后通部脉络，隐隐约约，毫无一丝漏泄，岂独为刘姥姥之俚言博笑而有此一大回文字哉。"[6]

此批本只是说明巧姐结局的一般文字，按理与交代金陵其他诸钗的结局一类文字没有区别，但由于巧姐是在贾府诸钗中最后一个被交代结局的，是交代诸钗命运的一个总收尾，故脂砚斋说"暗透前后通部脉络"。考之今程本红楼梦，交代巧姐结局的文字至迟到了第119回，正与脂批所言相合。

脂批中，涉及其小说结局的文字主要就是这三条，下面我们证之以今"程本"的相关描写，一一加以解说。

一

脂批说的"起用'葫芦'字样，收用'葫芦'字样"的"葫芦"，单从字面上看即指作品中的"葫芦庙"，《红楼梦》小说的第一回开篇（除去那一段作为"缘起"的文字）就是一段交代甄士隐的包含有"葫芦庙"的文字：

《石头记》缘起既明，正不知那石头上面记着何人何事？看官请听——按那石上书云：当日地陷东南，这东南有个姑苏城，城中阊门，最是红尘中一二等富贵风流之地。这阊门外有个十里街，街内有个仁清巷，巷内有个古庙，因地方狭窄，人皆呼作"葫芦庙"。庙旁住着一家乡宦，姓甄名费字士隐，嫡妻封氏，性情贤淑，深明礼义；家中虽不甚富贵，然本地也推他为望族了。因这甄士隐禀性恬淡，不以功名为念，每日只以观花种竹、酌酒吟诗为乐，倒是神仙一流人物。只是一件不足：年过半百，膝下无儿，只有一女乳名英莲，年方三岁。

一段本是主要交代甄士隐的文字，为什么被脂砚斋称为是"葫芦字样"呢？这大概是因为以下几点，第一，是脂砚斋用了借代方法，因为甄士隐就住在"葫芦庙"旁。第二，"葫芦"谐音"糊涂"，后来甄士隐看破红尘出家，正是"难得糊涂"之举。第三，"葫芦"还含有佛教意旨，正如脂批所言"盖云一部书皆系葫芦提之也，此亦系寓意处"。

以上三点，都是脂砚斋用"葫芦字样"作为指代的原因，不过此仍不完全，脂砚斋之所以用"葫芦字样"，还因为他要图得方便，要以一"葫芦字样"而借代为几个人物的一个总代称，而其中一个就是与甄士隐演对手戏的贾雨村。为什么贾雨村也可以用"葫芦字样"借代呢？因为甄士隐住在"葫芦庙"旁，而贾雨村则当时借住在葫芦庙内。如亦在第一回：

> 这士隐正在痴想，忽见隔壁葫芦庙内寄居的一个穷儒——姓贾名化、表字时飞、别号雨村的走来。这贾雨村原系湖州人氏，也是诗书仕宦之族。因他生于末世，父母祖宗根基已尽，人口衰丧，只剩得他一身一口。在家乡无益，因进京求取功名，再整基业。自前岁来此，又淹蹇住了，暂寄庙中安身，每日卖文作字为生，故士隐常与他交接。

后来到了第四回，作者还把曾经在葫芦庙中做过"小沙弥"的一个看门人，称作"葫芦僧"，把贾雨村徇私枉法审结拐子拐骗甄士隐的女儿英莲的案子称作"葫芦案"。不过这与脂批的那一段文字和小说的开头结尾已经没有多大关系。我们在此简单一句作结，所谓"起用'葫芦'字样，收用'葫芦'字样"，不过是说全书要用甄士隐和贾雨村两人来开头和结尾。

现在我们已经搞清楚了所谓"葫芦字样"那条侧批不过是说全书用甄士隐和贾雨村两人来开头和结尾，那么，现存程本《红楼梦》是不是恰好是如此情形呢？稍稍翻检一下，就会发现正是如此。

前面我们已经提到，小说的第一回除了那个缘起，开篇便是甄士隐的出场，接着小说就让甄士隐做了一个梦，让他在梦中逢到了携石头入凡的"一僧一道"，并听到了一僧一道关于"一干风流冤家"命运遭际的"玄机"（未及听完），然后就是贾雨村出场及贾雨村在甄士隐的资助下入都考取功名，再接着是甄士隐遭遇两大祸祟并交代他出家并不知去处，然后是写了贾雨村的腾达。这是开篇第一回的"起用葫芦字样"。而到了第120回"甄士隐详说太虚情，贾雨村归结红楼梦"的末尾，小说遥遥照应第一回的开头，让犯案后遇大赦被削籍为民的贾雨村在"急流津觉迷渡口"遇到早已为道的甄士隐。二人相遇，道道寒暄，甄士隐就向他的老相识贾雨村完整地讲述了在第一回中他未及听完的整个太虚幻境的缘起和归宿。已经知道了这个完整故事的贾雨村最后又指点"空空道人"将一部《石头记》交到了作者"曹雪芹先生"手上，小说也就在此终结了。这就是第120回最后几页的"收用葫芦字样"。

与前面第三章我们对"薛宝钗借词含讽谏"等的证明一样，我们亦在富察明义的《题红楼梦》绝句二十首中找到了一个十分有力的证据，能够证明上引脂批所言及我们的分析确定无疑。《题红楼梦》绝句二十首第十九首：

莫问金姻与玉缘，聚如春梦散如烟。

石归山下无灵气，总使能言亦枉然。[7]

　　此诗在二十首绝句中排列第十九，从顺序和所咏内容都可以看出，此绝句所咏是《红楼梦》最后的结局，尤其是此诗的"石归山下无灵气"一句，可以说就是此条脂批中所言的一个印证和注解。因为在"收用葫芦字样"的结局中，恰好就有如此的"石归山下"的文字，而且不止一处，为方便起见，我们将这两处文字引出：

　　士隐道："宝玉，即'宝玉'也。那年荣宁查抄之前，钗黛分离之日，此玉早已离世：一为避祸，二为撮合。从此凤缘一了，形质归一。又复稍示神灵，高魁贵子，方显得此玉乃天奇地灵锻炼之宝，非凡间可比。前经茫茫大士渺渺真人携带下凡，如今尘缘已满，仍是此二人携归本处：便是宝玉的下落。"

　　……

　　这士隐自去度脱了香菱，送到太虚幻境，交那警幻仙子对册。刚过牌坊，见那一僧一道缥缈而来，士隐接着说道："大士、真人，恭喜贺喜！情缘完结，都交割清楚了么？"那僧道说："情缘尚未全结，倒是那蠢物已经回来了。还得把他送还原所，将他的后事叙明，不枉他下世一回。"士隐听了，便拱手而别。那僧道仍携了玉到青埂峰下，将"宝玉"安放在女娲炼石补天之处，各自云游而去。

　　这两处皆明言曾被"茫茫大士"和"渺渺真人"携入红尘的"宝玉"又被"携归本处","送归原所","携了玉到青埂峰下,将'宝玉'安放在女娲炼石补天之处"。"石归山下无灵气"不正是以上小说语言的诗意表达吗。至于富察明义此诗最后一句所说的"总使能言亦枉然",是因为在此"石归山下"的情节之后,还有一个"空空道人"将那石头上的故事"再抄录一番"(因在第一回中空空道人已抄录过一次,所以说"再抄录一遍"),并"托他传遍",最后在贾雨村的指点下传给"曹雪芹先生"的尾声。意思是纵使"石头"的故事能够从此流传于世,但是对于宝黛的爱情悲剧和整个贾府的悲剧来说,也是枉然啊。"无灵气"和"亦枉然"表现了此时年轻的富察明义对这一悲剧(主要是宝黛爱情悲剧)的悲叹。这最后两句诗也可以再一次证明富察明义当时(1758年或稍早)所见到的《红楼梦》,就是30余年之后经过程高之手修订补缀而传到而今的120回本《红楼梦》。

　　从以上我们所举的证据和分析中可以看出,脂批所说的"起用'葫芦'字样,收用'葫芦'字样",正一丝不差地体现在今程本《红楼梦》120回本中,明义的诗恰好能够为此作为有力的旁证。它们无可辩驳地说明,曹公已经完成了整个红楼梦,脂砚斋也已经见到了至少已初具雏形(后四十回的雏形)的完整的红楼梦,今天所谓的程本《红楼梦》其实就是高鹗程伟元修订编辑过的曹雪芹原稿。

二

　　本章开头我们提到,涉及到整部小说结局的第二类关键脂批就是那提到了"悬崖撒手"的两条批（其中一条未署名，但可以判断为脂砚斋所批，另一条则署名为畸笏叟批）。什么是"悬崖撒手"呢？为分析的方便，我们将此用语拆开进行分辨。"撒手"好理解，无非就是出家，抛弃了功名伦理、抛弃了娇妻美妾出家。"悬崖"呢？稍复杂一点。所谓"悬崖"应该是一个佛教用语，或一个带有佛教意旨的用语，大约指沉迷于红尘之中，而且不是一般的沉迷，而是沉迷到了很厉害或很"危险"的程度，在这种很危险很厉害的程度时再突然"撒手"出家了，就谓之"悬崖撒手"，这就像我们今天的成语"悬崖勒马"的逻辑和意思一样。

说到此，我不妨说几句稍许的题外话，此用语"悬崖撒手"，极有可能是脂砚斋和畸笏叟听曹雪芹提到的对整部小说"大结局"的一个命名式的总称呼。为什么呢？第一，在整部小说中，无论是前80回还是后40回，根本就没有一个词叫"悬崖撒手"（前80回中连相似的词都没有，倒是在后40回中有一个"从此而止"的类似的词。后详），一个评点小说的人不大可能凭空给小说的大结局安这么一个代称。况且，脂批者之一的畸笏叟，还明言他根本没有见过"悬崖撒手文字"，那么他称之的"悬崖撒手"这个用语，就只能是听曹雪芹说的。第二，给小说相对完整的一部分文字给予一个代称，涉及到作者的设计构思，这种事情似乎只有作者本人才能做和才会做，批评者是不大可能做到或不容易做到的，况且脂砚斋和畸笏叟还并非严格意义的批评者，他们只是那种随兴式的评点人，似乎不可能做这种事情。因此，我们揣测，在对小说的大结局进行构思或初创的阶段，曹雪芹或对他的至亲知己们提到过这个词，就是他的小说要写个"悬崖撒手"式的大结局。

在我们要讨论"悬崖撒手"的问题时，首先面临这样一个困难，即，曹雪芹所说的（或脂砚斋、畸笏叟说的）"悬崖撒手"的大结局到底从哪儿算起，在上引脂砚斋的批语中，有"故后文方有'悬崖撒手'一回"的句子，似乎"悬崖撒手"只有一回文字。如果这样，那么所谓"悬崖撒手"就只能是最后一回，即描写宝玉进士高中后离奇失踪，后来在船上拜见父亲后，便随"一僧一道"消失在"白茫茫一片旷野"中。但这样理解似乎不甚合理，因为即便直接描写宝玉最后"撒手"的文字也是分布在第119和120回两回文字中，所以我觉得对脂批中所说的"一回"的字眼不能死看，反正就是指在末尾有"悬崖撒手"这么"一回"文章。此外，还有一个问题，如果仅仅把第119回和120回中出家的文字当作全部的"悬崖撒手文字"，也仍然于理欠通。前面我们在解说这个词语的时候，曾把这个词（词组）分别解释过，"撒手"是一个意思，"悬崖"又是一个意思，且没有"悬崖"何来撒手，撒手正是建立在悬崖的基础之上才有意义。且脂批中在提到"悬崖撒手"一词的时候，是把它与"娇妻美妾"联系在一起的，其原话是："若他人得宝钗为妻，麝月为婢，岂能弃而为僧哉？"而如果孤立地看第119和120回，宝玉弃的最多只能说是"仕途经济"，与"娇妻美妾"并无直接关系。另外，关于"悬崖撒手文字"，畸笏叟不是也有一句话吗？即"叹不得见玉兄悬崖撒手文字为恨"，畸笏叟不仅没有提"一回"的字眼，且言辞之间，似乎"悬崖撒手文字"是相当大的一部分，如果他"不得见"的仅仅只是第120回和119回的某一部分，他应该也不会如此地慨叹"为恨"。此外，前面我们也分析过，畸笏叟所见到的"末回"是有"警幻情榜"一类文字的，而根据笔者的分析，"警幻情榜"一类的文字只能出现在贾宝玉第二次神游太虚幻境中，而在现存的程本中，贾宝玉神游的情节是在第116回，则"警幻情榜"之后，还有整整四回。如果我们把第116回以后的文字总的看作是一种大结局式的"悬崖撒手文字"，畸笏叟因未见而"为恨"，则合于情理。所以，我觉得对脂砚斋的"一回"的词语我们实不能呆看。稳妥的做法是，对"悬崖撒手文字"可以分宽严两种眼光看，严的，就是指第119回和120回中的相关部分；宽的呢，依笔者之见，就是第116回"神游太虚幻境"之后所有的都可归为"悬崖撒手"这条线索的文字。当然，不管我们按"严"还是按"宽"的标准看，都不影响我们对脂批真实性的信任，也不影响我们对之分析而得出的结论，即，这些脂砚斋见过的畸笏叟未见而"为恨"的"悬崖撒手文字"，就原原本本地存在于我们现今称之为"程本"的120回的《红楼梦》中。下面，我们还是按"宽"的标准来分析，看看曹雪芹怎样在贾宝玉神游太虚幻境之后，写出那个"悬崖撒手"的大结局来。

我们把第116回贾宝玉第二次神游当作整个"悬崖撒手文字"的开始，是有相当的道理的。因为正是在第二次的神游中，他才参透了红尘的虚无，这一点我们可以从太虚幻境他所见的几幅对联中见出，如"假去真来真胜假，无原有是有非无"，"过去未来，莫谓知贤能打破；前因后果，须知亲近不相逢"，"喜笑悲哀都是假，贪求渴慕总因痴"。（这些对联我们在第二章中已解释过）。所以，当他从太虚之梦中醒过来时，他已经大梦初醒，宝玉"遂把神魂所历的事呆呆地细想，幸喜还记得，便哈哈地笑道：'是了，是了'！"所谓"是了，是了"，就是他已经参透了，和第一回的"好了歌"中的意思一样，"好就是了，了就是好"。然后所发生的一切，就是他沿着这条参透了的道路，一步步实施、走向"悬崖撒手"。

下面我们为了叙述的简便，根据情节顺序将贾宝玉整个的"悬崖撒手文字"分为几个环节来论述，从这些环节中，我们可以更清楚地看看贾宝玉是怎样一步步走向"悬崖撒手"的。在这样的过程中，他又经历了怎样的阻力和情感的煎磨，同时也让我们看到，整个"悬崖撒手文字"是怎样地起伏跌宕，扣人心弦，如此动人的文字就是前80回也是不多见的。这些环节和文字，本身都可以说明，它们就是脂批中所言的"悬崖撒手文字"。下面我们先列出环节，再一一分述：

一、冷落女儿（116回）

二、还玉与护玉（117回）

三、大论战（118回）

四、心动（118回）

（一）对女儿的冷落

贾宝玉自从第二次从太虚幻境中出来，就明白了自己的"出身"，因此他明白自己的路途，就只剩下"归去大荒山"一途。这以后他第一个令人诧异的表现，就是对女儿的冷落。我们知道，对女儿的爱恋痴情是贾宝玉的最大特性（此不繁引证），因此他的"悬崖撒手"，也就必须从对女儿的冷落开始。在第116回，有一段，主要通过紫鹃和五儿的心理与语言，很好地表现了发生在贾宝玉身上的这一变化：

那知宝玉病后，虽精神日长，他的念头一发更奇僻了，竟换了一种，不但厌弃功名仕进，竟把那儿女情缘也看淡了好些。只是众人不大理会，宝玉也并不说出来。

一日，恰遇紫鹃送了林黛玉的灵柩回来，闷坐自己屋里啼哭，想着："宝玉无情，见他林妹妹的灵柩回去，并不伤心落泪；见我这样痛哭，也不来劝慰，只瞅着我笑。这样负心的人，从前都是花言巧语来哄着我们。前夜亏我想得开，不然几乎又上了他的当！只是一件叫人不解：如今我看他待袭人也是冷冷儿的。二奶奶是本来不喜欢亲热的，麝月那些人就不抱怨他么？看来女孩儿们多半是痴心的，白操了那些时的心，不知将来怎样结局！"正想着，只见五儿走来瞧他。见紫鹃满面泪痕，便说："姐姐又哭林姑娘了？我想一个人，闻名不如眼见。头里听着，二爷女孩子跟前是最好的，我母亲再三的把我弄进来；岂知我进来了，尽心竭力的伏侍了几次病，如今病好了，连一句好话也没有剩出来，这会子索性连正眼儿也不瞧了。"

紫鹃听他说的好笑，便噗嗤的一笑，啐道："呸！你这小蹄子，你心里要宝玉怎么样待你才好？女孩儿家也不害臊。人家明公正气的屋里人他瞧着还没事人一大堆呢，有功夫理你去？"因又笑着，拿个指头往脸抹着问道："你到底算宝玉的什么人那？"那五儿听了，自知失言，便飞红了脸。

这段描写实在精彩，不仅富于对比性、也富于含蕴，一段心理和语言描写，把宝玉前后待女儿情形的巨大对比表现得淋漓尽致。先前，贾宝玉为他的林妹妹多少次死去活来，以前仅仅是紫鹃的一次玩笑话，贾宝玉就差点送了命，后来还是紫鹃亲自过去服侍宝玉，宝玉才捡回一条命来，而且由此闹了许多孩子气的笑话（譬如说以后凭谁也不准姓林，溺爱孙子的贾母告诉人，以后叫管家林之孝不准到园子里来。宝玉看见有一艘玩具船，就喊叫说有船来接林妹妹了，见57回。），但现在，贾宝玉看见送林妹妹的灵柩回姑苏，看见紫鹃护送灵柩回来，却像没事人一样。不仅如此，叫紫鹃感到奇怪的，以前他对袭人、麝月、五儿等多么温柔，现在也一概是"冷冷的"。在第116回之后，除了这段文字，还有一段精彩有趣的文字表现了宝玉的这种变化："袭人睁眼一瞧，知是个梦，也不告诉人。吃了药，便自己细细地想：'宝玉必是跟了和尚去。上回他要拿玉出去，便是要脱身的样子。被我揪住，看他竟不像往常，把我混推混搡的，一点情意都没有。后来待二奶奶更生厌烦，在别的姊妹跟前，也是没有一点情意：这就是悟道的样子。'"在袭人的感觉里，宝玉一反常态地对女儿的冷落，就是等同于"悟道"，不能不说这是袭人高超的悟性。

（二）送玉与护玉

第二个环节是"送玉与护玉"。第117回中的"阻超凡佳人双护玉"是一段十分精彩的文字，林语堂先生在他的著作《平心论高鹗》中对之大加欣赏并概之为"双美护玉"。宝玉送玉给和尚，意思就是要重回"大荒山"，因为"宝玉"实际只是由一僧一道从大荒山携入红尘的一块"顽石"而已。而护玉，是因为这玉在王夫人、宝钗、袭人、紫鹃等爱护他的人看来，就是宝玉的命，前面已经描写宝玉由于失"玉"，已经魂魄皆无，是和尚送还了这块"玉"，宝玉才重新活了过来。这段文章实在精彩动人，我们还是将其引出：

　　宝玉看见那僧的形状与死去时所见的一般，心里早有些明白了，便上前施礼，……弟子请问师父："可是从太虚幻境而来？"那和尚道："什么'幻境'，不过是来处来，去处去罢了。我是送还你的玉来的。我且问你，那玉是从那里来的？"宝玉一时对答不来，那僧笑道："你自己的来路还不知，便来问我！"宝玉本来颖悟，又经点化，早把红尘看破，只是自己的底里未知。一闻那僧问起玉来，好象当头一棒，便说道："你也不用银子的，我把那玉还你罢。"那僧笑道："也该还我的。"

　　宝玉也不答言，往里就跑。走到自己院内，见宝钗袭人等都到王夫人那里去了，忙向自己床边取了那玉，便走出来。迎面碰见了袭人，撞了一个满怀，把袭人唬了一跳，说道："太太说你陪着和尚坐着很好。太太在那里打算送他些银两，你又回来做什么？"宝玉道："你快去回太太说：不用张罗银子了，我把这玉还了他就是了。"袭人听说，即忙拉住宝玉，道："这断使不得的！那玉就是你的命，若是他拿了去，你又要病着了。"宝玉道："如今再不病的了。我已经有了心了，要那玉何用？"摔脱袭人，便想要走。袭人急的赶着嚷道："你回来，我告诉你一句话。"宝玉回过头来道："没有什么说的了。"袭人顾不得什么，一面赶着跑，一面嚷道：

"一回丢了玉，几乎没有把我的命要了！刚刚儿的有了，他拿了去，你也活不成，我也活不成了！你要还他，除非是叫我死了！"说着，赶上一把拉住。宝玉急了，道："你死也要还，你不死也要还。"狠命的把袭人一推，抽身要走。怎奈袭人两只手绕着宝玉的带子不放，哭着喊着坐在地下。

里面的丫头听见，连忙赶来，瞧见他两个人的神情不好。只听见袭人哭道："快告诉太太去！宝二爷要把那玉去还和尚呢！"丫头赶忙飞报王夫人。那宝玉更加生气，用手来掰开了袭人的手。幸亏袭人忍痛不放。紫鹃在屋里听见宝玉要把玉给人，这一急比别人更甚，把素日冷淡宝玉的主意忘在九霄云外了，连忙跑出来，帮着抱住宝玉。那宝玉虽是男人，用力摔打，怎奈两个人死命的抱住不放，也难脱身，叹口气道："为一块玉，这样死命的不放！若是我一个人走了，你们又怎么样？"袭人紫鹃听了这话，不禁嚎啕大哭起来。

本来，从小说的第116回直到结尾，也就是脂批所谓"悬崖撒手文字"，是非写实成分很浓的部分，什么送玉还玉、和尚石头之类，都是明显的虚幻文字，从功能上来说，它们只是作者曹雪芹为了给小说安排一个结局而使出的一种布局手段。但是，难能可贵的是，即使是如此的一部分虚幻文字，曹雪芹并没有如脂砚斋所嘲讽世人的那样"认真说鬼话"，而仍然把它写得真切动人，符合人物性格逻辑，是在非写实的框架下的精彩写实。这段文字，非常动人地刻画了袭人、尤其是紫鹃对他的爱。本来自从黛玉去世以后，紫鹃一直误解宝玉，对他冷淡至极，但到现在的紧要关头，藏在她内心深处的对宝玉的关爱，在无意识中突然迸发，小说中一句紫鹃"这一急比别人更甚"，非常准确真切地刻画了紫鹃此时的心理，也十分符合紫鹃忠贞的性格品质。后来她自愿跟随惜春出家，也是她这种忠贞性格品质的表现，看似出人意料，实在情理之中。

关于这种非写实框架下的写实，我们再多申述几句，就是在这种写法中，看似是非写实的部分是作者要表达的主旨，但究其实，却还是写实部分更加打动人心，而成为作品实际的重心。《红楼梦》的这种特性，在一些其他的地方也有所表现，例如我们之前分析过的贾宝玉两次神游太虚幻境的文字，也是看似那种勘破红尘的非写实的内容是作者的主旨，但究其实，还是对"美与爱"的表现更加打动人心，而实际成为作品表现的重心所在。这种写法，在整个"悬崖撒手文字"中也是一样的，看似作者只是在不断地表现贾宝玉一步步走向"悬崖撒手"，但实在却是在表现着作者的"不忍"，表现着人间的伦理、爱情的可贵，以及蕴含于其中的悲剧性。这应当是我们观察整个"悬崖撒手文字"的一个基本立足点，甚至也是我们观察整个《红楼梦》的一个立足点。在此一点上，我们不大同意王国维先生的观点，即认为《红楼梦》主要表现了那种"解脱"的世界观。实际上，人生悲苦而寻求"解脱"，只是在作品的首尾所安排的一个带虚幻性的框框，而红楼梦的"肉"、它的瓤子，却是对现实的、现世的美与爱、美与真的赞美与眷恋。

（三）大论战

第三个环节"大论战"，我们选取的是第118回宝钗与宝玉关于"出世离群"问题的一段论战。我们之所以称之为"大论战"，是因为在整部红楼梦中，除此之外，还没有一处有过这样大规模的理论争辩。在前80回，尽管宝玉动不动就骂人"禄蠹"，也有一些非议"仕途经济"和儒家伦理的议论文字，但往往都是只言片语，并未构成大段的理论论说。薛宝钗亦是，她尽管十分理性，有时也有一些"经世致用"的议论，曾经也用理性的劝说打动过林黛玉，但是在前80回，她也未见有如此动人大规模的雄辩。此处的雄辩之动人、之精彩，在整部《红楼梦》中是仅此一见：下面我们还是不吝将其引出：

却说宝玉送了王夫人去后，正拿着《秋水》一篇在那里细玩。宝钗从里间走出，见他看的得意忘言，便走过来一看，见是这个，心里着实烦闷，细想："他只顾把这世出离群的话当作一件正经事，终久不妥！"看他这种光景，料劝不过来，便坐在宝玉傍边，怔怔的瞅着。宝玉见他这般，便道："你这又是为什么？"宝钗道："我想你我既为夫妇，你便是我终身的倚靠，却不在情欲之私。论起荣华富贵，原不过是过眼烟云；但是古圣贤，以人品根柢为重……"宝玉也没听完，把那本书搁在旁边，微微的笑道："据你说'人品根柢'，又是什么'古圣贤'，你可知古圣贤说过，'不失其赤子之心'？那赤子有什么好处？不过是无知无识无贪无忌。我们生来已陷溺在贪、嗔、痴、爱中，犹如污泥一般，怎么能跳出这般尘网？如今才晓得‘聚散浮生’四字，古人说了，不曾提醒一个。既要讲到人品根柢，谁是到那太初一步地位的？”宝钗道：“你既说‘赤子之心’，古圣贤原以忠孝为赤子之心，并不是遁世离群、无关无系为赤子之心。尧、舜、禹、汤、周、孔，时刻以救民济世为心，所谓赤子之心，原不过是‘不忍’二字。若你方才所说的忍于抛弃天伦，还成什么道理？”宝玉点头笑道：“尧舜不强巢许，武周不强夷齐。”宝钗不等他说完，便道：“你这个话，益发不是了。古来若都是巢、许、夷、齐，为什么如今人又把尧、舜、周、孔称为圣贤呢？况且你自比夷齐，更不成话。夷齐原是生在殷商末世，有许多难处之事，所以才有托而逃。当此圣世，咱们世受国恩，祖父锦衣玉食；况你自有生以来，自去世的老太太，以及老爷太太，视如珍宝。你方才所说，自己想一想，是与不是？”宝玉听了，也不答言，只有仰头微笑。

宝钗因又劝道：“你既理屈词穷，我劝你从此把心收一收，好好的用用功，但能博得一第，便是从此而止，也不枉天恩祖德了。”宝玉点了点头，叹了口气，说道：“一第呢，其实也不是什么难事。倒是你这个‘从此而止’，‘不枉天恩祖德’，却还不离其宗。”宝钗未答言，袭人过来说道：“刚才二奶奶说的古圣先贤，我们也不懂。我只想着我们这些人，从小儿辛辛苦苦跟着二爷，不知陪了多少小心，——论起理来，原该当的，但只二爷也该体

谅体谅。况且二奶奶替二爷在老爷太太跟前行了多
少孝道，就是二爷不以夫妻为事，也不可太辜负了
人心。至于神仙那一层，更是谎话，谁见过有走到
凡间来的神仙呢？那里来的这么个和尚，说了些混
话，二爷就信了真！二爷是读书的人，难道他的话
比老爷太太还重么？"宝玉听了，低头不语。

针对这段大论战，我们下面将作出几方面的分析，这些
分析的无论哪一方面，都很有力的说明，像这样的文字，不可
能由一个另外的作者所续出。如果真有这样的人，真有这样
的事，除非这个人具有至少三倍于曹雪芹的本领能力。为什
么？因为曹雪芹有十数年的亲身经历，句句字字都是从心里流
出，都是用血泪（甚至远不止是他一个人的血泪，而是他一个
家族的血泪）凝成，尽管如此，他也是"披阅十载，增删五
次"才成，而且，"书未补成"而卒。我们看曹公在《红楼
梦》中的诗作，那是何等水平，不仅写得绝佳，而且模拟林黛
玉的就像林黛玉的身世性格、模拟薛宝钗的就是薛宝钗人格风
采，就是模拟香菱，也得香菱的特性。因此他的朋友敦诚、敦
敏等，才夸他才比曹植、李贺。但是高鹗，毫无此类经历，从
未写过小说，时间也仅一年不足（根据胡适先生考证），观察
其诗，也就平常水准，他怎么可能在毫无准备的条件下，在如
此短的时间里就写出其绝大部分毫不亚于前80回的煌煌后40回
呢？而且就像我们在好几处曾指出过的那样，后40回的有些部
分，甚至比前80回的相关相似部分还要精彩呢！难道这是宇宙
间可能发生的事吗（这是常识情理，但我们的证明并不以此类
诘难为依据）？下面，我们就针对上引论辩一一展开分析：

　　第一，这段大辩论，文采斐然，表现出绝佳的才学与论辩能力，从学理上看，此段可以说是儒家的入世和佛家的出世之间一段大辩论，无论论辩的哪一方，都是学理深厚，有理有据，论证充分，尤其代表儒家入世的薛宝钗一方，从社会、历史及家庭夫妇伦理各方面一一驳斥，让贾宝玉理屈词穷，这应当代表着曹雪芹真正的思想观念。如此精彩辉煌的论辩，在前80回中也没有过。

　　第二，此段论辩极好地表现了也发展了宝钗的理性博学的个性特点。以理性博学见长，是宝钗的最重要的特点，在前80回中，在许多方面都表现出薛宝钗的这一特性，例如第42回就是薛宝钗用一段诚恳的理性劝说使林黛玉捐弃前嫌，使钗黛合而为一（关于此，详后）；在"薛宝钗小惠全大体"一回中，也是薛宝钗用朱子的"物无所弃"理论与探春进行了一番论辩，并宣示了自己的"学问中便是正事。若不拿学问提着，便都流入世俗去了"的高超理论。在第二十二回"听曲文宝玉悟禅机，制灯谜贾政悲谶语"中，也是宝钗从曲文中道出了其中蕴含的玄机（此亦是后来宝玉"悬崖撒手"的一个伏笔，甚至也是宝钗"自作自受"的一个伏笔。下详）。她的理性、思辨和博学，在前八十回中已经多所表现。但是，前80回中的此类文字，却都没有第118回那样雄辩滔滔，充满激情。可以说这正是薛宝钗此一特性的合乎逻辑的发展。薛宝钗之所以在此时如此充分淋漓尽致地表现出她的这一特性，主要有两点原因：第一，是情势所逼，因为此时她所爱的、亦作为她一生依靠的丈夫就要抛家别妻，离世索居，在此时她再也不能矜持腼腆、再也不能守拙装愚，她不能不使出浑身的辩才、知识与激情投入到这场论辩中，以求力挽狂澜。第二，婚后的薛宝钗更加成熟了，这一点在后四十回中有两件事表现得十分充分，一件是黛玉死后她一人可以说冒天下之大不韪，把黛玉已逝的真相告诉宝玉，以使贾宝玉"一痛决绝，神魂一归"。另一件就是在金桂误将她自己毒死后，薛宝钗稳住阵势，查出争相，表现出了大将风度。正是这样两点，再加上她本有的博学理性，使她在这一关键时刻表现出这种雄辩滔滔和激情的风采。我们完全可以说，婚后的薛宝钗，才最后完成其性格塑造。

此外，我们还需注意的是，在上面的引文中，我们是将袭人的一段论辩也包含其中的，袭人可以说是宝钗的影子，用脂砚斋的话说，袭人可以说是"钗之副"。在前80回中，她们就相互欣赏（在前80回中，袭人和宝钗几次不由自主地相互夸奖，如第21回宝钗高看袭人，第32回袭人当着湘云的面夸奖宝钗"有涵养、心地宽大"），而且她确实也表现出了类似于宝钗的理性、克制、会做人处世的特性。在这段论辩里，袭人的语言可以说是宝钗理论的世俗版本，但是同样具有巨大的说服力，宝玉听了也只能"低头不语"。可以说，这一段论辩，不仅很好地表现了宝钗的性格和发展，也很好地表现了袭人的性格和发展。

第三，这段论辩不仅符合人物的特性和逻辑，而且情节也与前80回中一些"伏笔"相照应，正符合脂批中屡次所言的所谓"伏线千里"的特点。此段论辩，直接由宝玉"细玩"庄子的《秋水》篇引起，而在第21回，贾宝玉亦是由庄子的《胠箧》引出一大段远离红尘、离世索居的议论来。在紧接着的第22回，也是《庄子》（南华经）引起了宝玉的一番人生徒劳空虚的思考。这只是最直接具体的，如果我们把这一细节纳入到整个"悬崖撒手"的主题看，则其伏笔在前80回中更是比比皆是。例如第二十二回"听曲文宝玉悟禅机，制灯谜贾政悲谶语"就伏着宝玉"悬崖撒手"的几个伏笔，一，正是宝钗自己解说《山门》和其中的《寄生草》，而后引出宝玉的偈语。且宝钗还说了一段与第118回论战相联系的话：

> 宝钗念其词曰："'无我原非你，从他不解伊。肆行无碍凭来去。茫茫着甚悲愁喜，纷纷说甚亲疏密。从前碌碌却因何？到如今回头试想真无趣！'"看毕，又看那偈语，因笑道："这是我的不是了。我昨儿一支曲子，把他这个话惹出来。这些道书机锋，最能移性的，明儿认真说起这些疯话，存了这个念头，岂不是从我这支曲子起的呢？我成了个罪魁了！"说着，便撕了个粉碎，递给丫头们，叫快烧了。

虽然不能说宝玉的出家之念是由宝钗的对于《山门》《寄生草》一支曲子的解说引起，但宝钗的这番话，却实实可以作为第118回她与宝玉就出世与入世而展开的大论战的一种伏笔，当然也是最后的大结局"悬崖撒手"的一个伏笔。又如亦是第22回，宝玉和宝钗两人制作的灯谜，亦暗示着他们二人的这一结局（最后三人的灯谜依次是黛玉、宝玉、宝钗）：

> ……贾政又看道："南面而坐，北面而朝，象忧亦忧，象喜亦喜。"打一用物。贾政道："好，

好！如猜镜子，妙极！"宝玉笑回道："是。"贾政道："这一个却无名字，是谁做的？"贾母道："这个大约是宝玉做的？"贾政就不言语。往下再看宝钗的，道是："有眼无珠腹内空，荷花出水喜相逢。梧桐叶落分离别，恩爱夫妻不到冬。"打一用物。贾政看完，心内自忖道："此物还倒有限，只是小小年纪，作此等言语，更觉不祥。看来皆非福寿之辈。"想到此处，甚觉烦闷，大有悲戚之状，只是垂头沉思。

他二人远在第22回的这段谜语，及其贾政的悲剧性反应，就已经预示了小说最后的"悬崖撒手"的结局。宝玉的谜底是"镜子"，但更是隐含着一个弥勒佛的形象（曹公真是高明之极），宝钗的谜语更是全面展示了她的悲剧结局：她如此的聪明博学又理性，但实在却是"有眼无珠腹内空"的，虽然她嫁给了宝玉，幸福如愿如"荷花出水喜相逢"，但最后确实一场空；她与宝玉的恩爱将在"梧桐叶落"之时"分离别"，他们的恩爱连一个和暖的冬天也没有过完就终结了。这些谜语就像是一个预言，连时间都已提示，宝玉离家考试时是所谓"秋闱大比"，当然是"梧桐叶落"时；宝玉参加大比就没有回来（古代科举考试时间很长），最后描写是在雪地里拜见了他的父亲后就随一僧一道不知所踪了，正是"恩爱夫妻不到冬"。在第22回"听曲文宝玉悟禅机，制灯谜贾政悲谶语"里，甚至就是贾政的反应亦是最后"悬崖撒手"结局的一个伏笔，本来小说极少描写贾政参与宝玉黛玉宝钗姐妹们的游戏，这一次却独独写到了贾政的"悲戚"，因为最后就是贾政代表着整个贾家在船上见到了已出家的宝玉，而整个贾家最觉得对不起的人，最让他们"悲戚"的人就是可怜的薛宝钗。

关于宝玉最后"悬崖撒手"和宝钗的悲惨结局在前面的伏笔问题，我们的论述就到此为止。总之，无论是与脂批的对应，还是从前80回中所暗暗伏下的"悬崖撒手"的伏笔，都可以证明，整个"悬崖撒手文字"，是作者曹雪芹本人的精心构撰，也处理得天衣无缝，绝不可能是一个叫什么高鹗的人所顶替而作，而且也是根本顶替不来的。

第四，从主题表现和艺术上来看，这段大论战亦是整个"悬崖撒手"不可缺少的一部分，为什么？因为"撒手"与"反撒手"，就是整个大结局中的一个根本矛盾，前面我们已经从"双美护玉"论证了这一点。"双美护玉"是情感的反"撒手"，而宝钗的"大论战"则是理性的反"撒手"。正是在这种种的矛盾与反抗中，小说凸现出人间真情的可贵，使小说在一个比较虚幻的框架中表现出了现实的丰富、真实性，而这，是与那些完全的仅以虚幻无稽为本体的作品根本不同的。关于此，我们在此再补充一点，在第116回及以后的整个"悬崖撒手"的五回文字中，小说的内容我们可以用"一个框架，两种现实"来形容和概括，一个框架就是宝玉第二次神游后一步步走向"悬崖撒手"的过程，由"神游——还玉——密商（与和尚）——失踪——拜父"几个环节构成；而两种现实就是，第一种现实就是在宝玉萌生出家念头之后，爱人亲人对他的劝阻以及悲痛，另一个现实就是在中间自然地穿插着一些其他人物的现实结局，例如惜春、紫鹃、巧姐、袭人都是在这个过程中交代结局的。这样的一种安排，使小说一方面在"功能"上找到一种总的结局方式，另一方面，其实它仍然在相当的程度上继续着前面的整个深刻写实的深入人性的创作方式，而不至于流入那种"认真说鬼话"的荒诞无稽之地。

（四）"心动"

所谓"心动"，就是宝玉在走向"悬崖撒手"的过程中，并不是没有过矛盾犹豫的。小说在第118回末尾以非常细腻动人的笔触表现了这一点。小说描写宝玉一心要"从此而止"，便静心地准备科考，以便一举高中后再撒手而去。一日，在他正在"静室"复习功课时，莺儿来给他送瓜果。这段文字如诗一般，短小而动人，我们一并引出：

> 莺儿一面放下瓜果，一面悄悄向宝玉道："太太那里夸二爷呢。"宝玉微笑。莺儿又道："太太说了：二爷这一用功，明儿进场中了出来，明年再中了进士，做了官，老爷太太可就不枉了盼二爷了。"宝玉也只点头微笑。
>
> 莺儿忽然想起那年给宝玉打络子的时候宝玉说的话来，便道："真要二爷中了，那可是我们姑奶奶的造化了。二爷还记得那一年在园子里，不是二爷叫我打梅花络子时说的：我们姑奶奶后来带着我不知到哪一个有造化的人家儿去呢？如今二爷可是有造化的罢咧！"宝玉听到这里，又觉尘心一动，连忙敛神定息，微微的笑道："据你说来，我是有造化的，你们姑娘也是有造化的，你呢？"莺儿把脸飞红了，勉强笑道："我们不过当丫头一辈子罢咧，有什么造化呢。"

　　这是诗一般动人的文字，读到此的时候，不仅小说中的人物宝玉"不觉尘心一动"，就是笔者我屡次读到此的时候，都不觉眼泪潸然。多么天真可爱的莺儿，真是一只可爱的"黄莺儿"（莺儿姓黄。不知作者给这个人物取名的时候是不是也如给许多其他的人物取名一样，也有谐音双关意义）。小说在此写到此一诗意细节，就是为了突出这些小女儿们的可爱（虽然在其框架意义下，这种"可爱"是要克服的一种"悬崖"，但实际意义却是，就如贾宝玉在第34回中所说的："你放心。我便为这些人死了，也是情愿的。"），不能不说，这也是在"悬崖撒手文字"中，一个有机构成部分。它与"双美护玉"、"大论战"一起，构成了整个"悬崖撒手"中现实一极的最动人的部分。

　　此情节亦早有伏笔。在莺儿的话中，提到了当年宝玉曾对莺儿说过的一段话，这段话出现在第三十五回"白玉钏亲尝莲叶羹，黄金莺巧结梅花络"中，时宝玉求宝钗让莺儿给他打一个络子，莺儿到宝玉的住处后，就一面打络子，一面和宝玉说话：

　　　　宝玉一面看莺儿打络子，一面说闲话。因问他："十几岁了？"莺儿手里打着，一面答话："十五岁了。"宝玉道："你本姓什么？"莺儿道："姓黄。"宝玉笑道："这个姓名倒对了，果然是个'黄莺儿'。"莺儿笑道："我的名字本来是两个字，叫做金莺，姑娘嫌拗口，只单叫莺儿，如今就叫开了。"宝玉道："宝姐姐也就算疼你了。明儿宝姐姐出嫁，少不得是你跟了去了。"莺儿抿嘴一笑。宝玉笑道：

"我常常和你花大姐姐说，明儿也不知那一个有造化的消受你们主儿两个呢。"莺儿笑道："你还不知我们姑娘，有几样世上的人没有的好处呢，模样儿还在其次。"宝玉见莺儿娇腔婉转，语笑如痴，早不胜其情了，那堪更提起宝钗来？

注意，这是在整部《红楼梦》中莺儿不多的出场中的两次，而且是相互对应的最为可爱的两次。在这前后相隔达数十回的两回中，莺儿的"娇腔婉转"一致，人物语言一致，莺儿天真可爱的人物性格（她一点不知道宝玉认真看书正准备"从此而止"呢，她也不了解宝钗的悲哀）以及她对宝钗的喜爱，也是一样的，在前面第35回中，莺儿提及宝钗，满是喜爱之情，而在这第118回中，莺儿提及宝钗的时候，依然满是为宝钗着想的喜悦关爱之情。

在这相照应的两段情节中，还有一个细节特别值得注意，在前面第35回中，那句有关"消受"的话是宝玉说的，原话是"我常常和你花大姐姐说，明儿也不知哪一个有造化的消受你们主儿两个呢"，宝玉说完后，莺儿并未重复或直接回答宝玉的这句话，而只是另外说起"我们姑娘"的好处。而到了第118回中，这句话才由莺儿转述出来，在这段转述中，莺儿转述的重心也随其情景与前面第35回不一样，在第35回宝玉那段话的重心是：你和你姑娘都十分可爱，以后不知道哪一个有福气有造化的人能够娶到你们两个，重心是赞美她俩，并羡慕那未知的将娶她们的人。而现在莺儿转述出来的重心却是："二爷"就是有造化的咧，因为二爷现在这么用功读书，就要高中了，二爷你自己就是你曾经说过的那个"有造化"的人了，你的"有造化"，当然就是我们"姑娘"的造化了。其重心是满心相信期望宝玉有造化，能够高中，这样的话，她热爱的姑娘"宝钗"于是也有造化了。这段转述如此地符合情景，符合人物性格，符合人物关系。其含蕴动人之处由于其情景不同，甚至还远超第35回，这高超而又自然的艺术表现，除了都操控于曹公一人之手，难道还会有第二种可能吗？

从以上的分析中我们可以看到，整个"悬崖撒手"的故事是一个包含丰富多环节的过程。在以上的四个环节中，我们还没有包含那在整个"悬崖撒手"故事中无处不在的悲惨的哭声（整个后四十回写哭的都多），正是这无处不在的哭声构成了整个"悬崖撒手"故事的背景，例如下面一些例子：

> 宝钗不待说完，便道："你醒醒儿罢！别尽着迷在里头！现在老爷太太就疼你一个人，老爷还吩咐叫你干功名上进呢。"宝玉道："我说的不是功名么？你们不知道'一子出家，七祖升天'？"王夫人听到那里，不觉伤起心来，说："我们的家运怎么好？一个四丫头口口声声要出家，如今又添出一个来了。我这样的日子过他做什么！"说着，放声大哭。（第117回）

> ……宝玉也不分辩，便说道："勘破三春景不长，缁衣顿改昔年妆。可怜绣户侯门女，独卧青灯古佛旁。"
>
> 李纨宝钗听了，诧异道："不好了！这个人入

了魔了。"王夫人听了这话，点头叹息，便问："宝玉，你到底是那里看来的？"宝玉不便说出来，回道："太太也不必问我，自有见的地方。"王夫人回过味来，细细一想，更哭起来道："你说前儿是玩话，怎么忽然有这首诗？罢了，我知道了。你们叫我怎么样呢？我也没有法儿了，也只得由着你们去罢，但只等我合上了眼，各自干各自的就完了！"

宝钗一面劝着，这个心比刀绞更甚，也掌不住，便放声大哭起来。袭人已经哭的死去活来，幸亏秋纹扶着。（第118回）

此时宝钗听得，早已呆了。这些话不但宝玉说的不好，便是王夫人李纨所说的，句句都是不祥之兆，却又不敢认真，只得忍泪无言。那宝玉走到跟前，深深的作了一个揖。众人见他行事古怪，也摸不着是怎么样，又不敢笑他。只见宝钗的眼泪直流下来，众人更是纳罕。……

宝玉仰面大笑道："走了，走了！不用胡闹了，完了事了！"众人也都笑道："快走罢！"独有王夫人和宝钗娘儿两个倒象生离死别的一般，那眼泪也不知从那里来的，直流下来，几乎失声哭出。（第119回）

贾兰也不及请安，便哭道："二叔丢了。"王夫人听了这话便怔了，半天也不言语，便直挺挺的躺倒床上。亏得彩云等在后面扶着，下死的叫醒转来，哭着。见宝钗也是白瞪两眼。袭人等已哭得泪人一般，只有哭着骂贾兰道："糊涂东西，你同二叔在一处，怎么他就丢了？"……

王夫人是哭的一句话也说不出来，宝钗心里已知八九，袭人痛哭不已。贾蔷等不等吩咐，也是分头而去。可怜荣府的人个个死多活少，空备了接场的酒饭。……（第119回）

我们不厌其烦地共列举出四处哭的场景，第一例是第117回，宝玉已经与和尚密商决定出家，当宝玉说出"一子出家，七祖升天"的话时，王夫人已经知道事情可能难以挽回，故忍不住放声大哭。第二例是第118回，当惜春要出家，宝玉念出他梦游太虚幻境时看到的关于惜春的判词时，王夫人和宝钗的大哭。在整个"悬崖撒手文字"中，曾经最矜持也最理性的宝钗，却是哭得最多也最悲惨的一个。这看似矛盾，但其实最合情理，因为博学理性矜持的宝钗，她终身的事业就是要嫁得一个好夫君，当一个标准的贤妻良母，她也曾力挽狂澜似乎把宝玉挽回来，但现在，这一切全部落空，她年纪轻轻，面对她的将是茫茫长夜。第三例是第119回当宝玉出去参加科举考试时与众人的告别场面，宝钗、王夫人已经从他的告别语言中听出了其言外之意，但在看似高兴的离别场面中当着众人不敢放声哭，只有暗暗流泪。第四例也是第119回，贾兰考试回来告诉家人宝玉丢了，主要写袭人的哭，在许多次哭中，这是描写袭人哭得最伤心的一次，因为凭袭人的知识，她以前不大可能直觉到宝玉会出家（宝钗和王夫人凭直觉知道），直到现在，袭人知道她一生的努力、柔情、希望、依靠全部落空了。所以袭人在这之后的反应是哭得晕厥过去。

　　仅从这些例子中我们就可以看出，近五回之多的"悬崖撒手文字"，实际是一个彻底的悲剧，里面是哭声一片，极强烈地渲染了那种愁云惨雾的悲剧气氛。因此，那种认为《红楼梦》如传统一般亦是个"大团圆"式的结局的看法是错误的。这么说吧，它只是给读者安了一个虚假的"大团圆"的尾巴，给读者一个假意的审美投降，而其实质，却是悲剧性的，这一片的哭声，最好地证明了这一点。

　　以上我们共从五个方面论述了脂批所谓"悬崖撒手文字"的整个构成。我们可以看出，悬崖撒手是一个构思缜密、内容内涵都极其丰富的一个大结局。里面有相当的部分，如我们前面列举了的五个方面的内容，无论在艺术上还是思想内涵上，都极其精彩，无懈可击，与前80回中的无论什么部分相比都毫不逊色。这种构思及艺术上的完美本身，就能够有力的说明前80回和后40回，是有机统一的整体，都是出于同一的高超大师之手。如果我们要说这前后有什么区别，最多可能只给一些读者这种感受印象，就是它们似乎不如前80回那么具有情趣，那么具有细腻的生活细节。但其实，这种些微的差别只是因为作品所反映的生活内容不同而具有不同的审美风格而已。如果我们单从悲剧美的角度看，甚至是后40回更加打动人心。当代大儒牟宗三说："人们喜欢看红楼梦的前80回，我则喜欢看后四十回。……前八十回固然是一条龙，铺排的面面俱到，天衣无缝，然后四十回的点睛，却一点成功，顿时首尾活跃起来。……前八十回是喜剧，是顶盛；后四十回是悲剧，是衰落。由喜转悲，由盛转衰，又转得天衣无缝，因果相连，俨若理有固然事有必至，那却是不易。……所以《红楼梦》不是闹着玩的，不是消遣品，这个开宗明义的辛酸泪，及最后的悲剧，岂不是一贯？然若没有高鹗的点睛，那辛酸泪从何说起？所以全书之有意义，全在高鹗之一点。"[8]牟宗三推崇后四十回的悲剧性，甚至认为比前80回还要不易，还要动人，或许这代表着牟宗三的一种审美喜好，但是他说前八十回与后四十回原是一条龙的整体，而且是后四十回的点睛一笔的悲剧结局盘活了整个红楼梦的"龙身"，却是符合作品本身的实际的。当然，他把这功劳依当时的流行看法，算在高鹗的头上，那却是不确的，当然也无怪于他，毕竟他对后四十回的真伪问题未予关注，而这种错误见解又流行得太久太广了。

三

前面我们提到，涉及到巧姐儿命运结局的那一条脂批，我们现也把它算作是涉及到结局的一条材料。虽然巧姐的命运结局只是众多人物命运结局中的一个，但毕竟巧姐儿是所有人物命运结局中最后交代的一个，巧姐儿的结局文章一直写到第120回，几乎是与整个小说相始终，因此我们这样安排似也不无道理。

前面我们提到，在第41回（庚辰本）中，在一段描写巧姐和板儿争玩具的文字中有一条夹批："柚子即今香团之属也，应与缘通。佛手者，正指迷津者也。以小儿之戏，暗透前后通部脉络，隐隐约约，毫无一丝漏泄，岂独为刘姥姥之俚言博笑而有此一大回文字哉。"在这段批语中，有两个或三个关键字，第一个是"指"，另一个是"缘"，另一个是"通部"二字。现在我们就主要紧扣这三个字来对应所谓程本《红楼梦》进行验证分析，看后40回的小说本身是不是恰好印证了脂批中所言。另外，第113回中有关刘姥姥、凤姐和巧姐儿的相关描写可以看作是最后巧姐儿命运结局的一个伏笔和前奏，我们将一并分析。

在后40回中，有关巧姐儿的命运结局实是一篇相当大的文章，姑舍前八十回中曹雪芹为巧姐儿所伏下的许多伏笔不算，单在后40回中，巧姐儿的命运结局亦是作者慢慢写来，其中也有可以称为伏笔的文章。最直接相关的应该是第113回，当时凤姐正重病，命在旦夕，刘姥姥因听说贾母去世，故特来贾府看望。彼时贾府一团糟，凤姐又病着，好心又平易近人的平儿反没有打算去理这个来的不是时候的刘姥姥。病中的凤姐却听说刘姥姥来了，赶忙嘱咐平儿："平儿，你来。人家好心来瞧，不可冷淡了他。你去请了刘姥姥进来，我和他说说话儿。"凤姐此时对刘姥姥的态度甚合情理，一，在前八十回中，心狠手辣的凤姐就偏偏与刘姥姥有些"投缘"（凤姐善待刘姥姥可以看作是凤姐本性唯一的善良透气口，也是作恶许多的凤姐的一种迷信心理的体现），刘姥姥三进荣国府，三次都得到了凤姐的善待，甚至连"巧姐儿"的名字都是凤姐让刘姥姥所取，而现在凤姐又病重，她知道自己已时日无多，因此，她会在无意识中愿望在她终身之后，给巧姐儿有个交代，这就是她此时愿见刘姥姥的心理。这是一段好文章，不仅前应后合，情节自然而行，而且人物的语言行为等，亦端的是前80回的那个刘姥姥和王凤姐，只是人物言语行动的语境不同而已：

只见平儿同刘姥姥带了一个小女孩儿进来，说："我们姑奶奶在那里？"平儿引到炕边。刘姥姥便说："请姑奶奶安。"凤姐睁眼一看，不觉一阵伤心，说："姥姥，你好？怎么这时候才来？你瞧你外孙女儿也长的这么大了。"刘姥姥看着凤姐骨瘦如柴，神情恍惚，心里也就悲惨起来，说："我的奶奶！怎么这几个月不见，就病到这个分儿？我糊涂的要死，怎么不早来请姑奶奶的安！"便叫青儿给姑奶奶请安。青儿只是笑。凤姐看了，倒也十分怜爱，便叫小红招呼着。

刘姥姥道："我们屯乡里的人，不会病的，若一病了，就要求神许愿，从不知道吃药。我想姑奶奶的病别是撞着什么了罢？"平儿听着那话不在理，忙在背地里拉他。刘姥姥会意，便不言语了。那里知道这句话倒合了凤姐的意，扎挣着说："姥姥，你是有年纪的人，说的不错。你见过的赵姨娘也死了，你知道么？"刘姥姥诧异道："阿弥陀佛！好端端一个人，怎么就死了？我记得他也有一个小哥儿，这可怎么样呢？"平儿道："那怕什么？他还有老爷太太呢。"刘姥姥道："姑娘，你哪里知道！不好死了，是亲生的；隔了肚皮子是不中用的。"这句话又招起凤姐的愁肠，呜呜咽咽的哭起来了。众人都来解劝。

巧姐儿听见他母亲悲哭，便走到炕前，用手拉着凤姐的手，也哭起来。凤姐一面哭着，道："你见过了姥姥没有？"巧姐儿道："没有。"凤姐道："你的名字还是他起的呢，就和干妈一样。你给他请个安。"巧姐儿便走到跟前。刘姥姥忙拉着道："阿弥陀佛！不要折杀我了。巧姑娘，我一年多不来，你还认得我么？"巧姐儿道："怎么不认得？那年在园里见的时候，我还小呢。前年你来，我和你要隔年的蝈蝈儿，你也没有给我，必是忘了。"刘姥姥道："好姑娘，我是老糊涂了。要说蝈蝈儿，我们屯里多着呢，只是不到我们那里去。若去了，要一车也容易。"凤姐道："不然，你带了他去罢。"刘姥姥笑道："姑娘这样千金贵体，绫罗裹大了的，吃的是好东西，到了我们那里，我拿什么哄他玩，拿什么给他吃呢？这倒不是坑杀我了么？"说着，自己还笑。因说："那么着，我给姑娘做个媒罢。我们那里虽说是屯乡里，也有大财主人家，几千顷地，几百牲口，银子钱亦不少，只是不象这里有金的，有玉的。姑奶奶自然瞧不起这样人家。我们庄家人瞧着这样财主，也算是天上的人了。"凤姐道："你说去，我愿意就给。"刘姥姥道："这是玩话儿罢咧。放着姑奶奶这样，大官大府的人家只怕还不肯给，那里肯给庄家人？就是姑奶奶肯了，上头太太们也不给。"巧姐因他这话不好听，便走了去和青儿说话。两个女孩儿倒说得上，渐渐的就熟起来了。

这段带有伏笔意味的文章十分精彩，可以注意的方面许多，我们分别分析：

第一，此段带伏笔意味的文章引出自然，毫无生拉硬拽，不自然的感觉，就如我们对《红楼梦》整个故事运行的感受一样，是一股股鲜活的"生活流"，是一种自然而丰富的"有机叙述"。此番刘姥姥来贾府（这应该是"四进荣国府"），本不是为王熙凤来，也不是为巧姐儿来，她是听说贾母去世而来的（贾母去世当然并未告知刘姥姥，她是过后才听说的，前面已有交代），当时平儿因贾府的事焦头烂额，王熙凤又重病卧床，所以并未打算让王熙凤第四次见刘姥姥。当平儿领着刘姥姥来看望凤姐时，这次反倒是凤姐先就"感到一阵伤心"（这正与第一次凤姐见刘姥姥时形成对比），为什么呢？因为此时时移事易势易，曾经威风八面的她，此时已经沦落到这样地步了，正所谓"物是人非"，教她怎么不"一阵伤心"呢。刘姥姥的一席话语行动，亦来得十分自然，他首先只是问候凤姐，当不意地看见昔日神仙一样的美人，她"爱还爱不过来"的凤姐此时"骨瘦如柴"的样子，"心里就悲惨起来"。然后才是凤姐提到赵姨娘死了，在平儿和刘姥姥的一番对话中，刘姥姥提到"隔了肚皮子是不中用的"，才引起了凤姐对她身后巧姐儿命运的挂牵和悲伤（因为此时贾琏不在身边，邢夫人从来就与她不对劲，她又得罪无数人），然后加上巧姐儿与刘姥姥的一段对话，才引出刘姥姥的那段可作为伏笔的那文字来，即给巧姐儿在她们庄屯上做个媒。不过此时纯粹是老人的一种玩笑话，但是说者无意，听者有心，临终前的王熙凤倒真有"托孤"之意。

　　我们看此段伏笔的出现，完全没有一星半点有意安排策划的痕迹，一切都处于生活的鲜活流动之中，这绝不是任何一个别的作者可以依靠前因后果的逻辑推论、依靠揣测和模拟能够续写出来的，说句极端的话，就是写出其中的一句恐怕都不可能（宋诗话载：杜甫的一句诗"身轻一鸟过"，"过"字脱逸，宋人想补上，有人补"飞"、有人补"掠"，有人补

"疾"，不一而足，最后找到另一善本，才知道是"身轻一鸟过"，宋人叹道：虽一字而不能也。岂有高鹗能补出如此精彩文字的道理。再以《红楼梦》本身的续作来作为例子，后40回写林黛玉死，写得如此哀哀动人，内容环节篇幅也是十分巨量且丰富变化，刘心武，名小说家，对《红楼梦》花数年之功钻研，而他补的后40回，写林黛玉之死仅得半页，十余行，令人笑掉大牙。正如俞平伯所言，补别人的小说比自己写小说还要难十倍）。

第二，在此段可作为伏笔的文字中，无论是人物语言人物心理还是人物性格，都十分生动精彩，而且与前80回中人物性格语言风格相一致。刻画人物，描写人物语言心理，就是同一个作者，也往往前后不一，风格矛盾。但我们看此段话中刘姥姥的语言，不还是那一个刘姥姥的语言吗？单是进门那几句"姑奶奶""奶奶"的称呼和悲叹，活脱脱就是原来的那个"村姥姥"，尤其那句"隔了肚皮子是不中用的"恐只有刘姥姥才能说出来。此外，她在此时说的"别是撞着什么了罢"，"我们庄稼人瞧着这样财主，也算是天上的人了"等语，亦十分符合刘姥姥的性格和身份。再看王熙凤的语言及心理，亦具有其性格的统一性且传神之极，例如她请平儿唤刘姥姥相见，在刘姥姥说些迷信之话时，平儿暗暗示意刘姥姥不要说，但这种迷信说法"倒合了凤姐的意"，这都是那个厉害的"凤辣子"在自己最后的时刻所可能有的行为和心理，尤其是当他听了刘姥姥那句"隔了肚皮是不中用的"话后，"呜呜咽咽地哭起来"的表现，正是王熙凤作为一个母亲临死时最大的忧虑。为什么？因为此时不仅贾府衰落，更由于她在贾府实在树敌太多。而在刘姥姥说出了那段"玩笑话"后，凤姐说的

"你说去，我愿意就给"，也是凤姐作为曾经的强人、现在为女儿担忧的临死的母亲，在她以前施过恩的刘姥姥面前所说出的最有性格也最恰切的人物语言。

第三，这段话，前承诸多伏笔，本身又成为后来情节的伏笔，前后粘连，成为巧姐儿故事的一个重要发展环节。例如凤姐告诉巧姐儿"你的名字还是她取的呢，就和干妈一样"，以及刘姥姥告诉凤姐"别是撞着什么了罢"的迷信说法，以及巧姐儿说的见刘姥姥的几次经历，都前承前80回中的相关情节（要蝈蝈的事在前80回中并未直接描写出来，《红楼梦》中常采用这种手法，即往往在人物语言中提到以前的某事，但那个"某事"在小说中并未直接写到，例如，贾环与莺儿赌钱，贾环耍赖，莺儿就说，"一个做爷的，还赖我们这几个钱，连我也瞧不起！前儿和宝二爷玩，他输了那些也没着急，下剩的钱还是几个小丫头子们一抢，他一笑就罢了。"，但宝玉与莺儿做游戏赌钱的事，小说并未写到）。而刘姥姥的玩笑话中提及的"大财主"以及凤姐说的"不然，你带了他去罢"以及"你说去，我愿意就给"等，又恰成后面巧姐儿命运结局的重要伏笔。仅从这段"承前启后"的文章，以及前面我们分析了的诸多方面都说明，前80回和后40回中有关巧姐儿的故事，是一个相互联系的严密的整体。

分析了这段可称为伏笔的文章之后，下面我们再来分析那三个"关键词"。先分析"指"。脂批中说："佛手者，正指迷津者也。""指"就是指在最关键的时刻，是刘姥姥给指点了"迷津"，解除了巧姐儿的危难。这是恰与程本小说中的描写一致的。当时贾琏因贾赦在外流放病重，去流放之地看

望贾赦，于是贾环、王熙凤的哥哥王仁，邢夫人的哥哥邢大
舅、贾蔷等便谋划把巧姐儿卖与一"外藩"做妾赚钱，同时也
是为了报复已经死去的王熙凤。这些人把此时管家的邢夫人哄
得团团转，平儿求王夫人做主，但邢夫人拿出亲祖母的身份
来，王夫人怎样劝谏也毫无办法，第119回小说中描写：

……平儿早知此事不好，已和巧姐细细的说明
了。巧姐哭了一夜，必要等他父亲回来作主，大太
太的话不能遵；今儿又听见这话，便大哭起来，要
和太太讲去。平儿急忙拦住着："姑娘且慢着。大
太太是你的亲祖母，他说二爷不在家，大太太做得
主的，况且还有舅舅做保山。他们都是一气，姑娘
一个人，那里说得过呢？我到底是下人，说不上话
去。如今只可想法儿，断不可冒失的。"邢夫人那
边的丫头道："你们快快的想主意，不然，可就要抬
走了！"说着各自去了。

……平儿只得答应了回来。又见王夫人过来。
巧姐儿一把抱住，哭得倒在怀里。王夫人也哭道：
"姐儿不用着急。我为你吃了大太太好些话，看来
是扭不过来的。我们只好应着缓下去，即刻差个家
人赶到你父亲那里去告诉。"平儿道："太太还不
知道么？早起三爷在大太太跟前说了：什么外藩规
矩，三日就要过去的。如今大太太已叫芸哥儿写了
名字年庚去了，还等得二爷么？"王夫人听说是三
爷，便气得话也说不出来，呆了半天，一叠声叫找
贾环。找了半天，人回："今早同蔷哥儿王舅爷出

去了。"王夫人问："芸哥呢？"众人回说："不知
道。"巧姐屋内人人瞪眼，都无方法。王夫人也难
和邢夫人争论，只有大家抱头大哭。

就在这危急关头，大家都束手无策之时，门上通报刘
姥姥来了，平儿因为知道刘姥姥与凤姐和巧姐儿的那一层关
系，即刻叫了刘姥姥来见，并一五一十告诉了刘姥姥巧姐儿事
情的经过情形：

巧姐儿听见提起他母亲，越发大哭起来。平儿
道："姥姥别说闲话。你既是姑娘的干妈，也该知道
的。"便一五一十的告诉了。
把个刘姥姥也唬怔了，等了半天，忽然笑道：
"你这样一个伶俐姑娘，没听见过'鼓儿词'么？
这上头的法儿多着呢，这有什么难的？"平儿赶忙
问道："姥姥，你有什么法儿快说罢！"刘姥姥道：
"这有什么难的呢，一个人也不叫他们知道，扔崩一
走就完了事了。"平儿道："这可是混说了。我们这
样人家的人，走到那里去？"刘姥姥道："只怕你们
不走，你们要走，就到我屯里去。我就把姑娘藏起
来，即刻叫我女婿弄了人，叫姑娘亲笔写个字儿，
赶到姑老爷那里，少不得他就来了，可不好么？"
平儿道："大太太知道呢？"刘姥姥道："我来他们知
道么？"平儿道："大太太住在前头，他待人刻薄，
有什么信，没人送给他的。你若前门走来，就知道
了；如今是后门来的，不妨事。"刘姥姥道："咱们

说定了几时，我叫女婿打了车来接了去。"

就这样，刘姥姥用"鼓儿词"中的办法，让巧姐儿"扔崩"一走，逃到她那屯里躲了起来，解了"外藩"就要来"抬人"的燃眉之急。这不正是脂砚斋在第41回中所说的"佛手者，正指迷津者也"吗？刘姥姥，她有的是贾府中那些养尊处优之人缺乏的老百姓的世俗智慧，此刻，她所提供的"扔崩"之法，就正是一只"指点迷津"的"佛手"。此外，刘姥姥也并无什么力挽狂澜只手擎天的能力。联系前80回中曹雪芹为此所铺垫的种种伏笔，以及后40回的第113为此所做的铺垫，刘姥姥此刻的所言所行，正是与前面的诸铺垫相合的（例如"巧"，她是偶然来碰到的，又如脂批中所说过的，"缘"与"指"，再如她的知耻和热心肠等，都在前80回中有伏笔），亦是符合刘姥姥的人物性格的，其人物语言风采也一样，具有着乡土情趣，虽有乡土粗鲁之处，却是充满民间智慧。倒是后来的一些研究者或续书者，让刘姥姥卖田卖地，把巧姐儿从什么妓院赎出，甚或让一个在京都乡郊居住的村妪刘姥姥，到什么天隔地远的"瓜洲渡"去解救巧姐儿，显得很不靠谱。

再说"缘"。脂批说："柚子即今香团之属也，应与缘通。"显然，与刘姥姥相关，巧姐儿应有一段姻缘存在。这亦与今程本巧姐儿的结局完全一致（亦与前面第5回巧姐儿的判词和曲子相一致。下详）。巧姐儿随刘姥姥逃到乡下以后，刘姥姥庄上就有一个姓周的富户看上了巧姐儿：

那庄上也有几家富户，知道刘姥姥家来了贾

府姑娘，谁不来瞧，都道是天上神仙。也有送菜果
的，也有送野味的，倒也热闹。内中有个极富的人
家，姓周，家财巨万，良田千顷。只有一子，生得
文雅清秀，年纪十四岁，他父母延师读书，新近科
试中了秀才。那日他母亲看见了巧姐，心里羡慕，
自想：

　　"我是庄家人家，那能配得起这样世家小
姐！"呆呆的想着。刘姥姥知他心事，拉着他说：
"你的心事我知道了，我给你们做个媒罢。"周妈
妈笑道："你别哄我，他们什么人家，肯给我们庄家
人么。"刘姥姥道："说着瞧罢。"于是两人各自
走开。

　　后来刘姥姥果然将此事说与刚从外赶回的贾琏，贾琏知
道平儿、刘姥姥等怎样搭救巧姐儿，千恩万谢，又将此事告与
被赦免的贾赦等，真的就应了这门婚事。

　　显然，今程本巧姐儿的结局，完全是与脂批中所言相一
致的。此外，巧姐儿的结局命运，亦与第5回的判词和曲子相
一致。在第5回巧姐儿的判词前有一幅画："后面又是一座荒村
野店，有一美人在那里纺绩。"显然，巧姐儿最后是嫁给了一
乡下人家。第5回中关于巧姐儿的曲子是：

　　〔留馀庆〕留馀庆，留馀庆，忽遇恩人；幸娘
亲，幸娘亲，积得阴功。劝人生，济困扶穷。休似
俺那爱银钱、忘骨肉的狠舅奸兄。正是乘除加减，
上有苍穹。

句中有"休似俺那爱银钱、忘骨肉的狠舅奸兄",显然,巧姐儿最后的大难,主要是由其"狠舅奸兄"所致。此一点亦正与今程本所描写的一致。大约从101回"大观园月夜警幽魂,散花寺神签惊异兆"开始,小说就花费了相当的笔墨写了王熙凤之兄王仁和邢夫人之兄邢大舅等人怎样贪婪、怎样怨恨王熙凤、怎样设计卖掉巧姐儿。王仁正是巧姐儿之舅,邢大舅则是贾琏之舅,王仁是王熙凤之兄、邢大舅则是邢夫人之兄。而且这两个人物也不是在后40回才出现才有戏,在前80回中,这两个人亦出场多次,只不过在后四十回尤其是从第101回后才"大显身手"。这些都显示巧姐儿的命运结局是曹雪芹的精心安排,亦与第41回脂批所言相一致。

最后,我们来分析另一个关键词"通部"。脂批中的相关原话是:"以小儿之戏,暗透前后通部脉络,隐隐约约,毫无一丝漏泄,岂独为刘姥姥之俚言博笑而有此一大回文字哉。"这个词表明,脂砚斋所见到的巧姐儿的命运结局出现在小说的最后,而这,亦恰与今程本120回《红楼梦》相一致。在今程本120回《红楼梦》中,涉及巧姐儿命运结局的最后的文字出现在第120回的末尾部分,离开全书终结仅寥寥几页,在巧姐儿的故事完结以后,仅用简单勾勒笔墨交代了袭人的结局后,红楼梦的整个故事就完全结束了,最后两页就是全书的尾声,以甄士隐和贾雨村归结红楼梦,照应前面的缘起。这表明,脂砚斋在庚辰本第41回写下那段批语时所见到的《红楼梦》,是一部完整的《红楼梦》,而且这部《红楼梦》故事结尾处部分,亦恰好与我们今天所见到的程本《红楼梦》的120回本一致,即它在最后的部分才完成了巧姐儿的命运结局，否则脂砚斋怎么可能说"以小儿之戏，暗透前后通部脉络"呢？小说前80回中提到刘姥姥是在第6回，在它之前的第5回才是"贾宝玉神游太虚幻境，警幻仙曲演红楼梦"，红楼梦故事才正式展开，在第120回的末尾部分，才最后交代清了巧姐儿的结局。这不正是"暗透前后通部脉络"吗？

关于整个小说的结局部分的总的构成，我们联系前面的一些脂批及其分析，以及我们在富察明义的诗词中得到的旁证，现总起来归结为如下几条：

第一，"起用葫芦字样，收用葫芦字样"，即以甄士隐和贾雨村两人的情节来作为尾声，以照应前面的缘起。合。

第二，用一篇构成丰富精彩的"悬崖撒手文字"来写贾宝玉的出家过程及其中的矛盾冲突。合。

第三，在结尾部分，最后完成了巧姐儿的命运结局，且与前面开头的刘姥姥一进荣国府故事"暗透前后通部脉络"，并与前面一系列伏笔相照应。合。

第四，根据富察明义的《题红楼梦绝句二十首》，小说的最后有"石归山下无灵气"的内容，即最后"宝玉"被茫茫大士渺渺真人重又携回大荒山。前面已证，此故事就包含在"起用葫芦字样，收用葫芦字样"的文字中。合。

四

以上我们依据脂批，佐以富察明义的诗，比照今程本《红楼梦》，已经得出了关于《红楼梦》小说的总的结局四条结论，这其中的每一条，都可以十分有力地证明，脂砚斋见到的《红楼梦》结局情形，以及明义见到的红楼梦的结局情形，就是我们现今在所谓程本中所见到的结局情形（脂批所言也与富察明义所言合）。

本来我们主要依据脂批对红楼梦结局的证明可以就此结束了，但我们现今还有一条十分有力的材料，也能够证明此一问题，由于这条材料亦是涉及到小说的结局问题，故我们单列一节，附着于此，尽管此点与我们的章的标题"脂批钩沉"不大相合。

此条材料亦不新鲜，它亦来自于富察明义的《题红楼梦绝句二十首》。该组诗的最后一首咏袭人，无论从其位置、从诗歌所咏内容、从其中所用的典故方面看，都十分精确地对应着今程本《红楼梦》，下面我们先将明义的诗和小说的相关描写一并引用在下，然后再作分析：

> 馔玉炊金未几春，王孙瘦损骨嶙峋。
>
> 青娥红粉归何处，惭愧当年石季伦。
>
> （富察明义《题红楼梦绝句二十首》）（第二十）

……袭人悲伤不已，又不敢违命的，心里想起宝玉那年到他家去，回来说的是死也不回去的话，"如今太太硬作主张，若说我守着，又叫人说我不害臊；若是去了，实不是我的心愿。"便哭得咽哽难鸣。又被薛姨妈宝钗等苦劝，回过念头想道："我若是死在这里，倒把太太的好心弄坏了，我该死在家里才是。"于是袭人含悲叩辞了众人。那姐妹分手时，自然更有一番不忍说。

　　袭人怀着必死的心肠，上车回去，见了哥哥嫂子，也是哭泣，但只说不出来。那花自芳悉把蒋家的聘礼送给他看，又把自己所办妆奁一一指给他瞧，说："那是太太赏的，那是置办的。"袭人此时更难开口，住了两天，细想起来："哥哥办事不错。若是死在哥哥家里，岂不又害了哥哥呢？"千思万想，左右为难，真是一缕柔肠，几乎牵断，只得忍住。

　　那日已是迎娶吉期，袭人本不是那一种泼辣人，委委屈屈的上轿而去，心里另想到那里再作打算。岂知过了门，见那蒋家办事，极其认真，全都按着正配的规矩。一进了门，丫头仆妇，都称"奶奶"。袭人此时欲要死在这里，又恐害了人家，辜负了一番好意。那夜原是哭着不肯俯就的，那姑爷却极柔情曲意的承顺。

　　到了第二天开箱，这姑爷看见一条猩红汗巾，方知是宝玉的丫头。原来当初只知是贾母的侍儿，亦想不到的是袭人。此时蒋玉菡念着宝玉待他的旧情，倒觉得满心惶愧，更加周旋；又故意将宝玉所换那条松花绿的汗巾拿出来。袭人看了，方知这姓蒋的原来就是蒋玉菡，始信姻缘前定。袭人才将心事说出。蒋玉菡也深为叹息敬服，不敢勉强，并越发温柔体贴，弄得个袭人真无死所了。

　　看官听说：虽然事有前定，无可奈何，但孽子孤臣，义夫节妇，这"不得已"三个字也不是一概

推委得的，此袭人所以在"又副册"也，正是前人
过那桃花庙的诗上说道：

　　千古艰难唯一死，伤心岂独息夫人！

以上就是明义《题红楼梦绝句二十首》的最后一首以及
小说《红楼梦》第120回末尾的相关部分。下面我们主要从三
个方面来论证明义所见所咏的就是我们现今所见的今程本红楼
梦的相关内容。

第一，最简单的，就是它们的位置相合。明义的《题红
楼梦绝句二十首》，是按照小说的顺序进行写作的，例如第19
首所咏："莫问金姻与玉缘，聚如春梦散如烟。石归山下无灵
气，总使能言亦枉然。"所咏是宝玉与黛玉和宝钗的爱情最后
都以悲剧结束，最后石归山下，又重被茫茫大士和渺渺真人携
归于大荒山下。又如第十七："锦衣公子茁兰芽，红粉佳人未
破瓜。少小不妨同室榻，梦魂多个帐儿纱。"此诗所咏内容出
现在小说的第109回（前面已分析过）。再如第16首："生小金
闺性自娇，可堪磨折几多宵。芙蓉吹断秋风狠，新诔空成何处
招。"此是咏晴雯的死，所咏内容出现在小说的第77回和78
回。再如第13首："拔取金钗当酒筹，大家今夜极绸缪。醉倚
公子怀中睡，明日相看笑不休。"是咏怡红园中众女儿自己筹
钱为宝玉过生日，芳官醉酒后与宝玉同榻而眠。此内容出现在
第63回。可见，富察明义是按照小说的顺序一一咏来，他最后
一首之所以咏袭人，是因为红楼梦最后就是交代袭人的，小
说在交代了袭人的结局以后，整个《红楼梦》的故事就结束
了，最后还有两页文字，是全书的一个尾声，以照应第一回开
头的那个缘起。而这，恰好是现今我们所见的程本红楼梦的结

尾情形。

第二，单是位置相同还不足以说明两者（诗与小说）高度的对应关系，更主要的是，诗所咏的内容与小说的内容亦是高度对应：

明义的这首咏袭人结局的诗，前面两句作为诗的背景以概括的笔法写了宝玉前后命运的变化，即王孙哥儿馔玉炊金的日子没过几年，就大观园散，贾府衰，黛玉死、姐妹散，王孙哥儿"瘦损嶙峋"的情景（黛玉死后宝玉大病几次死去活来，而且小说的确描写了宝玉瘦病不堪的情状）。最后两句直接交代了袭人的结局，意思是"青娥红粉"的结局怎么样呢？她并没有殉情而死（尽管她此前曾多次说要去死，现在却是转嫁他人了）。注意，诗中的"青娥红粉"在此不是泛指，而是专指袭人。为什么这么说，就因为最后一句"惭愧当年石季伦"一句中"石季伦"这个典故。石季伦，指西晋石崇，他有一宠妾叫绿珠，在权力争斗中，石崇失势，他的一个仇人欲夺绿珠，在仇人来抢夺绿珠时，刚烈的绿珠跳楼，为石崇殉情。绿珠也成了中国典故中经常被人宣扬的忠贞殉情的榜样。富察明义诗的最后一句"惭愧当年石季伦"，就是嘲讽袭人在宝玉出家以后，并没有如她多次说的那样去死，去殉情，所以他与绿珠比起来，是应该惭愧的。

我们先不细论富察明义的诗所表现出的旧的礼教思想，就所咏内容来说，确实与我们上面所引的关于袭人结局的小说所写高度一致，我们甚至可以说明义的诗就是小说内容的一个诗性版本，小说亦是写了袭人几次欲死，但几次都因故而未能死成，最后看见了蒋玉函的那条松花绿的汗巾子，"始信姻缘前定"，为自己找了个下坡的台阶。因此袭人的言行作为和绿珠的刚烈果决比起来，不是应该感到惭愧吗？两相对比，我们可以毫无疑问的说，富察明义所见到的小说的结局、袭人的结局，就是这样的袭人欲死而终未死的结局，否则，就很难解释"青娥红粉归何处，惭愧当年石季伦"这两句诗何所而来。

第三，两者（明义的诗与小说）不仅位置相同、内容相应，而且都运用了相似的典故。明义用的典故是"青娥红粉归何处，惭愧当年石季伦"（上面已释），小说的最末尾也运用了一个典故："千古艰难唯一死，伤心岂独息夫人。" "息夫人"，是春秋时息国一诸侯的夫人，息国被灭时，被楚文王掳去为妾。若干年后，她已为楚文王生了两个儿子，但她总不说话，闷闷不乐。文王问她缘故，她说："我一个女子，嫁了二夫，只差一死，还有什么可说的。"小说中的那两句诗是小说作者曹雪芹引用清初邓汉仪一诗中的两句来形容袭人的情感态度。从思想倾向上说，曹雪芹引用的这两句诗所含的典故与富察明义的诗所用的典故还是有区别（下详），但至少在形式上，它们有相似处、相关处，譬如都是写了女子从了二夫，都是写女人没有殉情而死，亦都含有羞惭的意味。因此我们可以说，富察明义的"红粉佳人归何处，惭愧当年石季伦"就是在小说中的那两句诗的触发之下写出的，就是从小说中的那个典故中转出来的一个相似物。从以上三个方面我们可以得出很坚实的结论，明义创作《题红楼梦绝句二十首》时所见到的《红楼梦》，就是我们后来称之的程本《红楼梦》或其所依据的原本，高鹗充其量只是作了一些修订而已。

最后，笔者想就明义的典故和小说中所引用的典故的区别作一点说明。这两个典故之间就其实质来说，还是有区别的。曹雪芹所用的"息夫人"的那个典故，并没有责怪息夫人

（影射袭人）的意思，并没有如后人（如俞平伯）所批评的那样，具有浓厚的旧的礼教气息。"千古艰难唯一死，伤心岂独息夫人"，虽然也说了死的艰难，但落脚点却是在下一句，强调息夫人在情感上是"伤心"的，"岂独"一词表明，袭人亦是"伤心"的，这就从情感上肯定了袭人对宝玉的感情并非虚假，至于是否为之殉情，则是一件涉及到生死的"千古艰难"之事，似乎无从勉强。这与《红楼梦》中作者所表现出来的尊重女性以及其人道主义价值观亦并不矛盾。且曹雪芹所引的邓汉仪的原诗，亦没有贬低息夫人的意思。而富察明义所用的典故就不一样了，它是直接赞扬绿珠的殉节，批评（"惭愧"）袭人不守节。所以，具有旧的礼教思想的只是富察明义，曹雪芹无与焉。

另外我们还要注意到，在我们所引的小说结尾处交代袭人的简短描写中，曹雪芹是用一种带轻喜剧的语气笔触来写袭人的。作者之所以用这样一种微妙的轻喜剧化的态度来最后交代袭人结局，可能有两种目的，第一，就是用这种喜剧化的态度来有意淡化其中可能含有的对袭人的批评贬低态度。第二，同时也是用这种微妙的写法，传达出作者对袭人的评价，确实是有保留的，就像曹雪芹（小说中的贾宝玉）对薛宝钗终究还是有保留一样。袭人，她终究没有晴雯那样的率真和刚烈的品质，亦没有如麝月、紫鹃那样的朴直和忠贞，譬如，麝月在因她一句话导致贾宝玉重又昏死之后，麝月就打定注意，如果宝玉不能复生，她就去死。紫鹃在黛玉死了以后，亦自述有过死意，最后她抛弃了一生的幸福，主动随惜春出家。显然，小说在写到诸如麝月、紫鹃的此类态度时，是带着赞美的、感动的情感；虽然他不一定赞成她们的那类举动，但毫无疑问他是赞美那类行为之后的那种品质的。而袭人就与前述三人不同了，她多次表示唯有一死，亦对宝玉的出家哭得死去活来，但是她最终还是敌不过更多现实的功利打算。可以说，袭人最后的选择，小说虽然没有具体地展开，但仍然是符合袭人的人物性格逻辑的。曹雪芹最后在交代袭人结局时之所以要使用在后40回中基本不使用的那种戏谑的语气笔法，大概就是要传达这一微妙的既理解又有所保留的态度。

注释：

[1] 朱一玄：《红楼梦资料汇编》，南开大学出版社，2001年版，第289页。

[2] 同上，第391页。

[3] 同上，第146页。

[4] 同上，第342页。

[5] 同上，第391页。

[6] 同上，第457页。

[7] 同上，第26页。

[8]《红楼梦研究稀见资料汇编》，人民文学出版社，2001年版，第605页。

脂批钩沉（之三）

在甲戌本第7回，当描写年幼的惜春和水月庵的小姑子智能儿在一起玩耍时，脂砚斋有一条眉批："闲闲一笔，便将后半部线索提动。"[1] 前面我们已经分析过，在脂批中，所谓"后半部""下部"等一类用语，均是指80回之后的后40回，此处亦是如此。另外，此处"闲闲一笔""提动"的线索应该是指惜春爱与僧尼一类人交往的特性，我们考之《红楼梦》的前80回，除了第七回写年幼的惜春与小姑子智能儿玩耍外，此外并无此类描写。一直到后40回中，才多次地描写惜春与妙玉和其他姑子交往的情形。尤其是，到第115回，小说才描写惜春在来自于地藏庵的两个姑子的激将和撺掇下，真正走向她的最后归宿——出家。可见，此条脂批中所说的"后半部"是指后40回，它（第7回中的相关描写）所提动的线索，就是后40回中写惜春与妙玉的频繁交往，尤其是第115回与地藏庵姑子交往的情节。这说明，脂砚斋当时所见到的《红楼梦》（《石头记》），至少已经达到110余回，已经有第115回惜春与地藏庵姑子相交往的那段情节。下面我们将就此展开具体分析，不过，我们此章的分析，亦不单纯地以印证脂批所言为唯一目的，我们亦同时将分析前80回和后40回中对惜春这个人物的刻画，看看她的性格特征、语言风格等等，是不是亦具有着统一性。

由于惜春在荣宁二府诸钗中是最年幼的，因此在前80回，对她着墨并不多，但是仍然有两个重要情节，对她的人物刻画起着十分重要的作用，一个就是第7回，小说用所谓"闲闲一笔"，写年纪尚幼的惜春与水月庵的小姑子智能儿在一起玩耍，为以后惜春出家埋下了一个远远的伏笔。不过这个所谓的"伏笔"其实具有两种功能，一个就是脂批所说的"伏笔"作用，另一个就是似乎要写出惜春的某种天性，这种天性就是倾向于过一种与红尘繁华无涉的出世的生活。实际上，这第7回的此一情节，不仅写了惜春与小姑子智能儿在一起玩耍，中间还有一些看似无关紧要的细节语言也很自然地起到上面所言的两种作用。下面我们还是引出相关的部分：

> ……周瑞家的将花送上，说明原故，二人忙住了棋，都欠身道谢，命丫鬟们收了。
>
> 周瑞家的答应了，因说："四姑娘不在房里，只怕在老太太那边呢？"丫鬟们道："在那屋里不是？"周瑞家的听了，便往这边屋里来。只见惜春正同水月庵的小姑子智能儿两个一处玩耍呢，见周瑞家的进来，便问他何事。周瑞家的将花匣打开，说明原故，惜春笑道："我这里正和智能儿说，我明儿也要剃了头跟他作姑子去呢，可巧又送了花来，要剃了头，可把花儿戴在那里呢？"说着，大家取笑一回，惜春命丫鬟收了。

此处关于惜春的这一个伏笔和性格的初步描绘，亦如

《红楼梦》中无数的情节细节一样，是通过小说中的人物的眼睛（限制视角）来表现的，作者自己并不著一字。彼时是周瑞家（贾府中一个重要管家周瑞的老婆）的临时受薛姨妈之托，给贾府的各位姑娘送宫花，当送到惜春时，周瑞家的就看见惜春正在和水月庵的小姑子智能儿在一起玩耍，脂批中的批语"闲闲一笔，便将后半部线索提动"就题写在那相关的页面的上方（即眉批）。在周瑞家的送花给惜春时，因此时惜春正与剃了发的小姑子智能儿玩，便也说了那一句玩笑话："我这里正和智能儿说，我明儿也要剃了头跟他作姑子去呢。可巧又送了花来，要剃了头，可把花儿戴在那里呢？"这段话（与那整个细节一起），当然只是惜春当时和周瑞家的说的一段玩笑话，但是它确实自然地写出了惜春的某一种天性，同时也为后40回惜春的出家埋下了伏笔。

在前80回中，就再也没有出现惜春与诸如姑子一类人物相交往的情节细节，或者经书中人物之口而叙述的相关情节细节。不过，到相隔遥远的第74回"惑奸谗抄检大观园，避嫌隙杜绝宁国府"中，却有有关惜春的一大段文章，对惜春的"心冷嘴冷"以及喜欢禅悟一类的特性进行了极为精彩的叙述，以致第74回就把惜春与尤氏吵嘴的内容作为了回目名的后半句"避嫌隙杜绝宁国府"标示了出来。而在这一章中，像晴雯、探春等都有极精彩的表现，但都没有直接进入到回目名称中，只是以"惑奸谗抄检大观园"一语被笼统提及，可见，此一回对于惜春刻画的重要性。

故事发生在"抄检大观园"中，当查到惜春的丫鬟入画时，意外地检获了惜春的丫鬟入画私藏的一大包银锞子，因这包银锞子本是宁府的贾珍赏给入画的哥哥的，因此凤姐也就打算饶了入画，只警告她以后不许再私自传递物品。但惜春的态度却与贾府的各位姑娘不同，别人都是卫护着自己的丫鬟，现在凤姐要饶入画，惜春反说，"嫂子别饶他，这里人多，要不管了他，那些大的听见了又不知怎么样呢。嫂子要依他，我也不依。"显得很不讲人情，也就是接下来尤氏所说的"冷面冷心"。故事在这里先暂时告一段落，所谓耗子拉木锨，大头还在后面呢。同是在第74回，因尤氏来到荣府，惜春便叫来尤氏，要她将入画带走，"或打或杀或卖，我一概不管。"这是整个前80回中唯一的一次对惜春浓墨重彩的表现，其"冷面冷心"的特性，以及几乎天生的出世禀性，可谓是表现得淋漓尽致，尤其其中的语言十分具有惜春的特质，这种特质就是冷面冷心、决绝、孤介，用后面第75回探春评惜春的话来说就是"孤介太过"，另外亦有因年幼经事不多而来的自负等，后面我们将会看到，这种惜春式的冷面决绝不容商量的人物语言，还会在别的地方表现出来。下面我们先引出第74回相关部分：

可巧这日尤氏来看凤姐，坐了一回，又看李纨等。忽见惜春遣人来请，尤氏到他房中，惜春便将昨夜之事细细告诉了，又命人将入画的东西一概要来与尤氏过目。尤氏道："实是你哥哥赏他哥哥的。只不该私自传送，如今官盐反成了私盐了。"因骂入画："糊涂东西！"惜春道："你们管教不严，反骂丫头。这些姊妹，独我的丫头没脸，我如何去见人！昨儿叫凤姐姐带了他去，又不肯。今日嫂子来的恰好，快带了他去，或打或杀或卖，我一概不管。"入画听说，跪地哀求，百般苦告。尤氏和奶妈等人也都十分解说："他不过一时糊涂，下次再不敢的。看他从小儿伏侍一场。"

谁知惜春年幼，天性孤僻，任人怎说，只是咬定牙，断乎不肯留着。更又说道："不但不要入画，如今我也大了，连我也不便往你们那边去了。况且近日闻得多少议论，我若再去，连我也编派。"尤氏道："谁敢议论什么？又有什么可议论的？姑娘是谁？我们是谁？姑娘既听见人议论我们，就该问着他才是。"惜春冷笑道："你这话问着我倒好！我一个姑娘家，只好躲是非的，我反寻是非，成个什么人了。况且古人说的，'善恶生死，父子不能有所勖助'，何况你我二人之间。我只能保住自己就够了，以后你们有事好歹别累我。"

尤氏听了，又气又好笑，因向地下众人道："怪道人人都说四姑娘年轻糊涂，我只不信。你们听这些话，无原无故，又没轻重，真真的叫人寒心。"众人都劝说道："姑娘年轻，奶奶自然该吃些亏的。"惜春冷笑道："我虽年轻，这话却不年轻。你们不看书，不识字，所以都是呆子，倒说我糊涂。"尤氏道："你是状元，第一个才子！我们糊涂人，不如你明白！"惜春道："据你这话就不明白。状元难道没有糊涂的？可知你们这些人都是世俗之见，那里眼里识的出真假、心里分的出好歹来？你们要看真人，总在最初一步的心上看起，才能明白呢。"尤氏笑道："好，好，才是才子，这会子又做大和尚，讲起参悟来了。"惜春道："我也不是什么参悟。我看如今人一概也都是入画一般，没有什么大说头儿。"尤氏道："可知你真是个心冷嘴冷的人。"惜春道："怎么我不冷！我清清白白的一个人，为什么叫你们带累坏了？"

尤氏心内原有病，怕说这些话，听说有人议论，已是心中羞恼，只是今日惜春分中，不好发作，忍耐了大半天。今见惜春又说这话，因按捺不住，便问道："怎么就带累了你？你的丫头的不是，无故说我；我倒忍了这半日，你倒越发得了意，只管说这些话。你是千金小姐，我们以后就不亲近你，仔细带累了小姐的美名儿！即刻就叫人将入画带了过去。"说着，便赌气起身去了。惜春道："你这一去了，若果然不来，倒也省了口舌是非，大家倒还干净。"尤氏听了，越发生气，但终究他是姑娘，任凭怎么样也不好和他认真的拌起嘴来，只得索性忍了这口气，便也不答言，一径往前边去了。

在这段精彩的人物语言中，惜春表现出了她的冷心肠，她的决绝，她的不容商量的孤介太过和她不知从哪里来的出家人的出世的自负（惜春的这种出世特性应该一方面来自于某种天性，一方面可能来自于基于其天性的对出世理论说辞的亲近。当然，可能亦与她的出身和经历有关，但小说对她的出身并未说明，只知道她是贾珍的妹妹，但不是亲妹妹，是贾珍的父辈的某一个妾所生），当她站在似乎高出所有世俗出世的"高处"时，她的那种自负，可以说是睥睨一切，用她的话说，就是"你们这些人都是世俗之见，哪里眼里识得出真假、心里分得出好歹来？""我看如今人一概也都是入画一般，没有什么大说头儿。"在前80回中，第74回惜春的表演是她唯一的一次真正的表演，但就是这唯一的一次，已经奠定了惜春的性格特征、语言风采和她出世的思想倾向。

在后40回中，惜春渐年长，有了更多的表演机会，在第82回、87回、88回、112回等回中，都有惜春的出场表演，这众多的情节细节场景中，无论就其言语风格、性格特征，还是出世的思想倾向而言，都与前80回中第74回所奠定的惜春的诸特性相一致。尤其是第115回，惜春的一番言辞，完全可以与前面的第74回中那一番言辞媲美。下面我们引出第115回相关一部分：

……那姑子到了惜春那里，看见彩屏，便问："姑娘在那里呢？"彩屏道："不用提了。姑娘这几天饭都没吃，只是歪着。"那姑子道："为什么？"彩屏道："说也话长。你见了姑娘，只怕他就和你说了。"惜春早已听见，急忙坐起，说："你们两个人好啊，见我们家事差了，就不来了。"那姑子道："阿弥陀佛！有也是施主，没也是施主，别说我们是本家庵里，受过老太太多少恩惠的！如今老太太的事，太太奶奶们都见过了，只没有见姑娘，心里惦记，今儿是特特的来瞧姑娘来了。"

惜春便问起水月庵的姑子来。那姑子道："他们庵里闹了些事，如今门上也不肯常放进来了。"便问惜春道："前儿听见说，栊翠庵的妙师父怎么跟了人走了？"惜春道："那里的话？说这个话的人提防着割舌头！人家遭了强盗抢去，怎么还说这样的坏话。"那姑子道："妙师父的为人古怪，只怕是假惺惺罢？在姑娘面前，我们也不好说的。那里象我们这些粗夯人，只知道讽经念佛，给人家忏悔，也为着自己修个善果。"惜春道："怎么样就是善果呢？"那姑子道："除了咱们家这样善德人家儿不怕，若是别人家那些诰命夫人小姐，也保不住一辈子的荣华。到了苦难来了，可就救不得了。只有个观世音菩萨大慈大悲：遇见人家有苦难事，就慈心发动，设法儿救济。为什么如今都说'大慈大悲救苦救难的观世音菩萨'呢。我们修了行的人，虽说比夫人小姐们苦多着呢，只是没有险难的了。虽不能成佛作祖，修修来世或者转个男身，自己也就好了。不象如今脱生了个女人胎子，什么委屈烦难都说不出来。姑娘，你还不知道呢，要是姑娘们到了出了门子，这一辈子跟着人，是更没法儿的。若说修行，也只要修得真。那妙师父自为才情比我们强，他就嫌我们这些人俗。岂知俗的才能得善缘呢，他如今到底是遭了大劫了。"

惜春被那姑子一番话说的合在机上，也顾不得丫头们在这里，便将尤氏待他怎样，前儿看家的事说了一遍，并将头发指给他瞧，道："你打量我是什么没主意恋火坑的人么？早有这样的心，只是想不出道儿来。"那姑子听了，假作惊慌道："姑娘再别说这个话！珍大奶奶听见，还要骂杀我们，撵出庵去呢。姑娘这样人品，这样人家，将来配个好姑爷，享一辈子的荣华富贵——"惜春不等说完，便红了脸，说："珍大奶奶撵得你，我就撵不得么？"

那姑子知是真心，便索性激他一激，说道："姑娘别怪我们说错了话。太太奶奶们那里就依得姑娘的性子呢？那时闹出没意思来倒不好。我们倒是为姑娘的话。"惜春道："这也瞧罢咧。"彩屏等听这话头不好，便使个眼色儿给姑子，叫他走。那姑子会意，本来心里也害怕，不敢挑逗，便告辞出去。惜春也不留他，便冷笑道："打量天下就是你们一个地藏庵么？"那姑子也不敢答言，去了。

这是后40回中，亦是整个120回中惜春命运发展的一个关键情节，这一段文章，很好地表现出了惜春的个性、语言风采和她那久已蕴藏的出家思想倾向，且与前面尤其是第74回中所表现的一致。此外，它极可能就是与第7回那条脂批相联系的一个情节，因为在这个情节中，正是地藏庵的一个姑子的触准惜春心机的一番巧舌如簧，使惜春最后走向了出家之路。这个姑子和她的一番巧舌如簧，应该给脂砚斋留下了极深的印象，故在第七回描写惜春与水月庵的姑子玩耍时，写下了那句"闲闲一笔，便将下半部线索提动"的批语。此外，从情节艺术上来说，它也承前启后，极富于"包孕性"，牵涉着诸多文外之事，亦是一段妙文。下面，我们按照其段落顺序一一分析：

在所列第一自然段，有几点值得分析：

第一，在地藏庵的姑子来看惜春时，正是惜春因尤氏派她守家，而贾府被盗后心情极差之时。当地藏庵的姑子来时，她实际上已经茶饭不思很长时间了，此时她正心情落寞地躺着，但是她一听见姑子来了时，就像突然打了强心针，灰心落寞的情绪陡地一扫而光，就像日思夜想的恋人来了一样，她"急忙坐起"，而且其语言也蕴含着那种长久期待后的抱怨心理："你们两个人好啊，见我们家事差了，就不来了。"这一动作语言，极其传神，表明此时的惜春，早已经与出家之人心契日久，她的出家，早已经是蓄势满弓，只待一发。

第二，从其情节的包孕性而言，虽然从第七回后就并无写到她与各庵姑子（妙玉除外。下详）交往的情节，但从这里彩屏、惜春的语言来看，她是经常与这两个姑子交往的，而且已经是知音，因为其中彩屏说，"你见了姑娘，只怕他就和你说了"。这一状况，正是第74回中惜春的出世思想倾向的自然发展（当然中间经过贾府败落、迎春死、贾府被盗一系列打击的催化）。

下面分析第［2］自然段：

第一：第二段一开始惜春便问起水月庵的姑子来，显然这里含有交代的作用，因为在第七回，就是在脂砚斋写眉批的地方，与惜春一起玩耍的是水月庵的姑子智能儿。前面脂批既然说"闲闲一笔，便将后半部线索提动"，那么在此被提动的"线索"处，应该亦是水月庵的智能儿或水月庵的一个姑子才对。但是，此处却是来自于地藏庵的两个姑子。为什么这样呢？小说在此处通过惜春与姑子的对话说明了原因，因为水月庵的姑子们与管理贾府寺庙的贾芸闹出了丑闻（见第九十三回"甄家仆投靠贾家门，水月庵掀翻风月案"），所以水月庵的姑子们不被允许进入贾府。此外，还有一点，我们记得，水月庵的智能儿正是与贾宝玉的好朋友秦钟恋爱幽会的那一个姑子，秦钟后来还为此丧了命（见第十五回"王凤姐弄权铁槛寺，秦鲸卿得趣馒头庵"），显然，智能儿是不适合做忽悠惜春出家的角色的，她自己就像妙玉一样，并非真正忘却红尘。

关于此处（第115回）作为照应第7回的伏笔的是地藏庵的姑子，而非水月庵的智能儿或某一个另外的姑子，我们也可以拿来作为一个反证：如果后40回是高鹗所续，他当然应该会看见第7回的那个细节，也或许会注意到脂砚斋眉批的那句话，那么他在第115回，就应当会写智能儿如何如何，而不会自找麻烦地写什么"地藏庵"的姑子。此外，还有一点，在前80回中的第七十七回"俏丫鬟抱屈夭风流，美优伶斩情归水月"中，就已经有过姑子们骗贾府的芳官、蕊官等出家的情节，当时忽悠王夫人让芳官等出家的两个人是"水月庵的智通与地藏庵的圆信"，明显是水月庵的"智通"在前，结合前面第7回的情节和脂批，续书者毫无疑问会让水月庵的某一个姑子来忽悠惜春，而不会自找麻烦地让两个先前没有出现过的地藏庵的姑子来充当这一个角色。那么产生这一现象的就只有一个原因，那就是创作者是据实写来，这个创作者也就只能是曹雪芹。

在第二自然段里值得注意的第二点是地藏庵的姑子忽悠惜春出家的一番巧妙说辞，这番说辞与前面第77回有异曲同工之妙，我们对比第77回水月庵的智通和地藏庵的圆信对王夫人的一番说辞，就会看出这两番说辞具有相似的神采。下面我们先引出第77回的相关部分，两相比较一下：

　　……就有芳官等三个干娘走来，回说："芳官自前日蒙太太的恩典赏出来了，他就疯了似的，茶饭都不吃，勾引上藕官蕊官，三个人寻死觅活，只要铰了头发做尼姑去。"……王夫人听了，道："胡说！那里由得他们起来？佛门也是轻易进去的么？每人打一顿给他们，看还闹不闹！"

当下因八月十五日各庙内上供去，皆有各庙内的尼姑来送供尖，因曾留下水月庵的智通与地藏庵的圆信住下未回，听得此信，就想拐两个女孩子去做活使唤，都向王夫人说："府上到底是善人家。因太太好善，所以感应得这些小姑娘们皆如此。虽然说'佛门容易难上'，也要知道'佛法平等'，我佛立愿，原度一切众生。如今两三个姑娘既然无父母，家乡又远，他们既经了这富贵，又想从小命苦，入了风流行次，将来知道终身怎么样？所以'苦海回头'，立意出家，修修来世，也是他们的高意。太太倒不要阻了善念。"

王夫人原是个善人，起先听见这话，谅系小孩子不遂心的话，将来熬不得清净，反致获罪。今听了这两个拐子的话，大近情理。

这两番说辞，在许多方面都有可资比较之处，可以看出它们出于同一个作者的手笔，首先她们都善于探测对方的心理进行忽悠，第77回的说辞两个姑子看准的是王夫人吃斋念佛行善的特性，而第115回地藏庵的两个姑子瞅准的是贾府家道败落后惜春的心理变化，以及贾府中女儿的悲剧之后尤其是迎春的悲剧之后惜春作为女人对未来命运的担忧，所以这两番劝说都产生了效果，都合在了被劝说者的"机"上。第二，两处姑子的言辞都很里手地借用佛教的理论，言辞间也充满佛教的词汇语气，显得是行家里手。第三，两处劝说的言辞神采也具有相似之处，都巧舌如簧，都善于窥测，都软硬适度而显得"诚恳"。如果说两者有什么不同的话，由于第二次的劝说所面对的对象是年幼的惜春（而不是第一次劝说中的作为贾府主人的王夫人），加之贾府在此时也遭受重大打击，所以，第二处的劝说两个姑子更加放得开，因此其劝说也就规模更大，也更咄咄逼人一些，运用的佛教理论也更多。此外，我们撇开语境的契合性不论，单就劝说本身说，第二处的劝说显得更加具有说服力，更加精彩。总的说来，我们比较这两番说辞的各个方面，就像比较两个孪生兄弟一样，它们具有相似的面貌，相同的基因，它们只能来自于同一个作者。

在第115回那段说辞的第二段，还有一点也值得注意，虽然它们与表现惜春无直接关系，但是它们很深刻地表现了人性，表现了人际关系，很好地刻画了人物性格，是非常显示艺术功力的一方面。这就是在第二段中，地藏庵的两个姑子对妙玉的讥讽和乘机对妙玉的攻击贬低。为什么这样，因为妙玉虽然与地藏庵的姑子同为出家人，但实际上她们是很不一样的，妙玉出身高贵，富有才气，性格高冷，但正如其判词中所说的是"好高人愈妒，过洁世同嫌"，因此，地藏庵的姑子对她心存忌妒，现在妙玉不幸遭劫，所以她们就不失时机地对她进行讥讽贬低。第二，她们对妙玉的那种乘机讥讽的心理，也表现出她们不是什么好鸟，此也是对人物的刻画。第三，地藏庵的姑子之所以在对惜春的劝导中，首先从贬低妙玉开始，也是因为知道惜春从来与妙玉过从甚密，而妙玉，用她俩的话说，其出家是"假惺惺"的，因此，现在她们打算动员惜春出家，就必须从离间惜春与妙玉的关系入手。我们看这一段说辞，就似乎在不经意间，蕴含了这么深厚丰富而微妙的内涵，一个完全局外人的高鹗，能有这么高超的手段么？

第〔3〕〔4〕自然段：

第三、四两个自然段最传神的两个地方，就是惜春在地藏庵姑子的激将法下两处的人物语言，一处是在地藏庵姑子故意说出："珍大奶奶听见，还要骂杀我们，撵出庵去呢。姑娘这样人品，这样人家，将来配个好姑爷，享一辈子的荣华富贵——"时，惜春不等说完，便红了脸，说："珍大奶奶撵得你，我就撵不得么？"惜春的这句人物语言与另一句人物语言"打量天下就是你们一个地藏庵么"的人物语言，与第74回她与尤氏争吵时的人物语言具同样神采，都表现了他的那种孤介、自负、说话不知轻重、而实年幼天真的性格特征。同时也只有与尤氏具有矛盾的惜春才能说出这样的人物语言（两个姑子亦是因为知道她与尤氏的矛盾才故意如此说）。我们可以品味对比一下这些人物语言与第74回那些人物语言，它们都是有神韵的，有生命的，他们都来自于这样一个惜春的声口与气质性格中。

从以上我们对第115回这段文章的分析中，我们最后归纳如下：第一，脂砚斋在第7回的那句脂批中所提到的被"提动"的线索应主要指此处的这段文章。第二，这段文章中两个姑子的人物语言从各个方面都与第77回水月庵的智通和地藏庵的圆信忽悠王夫人的人物语言相似，它们就像基因一样证明着两处文字来自于同一个作者。第三，第115回中惜春的性格特征、语言神采等，亦都与第74回中的相一致。第四，这段富于包孕性的情节和人物语言，包含着许多情节之外的信息，这些信息也都说明这些文字的有机性质，它们都来自于同一个作者的统一的安排，具有自然的行文脉络。这些钩沉及以外的因素都说明，脂批在第7回写下那段眉批时所见到的红楼梦的"后半部"，大致就是我们今天"程本"《红楼梦》之后四十回。

注释：

［1］朱一玄：《红楼梦资料汇编》，南开大学出版社，2001年版，第183页。

第六章　脂批钩沉（之四）

在第二回，冷子兴和贾雨村正在酒楼闲谈，其时贾雨村谈到甄宝玉的种种情痴情呆之状时，甲戌本脂砚斋在此处有一条侧批："甄家之宝玉乃上半部不写者，故此处极力表明，以遥照贾家之宝玉。凡写宝玉之文，则正为真宝玉传影。"[1]

此处脂批说，对甄宝玉的描写在上半部将不再出现，因此在这里要写得比较充分。这里所谓"上半部"即指前80回（关于此，前文已证）。"乃上半部不写者"，意即甄宝玉将会在"下半部"出现。考之今程本《红楼梦》，亦正与此条脂批相合：甄宝玉在第二回出现后，在前80回（"上半部"）就没再出现。但是到了"下半部"的第114回"王熙凤历幻返金陵，甄应嘉蒙恩还玉阙"和第115回"惑偏私惜春矢素志，证同类宝玉失相知"中，久违的甄宝玉终于出现了。

我们要特别注意的是，这条脂批的重要性，还不仅仅是印证了脂砚斋远在第二回说的甄宝玉在"下半部"的再次出现，更重要的是，它所提示的遥遥相对的两回间，竟然藏着红楼梦主题的一个大问题：即它对红楼梦主题之一的深化和思考。红楼梦的主题不是唯一的，但其中的两大主题竟然都与甄宝玉相关，一个是有关女儿的主题，在这方面，正如"贾宝玉"与"甄宝玉"两人的名字一样，"甄宝玉"对"贾宝玉"起着一种映照和衬托的作用，这在第二回冷子兴与贾雨村的谈话中表现出了这一点，亦即脂砚斋在此条批中说的："故此处极力表明，以遥照贾家之宝玉。凡写宝玉之文，则正为真宝玉传影。"这里的"凡写宝玉之文"的"文"，即指表现贾宝玉对女儿之爱的那种"呆性"的"文"。但是红楼梦还有一大主题，那就是反虚伪的"禄蠹"，反"迂腐"的"经济仕途"的反封建主题（这两大主题是相通的，它们统一于曹雪芹"真"的价值观。）。在这方面，甄宝玉对于贾宝玉，也起着一种映照然而反衬的作用。这样的作用在前80回并未显现，一直到"下半部"的第115回才露峥嵘。怎样映照和反衬呢？在第115回在甄宝玉与贾宝玉终于相见的那场戏中，对此表现得很清楚。从他们的对话中我们知道，甄宝玉在小的时候，确实从形与神与贾宝玉都一样，既有热爱女儿的"呆性"，也厌恶那套虚伪的经济仕途。正如初见甄宝玉的贾宝玉在开始时说的："弟闻得世兄也诋尽流俗，性情中另有一番见解。今日弟幸会芝范，想欲领教一番超凡入圣的道理，从此可以洗净俗肠，重开眼界。"但是，长大后的甄宝玉"变了"，为什么"变"呢？甄宝玉自己在谈话中交代出了这种变化的两大原因：

甄宝玉道："弟少时不知分量，自谓尚可琢磨；岂知家遭消索，数年来更比瓦砾犹贱。虽不敢说历尽甘苦，然世道人情，略略的领悟了些须。

……甄宝玉听说，心里晓得："他知我少年的性情，所以疑我为假。我索性把话说明，或者与我作个知心朋友，也是好的。"便说："世兄高论，固是

真切。但弟少时也曾深恶那些旧套陈言，只是一年
长似一年，家君致仕在家，懒于酬应，委弟接待。
后来见过那些大人先生，尽都是显亲扬名的人；便
是著书立说，无非言忠言孝，自有一番立德立言的
事业，方不枉生在圣明之时，也不致负了父亲师长
养育教诲之恩。所以把少时那些迂想痴情，渐渐的
淘汰了些。如今尚欲访师觅友，教导愚蒙。幸会世
兄，定当有以教我。适才所言，并非虚意。

原来，本是与贾宝玉形与神俱相似的甄宝玉，在自己的
家庭遭受打击之后，在其父"致仕在家"，因而不得已"接
待"许多"大人先生"以后，便把自己先前的那种"诋尽流
俗"的见解和态度"淘汰"了。这说明什么，这说明在那个时
代，一个人要保持那种"诋尽流俗"反迂腐陈旧的封建价值
观，是极其艰难的。它同时也说明了，贾宝玉（曹雪芹）所坚
持的价值观和独立的个性在那个社会是多么孤独。这样，在
第二回通过甄宝玉的"呆性"非常好地映衬了贾宝玉的"呆
性"之后，在隔了一百多回之后，又从另一的完全相反的方向
反衬了贾宝玉的"反封建"的价值观。这样的对比和反衬，对
《红楼梦》的反封建、倡个性主义的主题就起到了一种深化和
强化作用。

另外深具意味的是，第2回和第115回的映照和反衬，它
们虽然相隔110余回，但它们却是相互联系的，而不是一种偶
然的或相互独立的存在。第二回的"同"：面貌的同和呆性的
同，只是一种形似，而到了第115回的异，却是一种内在价值
观的"神"的异。所以，在第115回，在贾宝玉见到了他心向

往之的甄宝玉而大失所望之后，贾宝玉说出了那句颇为有意思的"呆话"："只可惜他也生了这样一个相貌。我想来，有了他，我竟要连我这个相貌都不要了。"其意是表面之似何足贵，心心相印才是最弥足珍贵的。第115回的一甄一贾的二玉相见，就这样与遥遥在前的第二回照应联系着。注意，这不是我们的过度阐释，因为第115回的回目名"证同类宝玉失相知"，就明明白白地提示着这样的意义，"证同类"是验证了表面的"同类"，"失相知"是失了心灵的"相知"。

既然我们论到了第115回贾宝玉与甄宝玉相见这一情节的重要作用，还有些相关的艺术问题我们也一并论及：第115回甄宝玉见贾宝玉的一场戏，在艺术上也十分值得玩味，其中之一就是铺垫烘托手法的运用。此处的铺垫烘托颇有点像《三国演义》中刘备三顾茅庐见诸葛亮的过程一样，不过比它更自然真实。在贾宝玉见到甄宝玉之前，首先是贾政见了甄宝玉，与贾政总是看贾宝玉不顺眼不同，贾政见甄宝玉，真是有相见恨晚之感。小说中写道："甄少爷在外书房同老爷说话，说的投了机了，打发人来请我们二爷三爷。"为什么两个年龄经历相差巨大的人说得如此投机呢？因为面前的甄宝玉就是贾政朝思暮想要贾宝玉成为的人，故此对甄宝玉"甚是心敬"，临离开时还嘱咐贾宝玉等"领领大教"，什么"大教"呢？无非就是贾政一直耳提面命而贾宝玉一直闻之欲吐的那一套"仕途经济"之论。这是第一层铺垫烘托。

第二层铺垫烘托是从贾兰身上写的，当甄宝玉一派迂腐的"酸论"之后，贾宝玉还未及答言，倒是贾兰迫不及待地先说话了："世叔所言，固是太谦，若论到文章经济，实在从历练中出来的，方为真才实学。在小侄年幼，虽不知文章为何物，然将读过的细味起来，那膏粱文绣，比着令闻广誉，真是不啻百倍的了！"在小说中，贾兰正是贾政所期望的走"仕途经济"之路的后起之秀。

第三层烘托是在宝玉回到家，通过与宝钗的一段对话表现出来的：

> ……宝钗便问："那甄宝玉果然象你么？"宝玉道："相貌倒还是一样的，只是言谈间看起来，并不知道什么，不过也是个禄蠹。"宝钗道："你又编派人家了。怎么就见得也是个禄蠹呢？"宝玉道："他说了半天，并没个明心见性之谈，不过说些什么'文章经济'，又说什么'为忠为孝'。这样人可不是个禄蠹么？只可惜他也生了这样一个相貌！我想来有了他，我竟要连我这个相貌都不要了。"宝钗见他又说呆话，便说道："你真真说出句话来叫人发笑，这相貌怎么能不要呢！况且人家这话是正理，做了一个男人，原该要立身扬名的，谁象你一味的柔情私意？不说自己没有刚烈，倒说人家是禄蠹。"宝玉本听了甄宝玉的话，甚不耐烦，又被宝钗抢白了一场，心中更加不乐，闷闷昏昏，不觉将旧病又勾起来了，并不言语，只是傻笑。

这就是第115回贾宝玉见甄宝玉这场"戏"的高妙的铺垫与烘托艺术，贾政、贾兰、宝钗在前80回中也都是提倡走仕途经济道路的最"正统"的卫道人物，通过他们三人的表现，极好地烘托了甄宝玉的思想人格，同时也通过他自己的一番自述，自白了自己前后这一番变化的原因，说明了世俗社会和强大的传统对读书人无与伦比的影响。它同时也说明，秉持贾宝玉（曹雪芹）那种特异追求的人物，在那个社会是多么稀有和艰难。正是这一场戏，使《红楼梦》这一反封建传统的主题得到了深化。

在这场戏中，除了这一铺垫与烘托的艺术外，其中还有个别细节也让人莞尔，除了上面我们已经从另一角度提到了的贾宝玉说的"我竟要连我这个相貌都不要了"的妙语之外，紫鹃的一个心理活动也蛮有趣：

> 众人一见两个宝玉在这里，都来瞧看，说道："真真奇事！名字同了也罢，怎么相貌身材都是一样的。亏得是我们宝玉穿孝，若是一样的衣服穿着，一时也认不出来。"内中紫鹃一时痴意发作，因想起黛玉来，心里说道："可惜林姑娘死了，若不死时，就将那甄宝玉配了他，只怕也是愿意的。"

这个心理反应对紫鹃言，是很自然的，因为在整个前八十回和后四十回中，他一直最牵挂的就是黛玉和宝玉的爱情婚姻，现在看见了一个和宝玉在名字和外形上都一模一样的人物，难免不作此想。当然，这一心理活动也别无什么深意，它只是曹公那一支无幽不显之笔的偶尔莞尔，但也往往是在这种富于情趣的旁枝逸出中，能见出一个人的神采。

以上，我们针对这条脂批，对贾宝玉与甄宝玉在115回相见的这一场戏从多个角度进行了分析，从这些分析中我们可以得出如下结论：

第一，脂批所说的"甄家之宝玉乃上半部不写者"暗示着，在下半部甄宝玉将会再次出现，而今程本《红楼梦》的第115回的那一场戏，则正是遥遥对着第2回的一场与之相照应的戏，如此的照应和紧密联系，说明它们是同一作者的精心构制，且脂砚斋应该是实见于此，故有是批。

第二，这样遥遥相对的两场戏，在主题表现上是相互联系的，且在第115回中，这一对主题的深化表现才真正露出真容，它们符合曹雪芹的思想和赋予贾宝玉的个性。从表现的巧妙和深度上看来，它们也只能是曹雪芹一人的布置和结撰，无庸说高鹗，就是宇宙中任何的高人也不可能这样为他人续出这样的戏来。

第三，从艺术上看，一场短短的戏，却写得如此摇曳多姿，它们与前80回中的诸多场面相比呈现出同样的匠心和才气，且其中的人物个性及言语均符合其前已显示出的性格特征，个个活灵活现，不可能有代人作文能达于此。

第四，此中的那些细节情趣，亦是曹公个人天才和风格的独一无二的印记。

注释：

［1］《朱一玄红楼梦资料汇编》，南开大学出版社，2001年版，第111页。

脂批钩沉（之五）

一

在本章中，我们将处理两条相互有关联的"脂批"，一条出现在第四回，在葫芦僧（贾雨村官府的门子）向贾雨村提起"这四家皆连络有亲，一损俱损，一荣皆荣，扶持遮饰，皆有照应的"处，甲戌本有一条侧批："早为下半部伏根。"[1] 另一条材料出现第14回，在秦可卿的出殡队伍经过时，北静王路祭，贾政、贾宝玉拜见，于是宝玉见到了北静王。在此处，蒙府本有一条侧批："宝玉见北静王水溶，是为后文伏线。"[2] 我们先处理第一条材料：

我们要特别注意的是，脂砚斋写到此条批语的位置是"这四家皆联络有亲，一损俱损，一荣俱荣，扶持遮饰，俱有照应的"的侧边。也就是说，脂砚斋之意，后来贾家败落所"伏"下的"根"，牵涉到这几家及其他们错综复杂的关系。而在今程本120回本中，贾府的被抄正是因为这几家人所"伏"之"根"：这些"根"之多，其关系之复杂，所涉时间之绵长，完全不是局外人所能把控理清的，而今程本则在第105、106、107三回中将这些事情的来龙去脉交代得清清楚楚，前后皆能相互印证；尤其可贵的是，这些"交代"都是自然地穿插在情节中的，并非是按图索骥，用一种简单的罗列式的方式写出来。从前后事情根由的相互照应，以及呈现出这些事情根由的自然方式，都可以断定，如果不是事情的亲历者，是任何外人都不可能写得如此天衣无缝。下面我们大致按小说顺序将这三回书中涉及到的这些"根由"（这些"根由"绝大部分都是伏在前八十回中），一一分析指明：

第105回最先写到的是贾赦：贾赦的罪行是"贾赦交通外官，依势凌弱。"在第107回又说："惟有依势强索石呆子古扇一款是实的。"显然，这里种下的祸根是指贾赦在第48回勾结贾雨村强索古扇，逼死石呆子一事。此事详细的事由出现在第48回，以平儿和宝钗的一段对话显出：

且说平儿见香菱去了，就拉宝钗悄悄说道："姑娘可听见我们的新文没有？"宝钗道："我没听见新文。因连日打发我哥哥出门，所以你们这里的事，一概不知道；连姐妹们这两天没见。"平儿笑道："老爷把二爷打的动不得，难道姑娘就没听见吗？"宝钗道："早起恍惚听见了一句，也信不真。我也正要瞧你奶奶去呢，不想你来。又是为了什么打他？"

平儿咬牙骂道："都是那什么贾雨村，半路途中那里来的饿不死的野杂种！认了不到十年，生了多少事出来！今年春天，老爷不知在那个地方看见几把旧扇子，回家来，看家里所有收着的这些好扇子，都不中用了，立刻叫人各处搜求。谁知就有个不知死的冤家，混号儿叫做石头呆子，穷的连饭也没的吃，偏偏他家就有二十把旧扇子，死也不肯拿出大门来。二爷好容易烦了多少情，见了这个人，说之再三，他把二爷请了到他家里坐着，拿着这扇子来略瞧了一瞧。据二爷说，原是不能再得的，全是湘妃、棕竹、麇鹿、玉竹的，皆是古人写画真迹。回来告诉了老爷，便叫买他的，要多少银子给他多少。偏那石呆子说：'我饿死冻死，一千两银子一把，我也不卖。'老爷没法了，天天骂二爷没能为。已经许他五百银子，先兑银子，后拿扇子，他只是不卖，只说：'要扇子先要我的命！'姑娘想想，这有什么法子？谁知那雨村没天理的听见了，便设了法子，诳他拖欠官银，拿他到了衙门里去，说：'所欠官银，变卖家产赔补。'把这扇子抄了来，做了官价，送了来。那石呆子如今不知是死是活。"

当时平儿尚不知被逼的石呆子是死是活，但到了第107回，在官府的办案中，方知石呆子是因此自尽了。此为第一个根由。

第二个"根由"亦是第105回，锦衣府的赵堂官"抄出两箱子地契，又一箱借票，都是违例取利"。在105回稍后又写：

　　贾琏忙走上，跪下禀说："这一箱文书既在奴才屋里抄出来的，敢说不知道么？只求王爷开恩。奴才叔叔并不知道的。"

这个"根由"无须多言，在前80回中多次写到王熙凤用公中的银子和众人的月例放债获利。

第三起根由（不止一事）亦是写在第105回，当时薛姨妈家的亲戚薛蝌本来正在贾政的帮助下到处找关系为薛蟠打死酒保的死罪开脱，在外面听到了好些不利于贾府的事情，又听说宁府被抄，于是混进来（因当时外来人员不准进入）报告贾政：

> 只见薛蝌气嘘嘘的跑进来说："好容易进来了！姨父在那里呢？"贾政道："来的好，外头怎么放进来的？"薛蝌道："我再三央及，又许他们钱，所以我才能够出入的。"贾政便将抄去之事告诉了他，就烦他打听打听，说："别的亲友在火头儿上也不便送信，是你就好通信了。"薛蝌道："这里的事我倒想不到，那边东府的事，我已听见说了。"贾政道："究竟犯什么事？"薛蝌道："今儿为我哥哥打听决罪的事，在衙门里听见有两位御史，风闻是珍大哥引诱世家子弟赌博，这一款还轻；还有一大款强占良民之妻为妾，因其不从，凌逼致死。那御史恐怕不准，还将咱们家的鲍二拿去，又还拉出一个姓张的来。只怕连都察院都有不是，为的是姓张的起先告过。"贾政尚未听完，便跺脚道："了不得！罢了，罢了！"

在贾政与薛蝌的这段对话里，实际上涉及好几件"根由"：第一（"今儿为我哥哥打听决罪的事"），是指第85

回、86回等处写薛蟠打死酒保，薛家、贾家到处使钱疏通关系为薛蟠开脱罪行的事。第二个"根由"（"珍大哥引诱世家子弟赌博"），是指在第七十五回"开夜宴异兆发悲音，赏中秋新词得佳谶"中贾珍居丧期间开设赌局：

> 原来贾珍近因居丧，不得游玩，无聊之极，便生了个破闷的法子，日间以习射为由，请了几位世家弟兄及诸富贵亲友来较射。……再过几日，便渐次以歇肩养力为由，晚间或抹骨牌，赌个酒东儿，至后渐次至钱。如今三四个月的光景，竟一日一日赌胜于射了，公然斗叶掷骰，放头开局，大赌起来。

第四起"根由"是"强占良民之妻为妾，因其不从，凌逼致死"事。此事来龙去脉十分复杂，主要指第64回至67回中贾琏偷娶尤二姐、凤姐吃醋大闹，又唆使尤二姐的前未婚夫张华告状，贾珍等人使钱让张华撤诉，后凤姐又指使家仆旺儿杀人灭口一等事。

在薛蝌对贾政说的那段话中，因薛蝌并不十分了解内情，是把这起"根由"一起算在贾珍头上的。但实际情形不止于此。故在第106回，又通过凤姐和平儿的一席哭诉，把这件事补充交代得更加圆满清楚：

> ……平儿听了，越发抽抽搭搭的哭起来了。凤姐道："你也不糊涂。他们虽没有来说，必是抱怨我的。虽说事是外头闹起，我不放账，也没我的事。如今枉费心计，挣了一辈子的强，偏偏儿的落在人

后头了！我还恍惚听见珍大爷的事，说是强占良民
妻子为妾，不从逼死，有个姓张的在里头，你想想
还有谁呢？要是这件事审出来，咱们二爷是脱不了
的，我那时候儿可怎么见人呢？我要立刻就死，又
耽不起吞金服毒的。

这是凤姐在生死之际的自责悔恨之言，因为在贾琏偷娶
尤二姐的整个事情中间，实际是贾琏（而非贾珍）处于事情的
中心，也正是凤姐从中的逞强使能，使那件事情到今天弄得不
可收拾。只是侥幸的是，有关这件事情的详尽经过，并未受到
官府的彻底追究。

第5个"根由"，就是与江南甄家的关系，虽然在整个贾
府获罪查抄的过程中，与甄家的关系并未暴露而成为其罪案的
一部分，但在第107回还是通过贾母交代贾政的一段话交代了
清楚：

……我索性说了罢：江南甄家还有几两银子，二
太太那里收着，该叫人就送去罢。倘或再有点事儿出
来，可不是他们'躲过了风暴又遭了雨'了么？"

此外还有四件事情虽说不是贾家罪案，但也是贾府败落的
缘由之一方面：一是贾雨村的落井下石，一是贾政在江西任粮
道时门人李十儿的作奸犯科，一是金刚倪二怪罪贾芸忘恩负义
而告发贾家，最后一件就是王子腾的横死，这些居然都在这三
章中自然地呈现得一一到位。贾雨村的落井下石是在第107回通
过包勇（江南甄家败落以后被甄家推荐到贾家的仆人，就像他

的名字一样，他几乎是贾家被查抄后唯一忠义的人，并衬托着贾家仆人的忘恩负义）在大街上听人闲谈的方式揭示出来的：

　　……忽一日，包勇耐不过，吃了几杯酒，在荣府街上闲逛，见有两个人说话。那人说道："你瞧，这么个大府，前儿抄了家，不知如今怎么样了？"那人道："他家怎么能败？听见说，里头有位娘娘是他家的姑娘，虽是死了，到底有根基的。况且我常见他们来往的都是王公侯伯，那里没有照应？就是现在的府尹，前任的兵部，是他们的一家儿。难道有这些人还护庇不来么？"那人道："你白住在这里！别人犹可，独是那个贾大人更了不得。我常见他在两府来往，前儿御史虽参了，主子还叫府尹查明实迹再办。你说他怎么样？他本沾过两府的好处，怕人说他回护一家儿，他倒狠狠的踢了一脚，所以两府里才到底抄了。你说如今的世情还了得吗！"

　　这个"府永"是谁，就是时任京兆府永的贾雨村，是他为了撇清与贾家的关系而落井下石，完成了对贾家的最后一击。

　　第二件事是贾政任江西粮道时的为非作歹。此事被揭示出来是在第106回，也是通过贾家的一众亲友与贾政谈话而表出：

　　……有的说："大凡奴才们是一个养活不得的。

今儿在这里都是好亲友，我才敢说。就是尊驾在外任，我保不得——你是不爱钱的，——那外头的风声也不好，都是奴才们闹的，你该提防些。如今虽说没有动你的家，倘或再遇着主上疑心起来，好些不便呢。"贾政听说，心下着忙道："众位听见我的风声怎样？"众人道："我们虽没见实据，只听得外头人说你在粮道任上，怎么叫门上家人要钱。"贾政听了，便说道："我这是对天可表的，从不敢起这个念头。只是奴才们在外头招摇撞骗，闹出事来，我就耽不起。"

李十儿作奸犯科的事在第九十九回"守官箴恶奴同破例，阅邸报老舅自担惊"，在这一回除了李十儿的作奸犯科与后来贾家稍有关系外，另一与贾家有关系的事就是在江西粮道任上阅邸报得知了薛蟠打死人被羁押的事情，从而让贾政感到世事的惊恐，可以说是后来第105至107回的一个先声。

第三件事亦是在第106回的贾家亲友们的议论中涉及，其对话与上引的对话在同一处。在这段对话中，让我们知道，贾家的犯事除了种种必然性外，还与一些偶然的意外有关。在第106回其对话是这样的：

　　……有的说："人家闹的也多，也没见御史参奏。不是珍老大得罪朋友，何至如此。"有的说："也不怪御史，我们听见说是府上的家人同几个泥腿在外头哄嚷出来的。御史恐参奏不实，所以诓了这里的人去，才说出来的。我想府上待下人最宽的，为什么还有这事？"

与此事对应的是第104回"醉金刚小鳅生大浪，痴公子余痛触前情"：原来金刚倪二因为喝了酒，躺在大街上，此时恰好京兆府永贾雨村的仪仗队伍经过，喝令倪二不得拦道，倪二因喝了酒，就撒泼说："我喝酒是自己的钱，醉了躺的是皇上的地，就是大人老爷也管不得。"于是被贾雨村拿下关了起来。倪二母女因为知道倪二与贾芸的友好关系（在前80回中，倪二曾借钱给贾芸，让贾芸有钱买麝香等送给王熙凤，使贾芸得到了在贾府掌管苗木种植的差事），于是就求贾芸到贾府求求情，让贾雨村把倪二放出来。贾芸本也蛮热心的，也想趁此机会让自己露露脸，但无奈几次去贾府都吃了闭门羹。为面子计，贾芸就撒谎称贾家的人也没有办法，倪二知道后，一心以为是贾芸不肯帮忙，忘恩负义，于是就决定报复贾芸、报复贾家，把在监牢里听说的种种贾家的丑事告发了上去。

最后一事是交代王子腾的死，是在第106回用贾琏的心理活动的方式提到的："贾琏无计可施，想到那亲戚里头，薛姨妈家已败，王子腾已死，余者亲戚虽有，俱是不能照应的，只得暗暗差人下屯，将地亩暂卖数千金作为监中使费。"为什么要提到王子腾，因为在这几大家族中，王子腾曾是最风云显赫的人物，曾任"九省统制""京营节度使"等要职，在几次疏通薛蟠打死人的官司中，在推荐贾雨村任职等活动中，都是他从中起到关键作用。不过在小说中，他一直是作为影子人物而存在，从未直接出现（此与《红楼梦》采用的叙述方法有关，即，不是出现在他的叙述场的人与事一般不直接叙述，曹雪芹大概很不愿意用想当然式的第三人称的全知视角来叙述）。

以上种种"根由"，错综复杂，无不交代得清清楚楚，就是其中不算"根由"的"根由"，在这三回书中亦不曾遗漏：例如第105回的回目名是"锦义军查抄宁国府，骢马史弹劾平安州"，似乎宁国府被查抄与"平安州"有关。但实际上，贾府和其他几大家族惹下的种种事端根由，却与"平安州"无关。那为什么第105回的回目名居然是"骢马使弹劾平安州"呢？原来是弹劾贾赦的御史搞错了，认为是贾赦与平安州的官员有勾结（贾赦的罪名之一便是"交通外官"），于是"弹劾平安州"，这一点在第107回就已经予以澄清：

> 北静王据说转奏。不多时传出旨来，北静王便述道："主上因御史参奏贾赦交通外官，恃强凌弱，——据该御史指出平安州互相往来，贾赦包揽词讼——严鞫贾赦，据供平安州原系姻亲来往，并未干涉官事，该御史亦不能指实。惟有倚势强索石呆子古扇一款是实的，然系玩物，究非强索良民之物可比。"

这样，贾赦与平安州官员勾结之事就算澄清。但是，虽然贾赦并无与平安州官员勾结之事，但是御史"弹劾平安州"却也并非完全无因，因为在前八十回中贾赦确实曾派遣贾琏往平安州办过机密大事。第66回，当贾琏正沉浸在与尤二姐的新婚幸福中时：

> 大家正说话，只见隆儿又来了，说："老爷有

事，是件机密大事，要遣二爷往平安州去。不过三五日就起身，来回得十五六天的工夫。"

在同一回中又有：

　　且说贾琏一日到了平安州，见了节度，完了公事，因又嘱咐他十月前后务要还来一次。

可见，御史参奏贾赦与平安州勾结虽系捕风捉影，但贾赦与平安州确实也来往密切。我们看，就是这样一个不是"根由"的"根由"，小说的这三回书所写与前八十回中的相关部分亦有着紧密联系。而且作者敢于把一件本系子虚乌有的事拿来当作第105回的回目名，可见作者十分熟悉贾府一系列罪案的来龙去脉，因为御史"弹劾平安州"是贾府犯事的一个关键节点，这一点在第105回末尾薛蝌和贾政的一段对话中已有交代（上已引）。

上面我们联系脂砚斋的那条侧批，主要分析了今程本描写贾府获罪被抄的第105、106、107三回书。从中我们可以得出以下几条结论：

第一，今程本的这三回书非常详尽清楚地理清、交代了贾府获罪的种种"根由"，这些"根由"大多植根于前80回书中，也有少量植根于后四十回中，其交代的针线细密，前后照应，即使作为读者阅读，都给人以眼花缭乱之感，这绝不是任何非亲历者的续作者所能做到的事。

第二，从叙事上来看，这些交代又绝不是用一张法律文书的方式简单地罗列出来（如果这样，续作者做起来恐怕容易些），而是在纷繁复杂的叙事中有机地自然地展现出来（也有未被交代的罪案，例如在第15回"王凤姐弄权铁槛寺，秦鲸卿得趣馒头庵"中，王熙凤作情受贿害死金哥和守备公子的事，因为此事未被官府察觉追究就未写入，此亦可见这三回书不是照葫芦画瓢）。在展现出来的过程中，自然细密，又各个符合人物个性和情景。例如在上面的交代叙述中，有官府宣告的罪状，有最后结案的判书，有一直为薛蟠杀人的事为薛家奔走的薛蝌所述，有贾家亲友的叙说，有贾母对儿子的嘱咐，有路人的议论等等方式，用这种错综的方式写出贾家获罪的种种"根由"，即使是亲历者，如果没有曹雪芹那样一种摇曳生姿的笔，亦万难做到，遑论一个与这么多的事风马牛不相及的"续作者"呢。

第三，由此我们亦可以判断，脂砚斋之所以远在第二回的"这四家皆连络有亲，一损俱损，一荣皆荣，扶持遮饰，皆有照应的"处，侧批"早为下半部伏根"，应该不为无故，应该是有见于第105、106、107回中对这些错综复杂的"根"的一个总的收束。如果不是这样，从逻辑上我们不能很好地解释为什么脂砚斋会在一个根本不是写贾府的任何一个具体"罪案"的地方写下"早为下半部伏根"这样的批语（书中涉及贾府的罪案很多，他可以在另外的具体的地方写下）。另外我们还应该注意到，第二回的著名的"护官符"，它一定也是有照应的，当然那些具体的每一个罪案也可以说是一种照应。但是最好的照应，应该就是这些散于各处的这种种"根由"的一个总爆发总清算，也就是第105、106、107三回的这些罪行被清算抄家的总收束。

与本书许多章节一样，在最后，我们仍然来衡量一下这三章在艺术上的特点，这些艺术上的特点实际就像"基因"一样说明，这些文字非曹公莫属。

在《红楼梦》中有一个很大的特点，就是一部大书，一方面在许多看起来不经意的小事中细节中写出人物的个性，另一方面，又在许多日常的小事中间像"骨架"一样支撑着一些大事件。这样的大事件在前80回中有"王熙凤协理宁国府""刘姥姥三进荣国府""宝玉挨打""贾赦强娶鸳鸯""抄检大观园"等等。在后四十回书中，亦是如此的构造风格，著名的大事件有"掉包计""黛玉之死""宝玉失玉""贾母去世""悬崖撒手"等，而第105、106、107回的"贾府被抄"就居于这样的大事件中的顶点。从篇幅和精彩程度以及内容来相较，在前80回中大概只有"抄检大观园"可以与之相比（它们都大致绵延三回书），甚至它们在风格上也有相近之处，在"抄检大观园"中，是风声鹤泣，人人自危，许多人物的个性在此事件中得到了最充分的展现；而在这三回书中，亦是愁云笼罩，哭爹喊娘，许多人物的个性也在其中得到了完成发展。但就整体说来，此三回的贾府被抄甚至比著名的"抄检大观园"还要更胜一筹，难度更大：

第一，就场面来说，"抄检大观园"虽然是一场"大戏"，但是中间的主线部分，却是一个小场面扣住一个小场面，连续着写，不容易杂乱，例如先写抄怡红院，写晴雯，再写抄迎春处，刻画迎春司棋等，再抄探春处、惜春处等等。但是写贾府被抄时却没有这样的顺序可以利用，它是一整个囫囵复杂的大场面，人物也更多更杂，更难把握。但就是这样，作者写起来却得心应手、左右逢源，无一处不到，亦无一处多余，那种鸡飞狗跳、人马杂沓、哭爹喊娘的场面，比电视上的抄家场景还要灵动。这些文章实在是精彩，下面我们忍不住和大家一起欣赏105回"锦衣军查抄宁国府，骢马使弹劾平安州"中的一部分：

……正说着，只见二门上家人又报进来说："赵老爷已进二门了。"贾政等抢步接去。只见赵堂官满脸笑容，并不说什么，一径走上厅来。后面跟着五六位司官，也有认得的，也有不认得的，但是总不答话。贾政等心里不得主意，只得跟着上来让坐。众亲友也有认得赵堂官的，见他仰着脸不大理人，只拉着贾政的手笑着说了几句寒温的话。众人看见来头不好，也有躲进里间屋里的，也有垂手侍立的。

贾政正要带笑叙话，只见家人慌张报道："西平王爷到了。"贾政慌忙去接，已见王爷进来。赵堂官抢上去请了安，便说："王爷已到，随来的老爷们就该带领府役把守前后门。"众官应了出去。贾政等知事不好，连忙跪接。西平郡王用两手扶起，笑嘻嘻的说道："无事不敢轻造。有奉旨交办事件，要赦老接旨。如今满堂中筵席未散，想有亲友在此未便，且请众位府上亲友各散，独留本宅的人听候。"赵堂官回说："王爷虽是恩典，但东边的事，这位王爷办事认真，想是早已封门。"众人知是两府干系，恨不能脱身。只见王爷笑道："众位只管就请。叫人来给我送出去，告诉锦衣府的官员说：这都是亲友，不必盘查，快快放出。"那些亲友听见，就一溜烟如飞的出去了。独有贾赦贾政一干人，唬得面如土色，满身发颤。

不多一会，只见进来无数番役，各门把守，本宅上下人等一步不能乱走。赵堂官便转过一副脸来，回王爷道："请爷宣旨意，就好动手。"这些番役都撩衣奋臂，专等旨意。西平王慢慢的说道："小王奉旨，带领锦衣府赵全来查看贾赦家产。"贾赦等听见，俱俯伏在地。王爷便站在上头说："有旨意：贾赦交通外官，依势凌弱，辜负朕恩，有忝祖德，着革去世职。钦此。"赵堂官一叠声叫："拿下贾赦！其余皆看守！"

……赵堂官即叫他的家人："传齐司员，带同番役，分头按房，查抄登帐。"这一言不打紧，唬得贾政上下人等面面相看；喜得番役家人摩拳擦掌，就要往各处动手。……

正说着，只见锦衣司官跪禀说："在内查出御用衣裙并多少禁用之物，不敢擅动，回来请示王爷。"一会子，又有一起人来拦住西平王，回说："东跨所抄出两箱子房地契，又一箱借票，都是违例取利的。"老赵便说："好个重利盘剥，很该全抄！请王爷就此坐下，叫奴才去全抄来，再候定夺罢。"

……

且说贾母那边女眷也摆家宴。王夫人正在那边说："宝玉不到外头，看你老子生气。"凤姐带病哼哼唧唧的说："我看宝玉也不是怕人，他见前头陪客的人也不少了，所以在这里照应，也是有的。倘或老爷想起里头少个人在那里照应，太太便把宝兄弟献出去，可不是好？"贾母笑道："凤丫头病到这个分儿，这张嘴还是那么尖巧。"

正说到高兴，只听见那夫人那边的人一直声的嚷进来说："老太太，太太！不……不好了！多多少少的穿靴戴帽的强……强盗来了！翻箱倒笼的来拿东西！"贾母等听着发呆。又见平儿披头散发，拉着巧姐，哭哭啼啼的来说："不好了！我正和姐儿吃饭，只见来旺被人拴着进来说：'姑娘快快传进去请太太们回避，外头王爷就进来抄家了！'我听了几乎唬死！正要进房拿要紧的东西，被一伙子人浑推浑赶出来了。这里该穿该带的快快的收拾罢。"邢王二夫人听得，俱魂飞天外，不知怎样才好。独见凤姐先前圆睁两眼听着，后来一仰身便栽倒地下。贾母没有听完，便吓得涕泪交流，连话也说不出来。

那时一屋子人拉这个扯那个，正闹得翻天覆地。又听见一叠声嚷说："叫里头女眷们回避，王爷进来了。"宝钗宝玉等正在没法，只见地下这些丫头婆子乱拉乱扯的时候，贾琏喘吁吁的跑进来说："好了，好了，幸亏王爷救了我们了！"众人正要问他，贾琏见凤姐死在地下，哭着乱叫；又见老太太吓坏了，也回不过气来，更是着急。还亏了平儿将凤姐叫醒，令人扶着。老太太也苏醒了，又哭的气短神昏，躺在炕上，李纨再三宽慰。然后贾琏定神，将两王恩典说明；惟恐贾母邢夫人知道贾赦被拿，又要唬死，且暂不敢明说，只得出来照料自己屋内。一进屋门，只见箱开柜破，物件抢得半空。此时急的两眼直竖，淌泪发呆。听见外头叫，只得出来。

……

此时贾政魂魄方定，犹是发怔。贾兰便说："请爷爷到里头先瞧瞧老太太去呢。"贾政听了，疾忙起身进内。只见各门上妇女乱糟糟的，都不知要怎样。贾政无心查问，一直到了贾母房中，只见人人泪痕满面，王夫人宝玉等围着贾母，寂静无言，各各掉泪，惟有邢夫人哭作一团。因见贾政进来，都说："好了，好了！"便告诉老太太说："老爷仍旧好好的进来了，请老太太安心罢。"贾母奄奄一息的，微开双目说："我的儿，不想还见的着你！"一声未了，便嚎啕的哭起来。于是满屋里的人俱哭个不住。贾政恐哭坏老母，即收泪说："老太太放心罢。本来事情原不小，蒙主上天恩，两位王爷的恩典，万般轸恤。就是大老爷暂时拘质，等问明白了，主上还有恩典。如今家里一些也不动了。"贾母见贾赦不在，又伤心起来，贾政再三安慰方止。

众人俱不敢走散。独邢夫人回至自己那边，见门全封锁，丫头老婆也锁在几间屋里，无处可走，便放声大哭起来。只得往凤姐那边去，见二门傍边也上了封条，惟有屋门开着，里头呜咽不绝。邢夫人进去，见凤姐面如纸灰，合眼躺着，平儿在旁暗哭。邢夫人打谅凤姐死了，又哭起来。平儿迎上来说："太太先别哭。奶奶才抬回来，象是死了的。歇息了一会子，苏过来，哭了几声，这会子略安了安神儿。太太也请定定神儿罢。但不知老太太怎么样了？"……

此仅是节选自第105回描写抄家场面的一部分，里面有锦衣府赵堂官的得意跋扈，有衙役的"撩衣奋臂"的兴奋，有灾难突然降临时作为一家之主的贾政贾赦的恐惧，有众亲友（此时贾家正在设家宴为贾政接风）"一溜烟如飞"的逃散，有凤姐大难临头前依然故我的伶牙俐齿和灾难突然临头时的一头"栽倒地下"，有贾母的"涕泪交流"，有众"丫头婆子"的惊慌失措，有整个屋子的"天翻地覆"。这是单就场面言，就人物说，三个男主人，贾赦、贾政、贾琏的表现也各个不同，一如其性格，贾赦自知罪孽，不着一言，惟跪伏不起，贾政正统厚道，悔恨交加，以及"拈须搓手"的不知所措，贾琏因为是其中唯一能经事的男人，只能忍泪吞声。女人们的哭也不一样，平儿的惊慌、王熙凤的如雷轰顶的绝望、贾母的"涕泪交流"和"嚎啕大哭"，邢夫人那完全不顾体面的哭，也透露出惯有的自私等等，都在这一"抄家"的场面中一一呈现。

第二，是人物刻画的成功。前面我们提到，在前80回中的"抄检大观园"中，许多人物的性格得到了充分的展现，例如晴雯、探春、迎春、惜春等等性格特征，基本都是在那一场戏中得以最终奠定的。在这一场"抄家"的戏中，亦成功地刻画了许多人物的性格特征。例如，在前80回书中，贾母、贾政、贾琏几人是很不显眼的，其个性远不丰满，但是，在后四十回中，尤其是在这被抄家的三回书中，这些人物的个性得到了最充分的表现和完成。例如贾母，在前80回书中似乎只是一个会享乐的仁慈的老太太，有时候和凤丫头说几句比较机智的玩笑话（前八十回中，只有在贾赦强娶鸳鸯中，贾母稍稍表现了其性格特点），此外我们并不见贾母有什么特出之处。但是在后四十回、尤其是这三回中，贾母的人物性格得以完成，而且十分丰满，例如第116回的"贾太君祷天消祸患"，以及在灾难中对于合府之人的顾怜。在这些被她顾怜的人中，包括了自己最疼爱的儿子，也有她向来不大喜欢的邢夫人，也有她一向喜欢的王熙凤（她一直到死，都不知道王熙凤的种种劣行，此处也表现了她的局限性），以及第117回的"散余资贾母明大义"分财产一节，更将贾母的人物形象刻画得非常成功，让人们看到了贾母之所以能够在偌大的贾府中处于独尊的位置，决不仅仅因为年纪大，也在于她的见识、担当、智慧、大度，就连贾政此时也才知道："老太太实在真真是理家的人"。

再如贾政，在整个前80回中，贾政基本上就是一个可有可无的人，除了打宝玉以及元春省亲时跪在自家门外那一番感激涕零的颂词之外，几乎不见他的身影，到处只是他的儿子宝玉和众女儿们的爱恋玩笑。但是到了"下半部"、尤其是抄家的这三回，贾政的人物性格却得到了很好的表现，他的正统，他的不谙俗务、老实厚道、孝顺以及因为老实厚道而带来的好人缘，都得到了极好地表现，使其成为一个非常立体鲜明的人物。

在此三回刻画成功的人物（另外如贾琏、北静王、赵堂官等等，都刻画得十分好）中，还有一个人物我们不能不提，这个人物就是在第7回出现并大骂一阵"爬灰的爬灰，养小叔子的养小叔子"后就一直没有再出现的焦大，居然到了贾府被抄的第105回又出现了（相隔近100回！），且又是一阵大骂，大骂的内容与语言神采都与第7回相应，似乎就像刘姥姥几进荣国府一样，曹雪芹要让焦大通过两次大骂来串起贾府的兴衰，一次是骂他们荣华时的堕落，一次就是骂他们所遭的报应：第二次的大骂实在太精彩，比第一次还要精彩，我们不可不看：

　　贾政在外，心惊肉跳，拈须搓手的等候旨意。听见外面看守军人乱嚷道："你到底是那一边的？既碰在我们这里，就记在这里册上，拴着他交给里头锦衣府的爷们。"贾政出外看时，见是焦大，便说："怎么跑到这里来？"焦大见问，便号天蹋地的哭道："我天天劝这些不长进的爷们，倒拿我当作冤家！爷还不知道焦大跟着太爷受的苦吗？今儿弄到这个田地，珍大爷蓉哥儿都叫什么王爷拿了去了，里头女主儿们都被什么府里衙役抢的披头散发，圈在一处空房里，那些不成材料的狗男女都象猪狗似的拦起来了。所有的都抄出来搁着，木器钉的破烂，磁器打的粉碎。他们还要把我拴起来！我活了八九十岁，只有跟着太爷捆人的，那里有倒叫人捆起来的！我说我是西府里的，就跑出来。那些人不依，押到这里，不想这里也是这么着。我如今也不要命了，和那些人拚了罢！"说着撞头。众衙役见他年老，又是两王吩咐，不敢发狠。便说："你老人家安静些儿罢。这是奉旨的事，你先歇歇听信儿。"贾政听着，虽不理他，但是心里刀搅一般，便道："完了，完了！不料我们一败涂地如此！"

焦大的这第二次大骂，实在精彩。首先，它与第一次大骂相联系，完成了这一个老忠仆的人格塑造，如若只有第一次的大骂，似乎焦大只是一个倚老卖老的醉汉；有了第二次，才知道他是一个真的为贾家着想焦急的老辈的忠仆（焦大之"焦"，或许带有这一意思，因为曹公给他家的那些仆人取名，似乎都存在这样的双关意义）。其次，他的这两次大骂，就像脂批所言的"早为下半部伏根"一样，第一次大骂是为第二次大骂"伏根"，两次相结合方为一个整体，所以贾政听了他的大骂后也是深表赞同。第三，这段"大骂"在叙事上还起到一个补叙的作用，因天才的曹公叙事是极少用想当然式的全知叙事的，写抄家的第105回的前面部分对于东府（即宁国府）抄家的悲惨情形是没有写的，这里才通过焦大的大骂来补齐。第四，他的言语神采，与第一次的大骂端的神似，里面都有倚老、恃功、焦急、口无遮拦、粗莽、忠心的元素在内。另外那一句"我活了八九十岁，只有跟着太爷捆人的，那里有倒叫人捆起来的！"的委屈表白，（就像前面惜春对地藏庵的两个姑子说的"珍大奶奶撵得你，我就撵不得么？"一样，这样的人物语言成为了那个人物的一种标志），实在只有这一个焦大才能说出来，这就像某人耳朵上长的一粒黑痣一样标识着这个人物的身份，标识着这个人的DNA。

最后，我想再补充一点语言艺术上的小问题，以对我们的证明再做一次加固：曹公的语言艺术是天下无双，其中的一个特点，就是善用四字语摹状传神，但他的这类四字语，却又并不是简单地袭用成语，亦不是完全的日常口语，而是兼用两者进行的一种语言艺术的创造。

如第一回描写甄士隐与贾雨村两人饮酒："二人归坐，先是款酌慢饮，渐次谈至兴浓，不觉飞觥献斝（音jia）起来。"寥寥几个句子，就将二人饮酒的场面写得活了起来，尤其是那个"飞觥献斝"的四字词，特别传神，但是它却又并非现成的四字成语，而是曹公在成语的基础上的一种创造。又如亦是第一回，描写甄士隐家的丫鬟娇杏眼中的贾雨村的到来："丫鬟隐在门内看时，只见军牢快手，一对一对过去，俄而大轿内抬着一个乌帽猩袍的官府来了。……到晚间正待歇息之时，忽听一片声打的门响，许多人乱嚷。"整个场景，都从娇杏的眼中写来，十分生动，尤其是"乌帽猩袍"四字（"官府"二字也用的很好）一下就将一个下层女人眼中官员的威势烘托出来。但这"乌帽猩袍"却既不是成语，亦不完全是俗语，而是两者融合的一种创造。再如第7回，写王夫人和薛姨妈两人拉家常："周瑞家的轻轻掀帘进来，见王夫人正和薛姨妈长篇大套的说些家务人情话。"里面的"长篇大套"一语用在此实有趣之极，四个字即描摹出中年妇女热烈地拉家常的情景。"长篇大套"作为一个词语我们常在日常生活中用，但是没有用在这般场合，因此也可以说是曹公的一个活用。与此类似的例子还有第50回中，王熙凤的一段话："我哪里是孝敬的心找了来呢？我因为到了老祖宗那里，鸦没雀静的，问小丫头子们，他又不肯叫我找到园里来。""鸦没雀静"描绘园子里没有一点声音，十分安静，十分具有表现力。这个词本也是人们口头用语，但是很少有人把它用在书面语言中来这样使用，甚至不知这个词该怎么写，所以庚辰本在此处有一条夹批："这四个字俗语中常闻，但不能落纸笔耳，便欲写时究竟不知系何四字，今如此写来，真是不可移易。"[3]此类例子在前80回中可以说是不胜枚举。

　　类似的语言艺术我们在后四十回中亦常见到，即如我们正分析的第105回中，就有几个很鲜明突出的例子，如当赵堂官请示王爷准备下命令开始抄家时，小说描写"这些番役都撩衣奋臂，专等旨意"。"撩衣奋臂"四字实在传神，极好地表现了那些官府的衙役们在准备抄别人家时的那份迫不及待地兴奋。但"撩衣奋臂"却又并不是现成的成语，也不是日常的口语，而是曹公的一种融合性的创造。又如其中描写贾琏回来看自己的屋子："一进家门，只见箱开柜破，物件抢得半空。此时急的两眼直竖，淌泪发呆。""箱开柜破"一语，亦十分传神，简单四个字就把抄家后屋内一片狼藉的状貌形容出来。再如里面描写凤姐在抄家前一秒还在和贾母说笑话：

　　　　凤姐带病哼哼唧唧的说："我看宝玉也不是怕人，他见前头陪客的人也不少了，所以在这里照应，也是有的。倘或老爷想起里头少个人在那里照应，太太便把宝兄弟献出去，可不是好？"贾母笑道："凤丫头病到这个分儿，这张嘴还是那么尖巧。"

　　这里是描写凤姐当时生病，但仍然在贾母前说笑话讨贾母开心。"哼哼唧唧"一词，本来常是用来形容人说话不爽快（如第27回凤姐形容人说话不爽快："我就怕和别人说话：他们必定把一句话拉长了，作两三截儿，咬文嚼字，拿着腔儿，哼哼唧唧的。急的我冒火。"）或病中呻吟状况，很少被使用来形容人在病中撒娇说笑话讨人开心，因此也是曹公对于日常用语的一种活用。

类似此类富于创造性的用语单是第105回就有不少。我们比较前80回中的这类用语和后四十回中的此类用语，就会发现，它们具有同样的创造性，同样的风格特点，同样的基因。俗话说，文如其人，西语曰，风格即其人，曹丕言：文以气为主，虽在父兄，不能以移子弟。焉有一个不相干的续书者，能够写出如此气投味合的语言来呢？

二

下面，我们来处理与贾府被抄有关的第二条材料，第14回脂批说："宝玉见北静王水溶，是为后文伏线。"这里脂砚斋没有用"后回"或"下半部"之类的用语，而是用了一个泛指的"后文"，但在前80回中，北静王水溶（在程本中"水溶"被改名为"世荣"。笔者以为，由"水溶"改为"世荣"亦为作者自己改。假如真有什么续作者，实没有改之必要）就再也没有出现过，仅在几次提及宝玉的行踪中提到过北静王的名字而已，因此，脂砚斋所说的"为后文伏线"的后文，不可能是前80回。在后四十回中，北静王一共有两次有意义的出现，一次是在第85回中，北静王过生日，贾府的几个男主人都去给北静王祝贺，其中除了描写一些客气礼数之外，有意义的事件就是北静王因为前次（指第14回）见了贾宝玉出生时衔来的那块玉，于是就照着那块玉的样子给贾宝玉做了一块，此次就当作礼品当面送给了贾宝玉。另一次就是我们本章所论的第105、106、107回写抄家的三回（此三回我们当作一个整体）。刚开始来主导抄家的是西平王和赵堂官，这两人尤其是赵堂官极力主张要将贾府全盘严抄，正在这生死存亡的关头，与贾府关系一直不错，又十分喜欢贾宝玉的北静王出现了。由于此前他在皇上面前极力为贾政说了好话，于是皇上便赦免了贾政，此时更派北静王来主导抄家，奉谕只查抄宁府和贾赦的家产，于是贾政的荣国府得以大半被保留了下来，而且贾政恢复了官职。即使被查办了的贾赦、贾珍等，也因此减轻了惩罚，贾府于是免了灭顶之灾。

那么，后四十回中北静王的这两次出现，到底哪一次是脂批所说的第14回所"伏线"的"后文"呢？依笔者之见，亦可说是常理，应该是第105至107回的抄家之事，因为在第105至107回北静王的出现，就像民间故事中经常写的一样，一个不期然而然出现的救命恩人终于救了受难者的命，而这个救命恩人之出现又可追溯到前此的某个情节中。根据这样的故事逻辑或社会人情逻辑，第14回写谦和的北静王因为与贾家关系很好，而特设路祭（祭秦可卿），其中又特写了北静王专门指定要见见贾宝玉并十分喜爱贾宝玉，这就为"后文"北静王在关键时刻救荣国府埋下了"伏线"。

另外，我们与红楼梦中的其他伏线形式比较，也应该是第105至107回才是第14回所伏的对象，例如刘姥姥因为得到了凤姐的善待，又因为给她的女儿取名为"巧姐"，所以后来就成为了巧姐的救星；又如贾宝玉因为无意中把蒋玉菡送的一条汗巾子系在了袭人的腰间，后来袭人果然因为此与蒋玉菡结缘，再如第4回写惜春与水月庵的姑子智能儿在一起玩，后来惜春果然出了家，等等。这些伏线形式的逻辑关系，都与第14回写北静王水溶善待贾府喜欢贾宝玉，及至到第105至107回救荣国府的逻辑关系相一致。当然，第85回写北静王送玉与贾宝玉，与第14回也不是一点关系都没有，不过它们之间不构成"伏"与"被伏"的关系，它们毋宁说是第14回的一种自然延伸，以强化表明北静王与荣国府良好的关系，与第14回一起构成第105至107回所发生的"帮助"的前缘。

从小说本身看，也是如此，第85回虽然也写到了北静王，但对送玉的事情却并没有给予特别的关注和表现。相反，第105回至107回，北静王的出现及作用却得到了特别的强调和特别多的表现，如第105回，北静王一出现（来宣旨）在正被赵堂官查抄的贾府，就引起了赵堂官的不适："赵堂官听了，心想：'我好晦气，碰着这个酸王！'"为什么呢，因为赵堂官大概知道北静王与贾府的良好关系，北静王一来，他的施威就搞不成了。尤其是赵堂官心中的"酸王"一词，更使人产生联想，赵堂官心中的"酸"是什么，无非就是贾宝玉那种类型的儒雅、谦恭、善良的人性气息，出自赵堂官心中的这个"酸"字正与小说中用来形容贾宝玉的那个"呆"字相一致。再看第14回对北静王的外貌神情描写，就觉得与小说中许多处（包括此处）对贾宝玉的描写相似：

> 原来这四王，当日惟北静王功最高，及今子孙犹袭王爵。现今北静王世荣年未弱冠，生得美秀异常，性情谦和。……话说宝玉举目见北静王世荣头上戴着净白簪缨银翅王帽，穿着江牙海水五爪龙白蟒袍，系

着碧玉红鞓带，面如美玉，目似明星，真好秀丽人物。宝玉忙抢上来参见，世荣从轿内伸手挽住。见宝玉戴着束发银冠，勒着双龙出海抹额，穿着白蟒箭袖，围着攒珠银带，面若春花，目如点漆。北静王笑道："名不虚传，果然如'宝'似'玉'。"

从赵堂官的那个"酸"字，从这里的描写，就可以看出，北静王与宝玉正是一类人物，所谓"物以类聚，人以群分"，北静王后来要充当荣国府的救星，正是理所当然。

北静王的出现，狠辣人物赵堂官的自认"晦气"是一层烘托，接着北静王与西平王的一番话又是一层烘托，烘托什么，北静王的出现，于荣府而言，比及时雨更及时雨，比救火队更救火队：

　　……西平王便说："我正和老赵生气，幸得王爷到来降旨；不然，这里很吃大亏。"北静王说："我在朝内听见王爷奉旨查抄贾宅，我甚放心，谅这里不致荼毒。不料老赵这么混账。但不知现在政老及宝玉在那里？里面不知闹到怎么样了？"众人回禀："贾政等在下房看守着，里面已抄的乱腾腾了。"北静王便吩咐司员："快将贾政带来问话。"众人领命，带了上来。贾政跪下，不免含泪乞恩。北静王便起身拉着，说："政老放心。"便将旨意说了。贾政感激涕零，望北又谢了恩，仍上来听候。

除了这两段有关北静王的精彩描写，第105至107回，还有多次描写表现贾家众人对北静王的感恩以及北静王对贾家人的体恤和"不忍"之心，我们就不一一引出。总之，我们统揽第105回至107回对北静王的描写表现，我们可以得出如下结论：

第一，脂批在第14回所批"宝玉见北静王水溶，是为后文伏线"，应是指抄家时北静王充当了贾府尤其是荣国府的救星。由此我们自然得出结论：在脂批写就的当时，脂砚斋一定已经看见或知道小说的"后文"，这个后文应该就是小说第105回至107回的抄家文字。

第二，和许多人物形象一样，北静王的形象也是到了后四十回才完整（例如惜春、贾政、贾母，甚至就是鸳鸯、紫鹃也是如此），如果没有后四十回，尤其是如果不是第105至107回，北静王就只是一个可有可无的人物，而到了这三回中，一个与贾政友善、喜爱宝玉的"酸王"形象的北静王才得以竖立。

第三，对北静王形象的成功刻画，是一个整体，在前八十回的第14回中，北静王的第一次亮相，虽然只是对后面他的"大作为"的一次铺垫或"伏线"，但尽管如此，当我们在第105回看到北静王的种种善良、"不忍"表现时，再反观第14回对他的一些描绘，就可以知道，一个喜爱宝玉且与宝玉类似的"酸王"形象，就已经在那时奠定了基础。因此，第14回的北静王与后来的第105至107回的北静王，是相互联系的一个北静王，不可分割。另外，从这种相互联系性上观察，我们觉得，第85回的北静王"送玉"与贾宝玉的情节，或许不简单是一次单纯的送礼物，或许也暗示着他将要救贾府一众人物，因为后来在宝玉失玉后大病欲死时，是那个和尚送玉救了宝玉的命，这里的北静王的送玉或与后面和尚送玉有某种映衬关系。

　　第四，从艺术上衡量，第105至107回中对北静王的描绘，以及作者笔下对北静王含有的感激之情，都是成功动人的。一个次要人物，能够在寥寥几次（北静王在全部120回中只出现三次，而最后一次最重要）出场中就能成功刻画出来，（北静王的形象比前八十回中就已经完成的一些次要人物如蒋玉菡、柳湘莲、甚至比贾雨村更好），这绝不是任何续作者可以做到的。尤其是我们考虑到，在第105至107回中，这样刻画完整、完成的人物还有贾母、贾政、贾琏等，刻画成功的次要人物还有焦大、赵堂官等，我们就更加认定，这些精彩的章回是任何续作者也无法续出的。

注释：

　　[1]朱一玄：《红楼梦资料汇编》，南开大学出版社，2001年版，第141页。

　　[2]同上，第247页。

　　[3]同上，第480页。

第八章 **脂批钩沉（之六）**

　　在脂批中，其中有多次提到后40回中宝玉与宝钗之关系，这些脂批，有的比较具体，有的则比较泛泛，但是我们把这些详略不同的批语联系起来，却可以大致地窥探出后40回宝玉与宝钗之间的关系来，现在，我们根据这些批语比对所谓"程本"的后四十回中表现宝玉宝钗关系的文字，来看看它们是不是恰好印证了此方面一些脂批。

　　这类脂批主要有以下几条：

　　第28回"蒋玉菡情赠茜香罗，薛宝钗羞笼红麝串"有一段回后批："宝玉忘情，露于宝钗，是后回累累忘情之引。"[1]

　　第42回"蘅芜君兰言解疑癖，潇湘子雅谑补余香"有一段回前批："钗玉名虽二个，人却一身，此幻笔也。今书至三十八回时已过三分之一有余，故写是回，使二人合而为一。请看黛玉逝后宝钗之文字，便知余言不谬矣。"[2]

　　第20回己卯本有一条夹批：（宝钗）"若一味浑厚大量涵养，则又何可令人怜爱护惜哉？然后知宝钗、袭人等行为，并非一味蠢拙古板，以女夫子自居。当绣幕灯前，绿窗月下，亦颇有或调或妒，轻俏艳丽等说。"[3]

　　第28回庚辰本有一条眉批："前'玉生香'回中，颦云他有金你有玉，他有冷香你岂不有暖香，是宝玉无药可配矣。今颦儿之剂若许材料皆系滋补热性之药，兼有许多奇物，而尚未报名，何不竟以暖名之，以代补宝玉之不足，岂不三人一体矣。"[4]

这四条材料，其中有三条明显指向后四十回中宝玉与宝钗之关系。在第一条材料中，脂砚斋之言是"宝玉忘情，露于宝钗，是后回累累忘情之引"。其中已经明言了是"后回"，前面我们已经证明，脂批中所谓"下部""后回""后半部"一类用语，都是指八十回之后的部分。例如，脂批在第31回后批道："后数十回若兰的射圃所佩之麒麟，正此麒麟也、"[5]这里的"后数十回"就是指80回后的数十回，因为在前80回中，根本就没有"若兰射圃"的情节。又如在第21回有一个夹批："宝玉之情，今古无人可比固矣。然宝玉有情极之毒，亦世人莫忍为者，看至后半部，则洞明矣。"[6]这里的"后半部"，亦是指80回后的部分，因为在前80回中，根本就没有出现"宝玉有情极之毒"的相关情节，一直要到120回末尾的"悬崖撒手"（即抛弃娇妻美妾出家）才出现这种表现"情极之毒"的内容。这里也是一样，说"是后回累累忘情之引"的"后回"也是指80回以后的"后回"。我们作出这个判断，当然不只是仅根据从脂批中看出的脂砚斋的用语习惯，也联系了其批语中涉及到的情节内容。譬如说，脂批说"是后回累累忘情之引"，经过我们检索核查，在前80回中的第28回之后，就再也没有出现与第28回相似的贾宝玉呆看薛宝钗忘情于薛宝钗的情节，因此这里的"后回"当是指80回后无疑。

第二条材料也毫无疑问指向的是后四十回，因为在前八十回中，黛玉还活着，在今程本中，黛玉病逝是第98回，脂砚斋的用语是："请看黛玉逝后宝钗之文字，便知余言不谬矣。"

第三条材料中虽然没有相关的直接指向后四十回的用语，但是从其所用的描绘的词语看，它们暗示的是宝玉与宝钗结婚（袭人为妾）后，"绣幕灯前，绿窗月下，亦颇有或调或妒，轻俏艳丽"的夫妇关系。因此，毫无疑问，它指向的仍然是后四十回中的内容，因为在前八十回中，贾宝玉与薛宝钗远谈不上结婚，在今程本中，二人结婚是在第97回。

第四条材料倒是完全没有词语指明指向何处，但是我们根据系联关系，也可以知道它指的是后四十回中宝玉、宝钗的情形，因为其中有"以代补宝玉之不足，岂不三人一体矣"的说法，所谓"三人一体"，指的是宝玉、黛玉、宝钗"三人一体"，这显然只是第一条材料中"钗玉名虽二个，人却一身"，以及"二人合而为一"的另一种说法，而第一条材料脂砚斋说的是"请看黛玉逝后宝钗之文字，便知余言不谬矣"，所以，最后一条材料描述的也是后四十回中宝玉宝钗关系的情形。

这四条材料，其实中心意思都是说，在后四十回中，宝玉、宝钗结婚后，宝钗成了黛玉的某种替代者或替补者（这就是所谓二人"合而为一"或"三人一体"的含义，其实这在前八十回中已经多所暗示。下详），二人有着至少一段十分依恋恩爱的关系。关于此，我们在下面的举证论述中，将大致把它分为两个方面或环节论述，第一个方面，我们主要论述第一条材料所涉及的内容，第二个环节再来处理后面三条材料。我们之所以这么处理，是因为第一条材料最具体因而也最重要，说清楚了第一条材料，那么对剩下的材料的证明，也就比较容易，甚至迎刃而解了。

第一条材料虽然是第28回的一段回后批，但是与所批相关的却只是第28回中的其中一段内容，为了弄清第28回所批之意，我们自然需要把第28回相关的一段先引出来：

……此刻忽见宝玉笑道："宝姐姐，我瞧瞧你的那香串子呢？"可巧宝钗左腕上笼着一串，见宝玉问他，少不得褪了下来。

宝钗原生的肌肤丰泽，一时褪不下来，宝玉在傍边看着雪白的胳膊，不觉动了羡慕之心。暗暗想道："这个膀子若长在林姑娘身上，或者还得摸一摸；偏长在他身上，正是恨我没福。"忽然想起"金玉"一事来，再看看宝钗形容，只见脸若银盆，眼同水杏，唇不点而含丹，眉不画而横翠，比黛玉另具一种妩媚风流，不觉又呆了。宝钗褪下串子来给他，他也忘了接。

宝钗见他呆呆的，自己倒不好意思的，起来扔下串子，回身才要走，只见黛玉蹬着门槛子，嘴里咬着绢子笑呢。宝钗道："你又禁不得风吹，怎么又站在那风口里？"黛玉笑道："何曾不是在房里来着，只因听见天上一声叫，出来瞧了瞧，原来是个呆雁。"宝钗道："呆雁在那里呢？我也瞧瞧。"黛玉道："我才出来，他就'嗤儿'的一声飞了。"口里说着，将手里的绢子一甩，向宝玉脸上甩来……

这是第28回一段相当有意思的情节，也很好地揭示出了各自的人物性格以及他们三人之间的人物关系。第28回的回后批："宝玉忘情，露于宝钗，是后回累累（"累累"，应为"屡屡"，脂砚斋大约也是常常无意识中用南方音写作，南方音至今念"屡"为"lei"。笔者注）忘情之引。"毫无疑问批的就是这段宝玉呆看宝钗的情节，因为在整个第28回，再无一丝半毫与此相似的内容，甚至不独第28回没有，在前八十回中，宝玉爱慕宝钗的美丽动人而呆看的情节，亦仅此一处。

根据脂批的提示，在"后回"，即在前八十回之后，宝玉还有多次（"累累"：屡屡）类似如此呆看宝钗的情节。那么实际情形是不是如此呢？确定无疑，正是在80回后的部分中，几次出现过这一类林黛玉谓之"呆雁"式的"忘情"描写。最重要的一次出现在第101回"大观园月夜警幽魂，散化寺神签惊异兆"中，当时凤姐因和贾琏争吵怄气后，来到宝玉宝钗新婚住处：

　　且说凤姐梳了头，换了衣服，想了想：虽然自己不去，也该带个信儿；再者，宝钗还是新媳妇出门子，自然要过去照应照应的。于是见过王夫人，支吾了一件事，便过来到宝玉房中。只见宝玉穿着衣服，歪在炕上，两个眼睛呆的看宝钗梳头。凤姐站在门口，还是宝钗一回头看见了，连忙起身让坐。宝玉也爬起来，凤姐才笑嘻嘻的坐下。宝钗因说麝月道："你们瞧着二奶奶进来，也不言语声儿。"麝月笑着道："二奶奶头里进来就摆手儿不叫言语么。"凤姐因向宝玉道："你还不走，等什么呢？没见这么大人了，还是这么小孩子气。人家各自梳头，你爬在傍边看什么？成日家一块子在屋里，还看不够吗？也不怕丫头们笑话。"说着，"哧"的一笑，又瞅着他咂嘴儿。宝玉虽也有些不好意思，还不理会；把个宝钗直臊的满脸飞红，又不好听着，又不好说什么。……

为什么脂砚斋在第28回贾宝玉忘情呆看薛宝钗雪白的膀子后写下"宝玉忘情，露于宝钗，是后回累累忘情之引"这样的评点呢？大约就是因为第28回的呆看与此回中的呆看具有极大的相似性。第28回是薛宝钗要从手腕上褪下串子，引得宝玉呆看宝钗美丽丰满的手腕胳膊，这里是贾宝玉睡醒后歪在床上呆看宝钗梳头（符合新婚特点），两段文字都写得十分具有情趣，也都能很好地刻画出贾宝玉的性格特点，所以，触景生情，脂砚斋在第28回留下了那一段提示后文的文字。

注意，脂砚斋说的是，28回的宝玉忘情于宝钗，"是后回累累忘情之引"，那么想来应该不止于我们以上所引的101回的这段文字。实际上，在黛玉死后，在宝玉钟爱的女儿们一个个或死或嫁后，宝钗袭人之对于宝玉，就是他怜爱女儿的"呆性"最后的对象或凭借，因此，婚后宝玉对宝钗的确是分外依恋。后40回中除了我们所引的上一段文字外，类似的描写宝玉呆看依恋宝钗的例子还有不少，如第101回末尾：却说宝玉这一日正睡午觉，醒来不见宝钗，正要问时，只见宝钗进来。宝玉问道："那里去了，半日不见？"这里表现了宝玉婚后如依恋母亲一样对宝钗的依恋情感。又如第109回：宝玉"慢慢的下了床，又想昨日五儿说的'宝钗袭人都是天仙一般'，这话却也不错，便怔怔地瞅着宝钗。宝钗见他发怔，虽知他为黛玉之事，却也定不得梦不梦，只是瞅得自己倒不好意思的。"这又是一段与前面第28回的呆看相似的描写。又如第110回：宝玉看到宝钗浑身挂孝，那一种雅致，比寻常穿颜色时更自不同。心里想道："古人说："千红万紫，终让梅花为魁。看来不止为梅花开的早，竟是那'洁白清香'四字真不可及了。"这里描写宝玉对宝钗美丽的呆看和联想，是在贾母逝后宝钗带孝哭贾母之时宝玉的心理活动，可见，宝玉对宝钗美丽的赞美和痴迷，在婚后亦与第28回一般。这些例子，都十分明确有力地印证了脂批在第28回所说的"宝玉忘情，是后回累累（屡屡）忘情之引"的提示，当然也就很好地证明了今本之后四十回所描写的相关内容是当时脂砚斋所见过的曹雪芹的原笔。

下面，我们再来处理上引的余下三条材料。

此三条材料，中心意思就一个，就是说在后四十回黛玉逝世后，宝玉和宝钗有过相互恩爱的夫妻关系，宝钗在一定的程度上成为了黛玉的替代者。不过我们在下面的论述中，对这个问题将分为两个方面来探讨，第一个方面就是探讨在前八十回中的钗黛关系与后四十回中的宝玉、宝钗关系的联系，第二个方面就是我们将分析，黛玉与宝钗这种"合一"关系在前八十回中具有什么依据。这两个问题都涉及到宝、黛、钗关系在前八十回和在后四十回的统一性问题。

我们先探讨第一个问题：

第42回"蘅芜君兰言解疑癖，潇湘子雅谑补余香"的回前批："钗玉名虽二个，人却一身，此幻笔也。今书至三十八回时已过三分之一有余，故写是回，使二人合而为一。请看黛玉逝后宝钗之文字，便知余言不谬矣。"此条脂批的意思是说，如果宝钗、黛玉二人这种不和疑忌的情形继续下去，将会与后回"黛玉逝后"表现宝玉与宝钗二人关系的文字出现矛盾，如果黛玉与宝钗的关系不能"合而为一"，那么在黛玉逝后宝玉也就无法与宝钗有恩爱之表现。因此，作者必须要有意地写出第42回来，以使两人冰释前嫌，以为后回黛玉逝后的文字作准备。

这说明，整部红楼梦宝、黛、钗三者的关系，是一个整体，或者说他们三人的关系，在前八十回和后四十回中，存在着一种整体性的设计。这种整体性的设计，根据上述第42回的脂批之意，我们把它们分为三个阶段：第一个阶段是第42回前，在这个阶段主要表现了黛玉对宝钗的疑忌的关系，第二个阶段即是42回及之后，这个阶段主要表现了钗黛二人的冰释前嫌，第三个阶段是黛玉逝世后，因为在第42回钗黛冰释了前嫌，因此宝钗才能成为黛玉的替代者。下面我们就循着这样的步骤，对脂批中所提示出来的这种整体关系或整体设计进行说明：

第一个阶段，即在第42回之前，钗黛二人处于一种矛盾的关系中，其实说得更准确，就是林黛玉似乎无处不猜忌着这个"宝姐姐"。正如她在第45回中对宝钗交心时说的："你素日待人，固然是极好的，然我最是个多心的人，只当你有心藏奸。"在42回之前，这种疑忌宝钗的情形实在不少，如第8回中，当黛玉看到宝玉到宝钗处玩后的各种旁敲侧击；第19回黛玉嘲讽宝玉："蠢才，蠢才！你有玉，人家就有金来配你；人家有'冷香'，你就没有'暖香'去配他？"第20回当湘云夸奖宝钗："'你敢挑宝姐姐的短处，就算你是个好的。'黛玉听了冷笑道：'我当是谁，原来是他。我可那里敢挑他呢？'"第28回元妃端午节送礼，独宝钗的礼和宝玉的一样，宝玉恐黛玉心里不是滋味，故拿来礼物请黛玉自己挑选，黛玉赌气道："我没这么大福气禁受，比不得宝姑娘，什么'金'哪'玉'的，我们不过是个草木人儿罢了！"在42回之前，此类吃醋疑忌的情形实在不少。

第二个阶段主要就是第42回及以后（主要是第45回、49回和第57回）所构成的二人的冰释前嫌，"合而为一"：

第42回的回目名是"蘅芜君兰言解疑癖，潇湘子雅谑补余香"，虽然好像是按一般的回目内容配置，主要写两个各自相对独立的事件，但其实，此回却可以看作是主要只写一个事件，这个事件就是宝钗黛玉二人终于消除疑忌而成为"人却一身"的好朋友。事情的起点还得追溯到第40回，当时在宴会上，鸳鸯执酒令，每位座客都要依鸳鸯说的骨牌的头一个字而说出一句韵语。轮到林黛玉的时候，她不觉就随口说出了分别为《牡丹亭》和《西厢记》中的两句：

> 鸳鸯又道："左边一个天。"黛玉道："良辰美景奈何天。"宝钗听了，回头看着他，黛玉只顾怕罚，也不理论。鸳鸯道："中间锦屏颜色俏。"黛玉道："纱窗也没有红娘报。"鸳鸯道："剩了二六八点齐。"黛玉道："双瞻玉座引朝仪。"鸳鸯道："凑成'篮子'好采花。"黛玉道："仙杖香挑芍药花。"说完，饮了一口。

这在今天倒没有什么，但是在那个时代，一个少女如果在公开场合说出这种露骨的表露爱情的戏曲语言，恐怕是一件极令人难堪很失闺中脸面的事情，好在当时鸳鸯薛姨妈等，都不大懂得黛玉是哪里来的韵语，反正只当是好玩罢了。薛宝钗是知道的，但在当时，她只看了黛玉一眼。此外，就黛玉个性来说，她本来也是一个极矜持（没有贬义）的人，几次宝玉和她表白，她都十分生气。此时她大概也是看《牡丹亭》一类戏曲入戏太深，不自觉脱口而出罢了。这样到了第42回中，又一次聚会散去之时，宝钗特意将黛玉叫住，于是就有了"蘅芜君兰言解疑癖"的事情：

　　至蘅芜院中，进了房，宝钗便坐下，笑道："你还不给我跪下！我要审你呢。"黛玉不解何故，因笑道："你瞧宝丫头疯了！审我什么？"宝钗冷笑道："好个千金小姐！好个不出屋门的女孩儿！满嘴里说的是什么？你只实说罢。"黛玉不解，只管发笑，心里也不免疑惑，口里只说："我何曾说什么？你不过要捏我的错儿罢咧。你倒说出来我听听。"宝钗笑道："你还装憨儿呢！昨儿行酒令儿，你说的是什么？我竟不知是那里来的。"黛玉一想，方想起昨儿失于检点，那《牡丹亭》、《西厢记》说了两句，不觉红了脸，便上来搂着宝钗笑道："好姐姐！原是我不知道，随口说的。你教给我，再不说了。"宝钗笑道："我也不知道，听你说的怪好的，所以请教你。"黛玉道："好姐姐！你别说给别人，我再不说了！"
　　宝钗见他羞的满脸飞红，满口央告，便不肯再往下问。因拉他坐下吃茶，款款的告诉他道："你当我是谁？我也是个淘气的，从小儿七八岁上，也够个人缠的。我们家也算是个读书人家，祖父手里也极爱藏书。先时人口多，姐妹弟兄也在一处，都怕看正经书。弟兄们也有爱诗的，也有爱词的，诸如这些《西厢》、《琵琶》以及《元人百种》，无所不有。他们背着我们偷看，我们也背着他们偷看。后来大人知道了，打的打，骂的骂，烧的烧，丢开了。所以咱们女孩儿家不认字的倒好：男人们读书不明理，尚且不如不读书的好，何况你我？连做诗写字等事，这也不是你我分内之事，究竟也不是男人分内之事。男人们读书明理，辅国治民，这才是好。只是如今并听不见有这样的人，读了书，倒更坏了。这并不是书误了他，可惜他把书遭塌了，所以竟不如耕种买卖，倒没有什么大害处。至于你我，只该做些针线纺绩的事才是；偏又认得几个字。既认得了字，不过拣那正经书看也罢了，最怕见些杂书，移了性情，就不可救了。"

一席话，说的黛玉垂头吃茶，心里暗服，只有答应"是"的一字。

为什么宝钗的这一番看似无甚高妙的"兰言"能让黛玉"心里暗服"，且解去她对宝钗多年的"疑癖"呢？这里面应该包含着如下几层意思：第一，宝钗完全没有因为黛玉的一次无心的过失，而对她另眼相看或对此加以利用，而是把她叫到一边悄悄询问。此一点，在后来45回黛玉自己也感激说："比

如你说了那个，我再不轻放过你的；你竟不介意，反劝我那些
话：可知我竟自误了。"第二，宝钗虽然认为在公开场合说出
那样的戏曲韵语有失闺中体统，但是她也没有大惊小怪，而是
真诚地"现身说法"，说自己也曾看过些"闲书"，这其中就
包含着一份理解。第三，在这番"兰言"里还包含着一种虽
然"正统"但也不无道理的理性分析，即无论男人女人，都
应该以经世致用为正道，以女孩论，当以"针线纺绩"之事
为是，不能因为那些"杂书""移了性情"。我们要注意的
是，宝钗之所以能够以这样真诚爱护的态度对待黛玉，似乎并
不是宝钗在以通常的"做人"方式在黛玉面前做"好人"，更
不是为了讨好笼络黛玉，主要还是因为宝钗对于黛玉人格的理
解和对于黛玉才情的相惜。这在小说的前后都有所表现。例如
在第八回"比通灵金莺微露意，探宝钗黛玉半含酸"（此是
脂本第八回回目名）中，当黛玉对宝钗、宝玉一番妙语连珠
旁敲侧击地加以讥讽时，宝钗的反应只是："宝钗素知黛玉是
如此惯了的，也不去睬她。"在此处脂批有一个侧批："浑厚
天成，这才是宝钗。"[7]其实这里脂批是不够透彻深入的，
宝钗这里之所以是如此态度，主要还不是因为宝钗的"浑厚天
成"，而是因为宝钗对黛玉个性的理解：即黛玉虽然嘴上不饶
人，但这不过是她的一种个性而已，其实并没有什么大不妥。
也就是说，她对黛玉的品行人格，从本质上是肯定的。又如同
样是在第八回在薛姨妈家的这一个场景中，宝玉的奶妈李嬷嬷
用"你可仔细今儿老爷在家，提防着问你的书！"来阻止宝玉
喝酒并让宝玉一时兴趣全无时，黛玉又是一番锋利的言辞：

　　"别扫大家的兴。舅舅若叫，只说姨妈这里留

住你。——这妈妈，他又该拿我们来醒脾了！……
你这妈妈太小心了！往常老太太又给他酒吃，如今
在姨妈这里多吃了一口，想来也不妨事。必定姨妈
这里是外人，不当在这里吃，也未可知。"李嬷嬷
听了，又是急，又是笑，说道："真真这林姐儿，说
出一句话来，比刀子还利害。"

宝钗此时的反应是："宝钗也忍不住笑着把黛玉腮上一
拧"，说道：'真真的这个颦丫头一张嘴，叫人恨又不是，喜
欢又不是。'"这里脂批又有一侧批："可知余前批不谬。"
[8] "前批"即是前面说宝钗"浑厚天成"那句。其实这里也
不仅仅是"浑厚天成"，而是包含着宝钗对黛玉的聪慧才情机
智的喜爱和理解。因此我们可以说，虽然至迟到第42回黛玉因
为宝钗的一番"兰言"才与宝钗消除疑忌，但是就宝钗这一方
面，似乎却是在与黛玉相交往不久（第8回是描写黛玉与宝钗
正面交集的头一回），就理解了亦喜欢了这个天真聪慧言语尖
利的林黛玉。所以，如果我们从宝钗的这一边分析，第42回的
"兰言"，就不是偶然的，而是宝钗瞅准了机会对可爱的黛玉
的一次成功"收伏"。

现在让我们再回到第42回。第42回接下来的故事其实仍
然是"兰言解疑癖"故事的余脉，就宝钗这一方面说，甚至可
以说是第八回的一个余脉，为什么这样说呢，因为下面好几个
细节，都表现了在这个"兰言解疑癖"后宝钗对黛玉的理解和
欣赏。不同的只是，第一，以往宝钗对黛玉的理解和欣赏不如
此地公开吐露，如此地不留余地。第二，以往的黛玉由于一直
留存在怀疑宝钗"有心藏奸"的认识状态中，当然也就不能获

得获取一个知心人后的那种生命的喜悦、自由感。第42回钗黛疑忌的消除，钗黛的"合而为一"，竟然在她们中间尤其是在黛玉身上爆发出如此的喜悦和自由的能量，这就是第42回接下来看似无甚要紧，看似仅只是说说笑笑的情节的意义：在接下来的情节中，林黛玉说了生平中最多的笑话（那个"携蝗大嚼图"的笑话就是在其中说出来的），发出了一生中最多的笑声，这笑声是黛玉在与宝钗消除疑忌后她的喜悦之情和自由生命的一次最热烈的绽放，这样到第45回"金兰契互剖金兰语，风雨夕闷制风雨词"，又到第57回"慧紫鹃情辞试莽玉，慈姨妈爱语慰痴颦"，脂砚斋所说的两人"合而为一"终于始告完成。

　　根据那段脂批的逻辑，作者之所以要写出第42回"蘅芜君兰言解疑癖，潇湘子雅谑补余香"，其目的是为了消除存在于二人中间的疑忌，以使二人"合二为一"，而之所以要使二人"合而为一"，就是要使在黛玉"逝后"，使宝钗在某种程度上成为黛玉的替代者。因此说，第42回的钗黛和解合一不仅只是有关钗黛二人的，其实是有关三人关系的，这也正是另一条脂批说"岂不三人一体"的原因。因此，为了把第42回所包含的意义理解得更全面，我们有必要把与第42回紧密相关的第49回也包含在这一转折性的情节中加以说明。这个情节表明，贾宝玉对于钗黛的和解合一是赞成的，是抱着乐观其成态度的。小说在第49回"琉璃世界白雪红梅，脂粉香娃割腥啖膻"中，把宝玉对黛钗和解合一的这一态度清楚地表现了出来。其时，琥珀开玩笑说薛宝琴来了，贾母喜欢宝琴，宝玉可能不高兴，或者黛玉会不高兴。于是此时宝钗说，她更不是了，我的妹妹就和她的妹妹一样：

宝钗笑道："更不是了。我的妹妹和他的妹妹一样，他喜欢的比我还甚呢，他那里还恼？你信云儿混说，他那嘴有什么正经。"

宝玉素昔深知黛玉有些小性儿，尚不知近日黛玉和宝钗之事，正恐贾母疼宝琴，他心中不自在。今儿湘云如此说了，宝钗又如此答，再审度黛玉声色亦不似往日，果然与宝钗之说相符，心中甚是不解。因想："他两个素日不是这样的，如今看来，竟更比他人好了十倍。"一时又见林黛玉赶着宝琴叫"妹妹"，并不提名道姓，真似亲姊妹一般。那宝琴年轻心热，且本性聪敏，自幼读书识字，今在贾府住了两日，大概人物已知；又见众姊妹都不是那轻薄脂粉，且又和姐姐皆和气，故也不肯怠慢。其中又见林黛玉是个出类拔萃的，便更与黛玉亲敬异常。宝玉看着，只是暗暗的纳罕。

一时宝钗姊妹往薛姨妈房内去后，湘云往贾母处来，林黛玉回房歇着。宝玉便找了黛玉来，笑道："我虽看了《西厢记》，也曾有明白的几句说了取笑，你还曾恼过。如今想来，竟有一句不解，我念出来，你讲讲我听。"黛玉听了，便知有文章，因笑道："你念出来我听听。"宝玉笑道："那《闹简》上有一句说的最好：'是几时孟光接了梁鸿案？'这五个字不过是现成的典，难为他'是几时'三个虚字，问的有趣。是几时接了？你说说我听听。"黛玉听了，禁不住也笑起来，因笑道："这原问的好。他也问的好，你也问的好。"宝玉道："先时你只疑我，如今你也没的说了。"黛玉笑道："谁知他竟真是个好人，我素日只当他藏奸。"因把说错了酒令，宝钗怎样说他，连送燕窝，病中所谈之事，细细的告诉宝玉，宝玉方知原故。因笑道："我说呢！正纳闷'是几时孟光接了梁鸿案'，原来是从'小孩儿家口没遮拦'上就接了案了。"

"是几时孟光接了梁鸿案"本是形容夫妻举案齐眉、夫妻恩爱的，在这里宝玉是用此形容她们二人是何时和好如一的。显然，宝玉对于钗黛的和解合一，是抱着乐观其成的赞赏的态度的。在他们三人之间，也正因为具有这样的感情基础，在黛玉"逝后"，钗黛才能合一，宝钗也才能在一定程度上成为黛玉的替代者。

第三个阶段，即表现宝钗在一定程度上成为黛玉的替代者，而与宝玉夫妻恩爱的阶段。关于此，我们已经在本章前面分析第28回的脂批时举过了一些例子，下面我们再通过第109回中的一段情节来更好地说明：

本来，在黛玉逝世后，宝玉在经历了长时间的悲痛思念以后，在宝钗的开解关爱下，宝玉也已经渐渐接受了宝钗，上面我们引出的宝玉呆看宝钗梳头等情节出现在第101回。但是在第108回，在贾母替薛宝钗过生日的宴会上，因为游戏中提到了"十二金钗"之名，不禁又勾起了宝玉对黛玉的思念：

　　　　"大奶奶掷的是'十二金钗'。"宝玉听了，赶到李纨身旁看时，只见红绿对开，便说："这一个好看的很。"忽然想起"十二钗"的梦来，便呆呆的退到自己座上，心里想："这'十二钗'说是金陵的，怎么我家这些人，如今七大八小的就剩了这几个？"复又看看湘云宝钗，虽说都在，只是不见了黛玉。一时按捺不住，眼泪便要下来，恐人看见，便说身上燥的很，脱脱衣裳去，挂了筹出席去了。

宝玉离席后，信步就又走到黛玉曾住的潇湘馆，"宝玉进得园来，只见满目凄凉。……花木枯萎"，甚至宝玉还听见了凄凉的哭声。于是到第109回，宝钗恐宝玉又勾起旧疾，于是假借和袭人说话来开解宝玉（这就是我们在本书第三章中论述过的"薛宝钗借词含讽谏"的内容），岂知宝玉一时不能接受，一定要独自在外间一人独自歇息，以候梦黛玉，但连续两个晚上，宝玉并没有如愿梦见林妹妹，于是，情节在此又出现了转折，宝玉与宝钗的关系更一步亲近了，宝钗即此才在某种程度上，成为了黛玉的替代者：

> 及宝玉醒来，见众人都起来了，自己连忙爬起。揉着眼睛，细想昨夜又不曾梦见，可是"仙凡路隔"了。慢慢的下了床，又想昨夜五儿说的"宝钗袭人都是天仙一般"，这话却也不错，便怔怔的瞅着宝钗。
> ……
> 这日晚间，宝玉回到自己屋里，见宝钗自贾母王夫人处才请了晚安回来。宝玉想着早起之事，未免赧颜抱惭，宝钗看他这样的，也晓得是没意思的

光景。因想着他是个痴情人，要治他的这个病，少不得仍以痴情治之。想了想，便问宝玉道："你今夜还在外头睡去罢咧？"宝玉自觉没趣，便道："里头外头都是一样的。"宝钗意欲再说，反觉碍难出口。袭人道："罢呀，这倒是什么道理呢？我不信睡的那么安顿。"……宝钗听了，也不作声。宝玉自己惭愧，那里还有强嘴的分儿，便依着搬进来。一则宝玉抱歉，欲安宝钗之心；二则宝钗恐宝玉思郁成疾，不如稍示柔情，使得亲近，以为移花接木之计。于是当晚袭人果然挪出去。这宝玉固然是有意负荆，那宝钗自然也无心拒客，从过门至今日，方才是雨腻云香，氤氲调畅。从此"二五之精，妙合而凝"。

从宝玉宝钗在第97回在掉包计中"成大礼"，黛玉在第98回病逝，中间又经过一系列的起伏曲折，至此，在第109回，宝玉才在精神上和肉体上真正接受薛宝钗，宝钗才最终完成与黛玉的"合而为一"或"三人一体"。笔者以为，脂批中所说的"钗玉名虽二个，人却一身"以及"合而为一""三人一体"等语，主要应该就是有鉴于上引第109回的此一情节。至此，以第42回为钗黛关系的关键转折节点，宝、钗、黛三人关系的最后一个阶段的始告完成。

我们要注意的是，在上引的宝玉与宝钗最终"二五之精，妙合而凝"的过程中，其中所包含的一些关系与前八十回是一脉相承的：就宝玉来说，黛玉仍然是他的最爱，他爱宝钗或接受宝钗，只是因为他"赧颜抱惭"，为什么他会"赧颜抱

惭"呢？那是因为他毕竟还是喜欢宝钗的，他觉得如此对待宝
钗（屋外独睡候梦黛玉）对不起他（这种情感关系在前八十回
中也多次表现过）。就宝钗来说，她是用她的理解和宽厚，就
像她曾经如此对待林黛玉，使黛玉接受了她一样，最终赢得了
宝玉；同时也在某种程度上替代着黛玉的角色（"要治他的这
个病，少不得仍以痴情治之"。所谓"这个病"，就是思念黛
玉之"病"。），同时她心里也明白，她的赢得宝玉的爱，就
似乎是一场"移花接木"之计，她自己在某种程度上只是成为
黛玉的替代者。这种种微妙复杂的关系，与前八十回中宝、
黛、钗三人的关系构成一脉相承，个性表现也一脉相承，与上
面相关脂批所表述的关系也完全一样。这说明，后四十回中有
关宝玉、宝钗的情节故事，是与前八十回紧密联系的，都是曹
公自己的设计和文笔。

最后，我们联系第5回再来探讨一下此种"合一"关系或
宝黛钗"三人一体"关系的依据。

最重要的依据，就是这种关系与第5回中黛玉和宝钗共
用的判词和曲子中所暗示出的三人的关系完全一致，下面我们
再将其判词和曲子引出：

判词是：

　　可怜停机德，堪怜咏絮才。玉带林中挂，金簪
雪里埋。

曲子是：

　　都道是金玉良缘，俺只念木石前盟。空对着，山
中高士晶莹雪；终不忘，世外仙姝寂寞林。叹人间美
中不足今方信。纵然是齐眉举案，到底意难平。

此外，《红楼梦》的十二支曲子的引子也涉及到黛钗二人，我们也一并引出：

开辟鸿蒙，谁为情种？都只为风月情浓。奈何天，伤怀日，寂寥时，试遣愚衷：因此上，演出这悲金悼玉的"红楼梦"。

这些判词与曲子，不仅暗示着林薛二人的命运，由于其中贾宝玉（曹雪芹）在里面充当着一个抒情主人公的角色，因此同时它们也暗示着三人之间的复杂关系，以下我们作一简单剖析：

第一，从此判词和曲子中，我们可以看出，脂批中所说的"人却一体""合而为一"等说法绝非妄言，而是与判词和曲子中的暗示完全一致的。譬如在十二钗的判词和曲子中，仅只有林薛二人共用一首判词和曲子，余者皆是一人一首判词和一支曲子，前面我们在别的章节中还提到，在贾宝玉第二次神游太虚幻境时，还唯恐读者对此不清楚，还特意对此加以了提示。

第二，在判词中和曲子中，作者对二人的情感态度虽然有差异，但是都是抱着赞美和悲悯的态度。在判词中，甚至对二人的赞美和悲悯具有着互文性。在十二支曲子的引子中，也明确地说"因此上，演出这悲金悼玉的'红楼梦'"，"悲金悼玉"也是将林薛二人互文并举。这都说明，脂批所说的以及上面我们已分析过的钗、黛之间的关系是完全符合作者在第5回中已明确提示了的整体性关系设计的。

第三，在林薛二人共用的曲子中，我们还可以清楚地看出宝、黛、钗三人的关系情形甚至相关情节，而暗示出的这种关系和情节与后四十回中三人的关系和相关情节也完全一致：一、宝玉与宝钗确实结婚，并且婚后两人有着恩爱的夫妻关系，因为里面有"纵然是齐眉举案"的表述。二、宝玉对黛玉和宝钗二人在总体上都是赞美、喜欢的，虽然对宝钗的赞美有所保留，但毕竟仍然赞美她是"山中高士晶莹雪"，毕竟二人还能够"齐眉举案"。三、作者对黛玉和宝钗的感情程度是有差异的，但这种差异不是肯定与否定的关系，而是一种程度的不同，是"叹人间美中不足"，宝玉的这种情感态度亦恰与后四十回中所表现的宝玉的情感态度相一致。这些都有力地说明，后四十回中有关宝、黛、钗三人情感关系的表现是曹公自己的设计，是他自己的手笔。

此外，前八十回中还有许多情节、细节也能说明曹雪芹对黛玉、宝钗的这种"合一"的设计处理，例如亦是在第5回贾宝玉神游太虚幻境中，当警幻仙姑领着贾宝玉进入太虚幻境的"香闺绣阁"中时，"早有一位仙姬在内，其鲜艳妩媚大似宝钗，袅娜风流又如黛玉"，甚至这个警幻仙姑的"吾妹"，就名曰"兼美"。显然，结合前面二人共用的判词和曲子分析，曹雪芹在暗示每个人物命运的第5回中，设计这么一个兼具林黛玉和薛宝钗之美的人物来，决不仅仅只是说明希望有一个人物兼具她俩的美貌，应该同时也在暗示她们"合一"（或互补）的精神人格。

如果我们把对这个问题的观察扩大到整个前八十回中（前面我们已经举出过第28回和第49回的例子），就会发现，在几乎所有涉及林薛二人的情节描述中，作者都对之作了如是处理：譬如在美貌上，薛宝钗是端庄妩媚，而林黛玉则是风流袅娜；在聪明才智上，林黛玉是聪慧敏捷，而薛宝钗则是博学明理；在诗词的创作方面，林黛玉善于言情，富于感性色彩，而薛宝钗则是长于析理，富有理性深度，所以在每次的诗词"竞赛"中，不是潇湘妃子夺魁，就是蘅芜君摘桂。小说中所有涉及他们二人的情节场景，几乎都是这种处理模式。这些都很有力的说明，在曹雪芹的设计中，这女一号和女二号，是一种具有差异，然而更是具有某种"合一"性或互补性的两个人物。

通过以上的分析，我们印证了第28回批语所指的真实性，也证明了第42回批语所指的真实性（它们都指向后四十回的相关内容）。它们表明，前80回和后40回的宝、黛、钗之关系，是一个相互联系的整体，后40回中涉及宝、黛、钗关系的表现，在前80回中就已有线索伏于其中。这种前后相契的程度，绝不可能出于巧合，更不可能由一个从未创作过小说，绝没有相似经历，可以凭着揣测脂批的寥寥几句评语就可以创作出来，而且创作得如此流利生动天衣无缝。另外，从我们引用的部分中的人物刻画、人物语言、叙述艺术等软性方面观察，它们也与前80回中的文字并无二致，其中相当一些部分，由于其情节内容的不同，甚至比前80回中的相关内容更加丰富动人（例如第101回的情痴文字）。这一切都证明，后40回的主体部分，是曹公原笔无疑。

注释：

[1] 朱一玄：《红楼梦资料汇编》，南开大学出版社2001年版，第427页。

[2] 同上，第459页。

〔3〕同上，第329页。

〔4〕同上，第422页。

〔5〕同上，第428页。

〔6〕同上，第342页。

〔7〕同上，第202页。

〔8〕同上，第203页。

脂批概览

以上我们从脂批中钩稽出一些重要的批语进行了一些考证分析，在本章中，我们打算不忌繁琐累赘，将脂批中一些有关后四十回的批语全部综合起来，并对这些批语进行分类论述（分为三类，但第三类，即与今程本相合的，我们已在前面几章中单独论述已毕，故不再列出论述），我们这样做的目的，是想让我们总体地看一看，作为曹雪芹至亲的脂砚斋等，在其评点中究竟对后四十回说了一些什么。我们所分的三大类依次为：

第一类，涉及红楼梦总体回目情形的

第二类，与现今程本不相合的

第三类，与现今程本相合的（将不再列出论述）

不过我们的这一分类会出现重复情形，因为大量的批语涉及到两类甚至三类，遇到这种情形，我们会采用一种蠢办法，即不避重复，将它们重复地归于各类中。

一　涉及红楼梦整体回目情形的相关脂批

1、第3回，蒙府本："后百十回黛玉之泪，总不能出此二语。”[1]

2、第4回，甲戌侧：“早为下半部伏根。”

3、“壬午季春”畸笏叟在第17、18回有一条眉批：“前处引十二钗总未的确，皆系漫拟也。至末回警幻情榜，方知正、副、再副、及三、四副芳讳。”[3]

4、第19回，己卯夹：“补明宝玉自幼何等娇贵。以此一句，留与下半部后数十回‘寒冬噎酸虀，雪夜围破毡’等处对看，可为后生过分之戒。叹叹。”[4]

5、第21回，庚辰回前：“按此回之文固妙，然未见后三十回，犹不见此回之妙。此曰‘娇嗔箴宝玉，软语救贾琏’，后曰‘薛宝钗借词含讽谏，王熙凤知命强英雄。’今只从二婢说起，后则直指其主。然今日之袭人之宝玉，亦他日之袭人，他日之宝玉也。今日之平儿之贾琏，亦他日之平儿，他日之贾琏也。何今日之玉犹可箴，他日之玉已不可箴耶？今日之琏犹可救，他日之琏已不能救耶？箴与谏无异也，而袭人安在哉？宁不悲乎？救与强无别也，甚矣。今因平儿救，此日阿凤英气何如是也？他日之强何身微运蹇，展眼何如彼耶？人世之变迁如此光阴。”[5]

6、第21回，庚辰夹：“宝玉之情，今古无人可比固矣。然宝玉有情极之毒，亦世人莫忍为者，看至后半部，则洞明矣。宝玉看此世人莫忍为之毒，故后文方有‘悬崖撒手’一回。若他人得宝钗为妻，麝月为婢。岂能弃而为僧哉？”[6]

7、第25回，庚辰眉：“通灵玉除邪，全书百回只此一见，何得再言。……壬午孟夏，雨窗。”[7]

8、第31回，己卯回后：“后数十回若兰在射圃所佩戴之麒麟，正此麒麟也。提纲伏于此回中，所谓草蛇灰线在千里之外。"[8]

9、第42回，庚辰回前："钗玉名虽二个，人却一身，此幻笔也。今书至三十八回时已过三分之一有余，故写是回，使二人合而为一。请看黛玉逝后宝钗之文字，便知余言不谬矣。"[9]

持高鹗续书论者往往根据张船山的一首诗的一句小序："传奇红楼梦八十回以后，俱兰墅所补。"就认定红楼梦后四十回是高鹗所续，我们在本书的绪论中已经针对此论做了一些批驳分析（主要针对那个疑点重重的"补"字）。在本章，我们再依据脂批以及一些其他的证据来进一步申述我们的观点：即曹雪芹已经基本完成了《红楼梦》的120回，他所可能留下的遗憾，至多就是未能对后四十回进行最后的修改定稿。

以上我们从脂批中收集到的关于《红楼梦》总体回目情形的证据共9条，这九条，大约又可分为两种情形，一种是评点者直接说到《红楼梦》多少多少回，一种是提到"后部""下半部"等词语，但我们经过分析，这类词语所涉及的内容在前八十回完全没有，因此就只可能出现在后四十回中，由此我们亦可推测出红楼梦整体的回目数。下面，我们逐一分析：

第1条相关批语出现在"蒙府本"的第三回，小说描写贾宝玉看见林妹妹没有玉，"登时发作起痴狂病来，摘下那玉，就狠命地摔去。"稍后黛玉想到："倘或摔坏了那玉，岂不是因我之过！"就哭了起来。此时王夫人就告诉她："若为他这种行止，你多心伤感，只怕你伤感不了呢。"此处蒙府本有一批语，即"后百十回黛玉之泪，总不能出此二语。""二语"，即指"多心"和"伤感"，整部《红楼梦》，黛玉确实经常因此"二语"而哭。这里批者（此处写批语者未署名，应该是脂砚斋。因为整个脂批除脂砚斋外，其他人的批语一般都会特别署名）明确提到"后百十回"，如果曹雪芹在那时（最早的本子甲戌本是1754年的本子，蒙府本应晚于此。曹雪芹卒于农历1762年的除夕，若按公历，则曹雪芹卒于1763年二月间）只写有80回，脂砚斋在此处（第三回）决不会说"百十回"，而会说"后七十余回"或"后数十回"。而且黛玉哭得最厉害的，是在后四十回中，因此在小说描写到黛玉第一次哭时，脂砚斋写了那句批语。因此我们判断，在脂砚斋写下批语的那时，曹雪芹至少已经完成了一百余回。

第二条相关的批语出现在小说的第4回，在那个曾经的葫芦庙的小沙弥、现今的贾雨村官府的门子对不谙官场潜规则的贾雨村说起"护官符"时，说起"这四家皆联络有亲，一损俱损，一荣俱荣，扶持遮饰，俱有照应的"时，在此处，甲戌本有一条侧批："早为下半部伏根。"这里的"下半部"应该指八十回以后，为什么呢？因为在这里指的"伏根"，显然是指贾府等因为前此的种种劣迹而受到官府的查抄。而这类情节，在前八十回中是完全没有的。在现今的所谓"程本"120回本中，贾府被抄出现在第105回"锦衣军查抄宁国府，骢马使弹劾平安州"中及后。因此说，脂批所言的"早为下半部伏根"的下半部，只能是80回以后的"下半部"。此外，既然脂砚斋说"下半部"，就一定不是80回之后的三两回，其规模长度一定是可以与前八十回处于一个大致相颉颃的程度，否则就不能称为"下半部"（注意，脂批使用"下半部""后部"一类的用语相当多，前面已析）。因此，在脂批写下这段批语的甲戌年（1754年），曹雪芹一定写到了贾府被抄家以及他们几大家族因其"祸根"而获罪的情形，而其长度，已经可以与作为前半部的前80回相称的程度。在今所谓程本中，贾府被抄在第105回及后，已经是80回后的第25回有余。

　　由于脂批中经常提到"下半部"或"后部"等语，我打算在此额外探讨一下，曹雪芹的整个《红楼梦》手稿的长度问题。现今我们见到的《红楼梦》的长度为120回，如果我们把后四十回当作120回中的"下半部"或"后部"，其长度虽然只是全书的三分之一，但也算当得起"下半部"或"后部"一类的用语。但是，我猜想，曹雪芹最初的《红楼梦》的手稿，或比120回的规模更加宏大。为什么呢？一，"下半部"或"后部"一类用语，一定不是脂砚斋等人擅说，而应是首先从作者自己口中说出来，既然作者曹雪芹称八十回后的部分为"下半部"或"后部"，想来应该与前面的80回的分量差不了太多。第二，现在我们从脂批中得知，80回后很多内容已经不见于今之所谓"程本"，这些不见了的内容，经过分析观察，集中于写抄家之后贾府诸人悲惨生活经历中（下详），这些内容大约从写抄家，到被关在"狱神庙"，再到出狱后的悲苦日子。其中有前80回中的诸人救助他们的事情等。这些内容，应该有相当的回数。在第20回畸笏叟有一条眉批："茜雪至狱神庙方呈正文。袭人正文标目曰：'花袭人有始有终。'余只见有一次誊清时，与狱神庙慰宝玉等五六稿，被借阅者迷失。叹叹！丁亥夏。"[10]丁亥年是1767年，曹雪芹逝世是1763年，可见，畸笏叟一直都没有见到这被丢失的"五六稿"。"一稿"即是一回，那么丢掉的部分就有六回之多。第三，曹雪芹以第80回作为前后部的分野，从结构上具有合理性，前80回可以说是《红楼梦》的欢乐颂，是青春颂歌，主要是表现少女的美与爱与真，而以抄检大观园，女儿

乐园解体，晴雯悲惨地死去为结束；那么从八十一回开始的
"下半部"，就是逐步表现众女儿一个一个悲惨地死去（所谓
千红一哭，万艳同悲）以及贾府的彻底败落（所谓"落了片白
茫茫大地真干净"），是一个大悲剧的逐步展现过程，而以宝
玉"悬崖撒手"出家，最后"石归山下"为其大结局。如此将
一部"大书"分为前后部，是很合理的。根据以上三点，我们
推论，《红楼梦》最初的整体规模，一定超过120回。至于为
什么曹雪芹最后将红楼梦约定为120回，是"迷失"了，还是
删减了，还是什么别的原因，我们则不十分了然（在绪论中我
们对此作过探讨，后面我们还试图作出分析）。

第3条材料："壬午季春"，畸笏叟在第17、18回有一条
眉批："前处引十二钗总未的确，皆系漫拟也。至末回警幻情
榜，方知正、副、再副、及三、四副芳讳。"壬午年是1762
年，那年暮春时节（曹雪芹逝世前10个月），畸笏叟已经明言
他看到了"末回"，且明明白白地告诉我们"末回"的内容中
有"情榜"。畸笏叟所言肯定是铁板钉钉的事，因为不仅此处
提到情榜，在脂批中，多次提到"情榜"，提到宝玉是"情
不情"，黛玉是"情情"，如在第19回，己卯本有一条夹批：
"余阅此书亦爱其文字耳，实亦不能评出此二人是何等人物。
后观情榜评曰：'宝玉情不情，黛玉情情。'此二评自在评痴
之上，亦属囫囵不解，妙甚！"。[11] 至于这个末回究竟是第
多少回，笔者猜测可能有两种情形，一种是这个"末回"是第
116回，依据是在今程本的第116回中写了贾宝玉第二次"神游
太虚幻境"，其中许多描写都照应第5回"贾宝玉神游太虚幻
境"中的内容，且畸笏叟说的是"警幻情榜"，（因为两次
神游太虚幻境都是"警幻仙姑"带贾宝玉游历解说以警其幻

念），其内容应该是警幻仙姑带着贾宝玉看了各位"金钗"的命运册子，或者册子末就有概评各位金钗的"情榜"。另一种可能就是这个末回就是当时整部小说的末回，但其内容可能亦是把第二次"神游太虚幻境"时见到的"情榜"挪于小说末以作为整部小说的结尾。如果这种说法成立，那么，在1762年春天，即距曹公仙逝还有10个月的时候，曹雪芹已经写完全部小说，或至少写到了大约接近结局的贾宝玉第二次"神游太虚幻境"的位置。

第5条材料：在第21回"贤袭人娇嗔箴宝玉，俏平儿软语救贾琏"，庚辰本有一条回前批："按此回之文固妙，然未见后三十回，犹不见此回之妙。此曰'娇嗔箴宝玉，软语救贾琏'，后曰'薛宝钗借词含讽谏，王熙凤知命强英雄。'今只从二婢说起，后则直指其主……"本条材料我们已经在前面第三章从别的角度作过详细地分析，此处我们则专门针对《红楼梦》的整体章回问题再说几句：脂砚斋此处说的"后三十回"，显然亦是指第80回后的"后三十回"，因为在前80回中亦没有与"薛宝钗借词含讽谏，王熙凤知命强英雄"的回目名能够沾边的内容，而恰恰是在今所谓"程本"的第109回和第110回，包含了能够与"薛宝钗借词含讽谏，王熙凤知命强英雄"精确对应的内容（第三章已经详细分析），而从第80回算起，第109回和第110回恰好是第29回和30回，因此我们有理由相信，脂砚斋说的"后三十回"即是第81回至110回。这十分有力地说明，在庚辰年即1760年（距曹公仙逝还剩两年多），曹公至少写到了第110回。

第6条材料：亦是第21回，庚辰本有一条夹批："宝玉之情，今古无人可比固矣。然宝玉有情极之毒，亦世人莫忍为者，看至后半部，则洞明矣。宝玉看此世人莫忍为之毒，故后文方有'悬崖撒手'一回。若他人得宝钗为妻，麝月为婢。岂能弃而为僧哉？"

此处又用到"后半部"的用语，其意与前同，不再赘言。此处脂砚斋明言他看到了"后半部"中贾宝玉"悬崖撒手"的内容，看到了贾宝玉"弃而为僧"的内容，单看其用语，就能够知道，此处已经是小说的结局了。在本书的第五章，我们已经详细地分析了贾宝玉"悬崖撒手"的构成和内容。这说明，在庚辰年，曹雪芹已经写到了全书的末尾。

第7、8两条材料我们合并简略论之：第25回，庚辰本有一条眉批："通灵玉除邪，全书百回只此一见，何得再言。……壬午孟夏，雨窗。"雨窗在此明言"全书百回"，虽然未明言是一百多少回，但至少是"百回"无疑。第31回，己卯本有条回后批："后数十回若兰在射圃所佩戴之麒麟，正此麒麟也。提纲伏于此回中，所谓草蛇灰线在千里之外。"前面我们已分析清楚，所谓"后回""后部"一类用语，都是从第80回开始算起的，"后数十回"显然是一百多回了。

第9条材料：第9条材料关于整个《红楼梦》的回目数，说得最为清楚，在庚辰本第42回"蘅芜君兰言解疑癖，潇湘子雅谑补余香"有一条回前批："钗玉名虽二个，人却一身，此幻笔也。今书至三十八回时已过三分之一有余，故写是回，使二人合而为一。请看黛玉逝后宝钗之文字，便知余言不谬矣。"脂砚斋的这条回前批在今脂本的第42回，所批的内容也是脂本第42回的内容，但是在此条回前批中却说是"今书至三十八回"，可能按当时曹雪芹对回目的安排，现第42回只是当时的第38回。脂砚斋说"今书至三十八回时已过三分之一有余"，那么，全书已完成的回目至少是115回，结合我们其余多处的相关分析，应该就是120回，只有120回才最合理，也最接近脂砚斋的那道"三十八回时已过三分之一有余"的数学题。

综上我们对以上总共9条材料的分析，已经毫无疑问，曹雪芹已经基本完成了全部的《红楼梦》，如果还有什么未尽的事情没有做，最多也就是还没有来得及对"后部"的四十来回作最后的统稿修订。这多达9条的材料，全部来自于最珍贵的第一手材料的"脂批"，而且这多条"脂批"来自于不同的人和时间，有脂砚斋、畸笏叟，还有一个署名为雨窗的人，这些人全部是曹雪芹的至亲，与他经历了共同的家族的兴衰，也是《红楼梦》的第一读者，他们的话难道还没有一个时隔几十年后，一个高鹗的小舅子张问陶的一句"小序"可靠有说服力吗？况且张问陶的那句话也并没有明说是高鹗所续写，只是说所"补"，而"补"，不也可以是"修补""修订"之意吗？且高鹗、程伟元自己的序和引言以及高鹗的那首《重订红楼梦既竣》的诗也是用的"修辑""校阅""改订无讹""重订"一类用语。胡适、周汝昌门派的众多学人学子，硬要凭张问陶的一句模棱两可的话将后四十回的著作权划归高鹗，不是显得有点蛮不讲理吗？

行文至此，我们似无需再从脂批以外的地方寻找什么材料来证明曹雪芹已经基本完成了全部的《红楼梦》。但笔者手头有一些材料（并非笔者发掘，我只是将几条材料与脂批上的材料联系起来进行加强版的说明而已，或者我对材料的含义进行了一点新的分析）使我不忍放弃。

关于此（即在最早的120回本程甲本问世之前已有120回本存在），我们有三条可以相互联系相互证明的材料：第一条材料就藏在程伟元、高鹗的《红楼梦》程乙本的"引言"中，其中引言的第一条是这样说的："是书前八十回，藏书家抄录传阅三十年矣，今得后四十回合成完璧。缘友人借抄，争睹者甚夥，抄录固难，刊板亦需时日，姑集活字印刷。因急欲公诸同好，故初印时不及细校，间有纰缪。今复聚集各原本详加校阅，改订无讹，惟识者谅之。"[12]

注意，这程乙本引言的第一条说明的是当时程甲本（程甲本刊印时间是1791年"冬至后五日"）着急忙忙刊印出来的原因，即为什么当时要在"不及细校"的情况下就把程甲本刊印出来呢？是当我们找到了"后四十回"并与流传了三十年的前八十回"合成完璧"后，因为友人借抄（"缘友人借抄"），争着看的人十分多（"争睹者甚夥"），而抄录又很难（"抄录固难"），用刻板把它刊印出来又要很长时间（"刊板亦需时日"），因为我们着急地想把这部难得的"完璧"公开于各位《红楼梦》的爱好者（"因急欲公诸同好"），因此来不及细校就用活字印刷出来了。从这条引言中我们可以明确地知道，在程甲本正式用活字印刷出来前，已经就有一部完整的120回本的"完璧"了，而且这个120回本的"完璧"，已经有一些人借去看了，还有一些人抄录下来了，而且这些借书、抄录的人，是程伟元的"友人"（间接的借阅、抄录者当别论）。我们还可以退一步假设两点：第一，程伟元在程乙本的引言中是不是说瞎话骗人呢？绝不可能？为什么呢？因为程乙本刊印出来后，他的那些红楼梦的"同好"及"友人"，毫无疑问是可以看见他写的引言的，他怎么可能睁着眼睛骗他的那些"同好"和"友人"呢？再说，他有这个必要去编这个谎言吗？第二个假设，如果他所说的与前八十回"合成完璧"的是高鹗在此之前不久续写的后四十回，纸张是新的，墨迹是新的，借阅的抄录的人不是一眼就能看出来吗？再说，既然他和高鹗两人伙同要造假，他还会借出去给别人抄录吗？他还会在引言和序中谈及此吗？他肯定和高鹗两人相约要永远把这件事烂着肚子里。所以，我们仅从程伟元、高鹗的这条引言中，就可以推论出，在程甲本刊印出来前，就已经有一个完整的120回的《红楼梦》的存在，而且肯定有相当的抄录本存在了。

在此，我们还有两条材料可以佐证在程甲本出来之前就已经有完整的120回本的存在，一条是周春的《阅红楼梦随笔》载：

乾隆庚戌秋，杨畹耕语余云：雁隅以重价购抄本两部。一为《石头记》八十回，一为《红楼梦》一百二十回，微有异同，爱不释手，监临省试，比携带入闱，闽中传为佳话。时始闻红楼梦之名，而未得见也。壬子冬，知吴门坊间已开雕矣。兹苕估以新刻本来，方阅其全。[13]

关于此条材料的分析考证详见李虹先生的《周春与红楼梦研究》，载于《红楼梦学刊》2002年第一辑，读者可以参见。我所感兴趣的是其中涉及的两个时间点，一个时间点即是"乾隆庚戌秋"。"乾隆庚戌秋"即是1790年的秋天，是程甲本刊印出来的前一年多。联系上面程伟元、高鹗引言中的"缘友人借抄，争睹者甚夥"的说法，很容易引起我们的推测：周春提到的"雁隅"花重价购得的120回本《红楼梦》，极有可能就是从程伟元处被借阅抄录而后流传开来的那个本子（程伟元在程乙本的引言中还提及，他们所获得的后四十回就是他所找到的唯一的孤本，他如此说："书中后四十回，系就历年所得，集腋成裘，更无他本可考。"这个说法应该是比较可信的，因为红楼梦的前80回，以《石头记》之名流传了30年，而一直没有出现一个完整的本子，可见其120回本的稀少和获得之艰难）。周春的这条材料，也可以反过来佐证程伟元、高鹗引言中的说法的真实性。第二个时间点是"壬子冬"，即1792年的冬天，"吴门坊间已开雕"《红楼梦》，亦符合《红楼梦》的流传情形，即在程甲、程乙本流传以后，各地陆续开始刻印刊出《红楼梦》，《红楼梦》始大规模地流传开来。

第二条材料亦不新鲜，即来自于舒序本舒元炜的序言。舒序本的序言写于1789年6月，在时间上比周春所言的"乾隆庚戌秋"早一年多一点，写作的地点亦在北京。他在其序言中有两段话可以证明当时至少他已知已有120回本《红楼梦》的存在。其一是序言的开头部分：

"……惜乎《红楼梦》之观止于八十回也。全册未窥，怅神龙之无尾；阙疑不少，隐斑豹之全身。然而以此始，以此终，知人尚论者，固当颠末之悉备；若夫观其文，观其窍，闲情偶适者，复何烂断之为嫌。矧乃篇篇鱼贯，幅幅蝉联。漫云用十而得五，业已有二于三分。从此合丰城之剑，完美无难；岂其探赤水之珠，虚无莫叩。" [14]

这段话的意思是感叹《红楼梦》现只有八十回，就像神龙有首无尾一样，令人遗憾，但是现在他毕竟有了八十回（"业已有二于三分"），现在如果从此（80回）出发，找到余下的40回，应该不难（"从此合丰城之剑，完美无难"），但是哪里知道，找到那个120回的本子，一时难以措手（"岂其探赤水之珠，虚无莫叩"）。舒元炜和他的友人到底找到没找到余下的40回我们无法得知（下详），但至少我们从中可以知道，第一，舒元炜和他的朋友此时已经知道有一个120回本存在，而且似乎正在着手寻找，因为他们手头现有的八十回被他说成是"业已有二于三分"。第二，他把手头的八十回不叫作"石头记"，而是叫"红楼梦"。要知道，此前所有流传的八十回的本子通通都叫《石头记》。因此这件事实可以很有力的证明，在程甲本刊印出来以前，在京城已经风闻有120回本的《红楼梦》的存在。至于舒元炜等提到的那个完整的120回，是不是就是程伟元收集到的并在其友人中传抄开的本子，或者是不是就是前面周春提到的雁隅买到的那同一个来源的本子，在此我们不敢断言，但是却禁不住我们往这方面联想，毕竟，找到曹雪芹留下的以前没有流传过120回的本子（不像前80回，被人不断抄录流传过），似乎没有多的源头。

在舒元炜的序言中涉及到120回的第二处是描述自己编辑这个80回本子的一段话：

> 筠圃主人瞿然谓客曰：'客亦知升沉显晦之缘，离合悲欢之故，有如是书者夫？吾悟矣，二子其为我赞成之可矣。'于是摇毫掷简，口诵手批。就现在之五十三篇，特加仇校；借邻家之二十七卷，合付抄胥。核全函于斯部，数尚缺夫秦关；返故物于君家，璧已完夫赵舍。（君先与当廉使并录

者，此八十卷也）

　　"数尚缺夫秦关"的"秦关"，是舒元炜写作骈体文的序时所使用的一个借对，典出司马迁的史记《高祖本纪》："秦，形胜之国，带河山之险，悬隔千里，持戟百万，秦得百二焉。"本意是秦国本来就"持戟百万"，又加之秦是"形胜之国，带河山之险，悬隔千里"的地理地形，所以他这一百万可以当得二百万。舒元炜在这里使用"秦关"一词，显然是因为写作骈体文（加上掉书袋），故用"秦关"来暗示后面连带的两个字"百二"，又用"百二"的字面来隐含120回。所以那相连的两句"核全函于斯部，数尚缺夫秦关"的意思是：现在我已经整理校核出来的全部的前八十回相对于整个这部完整的《红楼梦》来说，数目还达不到120回。很显然，这里的"核全函于斯部，数尚缺夫秦关"的说法，和前面的"业已有二于三分"是同一个意思。这有力地说明，在1789年的北京的六月，舒元炜和他的朋友们确知有个120回本的《红楼梦》的存在。

　　不过，舒元炜所编辑的这个本子（己酉本）究竟是多少回，笔者心里还存有些许疑问，现在研究界对舒序本的通行认识是：舒序本当时是80回的本子（"就现在之五十三篇，特加仇校；借邻家之二十七卷，合付抄胥"。又"君先与当廉使并录者，此八十卷也"），后来流失，剩下的只有前40回和前39回目录，以及一个残剩下的第80回的目录（参见林冠夫《论舒序本——红楼梦版本论》，载《红楼梦学刊》1986年第4辑）。但是现在在舒序本的序言的诘屈拗牙的后半部分（笔者把"君先与当廉使并录者，此八十卷也"当作序言前后部分的分野）。从序言下半的结构看，它开始以"观其天室永丝萝之绨，宗功肃霜露之晨"追溯其祖先荣华，然后一直写到"放屠刀而成佛，血溅夭桃，借冷眼以观世，风寒落叶"的出家和萧条，然后再以"主人"的一段沉重的今昔之慨结束。序言的这种结构本身，似乎与其相关的只能是整体的120回的内容。另外从下半的文字看，它也似乎涉及到了后四十回的内容，例如"欢娱席上，幻出清静道场；脂粉行中，参以风流裙屐。放屠刀而成佛，血溅夭桃；借冷眼以观世，风寒落叶。"又如"色空幻境，作者增好了之悲，哀乐中年，我亦堕辛酸之泪。昔曾聚于物之好，今仍得于力之强。然而黄垆回首，邈若山河（痛当廉使也）；燕市题襟，两分新旧。"从这些文字看，似乎舒元炜和他的朋友知道些后四十回的内容似的。"欢娱席上，幻出清静道场"，这不是整个120回红楼梦才会有的内容吗，因为只有在后四十回中，贾宝玉、惜春才出家。而在前八十回中，虽然也有此方面的伏笔和暗示，但实在还不能概括出"幻出清静道场"的主题来，另外"放屠刀而成佛，血溅夭桃"，似乎也不能从前八十回中概括出来，宝玉出家，是110回以后才涉及到的内容，在前八十回中充其量有些伏笔罢了。难道一些伏笔和第五回中的一些判词就能让序言的作者如此的大发感慨吗？"借冷眼以观世，风寒落叶"似乎也难从前80回中概括出来，在前八十回中宝玉还全身心地沉溺在温柔富贵乡中，远谈不上"借冷眼以观世"，"风寒落叶"的萧条也是在后四十回中才会有的情调和境界。另外，序言后半中舒元炜引用的"主人"的感慨："色空幻境，作者增好了之悲，哀乐中年，我亦堕辛酸之泪。""然而黄垆回首，邈若山河（痛当廉使也）；燕市题襟，两分新旧"，如果单是以前80回为对象，这种浓重的今昔之慨似乎也来得没有缘由。因此，从对序言的后半部分的结构及文字分析和阅读感受看，使人觉得似乎舒序本不止80回似的。它是一个完整的120回本吗？它的目录和内容从第四十回一直到第120回全部遗失了吗？存在这种可能性，但是现在我们没有任何其他证据，只能从舒序后半的结构、语言、情调中作这种推测。不过，笔者倾向于认为，舒元炜之所以写出序言后半，写出那样的语句情调，极有可能他（包括他的朋友）从别人的口中获知了后四十回的内容梗概。联系序言前半部分他对获得120回本的那种肯定语气，我觉得这种可能性是最大的。如果他既没有找到完整的120回，也完全不知道后四十回的内容，我甚至觉得他的序言的后半部分都成了多余，成了完全没来由的东西。当然，这些还只是笔者根据序言结构、文字情调作出的一些推测，不管这些推测成立与否，不影响我们前面的认定，即，舒元炜和他的朋友们，在程甲本出来的前两年的1789年6月，至少已经获知有一个120回本的《红楼梦》的存在。

综上所述，我们从脂批中所总结出来的多达9条的材料，以及程伟元自己的引言和周春、舒元炜的两条材料都证明，曹雪芹已经完成了《红楼梦》的120回，所可能留下的唯一遗憾，只是未能对后四十回进行最后修改，以及对前80回中与后四十回个别不相应的细部进行最后订正（例如巧姐、珍珠的姓名问题和年龄问题等）。

二　与今程本不相合的脂批

"与今程本不相合的脂批"这个名称，实际并不准确或者不正确，这实际指的是，在脂批中提到了那回事，而今程本却无那回事这样一种情形。从逻辑上说，这样一种情形，只能说明曹雪芹曾经写过那样的后四十回，却并不能证明现今的后四十回不是曹雪芹所写。因为他完全有可能写出过另外的后四十回。但不管怎样，这也算是一种不相合，我们还是要依据脂批努力地说明，为什么出现了那么多脂批中有，而今程本无的情形。回答了这个问题，我们就能更加弄清楚出现这种"不相合"的原因，分析清楚了这些原因，对所谓高续论者就不啻是来一个釜底抽薪。在脂批中，这类与今程本不相合的亦不少，我们在本书的绪论中已经对此做过一些概要说明，现我们在此亦依据本章第一节的方式，将相关脂批全部归纳起来，然后作出相应的说明和分析：

1、第19回，己卯夹："补明宝玉自幼何等娇贵。以此一句，留与下半部后数十回'寒冬噎酸齑，雪夜围破毡'等处对看，可为后生过分之戒。叹叹。"[15]

2、第19回，己卯夹："余阅此书亦爱其文字耳，实亦不能评出此二人是何等人物。后观情榜评曰：'宝玉情不情，黛玉情情。'此二评自在评痴之上，亦属囫囵不解，妙甚！"[16]

3、第20回，庚辰眉："茜雪至狱神庙方呈正文。袭人正文标目曰：'花袭人有始有终。'余只见有一次誊清时，与狱神庙慰宝玉等五六稿，被借阅者迷失。叹叹！丁亥夏，畸笏叟。"[17]

4、第20回，庚辰侧："全是袭人口气，所以后来代任。"[18]

5、第20回，己卯夹："闲上一段儿女口舌，却写麝月一人，在袭人出嫁之后，宝玉、宝钗身边还有一人，虽不及袭人周到，亦可免微嫌小敝等患，方不负宝钗之为人也。故袭人出嫁后云，‘好歹留着麝月’一语，宝玉便依从此话。可见袭人出嫁，虽去实未去也。”[19]

6、第22回，庚辰夹：“此探春远逝之谶也。使此人不远去，将来事败，诸子孙不至流散也。悲哉伤哉！”[20]

7、第23回，庚辰夹：“妙！这便是凤姐扫雪拾玉之处，一丝不乱。”[21]

8、第24回，靖藏回前：“醉金刚一回文字，伏芸哥仗义探庵。余三十年来得遇金刚样人不少，不及金刚者亦复不少。惜不便一一注明耳。壬午孟夏。”[22]

9、第26回，甲戌眉：“狱神庙红玉、茜雪一大回文字，惜迷失无稿。”[23]

10、第27回，甲戌侧：“红玉近日方遂心如意，却为宝玉后伏线。”

又、第27回，甲戌侧：“且系本心本意，狱神庙回内（方见）。”

又、第27回，庚辰眉：“奸邪婢岂是怡红应答者，故即逐之。前良儿，后篆儿，便是确证。作者又不得可也。己卯冬夜”

“此系未见抄没，狱神庙诸事，故有是批。丁亥夏，畸笏叟。”[24]

11、第27回，甲戌回后：“凤姐用小红，可知晴雯等埋没其人久矣，无怪有私心，私情。且红玉后有宝玉大得力处，此于千里外伏线也。”[25]

12、第28回，庚辰回前：“茜香罗，红麝串写于一回，盖琪官虽系优人，后回与袭人供奉玉兄、宝卿者，非泛泛之文也。"[26]

13、第31回，己卯回后："后数十回若兰在射圃所佩戴之麒麟，正此麒麟也。提纲伏于此回中，所谓草蛇灰线在千里之外。"[27]

14、第40回，己卯夹："一段为后回作引，然偏于宝玉爱听时截住。"[28]

15、第41回，靖藏眉："他日瓜州渡口，各示劝惩，红颜固不能不屈从枯骨，岂不哀哉！"（原文不清，此为周汝昌校读）。[29]

16、第64回，戚序（甲辰同）："《五美吟》与后《十独吟》对照。"[30]

17、第42回，靖藏眉："应了这话固好，批书人焉能不心伤！狱庙相逢之日，始知'遇难成祥，逢凶化吉'，实伏线于千里。哀哉伤哉！此后文字，不忍卒读！辛卯冬日。"[31]

以上便是我们从脂批中所搜罗到的其批语与今程本不相一致的地方，除了个别重复的批语省略外，我们的搜罗基本尽尽。我们通过观察发现，这类批语虽多，但是它们有一个共同点，就是这些与今程本不相一致的地方，除了一条关于结尾"情榜"的以外，其余的全是写抄家以后的悲惨生活。在现今的程本中，写抄家内容的到了第105回"锦衣军查抄宁国府，骢马使弹劾平安州"，如果我们把第106回"王熙凤致祸抱羞惭，贾太君祷天消祸患"一起包含于抄家的内容中，那么，从第81回到第106回整整26回，我们在脂批中并无发现其与现今程本不相合的提示性批语。而在剩下的第107回到第120回的14

回中，亦不是所有的都与现今的程本不相合，譬如，我们在上面几章中已分析了的，亦有脂批和其他的相关证据证明的，就有第109回"候芳魂五儿承错爱，还孽债迎女返真元"，第110回"史太君寿终归地府，王凤姐力诎失人心"两回，就是与脂批相合的。另外如脂批中所说的"悬崖撒手文字"，其篇幅可能长达五回，就是从第116回至第120回终，前面我们用大量的材料证明，这些都是从脂批中和其他证据中可以得到验证的曹公原来的文字。如果扣去这7回，则剩下的还有7回。那么剩下的这七回就肯定不是曹雪芹的原笔吗？却又不能这么说，为什么呢？因为上面共17条脂批，只能说明那些内容在第107回至115回中"所无"（下详），却并不能证明第107回至115回"所假"。

经过我们这一番梳理，我们的思路更加明晰起来。现今程本的第107回是"散余资贾母明大义，复世职政老沐天恩"，是贾府悲剧的一个转折点或缓和点，就是经过贾政的诉说和北静王爷的转奏，贾政得到了赦免，归还了部分家产并恢复了职务，贾府境况虽大不如前，却也并非一败涂地。那么在贾政恢复职务以后，是不是还可能再去写悲惨生活呢？不可能，即使在现实中确实如此（例如有研究认为，曹家当年被抄过两次家），曹雪芹在艺术中也决不会如此写，为什么呢？因为这样写在艺术上显得重床叠屋，而曹雪芹的创作有一个重要特点，就是哪怕在用语等细枝末节上，也不愿意自我重复，他决不会写出什么两次抄家的。

因此，根据以上分析，我们判断，在红楼梦的第105、106回抄家之后，在第107回之前，红楼梦失去了或删去了几回书，而脂批中提到了而在现今程本中又不见的内容，几乎全部都在这失去或删却了的几回中间。根据以上脂批的提示，这失去的几回就是描写在贾府被抄家之后，其主要家庭成员被监禁、流散、艰苦度日的几回。其中可能有的情节（根据脂批）大概包括被监押，小红、茜雪等人到狱神庙探监、宝玉出狱后与宝钗艰苦度日，在此艰难中得到了袭人和蒋玉菡等的资助等内容。下面，我们先逐条分析以上17条脂批，再来论述其他相关问题：

第1条材料是己卯本第19回的一条夹批，其时袭人被她母亲接回家，宝玉瞅空到袭人家里来看袭人，袭人亲自殷勤侍奉宝玉，但"袭人见总无可吃之物"。在此处脂砚斋批道："补明宝玉自幼何等娇贵。以此一句，留与下半部后数十回'寒冬噎酸齑，雪夜围破毡'等处对看，可为后生过分之戒。叹叹。"

这里明言是与"下半部数十回"的"等处"对看，前面已经详细分析，脂批中的"下半部"等用语都是指80回以后。显然，到"下半部数十回"中的内容，应该是相当靠后的情节了。根据似乎引自小说中的"寒冬噎酸齑，雪夜围破毡"的用语，这应该是描写宝玉被监禁释放出来以后，与宝钗（根据脂批，应该还有麝月）一起艰苦度日的情形。这应该是在被删去的内容中比较靠后的内容。

上引第2条材料是涉及到末尾的"情榜"的，因我们在本章第一部分已经论述过，此处不再赘言。

上面第3条材料出现在第20回，在描写到宝玉的奶妈李嬷嬷骂袭人"拿大"，话语中间又牵扯到此时已经"出去"（指因李嬷嬷告状，茜雪被撵了出去）了的茜雪。此处庚辰本有一条眉批："茜雪至狱神庙方呈正文。袭人正文标目曰：

'花袭人有始有终。'余只见有一次誊清时，与狱神庙慰宝玉等五六稿，被借阅者迷失。叹叹！丁亥夏，畸笏叟。"

畸笏叟的这条眉批牵涉到三点内容：

第一，在第20回就已经被撵出去了并在前80回中并未出现的"茜雪"，后来在与"狱神庙"相关的情节中"方呈正文"。显然，这部分内容亦是在宝玉等被收监后的情节中。此外，上引第8、第9、第10、第11条材料（此四条材料后不再论），都是与"狱神庙"情节相关的批语，不过里面除了"茜雪"以外，另外还有两个人物，一个便是在第8条材料中出现的"芸哥""芸哥"应该就是前面屡次与小红眉来眼去的贾芸，脂砚斋在第8条材料中说"芸哥仗义探庵"，应该亦是指他到"狱神庙"去探望宝玉，否则就谈不上什么"仗义"了。根据前80回中的一些伏笔（例如他和小红的暗暗相好，以及他的恭维宝玉，拜比他小的贾宝玉为干爹等），他的"仗义探庵"应该指他与小红一道（他最后应该是与小红结婚）到"狱神庙"探望宝玉。第9、10、11条材料涉及的一个更主要的人物是"小红"。小红这个人物在前80回中比茜雪有更多地表现，她是一个美丽风流、口齿伶俐、颇有心计的人物，但在前80回中也仅只写到了她与贾芸的眉来眼去以及她那段有名的这奶奶那奶奶的人物语言。根据以上几条脂批的提示，她和茜雪一样，应该在后四十回尤其是在与狱神庙相关的情节中展现她的才干和作为，方才不辱没在前80回中凤姐对她的器重。可惜这样一个多面的人物，亦随着那一段小说的失去而失去了。

第二，畸笏叟提到与袭人有关的一个回目，其回目名就叫作"花袭人有始有终"。联系其他脂批，应该是指袭人在宝玉等收监无奈嫁给蒋玉菡，在宝玉被监禁出来后，袭人与蒋玉菡等全力救助的情节。

第三点提到"余只见有一次誊清时，与狱神庙慰宝玉等五六稿，被借阅者迷失。叹叹！"这里畸笏叟提到了书稿被"迷失"的问题。他明确提到被"迷失"的"五六稿"是"与狱神庙慰宝玉等五六稿"。而这就与笔者前面的相关分析和判断基本一致，即，脂批中已提到而现今程本缺失的情节集中在抄家以后被监押及之后过苦日子的情节中。这被迷失的"五六稿"应该就是"五六回"（只能这样理解），也就是说，脂批中提到，而现今程本没有的内容，都集中在这被"迷失"了的五六回书中。

当然，这里仍有一些疑问不清楚，畸笏叟的此条眉批的时间是丁亥年夏天，丁亥年是1767年，此时距曹雪芹去世已经过去四年多，也就是说，一直到1767年的夏天，畸笏叟也没有见到"迷失"了的"与狱神庙慰宝玉等五六稿"。但是，在畸笏叟知道"与狱神庙慰宝玉等五六稿，被借阅者迷失"的时间，又究竟是什么时候呢？畸笏叟并没有明说。不过有一点可以肯定，那时曹雪芹还活着。如果曹雪芹还健在，即使迷失了，难道曹雪芹不能根据自己的记忆将这被"迷失"了的"五六稿"重新恢复吗？曹雪芹的小说，本来就是"批阅十载，增删五次"，将这"迷失"了的"五六稿"恢复，又有什么特别的困难呢？当然还有一种可能，就是在迷失那五六稿的时候，曹雪芹可能已经到了生命的晚期，他已经来不及将这迷失了的部分恢复。但是这种说法仍有疑问，为什么呢？因为如果一部书从中间一下失去了"五六稿"（五六回），那势必会出现比较严重的前后脱榫断裂的现象，但是我们看现在的程本《红楼梦》，却并见不到这种断裂脱榫现象。因此，联系其他我们所知的事实，我们猜测，当这描写贾府彻底悲剧的"五六稿"迷失以后，曹雪芹可能并没有重新把那"迷失"的部分写出来，而之所以如此，一是可能已经没有精力或时间，另外一种可能就是，他可能因为种种原因不满意那丢失的部分，或是由于外界的原因（例如可能害怕"文字狱"，或者有人觉得太悲惨而不愿看到这样的非"大团圆"式的结局等，关于此，下详）使他不得不放弃了那丢失了的部分，而重新把他以前的旧稿拿出来，重新修补连接，以使小说再组合而成为另外一种走向的整体。我们的这种猜测不是没有依据，一个重要的依据就是有多种证据表明，现在的后四十回是曹雪芹较早期的稿子，例如，在"珍珠"一名的使用上便透露出这种信息：袭人本是贾母的丫头，在贾母未将袭人给宝玉使用之前，袭人的名字本来叫珍珠，后来贾母将珍珠给了宝玉，宝玉因珍珠姓"花"，便给她改名叫"袭人"，在前八十回中，袭人一直就用"袭人"之名（而珍珠之名仅在第29回出现一次，根据学者们分析，这应该是曹雪芹在修改时的一处遗漏，即没有删去应该删去的"珍珠"一名）。但是到了后四十回，在前八十回中本没有直接出现的"珍珠"一名却屡次出现（而袭人同时也存在）。因此，学者判断，后四十回之所以出现这种现象，是因为后四十回使用的是早期的稿子，而作者没有来得及对后四十回依据前八十回进行修订统稿，因此才屡次出现本不应该出现的"珍珠"一名。类似的情形还有"巧姐儿"的名字和年龄问题以及秦可卿吊死的问题（详见后）。这些事实都说明，现在的所谓程本《红楼梦》的后四十回的至少是抄家之后的相当一部分，使用的是作者较早期的稿子。

第4、5两条材料，都是讲有关麝月的同一段情节的，我们合并论之。这两条批语涉及到的情节，显然也是失去的那一部分小说的比较靠后的内容，即在宝玉被监押以后，袭人不得已嫁与了蒋玉菡，在袭人离开时，当然是万般难舍，因此在她离开时，力劝宝玉或宝钗或王夫人，"好歹留着麝月"。从前80回中我们知道，麝月与袭人相似，在第20回描写别人都去玩乐，独麝月一人守候在家里，因为"满屋里上头是灯，地下是火"时，脂砚斋批道："公然又是一个袭人。"[32] 所以后来在宝玉和宝钗过苦日子时，是娇憨可爱的麝月一直守候在宝玉身边。可惜的是这部分内容随着被砍去的那几回书，一并失去了。不过在现在的程本红楼梦中，表现麝月的娇憨忠厚可爱的情节细节，仍还存有一些痕迹，例如前面我们引证了的第115回末尾和第116回中的一些细节即是，这中间存在着人物性格的逻辑，现存的与失去了的以及与前80回中的麝月，有着统一性。

第6条材料，"此探春远逝之谶也。使此人不远去，将来事败，诸子孙不至流散也。悲哉伤哉！"此批显然亦是写那段悲剧岁月的，从此批可以知道，在曹公否弃了的那部分中，包含着贾府一大家族几百口子人风流云散的内容。如若真这样写，显然更符合在第5回中红楼梦12支曲子中的尾声部分的"好一似食尽鸟投林，落了片白茫茫大地真干净"的预言。

第7条材料出现在庚辰本第23回，当描写宝玉从王夫人处出来"刚至穿堂门前"时，脂砚斋在此处有一条夹批："妙！这便是凤姐扫雪拾玉之处，一丝不乱。"此处本来是不经意的一个地点交代，但因与后来凤姐扫雪拾玉的情节相关联，所以引起了脂砚斋的注意，于是有此一批。此条批语应该亦出现在抄家败落之后，而且到了王熙凤一败涂地的时候。曾经权倾一时的王凤姐，居然如一个下人一样抄起扫把扫雪。在现存的程本《红楼梦》的后四十回中，亦存在着宝玉失玉的情节，其在第94回。当然，从失玉到后来和尚还玉，绵延的时间很长，凤姐扫雪拾玉应该还要靠后。《红楼梦》第5回中有关王熙凤的判词是"凡鸟偏从末世来，都知爱慕此生才。一从二令三人木，哭向金陵事更哀。""一从二令三人木"，实际讲的是王熙凤在贾府、尤其是相对于她的丈夫贾琏所经历的三个阶段（关于此笔者已经在绪论中说明），即最初贾琏在家里，在王熙凤面前处于听从的地位，处处都显示出凤姐所处的强势，即是"从"；第二个阶段则是"令"，这时候应该到了被抄家落败后了，王熙凤因为以前的种种罪孽，牵连贾家被抄（原因之一），再加之王熙凤身体有病，所以这时候贾琏与王熙凤两人倒了个个，就是贾琏对王熙凤颐指气使，即是"令"；第三阶段即是贾琏休妻，干脆把王熙凤给休了，把平儿扶正。此即"三人木"。凤姐扫雪应该就出现在这第三阶段。

　　第12材料与第一条材料是相关联的，第一条材料是说贾宝玉和宝钗困苦度日，这一条材料是说"琪官"与袭人资助宝玉和宝钗。在第28回，蒋玉菡送了宝玉一条茜香国女王用的一种血红的汗巾子，宝玉随即就把自己的汗巾子送给了蒋玉菡（汗巾子即腰带，宝玉的汗巾子本是袭人送他的）。宝玉回来后，袭人发现她送给宝玉的汗巾子没有了，腰间多了一条血红的茜香罗，于是就责怪宝玉不该把她送给他的东西送人，宝玉自知有错，晚上就把这条珍贵的"茜香罗"偷偷系在了袭人的腰间。就是这条作为伏笔的茜香罗，在后40回中成了袭人嫁给蒋玉菡的一个"信物"。在今程本中，对袭人与蒋玉菡因茜香罗而生的这段姻缘仍有所交代，不过采取了一种非常简略的方式。在已经失去了的那几回中，应该有更详细地描写，其中就包括了他们因茜香罗缔结姻缘，以及共同救助落难的宝玉和宝钗的情节。

第13条材料应该是有关湘云的命运的。在第29回描写张道士送了一个金麒麟给贾宝玉，宝玉本来推辞，但想到湘云也有一个麒麟，便把这个麒麟收下（还受到了黛玉的嘲讽），后来到第31回"撕扇子作千金一笑　因麒麟伏白首双星"中，湘云的侍女翠缕在大观园拾到的一个麒麟，正是贾宝玉在张道士处得到并打算送给湘云的那个麒麟。就是针对第31回的这个情节，己卯本有这个回后批："后数十回若兰在射圃所佩戴之麒麟，正此麒麟也。提纲伏于此回中，所谓草蛇灰线在千里之外。"似乎就像"茜香罗"一样，这个"金麒麟"在"后数十回"中成了湘云与卫若兰姻缘的一种媒介。此情节的出现应该也是相当靠后，因为脂砚斋说是出现在"后数十回"，当然是在贾府被抄家败落之后的事了。但此情节在今程本《红楼梦》中亦没有出现，在后四十回中，对湘云定亲、结婚的诸事都采取了一种简单交代的方式，对湘云嫁给谁也不曾交代，只用"姑爷""女婿"一词代替，并不曾用"卫若兰"或"卫公子"等名。想来这一段情节，亦随着那丢失或否弃的几回而失去了。

不过在第31回，围绕湘云的情节，还有一个一直困扰红学界的疑问。第31回的回目名是"撕扇子作千金一笑，因麒麟伏白首双星"，意即因为这个麒麟，为以后的"白首双星"埋下了伏笔。谁和谁"白首双星"呢？是湘云和卫若兰"白首双星"吗？显然不是，因为在第五回有关湘云的绘画和判词是"后面又画着几缕飞云，一湾逝水。其词曰：'富贵又何为？襁褓之间父母违。展眼吊斜辉，湘江水逝楚云飞。'""飞云""逝水"以及判词中的"展眼吊斜辉，湘江水逝楚云飞"，都说明湘云是新婚不久即遭遇不幸。据周汝昌先生的研究和猜测，说是寡居的湘云后来和成为鳏夫的贾宝玉"白首到老"。此可成一说，但似乎又不符合"好一似食尽鸟投林，落了片白茫茫，大地真干净"的彻底的大悲剧结局。也许在曹雪芹书写到第31回时，确实打算在此通过一对麒麟远远地埋下一个"白首双星"的伏笔，但后来却因故没有续上这个伏笔，而却又不知何故没有将第31回的回目名改过来。毕竟写小说不可能每一点都会按作者先前的预想写下来，写着写着不是原来预想的那么回事也是经常出现的现象。

说到湘云的命运及判词，笔者在此补充上一点，在后四十回中的第108回，亦有一段绝妙的情节预示了湘云的命运，且这里的预示与第5回湘云的判词无论其内容和形式都高度一致，在艺术形式上又与前80回中许多次通过诗歌、灯谜一类形式来预示诸人命运的方式如出一辙。而且更为奇妙的是，它通过掷骰子游戏中的一个环节，就预示了三个人甚至整个贾府的命运，可谓是"一石三鸟"：

在第108回，贾母为了一扫整个贾府中愁云惨淡的气氛，力主要为宝钗过生日，在生日宴会上，照例要找些乐子，于是便通过掷骰子的数目（一共四个骰子，四个骰子的数目组合对应一个名称）来说一个曲牌名、一句韵语等来游戏。其时轮到鸳鸯掷：

鸳鸯依命，便掷了两个"二"，一个"五"，那一个骰子在盆里只管转。鸳鸯叫道："不要五！"那骰子单单转出一个"五"来。鸳鸯道："了不得！我输了。"贾母道："这是不算什么的吗？"鸳鸯道："名儿倒有，只是我说不上曲牌名来。"贾母道："你说名儿，我给你诌。"鸳鸯道："这是'浪扫浮萍'。"贾母道："这也不难，我替你说个'秋鱼入菱窠'。"鸳鸯下手的就是湘云，便道："'白萍吟尽楚江秋'。"众人都道："这很确。"

鸳鸯掷出的数字组合是14，大概鸳鸯觉得这个数字对应的名称不祥，于是便说我输了，就不打算把那个骰子的名称说出来，但是贾母偏偏要问："这是不算什么的吗？"意思是问鸳鸯这个数字组合难道没有个名称吗？鸳鸯于是搪塞推辞说："名儿倒有，只是我说不上曲牌名来。"贾母偏偏不依不饶，便说："你说名儿，我给你诌。"意思是贾母给她说出曲牌名来。于是鸳鸯道："这是'浪扫浮萍'。"贾母于是就说："这也不难，我替你说个'秋鱼入菱窠'。"根据游戏规则，应该由坐在下手的一个人说出意思相应的韵语，坐在下手的是湘云，于是湘云便说道："白萍吟尽楚江秋。"

就是这个环节，就是鸳鸯的一掷，竟然无比神奇巧妙地预示着贾府和她们三人立马就要到来的命运。鸳鸯不情愿说出贾母偏要她说出的骰子组合的名称，是"浪扫浮萍"，这个"浪扫浮萍"，与前面第5回中的整套"红楼梦"的12支曲子的收尾"好一似食尽鸟投林，落了片白茫茫，大地真干净"不是异曲同工吗？此外，这是贾母要鸳鸯掷的，也是贾母要鸳鸯说出来的，因此，这个"浪扫浮萍"实际也暗示了贾母的命运。这个游戏是在第108回，贾母在第110回就在无比牵挂忧愁中死去，而且在贾母死去以后，贾府更加现出一蹶不振的气象，贾府各个人物，更加速地走向了自己的结局。贾母自告奋勇地替鸳鸯说出的曲牌名"秋鱼入菱窠"，更是极为巧妙地暗示了鸳鸯的死：第一，鸳鸯的死是贾母的死带来的一种结果，这一点，早在第46回就已经埋下了伏笔，在贾赦逼迫鸳鸯给他做小妾的时候，鸳鸯就发誓说："……伏侍老太太归了西，我也不跟着我老子娘哥哥去，或是寻死，或是剪了头发当姑子去！要说我不是真心，暂且拿话支吾：这不是地鬼神、日头月亮照着！嗓子里头长疔！"后来在第111回，在贾母死去以后，决绝的鸳鸯果然就上吊自杀了。第二，"秋鱼入菱窠"，也用曹公惯用的谐音和比喻方法，暗示鸳鸯是上吊而死，"菱"音同"绫"，在第111回，鸳鸯正是用一条"汗巾子"上吊而死；而"窠"，其形环状，亦暗示鸳鸯是"投缳"而死。甚至"秋鱼"亦有谐音意义，"秋鱼"音同"秋余"，或暗示在贾母死后，鸳鸯就是贾府中一个秋后的多余者，这一点在第111回鸳鸯上吊前的心理活动中也有暗示：

"……，自己跟着老太太一辈子，身子也没有着落。如今大老爷虽不在家，大太太的这样行为，我也瞧不上。老爷是不管事的人，以后便'乱世为王'起来了，我们这些人不是要叫他们撮弄了么？谁收在屋子里，谁配小子，我是受不得这样折磨的，倒不如死了干净。"

鸳鸯的这些心理活动，句句都显示出鸳鸯曾身为贾母大丫头的特殊身份和她高傲的性格特征。但正是这种身份和这种性格，使她在贾母死后，一下子陷入到一身无靠的空落的境地中，这不正是一个"秋"后的"多余"者吗？

至于在这个投骰子的游戏中湘云说出的韵语，也非常好地暗示了湘云的命运，湘云说出的韵语"白萍吟尽楚江秋"，正是一种孤独凄冷之境，是对她日后青春寡居孤独的一种很好的情景暗示，且与前面第5回有关她的判词、曲子和画面都气韵相通、文字相似。第5回湘云的画面是"几缕飞云，一湾逝水"，判词是："展眼吊斜辉，湘江水逝楚云飞。"曲子是"终究是云散高唐，水涸湘江"，都与她说的韵语"白萍吟尽楚江秋"的意味一样。词语则是"湘江""湘江""楚江"。另外，"白萍吟尽"又与前面贾母说出的"浪扫浮萍"相联系，因为湘云的不幸命运是在贾母死后才交代的。

以上是我们在论述有关"麒麟"暗示湘云结局的问题时顺便插入的一点内容，可以说，仅仅从这个可谓"一石三鸟"暗示人物命运结局的情节看，它与前80回中同一类情节的气韵和手法完全相通，在某些方面甚至比前八十回中的类似情节还要神妙，它神就神在一个掷骰子游戏，一个骰子名称，竟然很自然地预示了三个人物的命运，而且其言语声口，个个逼肖。仅仅从这么一小点，就让我们相信，后四十回可能因为曹雪芹来不及修改等原因，一些部分可能与前八十回相比稍稍逊色，但从其总体上言，它们仍是相当精彩的，像上面这样的甚至超出前八十回的情节细节场景等，在后四十回中也不乏其例（我们在上面也顺带地举出过许多例子），这是高鹗，也是任何没有相似经历的人写不出的，更是世界上任何人也续不出的。正如袁圣时先生所言："……则所增之四十回，……觉其难有甚于作书百倍者，虽重以父兄之命，万金之赏，使谁增半回不能也……古今未有如斯之巨腕者也。"[33]

第14条材料虽短，但很引人遐想。此条材料出现在第39回"村姥姥是信口开河，情哥哥偏寻根究底"（脂本作"刘姥姥"）。其时刘姥姥正信口开河讲着她庄上的新奇故事，说一个极标致村姑在"雪天抽柴"取暖云云，故事讲到此时，突然有人报告失火了，于是故事就此截住。在此处己卯本就有一条夹批："一段为后回作引，然偏于宝玉爱听时截住。"[34]脂砚斋在此处明言，"一段为后回作引。"似乎后来宝玉还会真有流落到村庄，逢到村姑的故事。如果真有这段故事，应该也是出现在宝玉从监押处出来后流落在外之时，应该也出现在那集中地失去了的几回中。

但是这里还有一个问题，就是如果描写宝玉流落在外，如果逢到一个村姑，那他到底应该逢到谁呢？是逢到刘姥姥庄上的村姑吗？但是在第39回中，已经明言刘姥姥是信口开河，说一个子虚乌有的人物为后回作引，似乎不太妥当。此外，前面我们已经分析了，而且也是根据脂批，后来巧姐儿还是亏得刘姥姥帮助才逃离险境，且后来巧姐儿就嫁给了刘姥姥庄上一个姓周的富户。曹雪芹应该不会再在刘姥姥的庄上作什么别的文章，这不符合曹雪芹那种追求极致的艺术风格。另外还有一个选项，就是在第十五回"王凤姐弄权铁槛寺，秦鲸卿得趣馒头庵"中，宝玉遇到了一个叫"二丫头"的十七八岁的村姑，宝玉很尊重她，也很喜欢她，在宝玉离开馒头庵所在的村庄的时候，还东张西望恋恋不舍。她看起来也喜欢宝玉，因为当时她主动摇纺车给宝玉看稀奇，秦钟还对宝玉开玩笑说"此卿大有意趣。"而宝玉当时显然不喜欢秦钟的有些亵渎的玩笑，说："再胡说，我就打了！"依《红楼梦》喜欢"伏线千里"的特点，想来这个故事应该不会就此完结。但是为什么脂砚斋在第15回的此处不来一条类似的评点，而却在第39回刘姥姥讲一个子虚乌有的故事处来一条那样的夹批呢？当然，脂砚斋自己说过，他的批点是随兴而行，并不是把书看完了再来一一评点。可能是因为在第39回刘姥姥讲故事时是半途截住，所以脂批来了那么一条夹批，因为在第15回宝玉与"二丫头"的故事也是半途截住，所以触动了脂砚斋，就势就来了一条那样的夹批。不过这事现在也没法得到答案，反正曹雪芹的那紧紧相连的好几回书，已经失去了。

第15条材料是有关妙玉的结局的，在第41回写到妙玉嫌刘姥姥弄脏了他的"成窑的茶杯"时，靖藏本有一条眉批："妙玉偏僻处，此所谓'过洁世同嫌'也。他日瓜州渡口，各示劝惩，红颜固不能不屈从枯骨，岂不哀哉！"这条脂批已经多处漶漫不清，周汝昌先生的解读如上，还有的解读为"红颜固不能不化为枯骨"或"红颜固屈从枯骨"的。不论怎样，这是有关妙玉的结局的一条批，且妙玉的结局一定也很不好，因为此条脂批说是"各示劝惩"，妙玉"过洁世同嫌"，因此在结局处一定会受到"惩罚"。在今程本中，妙玉在第112回中了强盗的"迷香"而被劫走，小说后来便不再交代。想来在那丢失的几章中，或许对妙玉的结局写得更加多一些，且脂批中居然写到了什么"瓜州渡口"。不过我猜想，即使曹雪芹写妙玉写到了"瓜州渡口"，根据《红楼梦》的叙事特点，应该也是采取听闻的方式简单交代一下，曹雪芹决不会离开他的大观园和荣宁二府这个他熟悉的叙事场，而采取说书人的全知叙事方式来写他"不在场"的人和事。正如脂砚斋在评点的开头开宗明义说的："此书只着意于闺中，故叙闺中之事切，略涉于外事者则简，不得谓其不均也。"[35] 从《红楼梦》全书的叙述看，也的确是如此，全书120回100多万字，真正其叙述完全脱离他熟悉的那个"叙述场"的事情，全书只有写贾政任粮道的第九十九回"守官箴恶奴同破例，阅邸报老舅自担惊"中，写门子李十儿弄权贪赃的事情一例。其实这不只是"着意于闺中"的问题，而是作家一般只选择自己熟悉的叙述场进行叙述的问题。尤其像曹雪芹这样的基本摒弃了全知叙述视角，而尽量采用限制叙事的作家，他决不会将叙述场转移到什么"瓜州渡"，而采用全知视角大叙特叙一番的。所以，即使在所丢弃的那几回书中，曹雪芹即使提到了"瓜州渡"，也只是对妙玉的一个简略的最终交代而已。

第16条材料出现在第64回，其中叙林黛玉一共写了五首绝句哀叹古代五位美女的悲惨命运，宝玉读了"赞叹不已"，提笔便在后面将这五首诗总题为《五美吟》。戚序本（甲辰同）在此批曰："《五美吟》与后《十独吟》对照。"由此可知，在后四十回中，有一组十首的诗与第64回的《五美吟》起对照作用。这一长达十首的表达孤独的组诗（应该亦是绝句，绝句才有可能形成比较大规模的组诗）应该是宝玉在抄家被羁押后过苦日子时作，或与第一条材料中的"寒冬噎酸齑，雪夜围破毡"处于同一时期。在今程本的后四十回中，其中表现宝玉对黛玉思念的内容文字占有相当重要的地位和比重，想来在丢失的那几回书中，更不乏宝玉思念黛玉的内容。可能是宝玉在孤独中想起了黛玉所写的《五美吟》（通过吟咏古代美女不幸命运以自叹），于是亦仿效这种构思，通过吟咏历史上十位孤独的人来表达自己的孤独和对黛玉的思念。究竟可能是哪十位历史人物，笔者自不敢妄拟。

第17条也是最后一条材料，从评点的顺序看，应该稍微提前才对，但笔者因为要顺带着探讨一个问题，故将其挪于最后。

这条材料出现在第42回，其时写到王熙凤请刘姥姥帮大姐儿取个名字，说："你贫苦人起个名字，只怕压的住她。"于是刘姥姥便给大姐儿取名为"巧姐儿"，并对凤姐有一番说辞："姑奶奶定依我这名字，必然长命百岁。日后大了，各人成家立业，或一时有不遂心的事，必然遇难成祥，逢凶化吉。"针对此处的描写，靖藏本有一条眉批："应了这话固好，批书人焉能不心伤！狱庙相逢之日，始知'遇难成祥，逢凶化吉'，实伏线于千里。哀哉伤哉！此后文字，不忍卒读！辛卯冬日。"

对此条材料中涉及到的巧姐儿"遇难成祥"的事我们不再论述，因为我们在前面已经根据脂批对巧姐儿的结局问题有过论述。且此条眉批虽然触发点是关于巧姐儿的情节，但落脚点却是与"狱庙"相关的贾府所有被关押的人的命运。根据此条材料，我们可以作出如下几条分析：

第一，贾府诸人在被羁押在"狱神庙"后，应该是相当悲惨，因为此处的批语开头便是"应了这话固好，批书人焉能不心伤！"其意是"遇难成祥，逢凶化吉"谈何容易，一想到此怎能不心伤，而且在批语的最后，还说"此后文字，不忍卒读"。从中可以看到，在失去的那几回小说中，贾府诸人从被关押在狱神庙，再一直到解除羁押流落四散，其命运是相当悲惨的。这也可以从上面另外数条脂批中得到印证。

第二，虽然"狱庙"情节相当悲惨，但是也是在这被羁押在狱庙的过程中，领略到了"遇难成祥，逢凶化吉"的人世的味道，联系其他多条脂批，应该是指在贾府诸人被羁押落难后，还是有许多人帮助他们、来探望他们，使它们最终能"遇难成祥，逢凶化吉"。在前面的多条脂批中，给他们提供了种种帮助的人有袭人、小红、茜雪、贾芸、蒋玉菡等，这些还只是在前80回中就有的在前台活跃的人物，在背后提供支持、同情他们的人一定还有，例如在今程本《红楼梦》后四十回中，给予他们最关键帮助的人是北静王爷。

第三，我以为，在这段眉批中，我们从中似乎可以窥探出某种"与狱神庙慰宝玉等五六稿，被借阅者迷失"的相关原因。在上面畸笏叟的批语中我们知道，"被借阅者迷失"的"五六稿"是"与狱神庙慰宝玉"相关的"五六稿"，在畸笏叟丁亥夏的另一条批中他也说："狱神庙红玉、茜雪一大回文字，惜迷失无稿。"在脂砚斋的此条批语中说："狱庙相逢之日，始知'遇难成祥，逢凶化吉'，实伏线于千里。哀哉伤哉！此后文字，不忍卒读！辛卯冬日。"从畸笏叟和脂砚斋的这两条或三条批语中，以及我们上面分析过的几乎所有有关脂批所有，而今程本所无的各条材料中，我们可以看出它们之间有一个共同因子，即不论是"迷失无稿"的，还是"不忍卒读"的，还是脂批所有而今程本所无的，都是涉及到"狱神庙"的那几回。这样的一种共同因子，就不禁让我们提出疑问，这难道仅仅是一种巧合吗？还是从中牵涉到什么别的原因？如果仅仅是巧合的话，我们可以置之不论，如果有什么别的原因，我觉得则可能存在着这样两种可能性：第一，可能是借阅者因为害怕惹祸的原因，故意"迷失"了这与"狱神庙"的悲惨境遇相关的让人"不忍卒读"的"五六稿"。我们

从脂批中知道，曹雪芹的《红楼梦》或《石头记》在写作阶段
就经常被人借阅传抄，当然，被借阅传抄的范围一般是在一个
很小的亲朋范围中间。从脂批中我们还得知，这些人是可以给
曹雪芹提供写作建议甚至干预曹雪芹的写作的，例如畸笏叟在
第13回就曾在一条批中说："'秦可卿淫丧天香楼'，作者用
史笔也。老朽因有魂托凤姐贾家后事二件，岂是安富尊荣坐享
人能想到者？其言其意，令人悲切感服，姑赦之，因命芹溪删
去'遗簪''更衣'诸文，是以此回只十页，删去天香楼一
节，少去四、五页也。"[36] 这虽然只是我们从脂批中看到的
仅仅一条曹家亲族的人干涉曹雪芹写作的一个事例，但是我们
从中可以看出，曹雪芹亲族中的人，或者尤其是长辈，是可以
从整个家族的利益出发，对曹雪芹的写作进行干涉的。我们就
以上面畸笏叟的这条"删去天香楼一节"的批而论，从艺术
上或者从思想内涵上讲，"删去天香楼一节"都没有什么道
理，而且我们从许多细节甚至还可以看出，似乎曹雪芹对被迫
删去天香楼那一部分，其实并不那么情愿。何以见得呢？因为
曹雪芹虽然删去了有关"遗簪""更衣"的那几页，但是对于
他处好几个地方暗示秦可卿与她的公公贾珍有一腿的一些细节
言辞，作者却并未删去，以致人们在其中一下就能窥测到秦
可卿与贾珍的那种不正常关系，另外这还使小说的前后出现
一些矛盾。但是尽管这样，曹雪芹还是遵命删去了那显见的
"四五页"。为什么呢？因为在这些干涉的背后，站着一个曹
雪芹似乎无法违背的家族利益。例如上面秦可卿的事儿，从
艺术上讲有何不可呢？但是畸笏叟仅仅以秦可卿曾经托梦给
凤姐，要她早为家族打算，要趁现在荣华之时在祖茔处多置
些田产，以及在此设立私塾这"二件"对家族有功的事，就

"令"曹雪芹删去她的那些有损名誉的"史实"。严格讲，这哪儿跟哪儿呢？托个梦，在梦中计划了两件对家族有功的事，就要求曹雪芹不写她的某些"丑事"，这说得过去吗？但是曹公还是听从了。所以我觉得，曹雪芹在创作《红楼梦》的时候，他的家族的人，是可以建议甚至干涉他的创作的，而且脂砚斋等（脂批中特别多"有是事，有是事"之类的批），甚至曹雪芹自己也觉得，他写的东西，就好像写家史一样，在其中为家族利益考虑，似乎也天经地义。

现在又回到我们的某种猜测，如果曹雪芹写的有关"狱神庙"悲惨遭遇的"五六稿"，被他的某个亲族中人尤其是某个长辈看到了，他觉得太悲惨了，甚至这些东西"不忍卒读"，他会做何感想呢？我想他大概会想到这些东西可能会触怒恩威难测的"上面"甚至"今上"，会害怕陷入恐惧的"文字狱"，而且我们知道，曹家本来就是因为触犯了皇上而受到抄家羁押打击的。如果是这样，我想他大概会去与曹雪芹交涉，要他不要写得这么露骨，但是如果他觉得这种交涉不会得到固执的曹雪芹的认可呢？他会怎么办呢？他也许就会出于对整个大家族利益的考虑，故意让这些悲惨的"不忍卒读"的"五六稿""迷失"了。因此，我们现在研究的脂批所有而今程本所无的版本现象，或只是当时恐怖的文字狱的一个可悲的结果。

我们的这种猜测有没有什么依据呢？硬的证据可惜是没有的，但是比较软的证据却还是有一些，在此我们主要提出三点软证据：

第一，在甲戌本红楼梦（《石头记》）的"凡例"（相当于序）中，作者开章明义地要做的一件事就是，撇清与朝廷政治的关系，故在此凡例中说："此书不敢干涉朝廷。凡有不得不用朝政者，只略用一笔带出，盖实不敢以写儿女之笔墨唐突朝廷之上也。又不得谓其不备。"在其末尾又说："……则知作者本意原为记述当日闺友闺情，并非怨世骂时之书矣。虽一时有涉于世态，然亦不得不叙者，但非其本旨耳，阅者切记之。"[37]你看，这不是处处要撇清与朝廷政治的关系吗？不是在害怕"文字狱"吗？

第二，在《红楼梦》中，尽管作者的一支笔肆行无碍，但是凡是逢到当时朝廷政治的，没有不是小心翼翼的，例如秦可卿办丧事，要买那个"铁网山"出的"万年不坏"的高级棺材，贾政就不愿意，为什么呢？因为这棺材原是"坏了事"的"忠义亲王老千岁"的。曹雪芹说到那个被废黜了的"太子"，只是回避地说"坏了事"。另外如元春省亲，说到骨肉分离之悲切，亦只触及人性，不敢触及政治。写贾政见他的女儿元春，跪在自家门外的那一番感激涕零的颂圣言辞，亦表明作者对于政治套路的深谙。

第三，在后四十回的第105回"锦衣军查抄宁国府，骢马使弹劾平安州"写查抄一事后，曹雪芹只用了大约两回来写贾府遭遇的这场灾祸，到第107回"散余资贾母明大义，复世职政老沐天恩"，贾家就基本脱离灾难了。这说明，作者在淡化查抄所带来的苦难遭遇，而采取了一种对朝廷政治回避的策略方式。

综合以上三点，说已成惊弓之鸟的曹家的亲族或为了避害，故意"迷失"了曹雪芹那围绕"狱神庙"悲惨经历的"五六稿"书，至少在情理上是说的通的。从这个基点出发，我们也才能较好地解释，为什么曹雪芹在"迷失"了那饱含血泪的"五六稿"后，没有将它们重新写出来（重新写出来总比完全新写要容易）。因为曹雪芹或许知道，那被"迷失"的五六稿到底是怎样"迷失"了，为家族利益考虑，他或许无可奈何接受了那样的命运。

对于那"迷失"了的"五六稿"的解释，除了畸笏叟的"迷失"说，和因为畏惧"文字狱"而故意"迷失"说外，还有一种可能就是"审美谋杀说"。在中国人的审美特性（其实远不止中国人，许多别的民族也一样，甚至可以说是人类的一种审美共性）中，有一种叫作"大团圆"的审美喜好，就是不管好人怎么受难，坏人怎么得意，最终还是一定要叫好人得好报，坏人受惩罚，此谓之"大团圆"。现在我们从脂砚斋和畸笏叟的评点中得知，曹雪芹围绕"狱神庙"的几回书，贾府一家是受尽苦难，四散流落，用开头的话说是"落了片白茫茫，大地真干净"，是一个彻彻底底的悲剧，而这，显然是极不符合大团圆的审美结局要求的。现在我们看曹雪芹后来（也有可能是以前就写的稿子经过修改补缀拿来用的）补写的亦是今程本呈现出来的另一种结局，可以说就是一种审美妥协的结局，虽然总的看来，也是死的死，散的散、出家的出家，但是毕竟还不是那么一败涂地。其妥协我们可以从好些方面来看：一、贾府虽然被查抄，但实际只宁府和贾琏王熙凤的家被抄没，也只有贾赦和贾珍被流放，贾政虽然受牵连，但在北静王爷的疏通下，不久又官复原职，许多财产也被发还。第二，宝玉虽然出家，但是在一定程度上他也算尽了为人之子的责任，考取了功名，拜见了父亲，虽然弃功名不顾，但毕竟被皇帝授了一个"文妙真人"的号；另外虽然出家了，但是还是"身上披着一领大红猩猩毡的斗篷"，比之疯和尚癞头僧的蓬头跣足，又使人安慰不少。第三，宝玉出家，最惨的当然是年轻守寡的知性博学的宝钗，但是毕竟已"二五之精，妙合而凝"，已经怀上了贾家的血脉，将来续上贾家的香火，已经也有希望。况且宝玉虽然出家了，但是他哥哥贾珠李纨的儿子兰儿，年纪轻轻就已经考取了功名。我们看，这"重修"的后四十回就这样从家庭、香火以及自身的身份三个方面轻轻抚慰了读者的心，使大众的审美虽然不能完全畅其所愿，但其痒也无处可搔，无可如何。这就是曹雪芹最终所做的一种妥协性的审美安排。当然，我们说是妥协性的，但从某个角度来说，这种审美妥协也可算是一种虚假的审美妥协，曹雪芹并没有打算真正向时尚的审美情趣投降，他只是虚晃了那么几枪，做了个姿态让观众看看而已：贾宝玉虽然考上了功名，但是实际上却将其弃若敝屣，虽然封个"文妙真人"，"披着一领大红猩猩毡的斗篷"，但是这于出家又于事何补呢？宝钗虽然被交代怀了孩子，但是却淡淡一笔，谁知道呢？贾兰虽然交代考取了功名，但前面的预言他的寡居的母亲李纨的命运最后却很不妙。贾家虽然没有彻底败落，但是仍是死的死、散的散，一蹶不振，基本从实质上未改其悲剧本质，其作出的妥协大半乃是姿态性的。

上面，我们基本用全覆盖的方式分析了脂批中有今程本无的情形，最后我们总结如下，一，所遗失的部分基本全集中在围绕"狱神庙"的几回书稿中（只有有关"情榜"的一条例外）。二，这些失去的五六回书稿，畸笏叟说是"迷失"了，脂砚斋也提供了一些这些书稿"迷失"的原因的线索。其"迷失"情形则有以下三种可能：第一，这些书稿偶然地迷失了，曹雪芹没有能够将其重新恢复；第二，曹家的亲族们为了避害，故意将其"迷失"，曹雪芹最终妥协，为家族利益考虑，未按原样恢复；第三，曹雪芹的大悲剧结局遭到了批评和抵制，所谓"迷失"亦有可能是某人有意为之，曹公亦作出了妥协的姿态，未按原样将其恢复。

以上结论的一些部分，虽然仍然缺少硬性的证据，但是在总体上，亦可以充分有力地说明，一直被高续说者拿来当作护身符般的这部分脂批，其实并不能证明后四十回为高鹗所续。脂批中所有而今程本所无，这种两不相符的情形也并没有那么严重，它们只是集中在围绕"狱神庙"的几回书中，而且我们亦从脂批出发，找到并分析了出现这种情形的原因，这样，我们就从"驳论"的角度说明，被高续论者所拿来当作最有力证据的东西，其实并不是充分有力的。

注释：

［1］朱一玄：《红楼梦资料汇编》，南开大学出版社，2001年版，第136页。

［2］同上，第141页。

［3］同上，第289页。

［4］同上，第306页。

［5］同上，第335页。

［6］同上，第342页。

［7］同上，第392页。

［8］同上，第428页。

［9］同上，第459页。

［10］同上，第327页。

［11］同上，第311页。

［12］同上，第46页。

［13］同上，第565页。

［14］同上，第563页。

［15］同上，第306页。

［16］同上，第311页。

［17］同上，第327页。

［18］同上，第328页。

［19］同上，第329页。

［20］同上，第362页。

［21］同上，第366页。

［22］同上，第370页。

［23］同上，第394页。

［24］同上，第411、412页。

［25］同上，第416页。

［26］同上，第416页。

［27］同上，第428页。

［28］同上，第456页。

［29］同上，第458页。

［30］同上，第493页。

［31］同上，第460页。

［32］同上，第328页。

［33］《红楼梦研究稀见资料汇编》，人民文学出版社，2001年版，第1390，1393页。

［34］朱一玄：《红楼梦资料汇编》，南开大学出版社，2001年版，第456页。

［35］同上，第78页。

［36］同上，第233页。

［37］同上，第78、79页。

第十章 柳五儿起死回生之谜

前面各章我们已经从"作品自证"和"脂批钩沉"两大方面论证了我们的观点，即《红楼梦》后四十回基本为曹雪芹原创。在以下连续三章中，我们将主要研究红学中历来难以解释的或可称之为"谜"之现象，这些现象主要包括三大方面，第一是"柳五儿起死回生"之谜，第二是"程甲本修订之谜"，第三是所谓"错误继承"之谜。这些现象，尤其是第三方面，即"错误继承"的问题，前人已经做了大量的研究，但笔者认为，这些现象仍有更深入探讨的必要。从下面的论述中我们将会看到，这些难以理解的"谜"，其实只能说是高续说难以解释的"谜"，如果我们抛弃高续说，从作者自创的角度，这些所谓的"谜"将会得到合乎逻辑的合理解释。在本章中，我们将首先探讨柳五儿起死复生之谜：

在脂本第七十七回"俏丫鬟抱屈夭风流，美优伶斩情归水月"中，柳五儿已经被交代死了，此交代是通过王夫人责骂芳官时说出的（在前80回中，柳妈已多次通过芳官想把她的女儿柳五儿弄进宝玉的怡红院就业）："王夫人笑道：'你还犟嘴。我且问你，前年我们往皇陵上去，是谁调唆宝玉要柳家的丫头五儿了？幸而那丫头短命死了，不然进来了，你们又连伙聚党遭害这园子呢。'"从王夫人的这段斥责我们清楚地得知，前面多次被写到的柳五儿已经死了。

但是，到了程本，在脂本中已经在第77回之前死了的柳五儿却又复生，不仅复生过来，而且在后四十回中，还有极重要的戏份，这到底是怎么一回事呢？为了把这个谜尽量解释得清楚一些，我们把这个问题分为两大方面的问题来谈，第一，作者怎样让柳五儿起死复生；第二，作者为什么要让柳五儿复生。

我们先回答第一个问题：实际上，作者让柳五儿复生，不是到了80回后才开始着手，而是在80回之中就"动了手脚"，怎样动呢？第一，删去第77回里面柳五儿已死去的话，而改成："王夫人笑道：'你还强嘴！你连你干娘都压倒了，岂止别人。'"

第二，在同一回，作者还要让柳五儿出场直接看见贾宝玉私自去看望重病垂危的晴雯。怎样才能达到这一目的呢？作者为此也在情节上作出了修改，本来在脂本第77回的前面，在贾宝玉为晴雯哭诉冤屈的一番血泪之言后，就要袭人把晴雯的东西悄悄地给她送些过去：

　　袭人听了，笑道："你太把我看得又小器又没人心了。这话还等你说？我才已将他素日所有的衣裳以至各什各物总打点下了，都放在那里。如今白日里人多眼杂，又恐生事，且等到晚上，悄悄的叫宋妈给他拿去。我还有攒下的几吊钱也给他罢。"宝玉听了，感激不尽。袭人笑道："我原是久已'出名的贤人'，连这一点子好名儿还不会买来不成？"宝玉听了他方才的话，忙陪笑抚慰一时。晚间果密遣宋妈送去。

在这番对话里，说得清清楚楚，是要到了晚上请宋妈给晴雯送东西去，而且明说"晚间果密遣宋妈送去。"但是，作者可能为了让柳五儿出场看见贾宝玉私自去看晴雯，到了程本的第77回的后面，去送东西的却是柳五儿和她的母亲，小说（程本）中对这一情景的处理方法是：当时宝玉悄悄地去看望晴雯，却受到了晴雯嫂子的纠缠，正在无奈之际，这时候，柳妈和他的女儿五儿出现了：

> 正闹着，只听窗外有人问道："晴雯姐姐在这里住呢不是？"那媳妇子也吓了一跳，连忙放了宝玉。这宝玉已经吓怔了，听不出声音。外边晴雯听见她嫂子缠磨宝玉，又急，又臊，又气，一阵虚火上攻，早昏晕过去。那媳妇连忙答应着，出来看，不是别人，却是柳五儿和他母亲两个，抱着一个包袱。柳家的拿着几吊钱，悄悄的问那媳妇道："这是里头袭姑娘拿出来给你们姑娘的。他在那屋里呢？"那媳妇儿笑道："就是这个屋子，那里还有屋子？"
>
> 那柳家的领着五儿，刚进门来，只见一个人影儿往屋里一闪。柳家的素知这媳妇儿不妥，只打量是他的私人。看见晴雯睡着了，连忙放下，带着五儿便往外走。谁知五儿眼尖，早已见是宝玉，便问他母亲道："头里不是袭人姐姐那里悄悄儿的找宝二爷呢吗？"柳家的道："嗳哟，可是忘了。方才老宋妈说：'见宝二爷出角门来了。门上还有人等着，要关园门呢。'"因回头问那媳妇儿。那媳妇儿自

己心虚，便道："宝二爷那里肯到我们这屋里来？"柳家的听说，便要走。这宝玉一则怕关了门，二则怕那媳妇子进来又缠，也顾不得什么了，连忙掀了帘子出来道："柳嫂子，你等等我，一路儿走。"柳家的听了，倒唬了一大跳，说："我的爷，你怎么跑了这里来了？"那宝玉也不答言，一直飞走。那五儿道："妈妈，你快叫住宝二爷不用忙，留神冒冒失失，被人碰见，倒不好。况且才出来时，袭人姐姐已经打发人留了门了。"说着，赶忙同他妈来赶宝玉。

就这样，柳妈和她的女儿柳五儿取代了前面已交代的"宋妈"，成为了给晴雯送东西的人，不过宋妈也没有完全失踪，而是成了一个看门的老婆子，是目睹了贾宝玉悄悄溜出来看望晴雯的见证人。但是我们要注意的是，作者让柳五儿和她妈取代宋妈来送东西本身却并不是目的，作者的目的（联系后面相关情节。后详）应是要让柳五儿亲眼目睹贾宝玉看望晴雯这回事。此外，作者可能为了让柳五儿的出现在情节上更加具有意义，因此也修改了晴雯的嫂子纠缠贾宝玉的程度，在脂本中，晴雯的嫂子（在脂本中叫"灯姑娘"）在纠缠贾宝玉时，由于贾宝玉不愿意且求饶，且灯姑娘听到他俩并没有什么私情，于是就放过了贾宝玉，相关描写是这样的：

> 灯姑娘便一手拉了宝玉进里间来，笑道："你不叫嚷也容易，只是依我一件。"说着，便坐在炕沿上，却紧紧的将宝玉搂入怀中。宝玉如何见过这个，心内

早突突地跳起来了，急的满面红涨，又羞又怕，只说："好姐姐，别闹。"灯姑娘乜斜着眼，笑道："呸，成日家听见你风月场中惯会做功夫的，怎么今日就反讪起来。"……灯姑娘笑道："我等什么似的，今日等着了你。虽然闻名，不如见面。空长了一个好模样儿。……我进来一会在窗下细听，屋内只你二人，若有偷鸡盗狗的事，岂有不谈及于此，谁知你两个竟还是各不相扰。可知天下委曲事也不少。如今我反后悔错怪了你们。既然如此，你但放心。以后你只管来，我也不啰唣你。"

在脂本中，晴雯的嫂子虽然亦是意欲强行性骚扰贾宝玉，但是要通情达理得多。但是到了程本中，晴雯的嫂子却要胆大骚情得多，小说对骚扰一节是如此描绘的：

说着，便自己坐在炕沿上，把宝玉拉在怀中，紧紧的将两条腿夹住。宝玉那里见过这个？心内早突突的跳起来了。急的满面红胀，身上乱战，又羞又愧，又怕又恼，只说："好姐姐，别闹。"那媳妇乜斜了眼儿，笑道："呸，成日家听见你在女孩儿们身上做工夫，怎么今儿个就发起讪来了？"宝玉红了脸，笑道："姐姐撒开手，有话咱们慢慢儿的说。外头有老妈妈听见，什么意思呢？"那媳妇那里肯放，笑道："我早进来了，已经叫那老婆子去到园门口儿等着呢。我等什么儿似的，今日才等着你了！你要不依我，我就嚷起来，叫里头太太听见了，我

看你怎么样？你这么个人，只这么大胆子儿。我刚
才进来了好一会子，在窗下细听，屋里只你两个
人，我只道有些个体己话儿。这么看起来，你们
两个人竟还是各不相扰儿呢。我可不能象他那么
傻。"说着，就要动手。宝玉急的死往外搽。

正是在这个紧急关头，柳妈和柳五儿来送东西，无意中
充当了救火队员。显然，作者之所以对前80回中的有关性骚扰
的原稿作出这么大的修改，其主要目的之一，就是要让柳五儿
出现的情节更加具有意义。当然，在脂本中，作者对晴雯的
嫂子（灯姑娘）转变得太突然太快，显得不十分自然合情理，而经
过修改后，不仅加强了柳五儿出现的意义，即她的嫂子本身的
形象和表现，也更合情理自然一些。

从以上的分析可以看出，作者为了让柳五儿起死回生，
在77回所作出的一些修改，是煞费苦心的，作者之所以如此煞
费苦心地调整相关情节人物，其目的就是为了让柳五儿在后面
的情节中担纲更重要的戏份服务（下详）。只是不知为何，虽
然总体上这些修改调整本身十分到位，文字也显得老辣，但却
留下了一处瑕疵，这个瑕疵就是第77回后面是柳妈和她的女
儿柳五儿去送东西给晴雯，但是，对于77回前面的袭人说让
"宋妈"给晴雯送东西，以及"果密遣宋妈送去"一句，却忘
了将其相应地修改为"柳妈"，以致与后面的情节出现了一点
矛盾。据笔者估计，之所以出现这种不应该出现的现象，应
该是曹雪芹还没有来得及对全书个别的细节进行最后的修订
处理，就像对于巧姐儿的处理、对"珍珠"一名的处理等一

样，这些细微的矛盾处被留了下来。

下面，我们再来讨论第二个问题，即作者为什么要让柳五儿起死回生？这个问题本身我们又要分两步来讨论。但我们可以先简单地给出一个结论：作者之所以煞费苦心地通过修改第77回来使柳五儿起死回生，其主要目的就是为了让柳五儿在第109回"候芳魂五儿承错爱，还孽债迎女返真元"中出场进行一番最重要的表演，即让她代替死去的晴雯承受一次"错爱"，第109回的这一次"错爱"，再一次强化表现了贾宝玉对晴雯的刻骨铭心之爱。同时，这错爱的场景本身，亦是八十回之后，最美丽动人的表现婚后的贾宝玉的"呆性"的风情文字。

但是，为了让柳五儿最终能够表现这"承错爱"的"一场戏"，就必须首先让五儿能够进入怡红园，进入贾宝玉的丫鬟行列（此为第一步）。

在研究后40回中柳五儿的戏份中我们看到，作者在第77回进行了那一番起死回生的调整修改之后，在80回之后继续对柳五儿最重要的那一番表演进行前期准备，这个前期准备就是要让起死回生的柳五儿顺理成章地进入贾宝玉的丫头行列。这个前期准备也是复杂和自然的，而并非以简单粗暴的方式进行处理，其处理的方式大概是既要与前80回中的相关情节相联系（承前），又要为他最终进入贾宝玉的丫头行列并最终"承错爱"服务（启后）：

其前期准备的第一步出现在第八十七回"感秋声抚琴悲往事，坐禅寂走火入邪魔"中，其中通过林黛玉和紫鹃的一番对话，让柳五儿第一次不出面的出现。其时黛玉生病要熬粥，于是吩咐紫鹃：

黛玉点点头儿，又说道："那粥得你们两个自己熬了，不用他们厨房里熬才是。"紫鹃道："我也怕厨房里弄的不干净，我们自己熬呢。就是那汤，我也告诉雪雁合柳嫂儿说了，要弄干净着。柳嫂子说了：他打点妥当，拿到他屋里，叫他们五儿瞅着燉呢。"黛玉道："我倒不是嫌人家腌臜；只是病了好些日子，不周不备，都是人家，这会子又汤儿粥儿的调度，未免惹人厌烦。"说着，眼圈儿又红了。

紫鹃道："姑娘这话也是多想。姑娘是老太太的外孙女儿，又是老太太心坎儿上的。别人求其在姑娘跟前讨好儿还不能呢，那里有抱怨的？"黛玉点点头儿。因又问道："你才说的五儿，不是那日合宝二爷那边的芳官在一处的那个女孩儿？"紫鹃道："就是他。"黛玉道："不听见说要进来么？"紫鹃道："可不是，因为病了一场；后来好了，才要进来，正是晴雯他们闹出事来的时候，也就耽搁住了。"黛玉道："我看那丫头倒也还头脸儿干净。"

说着，外头婆子送了汤来。雪雁出来接时，那婆子说道："柳嫂子叫回姑娘：这是他们五儿作的，没敢在大厨房里作，怕姑娘嫌腌臜。"雪雁答应着，接了进来。

这是将五儿引入怡红院的第一个承前启后的情节，先通过"熬粥"引出"柳嫂子"，因为在前80回中，柳嫂子就是给众位姑娘们做饭的厨房的管事，再引出她的女儿五儿，然后又通过黛玉的问话引出柳五儿曾经与芳官"在一处"的事情，而这也与前80回中紧密联系，在前80回中柳嫂子和柳五儿已多方设法（主要是通过芳官）想进怡红园来。然后又通过黛玉和紫鹃的对话交代因为是生病了没有能够进怡红园来，这也与前面对榫，在第63回和70回中，已经写到柳五儿因为玫瑰露的事被关了一夜而生病。然后又说正要进来时，却又因为晴雯她们的事（指抄检大观园）"耽搁住了"。这也与前面有联系，因为在前面第77回抄检大观园的情节中，王夫人提到了芳官想把柳五儿弄进来"连伙聚党遭害这园子"，只不过当时王夫人说幸亏柳五儿"死了"，但作者在前面第77回已经对此做了修改，因此也就合榫而无矛盾。在这段情节中，不仅处处"承前"，也处处"启后"：第一，已经经黛玉之口提到柳五儿要"进来"；第二，已经经过黛玉之口夸赞了五儿"我看那丫头倒也还头脸儿干净"；第三，似乎已经在林黛玉、晴雯、柳五儿三人中间建立了某种联系。晴雯和林黛玉的某种相似，在前80回中已经写到，王夫人在厌弃晴雯时就说到晴雯"眉眼儿"像林妹妹。至于柳五儿像晴雯，也有迹可寻，在第六十回"茉莉粉替去蔷薇硝，玫瑰露引出茯苓霜"中介绍柳五儿时，就有这样一番交代：

> 原来柳家的有个女孩儿，今年十六岁，虽是厨役之女，却生得人物与平、袭、鸳、紫相类。因他排行第五，便叫他五儿。只是素有弱疾，故没得差使。

这里说她生得十分漂亮，"只是素有弱疾"，这就与黛玉、晴雯等有些相似。黛玉不用说，即晴雯，虽然不像黛玉弱不禁风，但"病补孔雀裘"时、抄检大观园时（王夫人在抄检大观园中还讥讽晴雯是"病西施"），以及最后宝玉去探望她时，也是正病得不轻。以上种种承前启后，都是要为柳五儿的进入怡红园服侍宝玉在做准备。

第二步是第九十二回"评女传巧姐慕贤良，玩母珠贾政参聚散"中，贾宝玉在和巧姐的一番对话中又引出补入五儿以替代小红事，这样就更进一步为五儿进入宝玉的丫头行列作了最后的准备，其原话是这样的：

　　巧姐道："我还听见我妈妈说：我们家的小红，头里是二叔叔那里的，我妈妈要了来，还没有补上人呢。我妈妈想着要把什么柳家的五儿补上，不知二叔叔要不要。"

　　宝玉听了更喜欢，笑着道："你听你妈妈的话！要补谁就补谁罢咧，又问什么要不要呢。"……巧姐答应着"是"，还要宝玉解说《列女传》，见宝玉呆呆的，也不好再问。

　　你道宝玉呆的是什么？只因柳五儿要进怡红院，头一次是他病了，不能进来，第二次王夫人撵了晴雯，大凡有些姿色的，都不敢挑。后来又在吴贵家看晴雯去，五儿跟着他妈给晴雯送东西去，见了一面，更觉娇娜妩媚。今日亏得凤姐想着，叫他补入小红的窝儿，竟是喜出望外了，所以呆呆的欹想。

这段情节，也是很能承前启后的，而且在一步一步更加逼近作者的目标。在前八十回中，凤姐就已经有多次提到要补充一个人给怡红院（补被调走的小红）。早在第27回，小红就因为"这奶奶那奶奶"那一番伶俐的口齿而得到凤姐的赏识，而说要把她从怡红院要过来。到第28回，凤姐已经就直接向宝玉要走了小红，并提出另外再给宝玉挑一个。而用五儿来补充小红走后的空缺，在前80回中也有线索，在第60回，在五儿询问芳官关于进怡红院的事儿时，两人在对话中就提到此事：

> 　　五儿便送出来，因见无人，又拉着芳官说道："我的话到底说了没有？"芳官笑道："难道哄你不成？我听见屋里正经还少两个人的窝儿，并没补上：一个是小红的，琏二奶奶要了去，还没给人来；一个是坠儿的，也没补。如今要你一个也不算过分。皆因平儿每每和袭人说：'凡有动人动钱的事，得挨的且挨一日'。"

　　然后到第62回，在春燕询问宝玉柳五儿进来的事时，宝玉已经答应："你和柳家的说去，明儿真叫他进来罢。等我告诉他们一声就完了。"然后到第63回，宝玉又问春燕五儿进来的事，春燕告诉宝玉，柳五儿因为夜晚被关后又病了，只好再等等，宝玉为此还"后悔长叹"。另外我们要特别注意的是，在上面宝玉和巧姐对话的那段文章中，特地提到了在第77回在看望晴雯时见到柳五儿的事情，这就更严密地弥合照应了第77回的修改。

　　第三步，亦是在第92回，更是把柳五儿与晴雯联系起来：

> 宝玉看见贾母喜欢，更是兴头，因想起："晴
> 雯死的那年，海棠死的；今日海棠复荣，我们院内
> 这些人，自然都好，但是晴雯不能象花的死而复生
> 了。"顿觉转喜为悲。忽又想起前日巧姐提凤姐要
> 把五儿补入，"或此花为他而开，也未可知。"却
> 又转悲为喜，依旧说笑。

这里，更直接地通过海棠，把五儿与晴雯联系了起
来，海棠曾经感应了晴雯的死，现在死了的海棠复开，则感应着一
个与死去的晴雯相似的女孩儿五儿的来到。这样一步步地，都
在走向"承错爱"情节。

引入五儿的最后一步出现在第101回，当袭人和凤姐谈起
宝玉不再穿晴雯曾经补过的孔雀裘时，言谈中就自然谈起关于
五儿：

> ……袭人道："告诉二奶奶，真真的我们这位
> 爷行的事都是天外飞来的。那一年因二舅太爷的生
> 日，老太太给了他这件衣裳，谁知那一天就烧了。
> 我妈病重了，我没在家。那时候还有晴雯妹妹呢，
> 听见说，病着整给他缝了一夜，第二天，老太太才
> 没瞧出来呢。去年那一天，上学天冷，我叫焙茗拿
> 了去给他披披，谁知这位爷见了这件衣裳，想起晴
> 雯来了，说了总不穿了，叫我给他收一辈子呢。"
> 凤姐不等说完，便道："你提晴雯，可惜了儿的。那

孩子模样儿手儿都好，就只嘴头子利害些。偏偏儿的太太不知听了那里的谣言，活活的把个小命儿要了。还有一件事：那一天，我瞧见厨房里柳家的女人，他女孩儿叫什么五儿，那丫头长的和晴雯脱了个影儿。我心里要叫他进来，后来我问他妈，他妈说是很愿意。我想着宝二爷屋里的小红跟了我去，我还没还他呢，就把五儿补过来罢。平儿说：'太太那一天说了，凡像那个样儿的都不叫派到宝二爷屋里呢。'我所以也就搁下了。这如今宝二爷也成了家了，还怕什么呢？不如我就叫他进来。可不知宝二爷愿意不愿意？要想着晴雯，只瞧见这五儿就是了。"宝玉本要走，听见这些话又呆了。袭人道："为什么不愿意？早就要弄进来的，只是因为太太的话说的结实罢了。"凤姐道："那么着，明儿我就叫他进来。太太的跟前有我呢。"宝玉听了，喜不自胜，才走到贾母那边去了。

在上面引出的关于海棠花的一段文章中，已经把活着的五儿与死去的晴雯联系了起来，这里又一次通过凤姐的话把五儿与晴雯从外形上联系了起来，所有这一切，都是为了铺垫引入五儿进怡红院，让她来表演"承错爱"那一场极重要的戏，当然，这些情节本身（包括前面的几步）亦自有其意义。

此外，上引文章中还有一些细节值得注意，在上面王熙凤解释为什么没有早把五儿补进怡红院的原因时，王熙凤解释是平儿曾经告诉她："太太那一天说了，凡像那个样儿的都不叫派到宝二爷屋里呢。"王夫人到底曾经对平儿说过这样的话没有呢？在前80回中虽没有直接描写这样的情节和人物语言，但是，这也不是没有根据，在第74回，王夫人就明言她最看不惯晴雯那样"眉眼又有些象你林妹妹"的"张狂"又"妖妖调调"的人。在同一回，王夫人又说："这几年我越发精神短了，照顾不到，这样妖精似的东西竟没看见！只怕这样的还有，明日倒得查查。"在第77回中，王夫人在一一检查宝玉住处的所有物品和人员时，就把蕙香，又叫做四儿的驱逐出去，为什么呢？因为王夫人细看了一看："虽比不上晴雯一半，却有几分水秀，视其行止，聪明皆露在外面，且也打扮的不同。"所以，说王夫人不许像晴雯的五儿进来，是完全有依据的。另外，从叙事上来说，曹雪芹经常通过人物的转述进行追叙，但是被转述的事情本身不一定直接描写出来过（前面我们已经举过例子）。

就这样，从第77回作者让柳五儿起死回生而进行的一系列调整修改，一直到101回通过凤姐之口交代五儿之事的来龙去脉，作者一步步精细而又自然地终于将柳五儿补进了宝玉的丫头行列，然后一直等到第109回，"候芳魂五儿承错爱"的大戏才终于上演。

第109回"候芳魂五儿承错爱，还孽债迎女返真元"，我们已经在前面第三章"脂批钩沉之一"中进行过分析，不过在那一章中我们处理的是脂批"薛宝钗借词含讽谏"所包含的问题。而在此，我们则要专门论述"五儿承错爱"的部分，虽然两者有着相关性。

"候芳魂五儿承错爱"无疑是后四十回中最能表现宝玉对女儿的"呆性"的情节，也是整部《红楼梦》中最风情旖旎的文字，甚至还是整部《红楼梦》中表现对女儿的痴情最复杂也最具有情趣的文字。其情节的起因是这样：宝玉因为思念死去的黛玉，故提出要在外室独寝候梦黛玉，宝钗因为知道劝谏宝玉不起作用，也因为他对宝玉的宽容理解，就同意宝玉去独寝候梦。在独寝时，就派定麝月和五儿（此时五儿早已进来）侍候，"承错爱"的故事就此发生：

> 那知宝玉要睡越睡不着，见他两个人在那里打铺，忽然想起那年袭人不在家时，晴雯麝月两个人服事，夜间麝月出去，晴雯要唬他，因为没穿衣服，着了凉，后来还是从这个病上死的。想到这里，一心移在晴雯身上去了。忽又想起凤姐说五儿给晴雯"脱了个影儿"，因将想晴雯的心又移在五儿身上。自己假装睡着，偷偷儿的看那五儿，越瞧越象晴雯，不觉呆性复发。听了听里间已无声息，知是睡了；但不知麝月睡了没有，便故意叫了两声，却不答应。
>
> 五儿听见了宝玉叫人，便问道："二爷要什么？"宝玉道："我要漱漱口。"五儿见麝月已睡，只得起来，重新剪了蜡花，倒了一钟茶来，一手托着漱盂。却因赶忙起来的，身上只穿着一件桃红绫子小袄儿，松松的挽着一个鬏儿。宝玉看时，居然晴雯复生。忽又想起晴雯说的"早知担了虚名，也就打个正经主意了"，不觉呆呆的呆看，也不接茶。
>
> 那五儿自从芳官去后，也无心进来了。后来听说凤姐叫他进来伏侍宝玉，竟比宝玉盼他进来的心

还急。不想进来以后，见宝钗袭人一般尊贵稳重，看着心里实在敬慕；又见宝玉疯疯傻傻，不似先前的丰致；又听见王夫人为女孩子们和宝玉玩笑都撵了，所以把那女儿的柔情和素日的痴心，一概搁起。怎奈这位呆爷今晚把他当作晴雯，只管爱惜起来。那五儿早已羞得两颊红潮，又不敢大声说话，只得轻轻的说道："二爷，漱口啊。"宝玉笑着接了茶在手中，也不知道漱了没有，便笑嘻嘻的问道："你和晴雯姐姐好不是啊？"五儿听了，摸不着头脑，便道："都是姐妹，也没有什么不好的。"宝玉又悄悄的问道："晴雯病重了，我看他去，不是你也去了么？"五儿微微笑着点头儿。宝玉道："你听见他说什么了没有？"五儿摇着头儿道："没有。"

宝玉已经忘神，便把五儿的手一拉。五儿急的红了脸，心里乱跳，便悄悄说道："二爷，有什么话只管说，别拉拉扯扯的。"宝玉才撒了手，说道："他和我说来着：'早知担了个虚名，也就打正经主意了。'你怎么没听见么？"五儿听了这话明明是撩拨自己的意思，又不敢怎么样，便说道："那是他自己没脸。这也是我们女孩儿家说得的吗？"宝玉着急道："你怎么也是这么个道学先生！我看你长的和他一模一样，我才肯和你说这个话，你怎么倒拿这些话遭塌他？"

此时五儿心中也不知宝玉是怎么个意思，便说道："夜深了，二爷睡罢，别紧着坐着，看凉着了。刚才奶奶和袭人姐姐怎么嘱咐来！"宝玉道：

"我不凉。"说到这里，忽然想起五儿没穿着大衣裳，就怕他也象晴雯着了凉，便问道："你为什么不穿上衣裳就过来？"五儿道："爷叫的紧，那里有尽着穿衣裳的空儿？要知道说这半天话儿时，我也穿上了。"宝玉听了，连忙把自己盖的一件月白绫子绵袄儿揭起来递给五儿，叫他披上。五儿只不肯接，说："二爷盖着罢，我不凉。我凉，我有我的衣裳。"说着，回到自己铺边，拉了一件长袄披上。又听了听，麝月睡的正浓，才慢慢过来说："二爷今晚不是要养神呢吗？"宝玉笑道："实告诉你罢，什么是养神！我倒是要遇仙的意思。"五儿听了，越发动了疑心，便问道："遇什么仙？"宝玉道："你要知道，这话长着呢。你挨着我来坐下我告诉你。"五儿红了脸，笑道："你在那里躺着，我怎么坐呢？"宝玉道："这个何妨？那一年冷天，也是你晴雯姐姐和麝月姐姐玩，我怕冻着他，还把他揽在一个被窝儿里呢。这有什么？大凡一个人，总别酸文假醋的才好。"

五儿听了，句句都是宝玉调戏之意，那知这位呆爷却是实心实意的话。五儿此时走开不好，站着不好，坐下不好，倒没了主意。因拿眼一溜，抿着嘴儿笑道："你别混说了。看人家听见，什么意思？怨不得人家说你专在女孩儿身上用工夫。你自己放着二奶奶和袭人姐姐，都是仙人儿似的，只爱和别人混搅。明儿再说这些话，我回了二奶奶，看你什么脸见人。"

正说着，只听外面"咕咚"一声，把两个人吓了一跳。里间宝钗咳嗽了一声，宝玉听见连忙努嘴儿，五儿也就忙忙的息了灯，悄悄的躺下了。

这便是"承错爱"的整个故事。在这个故事中，有以下几点值得我们注意，第一，它表现宝玉的"呆性"，与前80回一脉相承，像上面所描写的"呆看"，"也不接茶"，忘情的"拉手"，给五儿披衣等动作细节语言，都是与前八十回中表现宝玉"呆性"的风味相似的动作细节。其二，其痴情表现还有所发展。之所以发展，是由此时的宝玉的身份和心理所决定的，此时宝玉已婚，不再是少年；其心理便是宝玉此时似乎有一种补偿和悔恨的心理，仿佛他要在五儿的身上实现他与晴雯未曾实现的爱情，同时他也要代替晴雯实现她与宝玉不曾实现的爱情。所以，在"承错爱"的这一场景中，宝玉多次提起晴雯临终那一句"早知担了虚名，也就打个正经主意了"的终极情话。因此他似乎也一反在前八十回在女儿面前的那种审美之爱、灵魂之爱的常态，动作语言也更露骨大胆，还批评五儿的羞涩矜持是"道学先生"，"酸文假醋"。之所以出现这么大的变化，是因为他要把痛失的晴雯的爱情，把晴雯痛失的宝玉的爱情，都要在今夜在五儿的身上实现。这就是宝玉的呆性在这一场"承错爱"的爱情中有所发展的原因。由此我们更加明白，为什么在第77回曹雪芹要让死去的五儿复活，为什么一定要让五儿出现在他和晴雯生离死别的现场，为什么他要如此的不嫌繁难一步一步地将五儿引入到怡红院，为什么他要反复地问五儿听没有听见晴雯那句临死之前的终极情话，因为在这个情结里，藏着贾宝玉（曹雪芹）最深的爱的憾恨！

贾宝玉对晴雯的这种刻骨铭心的爱，他以及他要代替晴雯，要在五儿身上把这种爱的憾恨作一些无奈的补偿，我们还可以联系《红楼梦》前八十回对于晴雯的描写刻画来进行观察。在整部《红楼梦》中，贾宝玉（曹雪芹）对晴雯的爱情，除开那种身份的阻隔，甚至要超过对黛玉。在第5回金陵诸钗的判词中，晴雯居于第一。在"千红一哭"中，惟有对晴雯的哭诉最为悲切、痛不欲生（见第77回），整部小说里面最摧人心肝的场景就是第77回他和晴雯死别的场景，最饱含血泪的临终之言就是晴雯那句"早知担了虚名，也就打个正经主意了"终极情话，诸钗死后，惟有对于晴雯写过最哀痛婉转九曲回肠的《芙蓉女儿诔》，在第116回贾宝玉第二次神游太虚幻境中，他念念不忘的还是晴雯与黛玉。

要知道贾宝玉（曹雪芹）与晴雯之间这种刻骨铭心的爱，带着无比的憾恨的爱，我们还可以反过来从晴雯的角度来看看她对贾宝玉的那种默默的深深的爱。这种默默深沉的爱最主要（也是第一次）出现在第31回中。在第31回"撕扇子作千金一笑，因麒麟伏白首双星"中，晴雯和宝玉、袭人口角，因听见袭人说："好妹妹，你出去逛逛儿，原是我们的不是"时，不觉生了醋意，于是一顿连珠炮般的反唇相讥：

> 　　晴雯听他说"我们"两字，自然是他和宝玉了，不觉又添了醋意，冷笑几声道："我倒不知道，你们是谁？别叫我替你们害臊了！你们鬼鬼祟祟干的那些事，也瞒不过我去。——不是我说：正经明公正道的，连个姑娘还没挣上去呢，也不过和我似

的，那里就称起'我们'来了！"

为什么袭人一个不经意的"我们"，引起了晴雯如此强烈的反应，这不是一般的吃醋，这是因为在晴雯的无意识深处，藏着的"我们"不是袭人和宝玉，而是她和宝玉，透过语言的表面，这才是晴雯过激反应的原因。更具有表现力的是，后来当他和袭人、宝玉争吵的时候，宝玉说要回老太太，把晴雯打发回去。这时候一向心高气傲的晴雯，"听了这话，不觉越伤起心来，含泪说道：'我为什么要出去，要嫌我，变着法儿打发我去，也不能够的。'"接着晴雯又哭道："我多早晚闹着要去了？饶生了气，还拿话压派我。只管去回！我一头碰死了，也不出这门儿。"

一向心高气傲的晴雯在此时却是两次哭，两次决绝地表示，宁肯死也不出去，连宝玉也感到"奇了"，为什么，因为那是她心中（潜意识）藏着的深深的爱。在晴雯的这场少见的哭闹之后，还有一个十分动人的艺术细节：在袭人的劝说下，风波平息之后，宝玉外出在黄昏归来之时，他看见自己平日乘凉的竹榻上，躺在一个人，宝玉以为是袭人，一推她，才知道是晴雯。为什么在这场风波终于平息之后，晴雯要躺在本是贾宝玉乘凉的竹榻上，那是因为她潜意识中想肌肤亲近宝玉平日亲近之物。在这个细节之后，就发生了贾宝玉要晴雯和他两人一起洗澡的事（晴雯拒绝了，她不愿意用这种方法来得到宝玉的爱，显示了她高贵的心灵），然后就写到了我们年轻时始终没有看懂的情节：撕扇子作千金一笑。这撕扇子的情节，最好地表现了在一场离别的风波终于平息之后，在她又终于得到，也是第一次在心里得到了爱的确证（爱的自我确证和对宝玉的确证）之后，那种撒娇的爱的喜悦。

联系整部红楼梦，贾宝玉对晴雯的爱以及晴雯在贾宝玉心中的位置，再联系小说中写得极其精彩又含蕴的晴雯对宝玉的默默的深深的爱（局限于身份以及年龄，这种爱不能不是含蕴的），曹雪芹（贾宝玉）有充分的理由或足够的动机使五儿复活，使她代替晴雯，来承受一次憾恨终生的"错爱"（两人都是憾恨终生）。甚至我可以说，对晴雯的爱，对于作者而言，是一种"情结"，他必须通过这场"错爱"，一舒心结。

关于第109回"五儿承错爱"的某种必然性，我们还可以和后40回中黛玉死后贾宝玉对黛玉的爱情表达来进行比较。在后四十回中，在黛玉死后，贾宝玉对黛玉的爱并没有终止，作者用多种手段，多个情节来表现了他对黛玉的爱情。这里面有重病、呆痴、有对紫鹃的反复询问，有到黛玉住过的地方去睹物思人等等。这方面其中一个很重要的情节也是第109回"候芳魂五儿承错爱"，在这个回目名称里，"候芳魂"指的是贾宝玉候黛玉之"芳魂"，而"五儿承错爱"则是五儿代替晴雯来承受宝玉的一次爱。而这两个少女，都是贾宝玉（曹雪芹）一生中最爱的女性。这两个少女，她们两个一个在第五回贾宝玉神游太虚幻境时在诸钗的判词中占据第一位的位置，一个在红楼梦的十二支曲子中排在第一位，而到了与第五回对称的第106回贾宝玉第二次神游太虚幻境时，虽然里面写到了几乎所有死去的诸艳，但占据中心的仍然是黛玉和晴雯。此外，我们还可以假设和比较（和黛玉比较）一下，在后四十回中，如果没有第109回"承错爱"的一场戏，在作者心中如此重要的晴雯将居于何处？与对黛玉的表现相比将如何地失去重心，这样的话，岂不是曾让人锥心泣血的与晴雯的爱情，在晴雯死后就杳无音讯，这难道是"大旨言情"的《红楼梦》的风格吗？

综上种种，我们可以说，曹雪芹有足够的理由和动机要让曾死去的五儿复活，有足够的动力让他不弃繁难，一步一步进行铺垫准备，并最终将五儿送到贾宝玉身边，让她最终在宝玉身边来承受一场晴雯本应该承受而没有承受到的深深的爱，这关系到作者心中的情结，关系到他的命。

上面我们细致地分析了曹雪芹让五儿复活的种种复杂的过程和必然性。如果我们反过来看所谓的假设的续书人高鹗，他有这个必要吗？他为什么要这样避易就难地（先不说他能不能）让一个在原著第77回就已经死去的人复活呢？况且让柳五儿复活决不是删掉几个字就万事大吉，而是作出了很大的改动，进行了多方复杂的准备和铺垫，才得以在第109回出演一场"承错爱"的大戏。高鹗在不到一年的时间里续四十回书，犯得着这样为自己出难题吗？况且他也没有这样做的动机和这样做的依据。

这是从动机上衡量，从艺术上来说，让柳五儿起死回生的种种情节过程和种种描写，也绝不可能是任何外人所能做到。第一，在整个过程中，事事勾连，严密吻合，在第77回修改的部分和后四十回中的铺垫以及"承错爱"中的每个细节、每句话与前面都有联系（前面已分析）。第二，其中的每个人的人物语言，亦与其前面的人物性格和人物语言风格相吻合。例如第109回王熙凤解释为什么没有早补充五儿进来的一席话，端的是王熙凤的人物语言，十分精彩。第三，"承错爱"本身，其精彩程度，单个的衡量，甚至要超出于前八十回中任何一次表现贾宝玉"呆性"的戏：规模更大，也更复杂，人物的个性随情景具有发展，也更有情趣（因为里面包含着许多"误会"）。试想，一个没有相似经历的人、一个没有写作经验的人，在不到一年的时间里，能够帮人续书而做到此吗？如果世间有这样的人，那只能是外星人！

第十一章

程甲本修订之谜

在程甲本于乾隆五十六年"冬至后五日"出版后，仅仅过了70余天时间，程伟元又对程甲本进行了修订并重新推出了一个"程乙本"。程乙本在印刷版式上与程甲本无别，但在文字上，竟有二万多字的差别，其中在后四十回中文字不同达5967字。在程甲本出版仅仅70天后，为什么又要推出一个改动许多的新版呢？程伟元自己的解释是：因为出版程甲本时太慌忙，它"间有纰谬"，所以要"复聚集各原本详加校阅，改订无讹"。但是这个说法并不那么令人信服，为什么呢？因为程乙与程甲相比，其中许多的修改不仅仅因为文字的"纰谬"，还有相当一些修改涉及到艺术问题，甚至涉及到情节或事实交代问题，即是说，从编辑出版角度看本没有问题的一些文句或段落，居然也被大大改动了（下面将详论此点），那么这样的改动其依据和理由何在呢？对于这样的疑问，俞平伯先生有一段质疑的话可以作为代表：

因为甲乙两本，从辛亥冬至壬子花朝，不过两个多月，而改动文字据说全部百二十回有21500余字之多，即后四十回较少，也有5967字（语按，根据汪原放计算）。这在红楼梦版本上是一个谜。文字之多且不管它，为什么要改，怎样改，也都是问题，难道刚刚排出一部新书，立刻有所依据？反面看来，若无依据，像他们这样多改，快改，非但不容易办到，且也似少必要。——这里不妨进一步说，甲乙两本，皆非程高悬空创作，只是他们对各本的整理加工的成绩而已，这样的说法，本和他们的序言引言相符的，无奈大家都不相信它。[1]

俞平伯先生早年是主高鹗续书说的一员战将，但是后来他对他早年的认识产生了动摇，这里他根据甲乙两本的修改问题，作出了一个甲乙两本"皆非程高悬空创作"的推论，却是符合情理和逻辑的，只是他没有把他的推导的逻辑和情理细细论述而已，只是简单地说"像他们这样多改，快改，非但不容易办到，且也似少必要"。笔者在本节的主要工作，就是举出一些例子，把被俞平伯省略了的逻辑和情理解释分析出来，其重点将是解释"似少必要"的问题。

我们的分析将从两份被抄物品的清单入手，在第105回"锦衣军查抄宁国府，骢马使弹劾平安州"中，西平王爷带领锦衣军查抄贾府，贾琏"此时急得两眼直竖，滴泪发呆，听见外头叫，只得出来。见贾政同司员登记物件，一人报说。"在这后面程甲本和程乙本各有一份查抄物品的清单，程甲本的清单是：

赤金首饰共一百二十三件，珠宝俱全。珍珠十三挂。馂金盘二件。金碗二对。金抢碗二个。金匙四十把。银大碗八十个。银盘二十个。三镀金象牙箸三把。镀金执壶四把。镀金折盂三对。茶托二件。银碟七十六件。银酒杯三十六个。黑狐皮十八张。青狐皮六张。貂皮三十六张。黄狐皮三十张。猞猁狲皮十八张。麻叶皮三张。洋灰皮六十张。灰狐腿皮四十张。酱色羊皮二十张。猢狸皮二张。黄狐腿二把。小白狐皮二十块。洋呢三十度。哔叽二十三度。姑绒十二度。香鼠筒子十件。豆鼠皮四方。天鹅绒一卷。梅鹿皮一方。云狐筒子二件。貂崽皮一卷。鸭皮七把。灰鼠一百六十张。獾子皮八张。虎皮六张。海豹三张。海龙十六张。灰色羊四十把。黑色羊皮六十三张。元狐帽沿十副。倭刀帽沿十二副。貂帽沿二副。小狐皮十六张。江貂皮二张。獭子皮二张。猫皮三十五张。倭股十二度。绸缎一百三十卷。纱绫一百八十卷。羽线绉三十二卷。氆氇三十卷。妆蟒缎八卷。葛布三捆。各色布三捆。玉玩三十二件。带头九副。铜锡等物五百余件。钟表十八件。朝珠九挂。各色妆蟒三十四件。上用蟒缎迎手靠背三分。宫妆衣裙八套。脂玉圈带一条。黄缎十二卷。潮银五千二百两。赤金五十两。钱七千吊。

程乙本的清单是：

枷楠寿佛一尊。枷楠观音像一尊。佛座一件。枷楠念珠二串。金佛一堂。镀金镜光九件。玉佛三尊。玉寿星八仙一堂。枷楠金玉如意各二柄。古磁瓶炉十七件。古玩软片共十四箱。玉缸一口。小玉缸二件。玉盘二对。玻璃大屏二架。炕屏二架。玻璃盘四件。玉盘四件。玛瑙盘二件。淡金盘四件。金碗六对。金抢碗八个。金匙四十把。银大碗银盘各六十个。三镶金牙箸四把。镀金执壶十二把。折盂三对。茶托二件。银碟银杯一百六十件。黑狐皮十八张。貂皮五十六张。黄白狐皮各四十四张。猞猁狲皮十二张。云狐筒子二十五件。海龙二十六张。海豹三张。虎皮六张。麻叶皮三张。獭子皮二十八张。绛色羊皮四十张。黑羊皮六十三张。香鼠筒子二十件。豆鼠皮二十四方。天鹅绒四卷。灰鼠二百六十三张。倭缎三十二度。洋呢三十度。哔叽三十三度。姑绒四十度。绸缎一百三十卷。纱绫一百八十卷。线绉三十二卷。羽缎羽纱各二十二卷。氆氇三十卷。妆蟒缎十八卷。各色布三十捆。皮衣一百三十二件。绵夹单纱绢衣三百四十件。带头儿九副。铜锡等物五百馀件。钟表十八件。朝珠九挂。珍珠十三挂。赤金首饰一百二十三件,珠宝俱全。上用黄缎迎手靠背三分。宫妆衣裙八套。脂玉圈带二条。黄缎十二卷。潮银七千两。淡金一百五十二两。钱七千五百串。

对比上下两张清单可以看出,程甲本和程乙本对于抄家物品的记录区别很大。在程甲本中,首先记载的是一些金银类物品,然后主要以各种皮革和纺织品为主,而在程乙本中,首先是补充了一些佛像和古玩之类,其他在物品和数量上也还有不少差别。当然,具体研究两份清单有什么区别本身是没有什么意义的，我们想探究的问题是，为什么两份抄家清单具有如此大的差别？关于这个问题，我们打算分别对高鹗和曹雪芹进行一番质询：

如果按最主流流行的观点，说后四十回是高鹗续写的，我们先不说没有过过大富大贵日子的高鹗能不能拟出这样的清单（稍后再论），我们揣情理想一想，如果后四十回是高鹗写的，那么自然程甲本的那份清单是高鹗写出来的。这样的一份清单，与人物刻画无关，与情节结构亦无关，前面也没有相关的伏线和线索可对照依循，甚至与艺术问题也没有一点关系。本来拟出如此大规模的奇特复杂的物品清单已属不易，但为什么到了稍后不久的程乙本要对之加以如此大量的改动呢？其改动的理由何在呢？改动的依据又何在呢？我们即使夸张假设高鹗的艺术水准高到天上去了，奈何这份清单与艺术问题也没有半毛钱的关系呀，那他为什么在出程乙本时要大加改动呢？笔者在这里所问的问题，其实也是上面俞平伯先生想问的问题，也就是他所说的"似少必要"的问题。俞平伯的"似少必要"的质询针对的是程乙本中那笼统的修改，应该说，涉及到字词的正误、文句的修正，前后的关系、艺术的高低等等，修改还是"有必要"的，但是这份与什么问题什么艺术都没有一点关系的清单，你高鹗先生为什么要进行改动呢？如果我们真的把高鹗先生抓到被告席上（不过抓高鹗先生确实有点冤，因为高鹗并没有说他续写后四十回，应当抓胡适、周汝昌等，是他们硬要让高鹗当这个"冤大头"）质询他的时候，他一定支支吾吾说不出任何理由。

那么，现在我们的推论自然就来到了俞平伯先生的那个结论："甲乙两本，皆非程高悬空创作，只是他们对各本的整理加工的成绩而已。"也就是说（咱们先具体到两份清单来谈），程甲本的那份清单，高鹗先录自曹公的某份原稿（从两份清单的内容以及别的问题来看，应该是程甲本抄自曹公的某一原稿稍早，程乙本的稍后，是曹公修改过的）而在程甲本出来以后，不久又发现了比程甲本所自的原稿更好的程乙本所自的曹公的另一份原稿，在程乙本所依据的曹公的这份原稿中，第105回的那份抄家清单已经修改过了，因此自然程乙本上的那份抄家物品清单也就改变了。

对我们的这一推论，肯定会有人提出如此质疑，即，程伟元在程乙本的引言中明明说："书中后四十回，系历年所得，集腋成裘，更无他本可考。"[2]也就是说，他们本来就只得到后四十回的一个原本，怎么可能程甲本和程乙本各有一个后四十回的原本呢？的确，如果我们要按程伟元的这个"引言"死抠字眼地相信的话，我们的推论存在难以解释的地方。但是，反过来说，如果我们死抠字眼地相信程伟元在程乙本的引言中的话，那么对于上述的两份不同的抄家清单就没法解释。因此，我们必须从这个"困境"中找出另外更可能、更合理的解释来：

第一，相对于前八十回有众多版本可以参考汇校，后四十回几乎无"他本可考"（这种版本多少的区别我们可以从他们的序和引言中看出来，事实也是如此）。

第二，程甲本的后四十回所依据的底本与程乙本所依据的底本属于同一系列，且程乙本所依据的底本在后，整体优于程甲本所依据的底本，因此，程甲本所依据的底本在校阅中几乎没有意义，"更无他本可考"亦可说得通。

第三，程伟元在引言中自觉不自觉地夸大或强调后四十回搜罗得来之不易，这种得来的不易在程甲本程伟元序言和高鹗的序言中说得十分诚恳确凿。程伟元的话是："不佞以是书既有百廿卷之目，岂无完璧？爰为竭力搜罗，自藏书家甚至故纸堆中无不留心，数年以来，仅积有廿余卷。一日偶于鼓担上得十余卷，遂重价购之。"[3]高鹗的序言言及此的是："予闻《红楼梦》脍炙人口者，几廿余年，然无全璧，无定本。向曾从友人借观，窃以染指尝鼎为憾。今年春，友人程子小泉过予，以其所购全书见示，且曰：'此仆数年铢积寸累之苦心，将付剞劂公同好。子闲且惫矣，盍分任之。'"这里两人的序言都强调了获得后四十回的不易，尤其从高鹗转述程伟元的话中可以看出，程伟元颇为自得夸耀他得到后四十回的苦心。因此，居于上列其一或所有三条原因，程伟元说"更无他本可考"，是可以理解的，而且他夸耀此，或说了一点小小的假话，于他的书籍出版或他的声誉实利，都不存在什么不好的图谋（就是说他撒点小谎也无伤大雅）。

　　分析至此，似乎我们关于本点的论述已经可以完结了，但是，鄙人是一个喜欢寻根究底的人，我再想揣测或推论一下为什么会有两份不同的抄家清单。根据我们上面的推论，程甲本所依据的底本和程乙本所依据的底本都是曹公自己的底本，也就是说，程甲中的和程乙中的两份不同的抄家清单都是曹公自己所列。这里就有一个问题，为什么曹公要在后一份底稿中对前面的底稿中的那份清单进行如此大的改变呢？毕竟前面我们针对高鹗所问的那个问题，对于他也是存在的，即，抄家清单的这样或那样毕竟对于人物形象刻画、对于伏线、对于艺术等等问题不存在什么影响，为什么要如此费事改成另一番样子呢？我觉得辨别清这一点，对于我们弄清两份不同清单的由来是有作用的，弄清了它的由来对于解开程甲本和程乙本的两份不同清单的由来之谜也能起到旁证的作用，因而对于理解程甲本修订之谜也有帮助（我们不是无缘无故地寻根究底）：

毫无疑问，抄家对于曹雪芹来说，是一件刻骨铭心的事，因此，那份抄家清单对他来说就不是一件随意轻松的事情。虽然从艺术上来说，清单既不关人物形象刻画，也不关什么伏线等等，但是，却有关他和他的家族的血泪记忆（我们要注意，尽管《红楼梦》艺术成就极高，但是它是一部带有自传性质或家族史性质的小说），因此，清单怎样列，列什么，就不能随意马虎。一般说来，清单应该是尽可能地准确全面。极有可能，在较早的程甲本所据的底本中，曹雪芹或许由于记忆的问题，对被抄物品一时难以记清，或对各种物品的重要性认识不够等，因此就拟出了较早的那份清单，在那份清单中，一些金银物品和一些稀奇皮革等纺织品成为了最重要的组成部分。但是在他稍后再审视这份清单时，或是在他的家族中人看过这份清单后（他的家族中人也一定会对抄家清单十分关注，因为这也是他们的血泪记忆，甚至我们不难想象他的家族中人会对各种被抄没的物品七嘴八舌），他们却觉得这份清单没有很好地反映当时曹家被抄没的物品的情况，于是就搜索记忆，七嘴八舌，于是就总结出了程乙本所据的底本上的那份清单。这份清单与程甲本的那份清单相比的一个特点，就是各种宗教物品和古玩玉器占据了更重要的位置，然后才是金银物品稀奇皮革纺织品等等。应该说，或显然，第二份清单更好，更能反映曹家的实际，也与小说中所写的曹家的生活情形更加契合一些。譬如说，小说中的贾家十分热衷于宗教，与他们家相关的庙和庵就有好几座，如什么铁槛寺、水月庵、地藏庵等等，就是贾府大院内部也有庵，妙玉出家的尼姑庵就在园子中，小说中贾母、王夫人，都是比较虔诚的宗教信徒。另外，小说中也写到，贾赦就十分热衷于收藏古玩，因此还勾结贾雨村夺取了石呆子的古扇。此外，贾府是几代富贵了，不是暴发户，因此，对他们这样的大家族来说，更宝贵的就不是金银一类，而是珍贵的佛像一类的宗教物品和古玩。曹雪芹大略正是基于这样的考虑或听取了他的亲人的意见，于是就大幅度修改了程甲本所据的底本中的第一份清单。

上面我们给出了为什么会有两份抄家清单的原因。对曹雪芹来说，他有充足的家族上的理由写出一份更好的抄家物品清单来（因此有两份），但是这个理由对于高鹗来说，却是完全不存在的。如果程甲本的清单是他所写，在出程乙本时，他最多只会对其中的错别字作出修改，而不可能另外写出一份很不相同的清单来。此外，我们还有一些别的次要的理由可以帮助说明这两份清单都非高鹗所创：第一，无论是程甲本的清单还是程乙本的清单，虽然它们只是实际记录被抄物品，并没有什么其他的奥妙，但是，如果作者没有这方面的实际经历，实难拟出这样复杂稀奇的物品清单来，或者也觉得不必拟出这样麻烦的物品清单来。里面的许多物品名称，对于一般人来说，可以说是闻所未闻，见所未见，据资料，高鹗并没有像曹家一样有那样的大富大贵的经历，他怎么可能写得出这样复杂的物品清单来呢？但是曹雪芹就不一样了，他家历经几代富贵，到他的时代，已经有一百余年。曹寅（曹雪芹祖父）的生母就是康熙皇帝的乳母孙夫人，曹寅曾是康熙皇帝的伴读和贴身侍卫，康熙几次南巡就住在金陵曹家，就像小说中所写的一样，接待皇帝所花的银子，那真是"山堆海积"，像"淌海水一样"，"可惜二字"竟是顾不得了。此外，在小说的前八十回中，曹雪芹那一枝无所不能之笔，也早已把那种对于稀奇复杂物品的交代描绘罗列的本事，表现得淋漓尽致，例如在第四十九回下雪了，曹雪芹笔下各人的穿戴的行头就复杂得令人眼花缭乱：

> ……宝玉便邀着黛玉同往稻香村来。黛玉换上掐金挖云红香羊皮小靴，罩了一件大红羽绉面白狐狸皮的鹤氅，系一条青金闪绿双环四合如意绦，上罩了雪帽。二人一齐踏雪行来，只见众姊妹都在那里，都是一色大红猩猩毡与羽毛缎斗篷，独李纨穿一件哆罗呢对襟褂子，薛宝钗穿一件莲青斗纹锦上添花洋线番羓丝的鹤氅。邢岫烟仍是家常旧衣，并没避雨之衣。
>
> 一时湘云来了，穿着贾母给他的一件貂鼠脑袋面子、大毛黑灰鼠里子、里外发烧大褂子，头上带着一顶挖云鹅黄片金里子大红猩猩毡昭君套，又围着大貂鼠风领。黛玉先笑道："你们瞧瞧，孙行者来了。他一般的拿着雪褂子，故意妆出个小骚鞑子样儿来。"湘云笑道："你们瞧我里头打扮的。"一面说，一面脱了褂子，只见他里头穿着一件半新的靠色三厢领袖秋香色盘金五色绣龙窄䙌小袖掩衿银鼠短袄，里面短短的一件水红妆缎狐肷褶子，腰里紧紧束着一条蝴蝶结子长穗五色宫绦，脚下也穿着鹿皮小靴，越显得蜂腰猿背，鹤势螂形。众人笑道：

"偏他只爱打扮成个小子的样儿，原比他打扮女儿更俏丽了些。"

在红楼梦中，类似的描写和罗列着实不少，又如第五十三回"宁国府除夕祭宗祠，荣国府元宵开夜宴"中乌进孝进供的过年的物品清单：

> 大鹿三十只，獐子五十只，麂子五十只，暹猪二十个，汤猪二十个，龙猪二十个，野猪二十个，家腊猪二十个，野羊二十个，青羊二十个，家汤羊二十个，家风羊二十个，鲟鳇鱼二百个，各色杂鱼二百斤，活鸡、鸭、鹅各二百只，风鸡、鸭、鹅二百只，野鸡野猫各二百对，熊掌二十对，鹿筋二十斤，海参五十斤，鹿舌五十条，牛舌五十条，蛏干二十斤，榛、松、桃、杏瓤各二口袋，大对虾五十对，干虾二百斤，银霜炭上等选用一千斤，中等二千斤，柴炭三万斤，御田胭脂米二担，碧糯五十斛，百糯五十斛，粉秔五十斛，杂色粱谷五十斛，下用常米一千担，各色干菜一车，外卖粱谷牲口各项折银二千五百两。外门下孝敬哥儿玩意儿：活鹿两对，白兔四对，黑兔四对，活锦鸡两对，西洋鸭两对。

上面罗列的还是一般人熟知农产品，但是其中的怪东西也已经不少，一个没有过曹家那样的大富大贵经历的人，一个没有曹雪芹那样山堆海积般知识储备的人，要罗列出这么多奢华稀奇古怪的物品，实难想象，况且在抄家物品清单中，其奢华复杂怪异又远甚于此。

第二，抄家物品清单中的绝大部分东西在前八十回中都没有依据。如果后四十回是高鹗所续，他当然需要十分熟悉前八十回，以便后四十回能与前面相衔接而少矛盾。就所拟出的抄家物品清单来说，他当然会把前八十回中已经出现的一些稀奇古怪的宝贝物品罗列其中，例如，在前八十回中已经出现的"檀香小护身佛""腊油冻的佛手""玛瑙碗"，或者贾母给秦钟送的"金锞子"，或者贾赦勾结贾雨村强取来的石呆子的"古扇子"等。但是，偏偏这些在前八十回中出现了的珍贵物品几乎一样都没有出现，而出现的几乎都是在前八十回中没有听闻过的东西，只在程乙本的清单中，列着一个第六回中贾蓉向凤姐借用过的"玻璃炕屏"。从这一个特点也可以推测，这两份清单都不可能是高鹗所拟。而曹雪芹拟出这样的清单来，则自有其理由：物品清单可能更多的是纪实，而小说情节中出现的宝贝物品，则可能更多地根据情节的需要，而虚拟出来的，例如贾赦强夺的"古扇子"，可能就不是实有其事其物。但是，这样的理由对高鹗来说却也是不存在的，因为他本无所谓纪实不纪实，而把前八十回中已经出现的东西尽可能地列入其中以增强其前后联系，这才是他首先考虑的。

当然，程甲本和程乙本的区别，不仅仅在这一份抄家物品清单。据统计，两本之间共有5900余字的区别，除了一些纯粹文字、语气上（语气上的改动主要是将原不带儿化音的改为儿化音）的修订外，还有一些修改也能帮助说明俞平伯先生的那个"似无必要"的质疑。例如在程甲本中，一些本来没有问题（指编辑上的问题）的句子，在程乙本中也经过修改（这种情形在前八十回中同样存在），例如第六回开头，描写宝玉做梦后与袭人偷试云雨情一段：

程甲本是：

宝玉含羞央道："好姐姐，千万别告诉别人。"袭人含羞笑问道："你梦见什么故事了？是那里流出来的那些脏东西？"宝玉道："一言难尽。"便把梦中之事细说与袭人知了。说至警幻所授云雨之情，羞的袭人掩面伏身而笑。宝玉亦素喜袭人柔媚娇俏，遂与袭人同领警幻所训云雨之事。袭人自知系贾母将她与了宝玉的，今便如此，亦不为越理，遂和宝玉偷试了一番，幸无人撞见。自此宝玉视袭人更与别个不同，袭人侍宝玉也越发尽职。

脂本是：

宝玉含羞央告道："好姐姐，千万别告诉人。"袭人含羞笑问道："你梦见什么故事了？是那里流出来的那些脏东西？"宝玉道："一言难尽。"说着便把梦中之事细说与袭人知了，然后说至警幻所授云雨之情，羞的袭人掩面伏身而笑。宝玉亦素喜袭人柔媚娇俏，遂强袭人同领警幻所训云雨之事。袭人素知贾母已将自己与了宝玉的，今便如此，亦不为越理，遂和宝玉偷试一番，幸无人撞见。自此宝玉视袭人更比别个不同，袭人侍宝玉更为尽心。

程乙本是：

宝玉含羞央告道："好姐姐，千万别告诉人。"

袭人也含着羞悄悄的笑问道:"你为什么——"说到这里,把眼又往四下里瞧了瞧,才又问道:"那是那里流出来的?"宝玉只管红着脸不言语,袭人却只瞅着他笑。迟了一会,宝玉才把梦中之事细说与袭人听。说到云雨私情,羞的袭人掩面伏身而笑。宝玉亦素喜袭人柔媚娇俏,遂强拉袭人同领警幻所训之事。袭人自知贾母曾将他给了宝玉,也无可推托的,扭捏了半日,无奈何,只得和宝玉温存了一番。自此宝玉视袭人更自不同,袭人待宝玉也越发尽职了。

比较以上所录,我们可以看出,除了几个表语气的词,程甲本与脂本基本一致,只有"遂和"和"遂强"有一点实际意义上的不同。但是程乙本却与程甲本和脂本都显示出较大的不同,两相比较,觉得程乙本的确要比前两者更加切合情理,也更生动形象,细加分析:程乙本的高明处着实不少:

第一,程乙本在"袭人含羞问道"前加了"悄悄"的修饰语,更细腻,也更符合人物身份和情状。因为袭人也只有十六岁的样子,对性方面的东西也是朦朦胧胧,此时她当然会害羞,加之她本是一个细心谨慎的女子,自然不会随便开口问,所以加上"悄悄",更细腻也更传神,也更能揭示出她与宝玉的亲密关系。

第二,程乙本中的"你为什么——"欲言又止的问话比程甲本和脂本中的"你梦见什么故事了"也更恰情理,也更符合人物身份特性。因为贾宝玉做梦神游太虚幻境幽会警幻仙姑之妹,袭人无从得知,怎么会问"你梦见什么故事了",再说袭人年纪尚小，也不可能知道男性相关梦遗的知识，另外，即便她心里面知道，也断不会如此直白地问。所以，程乙本的"你为什么——"欲言又止的半截话的问话方式是最好的最传人物之神的。

第三，程乙本删去"脏东西"三字十分有必要，因为袭人此时对性方面的事也是朦朦胧胧，她怎么会知道遗精是"脏东西"。另外，即便她凭本能感觉脏，他也不会在自己所珍爱的小主人面前用"脏东西"三字。再者，宝玉此时对梦中情事抱着一种好奇且美好的感受，因此他马上就想和袭人两人也试一试，用"脏东西"三字也是与整个美好的情景有些不符。所以，程乙本删去程甲本和脂本的"脏东西"三字，是掂量得十分准确的。

第四，程甲本和脂本中的宝玉的回话"一言难尽"不妥，宝玉是第一次梦遗，尚属朦朦胧胧，再说对自己梦遗的隐私，也断不会用文绉绉的"一言难尽"来回答。相较之下，程乙本用"宝玉只管红着脸不言语，袭人却只瞅着他笑"代替那直白的"一言难尽"着实高明，把宝玉和袭人那各自特定的害羞又好奇的情状刻画得栩栩如生。

第五，在描写宝玉告诉袭人梦中之事前，程乙本加了一个修饰状态语"迟了一会"，十分有必要。因为宝玉是第一次梦遗，当然会害羞，但是他又好奇，又忍不住想向与他有特殊关系的袭人说知，说与不说实在是犹疑两可之间，所以用"迟了一会"十分准确地反映了宝玉此时的心理。而程甲本和脂本则没有这个延时状态，仿佛贾宝玉随随便便就直接地告诉了袭人梦遗之事，不大好。

第六，在描写宝玉要和袭人同领"警幻所训云雨之事"

时，程甲本用的是"遂和"，脂本用的是"遂强"，程乙本则改定为"遂强拉"，三相比较，还是程乙本更准确传神。程甲本的"遂和"是一个中性的描绘，从中见不出在这种场合中男性的主动和女性的羞涩，仿佛袭人随便就同意与宝玉同行云雨，也是不很符合人物性格身份的。脂本用的"遂强"略比"遂和"好，但是和程乙本的"遂强拉"还是显得粗疏，不细腻，容易让人觉得宝玉有点霸蛮，而这也是与上面对袭人的描写不十分恰合。因为在上面的描写中，袭人在听到宝玉说到云雨私情时是"羞的袭人掩面伏身而笑"的身体语言，这种身体语言表明袭人并不反感这种事，尤其不反感和宝玉也有这种事，甚至他的"掩面伏身而笑"的身体语言，带有女性纵容的意思，所以下面接着就写"宝玉亦素喜袭人柔媚姣俏"，"柔媚姣俏"正是符合这种半推半就的风格。所以，脂本的"遂强"稍过，而程甲本的"遂和"则不及，只有程乙本"遂强拉"恰到好处，把宝玉的主动，袭人的半推半就，把宝玉和袭人的那种特殊的主人与丫头的关系描绘得丝风不漏。

第七，程乙本中补充描写的"扭捏了半日"亦是必要的，这不仅传达出袭人作为一个少女的羞涩和女性的那种迟疑和推就的风格，就场面本身来说也更加生动传神。

第八，在程甲本和脂本中，描写二人云雨都是"偷试了一番"，而程乙本则是用"温存了一番"。笔者以为，"偷试了一番"还是太正式了一点，不如"温存了一番"来得准确。试想，一个十三岁的男孩子第一次知道什么，一个十五六岁的羞涩规矩的丫鬟第一次还敢怎样，无非就是两人"温存一番"罢了。所以，我以为，程乙本的拿捏更准确一些。

综上所述，小小的一段文章，程乙本的修改不敢说有点铁成金之效，但的确在许多方面都比以前（程乙本当然在后面）的各本大为改进，这也从一个实例的角度证明了曹雪芹对于《红楼梦》的反复修改，说明了作者在"缘起"中所说的"批阅十载，增删五次"绝不是一句空话，甚至绝不是一句泛言。

据以上分析，如果程乙本没有一个曹雪芹自己辛苦修改过的本子作为依据，我们实在不能想象高鹗能够作出如上述笔者分析过的那样精妙的修改。我们的理由总的说来有这样几条：

第一，高鹗作为一个编辑修订者，订正错讹可以，他犯不着对原文进行如此大的改动，况且前八十回已经在社会上流传几十年，无数的人熟知，他犯得着去进行如此大的改动吗？

第二，他也没有这样的能力。文学艺术，看起来是由一个一个单独的文字组成，但实际上十分具有有机性，不是随便可以改动调换的，尤其是不能别人可以帮助进行创作的。诗话载，宋人得到一首杜甫的诗，末尾缺一字，诗句是"身轻一鸟"，"鸟"字后缺一字，诸宋人试着补写出那个字，有拟"飞"的、有写"疾"的、有写"掠"的，后来终于找到了杜甫的原作，原来是"身轻一鸟过"。众人感叹，补写别人的作品，虽一字而不能也。焉有从未写过小说者，能够代替雪芹作出如此精妙地修改乎？

第三，他也没有这样的时间。程甲本出来后的70天，程乙本就问世了。而程乙本对程甲本的改动处，多达20000余字。其中许多处还是像上面所引的那样涉及艺术问题的改动，试想，70天的时间，100多万字的小说，就是仔细看一遍也无许多多余时间，怎么可能进行如此大规模且精妙的修改呢？对照着一个原本进行校对订正，70天时间或许可以做到。

因此，合理的推论是，程伟元、高鹗之所以在推出程甲本之后的70天后，就不辞辛苦、不怕付出巨大的成本（重新排版又有花费），又出一个程乙本，（这也说明，程伟元、高鹗，尤其是程伟元的确是像他自己所说的资深红粉），一定是又找到了一个比程甲本依据的原本更好的原本。这个原本也是一个120回的完整本，因为像笔者上面分析过的修改的例子，在前八十回和后四十回中都存在，且前八十回和后四十回修改的比例和方式基本相近。

当然这中间仍然还有一些问题需要探究，其中的一个问题就是，既然程伟元他们在出程甲本之后又得到了一个比程甲本依据的原本更好的原本，那为什么他们在程乙本的引言中不对之加以说明呢（前面我们已涉及这个问题）？我想，这其中可能有不得已的商人的苦衷：这个苦衷可能就是，如果程伟元、高鹗在程甲本出来仅仅70天后，申明自己又找到了一个更好的本子，因此而又出了一个程乙本，他恐怕那些刚刚购买了程甲本的读者，要来换货或退货，用时下的网络语言说，要来当"书闹"（那时候书籍的发行在一个相对狭小的范围内），要知道，那时候，购买一部卷帙浩繁的《红楼梦》，可不是一件小花费。因此我想，就是再诚实的商人，恐怕也不会这么实话实说。

按着这个思路，我们再回过头来检阅程乙本的引言，似乎可以从中看到当时这种"苦衷"的蛛丝马迹，譬如，引言的第一段，程、高就再三说明当时仓促出版程甲本的一番苦心以及再出程乙本的必要性，并且恳请读者谅解，原话是这样：

　　一、是书前八十回，藏书家抄录传阅三十年矣，今得后四十回合成完璧。缘友人借抄，争睹者甚夥，抄录固难，刊板亦需时日，姑集活字印刷。因急欲公诸同好，故初印时不及细校，间有纰缪。今复聚集各原本详加校阅，改订无讹，惟识者谅之。

　　这是程乙本引言的第一条，文字间含有这样一些意思，一，当时出程甲本的时候，出的急，"不及细校，间有纰缪"，但也是"因急欲公诸同好"，完全是一片好心。二，现在再出一个程乙本，只是把以前那些"纰缪"改正了，望各位（购买了程甲本的"识者"）谅之。三，虽然说两种版本不同，但后出的程乙本只是把以前的一点"纰谬"订正了，版本还是原来的版本（"今复聚集各原本详加校阅，改订无讹"）。我们看，这些文字的字里行间，不是都在安抚前不久购买了程甲本的读者吗？为什么要这样小心地说明安抚呢？无他，恐怕是怕刚刚购买了程甲本的读者们不满。反过来推想，在这种情况下，程伟元、高鹗还会义无反顾地说出推出程乙本的真相吗？

　　另外，在程乙本"引言"的最后一条，似也有安抚购买了程甲本的读者的意思。本来，买书花钱，天经地义，且在前面程甲本的序言中，就并未谈到定价和价格等问题。为什么在程乙本的"引言"中，会破例谈起这些呢？原文是这样：

　　是书刷印，原为同好传玩起见，后因坊间再

四乞兑，爰公议定值，以备工料之费，非谓奇货可居也。

这里说的"原为同好传玩起见"，"爰公议定值"等一席话，似是针对（或主要针对）买了程甲本的读者说的，意思与上引引言的第一条意思有重合之处，即我印刷程甲本，本不为赚钱，只是"因坊间再四乞兑"，才搞出来，价格呢，也是"爰公议定值"，取点"工料之费"而已。我们看，这不也是在安抚刚刚花大价钱购买了程甲本的读者吗？一个出版商，要在后出的版本的引言中安抚前一个版本的购买者，为什么呢？不就是怕买了前一个版本的读者们有意见吗？如果程伟元、高鹗在出程乙本时，总是顾及前面刚买了程甲本的读者的情绪，从情理上来说，他们是不会愿意把程乙本乃是根据一个较程甲本的底本更好的底本的真相告诉读者的。我想，这就是程伟元在引言中不得不撒一点小谎的不得已的"苦衷"，这就是他们没有把程乙本的真相完全告诉读者的真实原因。

与程乙本之谜相关的第二个问题就是，这个原本（程乙本依据的原本）是不是就是今之所谓"梦稿本"呢？笔者倾向于相信（学界争论很大，没有定论。笔者对此没有深入研究）。因为从这个本子上可以看出，小说的字里行间经过反复多次修改，其原文和修改最终合起来又基本与程乙本一致，且在这"稿本"的第78回还有"兰墅阅过"（高鹗的字）的批语，因此"梦稿本"就是程伟元、高鹗他们找到的程乙本所依据的原本的可能性极大。当然，即使我们不能从版本分析上得出这样的结论，我们从别的不同的角度（例如上面的"抄家清单"等角度）还是可以得出程乙本一定有一个120回的曹雪芹的原本作为依据，至于这个"原本"是"梦稿本"还是我们迄今不知的其他版本，对于这一事实的认定没有根本的影响。笔者读过一些这方面的争论文章，也读过经过研究编辑的"梦稿本"全套。现在否定"梦稿本"是曹雪芹原稿的论者认为，"梦稿本"是某个人从程乙本抄录出来的。这种观点我不知是怎么得来的，我想，除非抄录的人想造出一个"假文物"，而且因此能卖出大价钱，否则他实在没有必要无限辛苦地把已出的程乙本抄录成删改、添改、旁改、粘条改等一大批修改而成的草稿模样。程甲本、程乙本已经出版，他何苦要这样抄录呢（一百多万字呢，而且都是用毛笔写，字里行间还要修改无数）？版本研究非笔者之所长，我也没有打算在本书中从版本的角度来论述后四十回的真伪问题，因此咱们就此打住。

前面我们说到程乙本对程甲本的修改不仅仅是涉及编辑问题的修改，有许多是涉及艺术问题的修改，上面我们已经举过第六回中的一例，为了使我们的结论更有说服力，下面我们按上面第六回那个例子再分析几例：

亦是在第六回中，当时凤姐正在接待刘姥姥，这时候，贾蓉来向凤姐借"玻璃炕屏"。在整部红楼梦中，贾蓉都是一个轻薄少年的形象，而且根据小说中的描写和焦大的"扒灰的扒灰，养小叔子的养小叔子"的大骂，"养小叔子"即暗指凤姐和贾蓉的暧昧关系。借炕屏时，凤姐和贾蓉打情骂俏一段后，贾蓉就离去了，此处小说描写当贾蓉刚一离去：

　　程甲本是（脂本与程甲本基本相同）：
　　这凤姐又想起一件事来，便向窗外叫："蓉儿回来！"外面几个人接声说："请蓉大爷快回来。"
贾蓉忙转回来，垂手侍立，听何指示。那凤姐只管
慢慢地吃茶，出了半日神，方笑道："罢了，你先去
罢。晚饭后你来再说罢。这会子有人，我也没精神
了。"贾蓉方慢慢退去。

程乙本是：

这凤姐忽然想起一件事来，便向窗外叫："蓉儿
回来！"外面几个人接声说："请蓉大爷回来呢！"
贾蓉忙回来，满脸笑容的瞅着凤姐，听何指示。那
凤姐只管慢慢吃茶，出了半日神，忽然把脸一红，
笑道："罢了，你先去罢。晚饭后你来再说罢。这会
子有人，我也没精神了。"贾蓉答应个是，抿着嘴
儿一笑，方慢慢退去。

　　从编辑的角度说，程甲本和脂本的这段描写没有一点问
题，按说，如果程乙本没有另外的所本，应该不需要进行如
此的修改。但是，若从艺术上衡量，我们却不能不承认程乙
本的修改具有很高的水准，其中的三处修改在人物形象的刻
画上和场面的描写上，都比程甲本和脂本更好。程甲本中，
描写贾蓉被凤姐叫转来后是"垂手侍立，听何指示"，这
段描写十分中性，仿佛贾蓉是一个中规中矩的人，看不出是
一个十分轻薄的纨绔子弟，至少是对于人物特性表现渲染不
够。另外，从小处说，如果这样描写，就会与前面对贾蓉的
外貌描写以及他和凤姐的一段打情骂俏的对话不十分契合，
前面对贾蓉的描写是"面目清秀，身材夭娇，轻裘宝带，
美服华冠"，脂本就在此处脂砚斋还有一条侧批："如纨绔

写照。"[4]前与凤姐的对话中也有一些轻薄之处，如"贾蓉听说，便嘻嘻的笑着在炕沿子上下个半跪道：'婶子若不借，我父亲又说我不会说话了，又挨了一顿好打呢。婶子，只当可怜侄儿罢。'"从大处说，则与其他几处对贾蓉的刻画不十分契合，例如焦大的骂、贾蓉在第63回与尤二姐和尤三姐那极品级的轻薄之举，如把尤二姐吐在他脸上的嚼碎了的砂仁渣滓"用舌头都舔着吃了"。而程乙本的此处，则改写为"贾蓉忙回来，满脸笑容的瞅着凤姐，听何指示"，这样一改，贾蓉的轻薄以及他与凤姐的暧昧关系就都蕴含在其中了。另外，这样改了后还能潜在的刻画出人物的微妙心理：凤姐此时把贾蓉叫转回来到底有什么事呢？其实根本没什么事，这不过是这种爱情中的女人表达暧昧情绪的一种小伎俩，而贾蓉当然也懂得这种暧昧的小伎俩，所以他"忙回来"，而且"满面笑容的瞅着凤姐"，因此，这一改，不独人物形象更鲜明突出，与他处更加契合一致，且潜台词也更丰富，场景也更传神。第二处改动是在"凤姐只管慢慢吃茶，出了半日神"后加了一句"忽然把脸一红"，此处的改动也有必要，其方向与第一处的改动是一样的，就是都要更渲染刻画出凤姐和贾蓉之间的那种不伦的暧昧关系，尤其考虑到在整个《红楼梦》中对他们婶侄二人的暧昧关系并未正面表现，侧面表现也不多，故此类朦朦胧胧的侧面刻画就尤不能过于含而不发。加了这句"忽然把脸一红"以后，对两人的暧昧关系的表现更强了一些，心理刻画也更好一些，潜台词也更丰富一些。第三处改动是"贾蓉答应个是，抿着嘴儿一笑，方慢慢退去"，程甲本则仅是一般的"贾蓉方慢慢退去"，此处的修改亦是由一般性的交代变为更带表现性的描写，与上面的两处修改的目标一致。

此例的修改虽不如第六回中描写贾宝玉偷试云雨情中修改的幅度大，但其修改的目的和风格都是一样，就是要使场面的艺术性变得更鲜活，人物要更绘声绘色，也要更符合人物性格和情理，都属于一种艺术润饰性的修改。如果程乙本没有另外的所本，高鹗为什么要对刚出的程甲本进行这种纯属艺术润饰性质的修改呢？他有这个必要吗？有这个能力吗？有充足的时间进行这一切吗？对原作艺术的关心程度和能力甚至都高出了原作者吗？又如第7回凤姐要见秦钟一段（此段脂本、程甲本、程乙本各不相同）：

脂本：

凤姐说道："既这么着，何不请进这秦小爷来，我也瞧一瞧，难道我见不得他不成？"尤氏笑道："罢，罢，可以不必见他。比不得咱们家的孩子们，胡打海摔的惯了。人家的孩子都是斯斯文文的惯了，乍见了你这破落户，还被人笑话死了呢。"凤姐笑道："普天下的人，我不笑话他就罢了，竟叫这小孩子笑话我不成？"贾蓉笑道："不是这话，他生的腼腆，没见过大阵仗儿，婶子见了，没的生气。"凤姐啐道："他是哪吒，我也要见一见！别放你娘的屁了！再不带我看看，给你一顿好嘴巴。"贾蓉笑嘻嘻的说："我不敢扭着，就带他来。"

程甲本：

凤姐道："既这么着，何不请进这小爷来，我也见见，难道我是见不得他的？"尤氏笑道："罢，罢，可以不必见他。比不得咱家的孩子们，胡打海摔跌惯了的。人家的孩子，都是斯斯文文惯了的，不像你这样泼辣货形象，倒要被你笑话死了呢。"凤姐笑道："我不笑话就罢了，竟叫快领去。"贾蓉道："他生的腼腆，没见过大阵仗儿，婶子见了，没得生气。"凤姐啐道："他是'哪吒'，我也要见一见。别放你娘的屁了！再不带来给你一顿好嘴巴子！"贾蓉笑道："我不敢强，就带他来。"

程乙本：

凤姐道："既这么着，为什么不请进来我也见见呢？"尤氏笑道："罢，罢，可以不必见。比不得咱们家的孩子，胡打海摔的惯了的。人家的孩子都是斯斯文文的，没见过你这样泼辣货。还叫人家笑话死呢！"凤姐笑道："我不笑话他就罢了，他敢笑话我？"贾蓉道："他生的腼腆，没见过大阵仗儿，婶子见了，没的生气。"凤姐啐道："呸！扯臊！他是'哪吒'我也要见见。别放你娘的屁了！再不带来，打你顿好嘴巴子。"贾蓉溜湫着眼儿笑道："何苦婶子又使利害！我们带了来就是了。"——凤姐也笑了。

此段文章，脂本、程甲本、程乙本似乎可以分为三个阶段，其中一个阶段比一个阶段好，很可以见出曹雪芹"披阅十载，增删五次"的修改轨迹：

第一处：脂本中凤姐说"何不请进这秦小爷来"，程甲本就修改为"何不请进这小爷来"，到了程乙本更修改为

"为什么不请进来我也见见呢"。显然，程乙本的语气和称呼最合适，脂本中称秦钟为"秦小爷"似乎不大妥当，一个小孩子，又不是大户人家，称"秦小爷"似不大合适，所以到了程甲本，就改为了"这小爷"，已经就比较中性了，也算无可无不可的。但当时并非正规场合，而是凤姐想看自己好朋友的弟弟，语气上应该更随便些，所以程乙本的语气称呼最好。

第二处：脂本中是"人家的孩子都是斯斯文文的惯了，乍见了你这破落户，还被人笑话死了呢"。此处脂本尤氏称凤姐为"破落户"，似乎不大合适，对一个孩子而言，无所谓破落户不破落户，因此此处程甲本改为"泼辣货形象"就更好些。且此与前面在林黛玉进荣国府的时候，贾母向黛玉介绍凤姐时，说的也是"凤辣子"。但其中"形象"二字似嫌多余，所以到了程乙本便删去了"形象"二字。但是程甲本此处又犯了另一个失误，本来在脂本中尤氏说的是怕人家"斯斯文文"的孩子笑凤姐，这与前后语境是相合的，但是到了程甲本却被改成"倒要被你笑话死了呢"。以及"凤姐笑道：'我不笑话就罢了，竟叫快领去'。"倒好像是怕凤姐笑话秦钟，而这与前面的"斯斯文文"的表述以及"泼辣"的表述有点抵触，而且与尤氏说笑话的语境不相符（在小说中尤氏经常开王熙凤几句玩笑）。所以，到了程乙本又被改成"人家的孩子都是斯斯文文的，没见过你这样泼辣货，还叫人家笑话死呢！"这样方妥当。

第三处：脂本中凤姐说的是"普天下的人，我不笑话他就罢了，竟叫这小孩子笑话我不成？"程乙本则将其修改为（程甲本意思相反，上面已谈）凤姐笑道："我不笑话他就罢了，他敢笑话我？"凤姐固然狂妄自大，但是此种场合不可能说"普天下的人"这样的话，所以程乙本的修改是合适的。

第四处：程甲本中凤姐回答贾蓉的话是"凤姐啐道：'他是哪吒，我也要见一见。别放你娘的屁了！再不带来给你一顿好嘴巴子！'"，脂本基本与此相同。程乙本此处则更加以了润饰，变为"呸！扯臊！他是哪吒我也要见见。别放你娘的屁了！再不带来，打你顿好嘴巴子。"虽然只是添加了"呸，扯臊！"，意思总体仍然一样，但是人物的声口更加生动，对凤姐的泼辣性格的刻画也更突出，也与凤姐在贾蓉面前一贯的语气一致。此外，凤姐之所以一贯在贾蓉面前颐指气使，甚至说粗话，其实也暗含着他们两人的暧昧关系，程乙本此处的一改，其实是与前面的第六回中上面引出的那段文章的修改相照应的，就是要通过这么一些侧面描写把凤姐和贾蓉的暧昧关系暗示出来。

第五处改动是最后贾蓉回答凤姐的话。脂本是：贾蓉笑嘻嘻的说："我不敢扭着，就带他来。"程甲本的是："我不敢强，就带他来。"程乙本则是："贾蓉溜湫着眼儿笑道：'何苦婶子又使利害！我们带了来就是了'"。脂本和程甲本都比较简单，基本是中性的描写，但脂本前面有一个"笑嘻嘻的说"，比程甲本更能揭示贾蓉的那种轻薄德性。唯程乙本对贾蓉加了更多的描写，这些描写与前面第六回的例子也是紧密联系的，另外，"何苦婶子又使利害"的人物语言也相当精彩，且它与前面贾蓉在王熙凤面前所说的人物语言在风味上颇为相似，同时又展现了两人的关系以及王熙凤的特点，是一句非常有内涵的人物语言。

小小的一个段落，其修改多达五处，且有些修改（例如第四、第五处）并非编辑问题，而是艺术问题、人物刻画问题，且在修改中可以看出作者对于达成某个艺术目标有着统一的关照和理解。在程甲本出来后的70天时间里，别说高鹗没有这个能力，就是退一万步说他有这个能力，也绝不可能有这份细腻缜密的心思。而从这些相关的修改修饰中，我们则可以看出作者曹雪芹自己表述过的对艺术的那种追求和精雕细刻之功。

上面我们举的例子是前八十回的（除了那份最有力的抄家清单），下面我们再举出后四十回中间的一些例子，第109回描写贾宝玉连续两晚单独在卧室外屋睡觉"候梦"，第三个晚上因自己觉得对不起宝钗，于是回房睡：

　　程甲本是：

　　袭人便道："我今日挪出床上睡睡，看说梦话不说。你们只管把二爷的铺盖铺在里间就完了。"宝钗听了，也不作声。宝玉自己惭愧不来，那里还有强嘴的分儿，便依着搬进里间来。一则宝玉负愧，欲安慰宝钗之心；二则宝钗恐宝玉思郁成疾，不如假以词色，使得稍觉亲近，以为"移花接木"之计。于是当晚袭人果然挪出去。宝玉因心中愧悔，宝钗欲笼络宝玉之心，从过门至今日，方才如鱼得水，恩爱缠绵。所谓"二五之精，妙合而凝"的了。此是后话。

　　程乙本是：

　　袭人便道："我今日挪出床上睡睡，看说梦话不说。你们只管把二爷的铺盖铺在里间就完了。"宝钗听了，也不作声。宝玉自己惭愧，那里还有强嘴的分儿，便依着搬进来。一则宝玉抱歉，欲安宝钗之心；二则宝钗恐宝玉思郁成疾，不如稍示柔情，使得亲近，以为"移花接木"之计。于是当晚袭人果然挪出去。这宝玉固然是有意负荆，那宝钗自然也无心拒客，从过门至今日，方才是雨腻云香，氤氲调畅。从此"二五之精，妙合而凝"。

程乙本和程甲本相比，除了一些纯粹语气上的和词汇的换用外（例如把"负愧"换为"抱歉"），主要的修改有以下三处：

第一处：程甲本是"二则宝钗恐宝玉思郁成疾，不如假以词色，使得稍觉亲近，以为'移花接木'之计"。程乙本则修改为"二则宝钗恐宝玉思郁成疾，不如稍示柔情，使得亲近，以为'移花接木'之计"。两相比较，程乙本更优胜，程甲本的"假以词色"，使人觉得薛宝钗是假意的说点甜蜜的话，而这是与宝钗一直关心喜欢贾宝玉的情形（前八十回就如此）是不大相符的，薛宝钗只是比较理性，比较缺少柔情罢了，她要把贾宝玉的一颗心从死去了的林黛玉那里拉回来（就是所谓"移花接木"），当然需要的是也只能是"柔情"，而不是"假以词色"。显然，程乙本的修改是十分到位的。

第二处：是说明宝玉宝钗夫妻俩第一次同房的心理因素：程甲本是"宝玉因心中愧悔，宝钗欲笼络宝玉之心"，程乙本则修改为"这宝玉固然是有意负荆，那宝钗自然也无心拒客"，程乙本的优越有两方面，第一，程乙本的语句更加流畅自然，而程甲本的"宝玉因心中愧悔，宝钗欲笼络宝玉之心"则显得有些拗口,意思稍有点模糊不清。第二,"笼络"一词意思固然差不多,但情绪色彩似乎不太合适,就与上面的"假以词色"一样,不如"无心拒客"一词好。

第三处是:程甲本是"方才如鱼得水,恩爱缠绵",程乙本则改为"雨腻云香,氤氲调畅"。此处意思也一模一样,但是"如鱼得水,恩爱缠绵"则是老生常谈,在语言上无新意,而程乙本所改则正所谓意新语工。此处的修改尤其显示出曹雪芹语言运用上的一特点,这就是喜欢熔铸旧词,创造新词新意境。本来用"云雨"形容男女和合,已经是很有形象的用法,但奈何此语用的太多太俗,已模式化了。于是曹公就在此一词语上再一次创造,便创造出了一个新词"雨腻云香",这不是熔铸旧词,创造新词吗?

这种创造新词(绝大部分是四字词)的方法可以说是曹雪芹语言风格的一个标志性特点,前面我们已经在第七章举出过一些例子,例如"款酌慢饮""飞觥献斝""鸦没雀静""箱开柜破"即是。下面我们循着这个思路再举一些例子:如第十七回描写"怡红院":"俄见粉垣环护,绿柳周垂。贾政与众人进了门,两边尽是游廊相接,院中点衬几块山石,一边种几本芭蕉,那一边是一树西府海棠,其势若伞,丝垂金缕,葩吐丹砂。"其中的"粉垣环护,绿柳周垂、丝垂金缕,葩吐丹砂"既似曾相识,又富于新意。又如第二十三回,描写宝玉与众姐妹搬进"大观园"后,大观园顿时热闹起来:"至二十二日,一齐进去,登时园内花招绣带,柳拂香风,不似前番那等寂寞了。"寥寥八个字,就将院内的气氛烘托出来。又如第五十八回描写宝玉病后至园子里:"从沁芳桥一带堤上走来。只见柳垂金线,桃吐丹霞,山石之后一株大杏树，花已全落，叶稠阴翠。"这些四字词语似成语而非成语，都来自于曹公熔铸旧词进行的第二次创造。另外如什么"凤尾森森，龙吟细细""轩窗寂寞""屏幛翛然""土润苔青"等等，实在非常之多。周汝昌先生亦说："四字的对句，是曹雪芹最喜欢的句法语式。"[5]如果我们用以上这些四字词语来对比第109回程乙本对程甲本的修改的八个字"雨腻云香，氤氲调畅"，就会看出它们那同一的风格特点，那同一的艺术匠心。

这类修改与以上前八十回中的一些修改都有同一个特点，就是它们属于一种艺术性的修饰，而从编辑的角度言，则实无修改的必要。此类例子在后四十回中还有，如第109回写五儿一段：

> 程甲本：
> 那五儿自从芳官去后，也无心进来了。后来听得凤姐叫他进来伏侍宝玉，竟比宝玉盼他进来的心还急。不想进来以后，见宝钗袭人一般尊贵稳重，看着心里实在敬慕；又见宝玉疯疯傻傻，不似先前的丰致；又听见王夫人为女孩子们和宝玉玩笑都撵了：所以把这件事搁在心上，倒无一毫的儿女私情了。

程乙本中，除最后两句外，其余皆一致。最后两句修改为："所以把那女儿的柔情和素日的痴心，一概搁起。"程乙本此处的修改，对表现五儿此时的心理更准确也更传神。程甲本中的那两句，相较程乙本有三点不足：第一，"所以把这件事"的用法太过具体，柳五儿和宝玉本无任何事可言，柳五儿想进怡红园，主要是为了谋个好差事。即便柳五儿喜欢宝玉，那也只是朦朦胧胧，不独宝玉不知，就是她自己，亦不甚清楚。因此，用"这件事"，就指虚为实了，太具体了。程乙本将其修改为"所以把那女儿的柔情和素日的痴心，一概搁起"就准确了。第二，程甲本中的"所以把这件事搁在心上"的表达也欠准确，"搁在心上"，一般的意思为"放在心上"，其意相反。程乙本改为"一概搁起"就准确了。第三，程甲本说柳五儿"倒无一毫的儿女私情了"，也不准确，一个多情少女，未遭到什么打击，怎么可能没有"一毫的儿女私情了"呢？程乙本将其改为"所以把那女儿的柔情和素日的痴心，一概搁起"，是更符合人物心理的。我们看，看似小小的两句话，其实包含着作者对待艺术的匠心与苦心，对待文本的这种掂量揣摩精益求精的态度，实只有也只能是作者自己所为（前八十回与后四十回的修改的笔墨匠心是一个人）。若说高鹗在短短不到一年的时间，续出后四十回几十万字，然后又在70天内对前一个版本进行如此高水准的修改，这怎么可能呢？

再如第98回一段（程甲本）：

宝玉片时清楚，自料难保，见诸人散后，房中只有袭人，因唤袭人至跟前，拉着手哭道："我问你：宝姐姐怎么来的？我记得老爷给我娶了林妹妹过来，怎么被宝姐姐赶了去了？他为什么霸占住在这里？我要说呢，又恐怕得罪了他。你们听见林妹妹哭的怎么样了？"袭人不敢明说，只得说道："林妹妹病着呢。"宝玉又道："我瞧瞧他去。"说着要起来。那知连日饮食不进，身子岂能动转？便哭道：
"我要死了！我有一句心里的话，只求你回明老太
太：横竖林妹妹也是要死的，我如今也不能保，两
处两个病人，都要死的。死了越发难张罗，不如腾
一处空房子，趁早把我和林妹妹两个抬在那里，活
着也好一处医治、伏侍，死了也好一处停放。你依
我这话，不枉了几年的情分。"袭人听了这些话，
便哭得哽嗓气噎。

这是98回中宝玉在掉包计后重病疯傻时说的一段有名的
呆话，其精彩程度不输前八十回中的任何一段呆话，由于这
段呆话是在特殊情景下（生离死别）说的，所以更加动人肺
腑，且这类呆话（后四十回中亦不少）与前八十回中的呆话在
精神上有一脉相承之处。我们先且不说这类精彩的文字是高鹗
或任何别的人续不出来，我们还是只说修改问题，这段话在程
乙本中修改了最后一句，把"袭人听了这些话，便哭得哽嗓气
噎"改为"袭人听了这些话，又急，又笑，又痛"。本来，
程甲本中的"哽嗓气噎"一语，亦是典型的曹公的用语，但
用在这里似不甚恰当，为什么？因为宝玉此段话只是疯话、
呆话，且是宝玉一贯的呆性的表现，袭人岂有不知的。如果
袭人听了宝玉的这段呆话、疯话，只是单纯的悲痛得"哽嗓
气噎"，是不符合袭人前面一贯的性格的。袭人十分了解宝
玉，从来对他的呆话的态度都是觉得好笑。这里宝玉在疯病中
虽然说得悲切，袭人亦不可能一味悲痛得"哽嗓气噎"，且
情势也并未到如此不可收场的地步（后面宝玉抛弃宝钗袭人
时，袭人才有此表现），因此程乙本才将此改为"袭人听了这

些话，又急，又笑，又痛"。虽然只是改了寥寥几个字，但此却更能准确地反映出袭人此时的复杂心理。"急"是因为此时宝玉因为掉包计而病重，已经到了说"死"的程度；"笑"是因为宝玉虽然说得悲切，但却亦是一贯的"呆气"、孩子气，不免也觉得好笑；"痛"是因为宝玉为了林妹妹，已经到了悲痛摧人心肝的地步，袭人爱宝玉、也理解他与林妹妹的感情，心里亦不能不痛。因此说，几字之改，使其艺术表现大进一步。

从以上的分析可以看出，程乙本对程甲本的许多此类修改，无论在前八十回还是后四十回，都是一种对艺术精雕细刻的表现，往往都能准确细腻地把握住人物的特性、心理和情景特点等，往往都能使修改后的文字在艺术上更上一个层次。这类修改，只有作者曹雪芹自己才会有这种关爱之心，亦只有他自己才能这样揣测入微至人物、情景、心理的细处深处，也只有他才有这样的条件和能力。而这，也与作者自述的"披阅十载，增删五次"的苦心相一致。反观高鹗，这样的条件他一样也不具备。尤其前面我们首先分析的两份"抄家清单"的不同，更是绝无从解释。因此，笔者以为，程乙本与程甲本相比不同达21500余字的修改，其实分属两种性质，一种是，属于艺术修饰性质的修改，基本都是曹雪芹自己亲自所为，高鹗不过是起到了依据原本抄录的作用；另一种是高鹗自己的改动，则至多只是一种文字的编辑性质的改动，例如订正错误、改掉某些方言性词语而换成京白或增加一些儿滑音的词语等。而不论程甲本还是程乙本，其后四十回都是曹公原作，不同的只是，程乙本所依据的曹公的原作更优于程甲本所依据的曹公的另一原作，所以，程伟元、高鹗又依据后来得到的程乙本的原本对程甲本进行了修订。我想，这就是程甲本修订之谜的真相。

注释:

　　[1] 转引自林语堂:《平心论高鹗》，群言出版社2010年版，第28页。

　　[2] 朱一玄:《红楼梦资料汇编》，南开大学出版社，2001年版，第46页。

　　[3] 同上，第45页。

　　[4] 同上，第176页。

　　[5] 周汝昌:《周汝昌点评红楼梦》，团结出版社，2004年版，第293页。

第十二章 "错误继承"之谜

所谓"错误继承"，其意思是，在前80回中由于曹雪芹未及对全文进行整体的统稿订正处理（例如前面改了后面没改，或后面改了前面没改等），因而出现了一些自相矛盾的地方，但是奇怪的是，作为后四十回所谓的"续作者"的高鹗，本来应该订正或弥补这些不应该出现的错误，但是却奇怪地把这些"错误""继承"下来了。这类所谓的"错误继承"主要有三个方面，第一是关于"珍珠"之名的问题，第二是关于巧姐儿年龄忽大忽小以及大姐儿消失了又出现的问题，第三是秦可卿之死于何故的问题。"错误继承"这个术语，虽然现今红学中都这么说，但其实从表述上来说，是不准确或不正确的，正确的意思应该是"错误继承不可能"，但现在大家都这么说，也就算了。现在一一分述：

一 "珍珠"之名的"错误继承"

分析所谓"错误继承"，我们把它分解为两步来进行（它本来就是两件相联系的事），第一步是分析曹公在前80回中究竟犯了何种"错误"，第二步是分析在后四十回中所谓的续书者高鹗又怎样"继承"了那个错误，然后我们根据情理和逻辑来进行推理判断，这种"错误继承"到底可能不可能，它到底是怎么一回事。

先说"珍珠"之名的问题。在脂本和程甲本的第三回的末尾部分，有这样一段话（脂本和程甲本略有差别，但意思一样）：

> 原来这袭人亦是贾母之婢，本名珍珠，贾母因溺爱宝玉，生恐宝玉之婢无竭力尽忠之人，素喜袭人心地纯良，克尽职任，遂与宝玉。宝玉因知他本姓花，又曾见旧人诗句有"花气袭人"之句，遂回明贾母，更名袭人。

这也就是说，后来书中的女主角袭人其实就是原来的贾母之婢珍珠，既然她已经改名为"袭人"了，那么以后她就将以袭人之名进行活动，"珍珠"之名实际上就取消了，尤其是"珍珠"之名不能与"袭人"之名同时出现。改名的事在书中还有别的"旁证"：在第23回，又谈及了改名的事：

> 王夫人道："明儿再取十九来，天天临睡的时候，叫袭人伏侍你吃了再睡。"宝玉道："只从太太吩咐了，袭人天天晚上想着，打发我吃。"贾政问道："'袭人'是何人？"王夫人道："是个丫头。"贾政道："丫头不管叫个什么罢了，是谁这样刁钻，起这样的名字？"王夫人见贾政不自在了，便替宝玉掩饰道："是老太太起的。"贾政道："老太太如何知道这话？一定是宝玉。"宝玉见瞒不过，只得起

身回道："因素日读诗，曾记古人有一句诗云：'花气袭人知昼暖'，因这丫头姓'花'，便随意起了这个名字。"

因此，毫无疑问，袭人就是贾母以前的婢女珍珠改名而来，按理"珍珠"之名应该从此消失才对。但是在第29回，"珍珠"却又出现了。在第29回，描写贾府各位贵妇小姐到清虚观打醮：

单表到了初一这一日，荣国府门前车辆纷纷，……少时贾母等出来，……然后贾母的丫头鸳鸯、鹦鹉、琥珀、珍珠，黛玉的丫头紫鹃、雪雁、鹦哥，宝钗的丫头莺儿、文杏，迎春的丫头司棋、绣橘，探春的丫头侍书、翠墨，惜春的丫头入画、彩屏，薛姨妈的丫头同喜、同贵，外带香菱，香菱的丫头臻儿，李氏的丫头素云、碧月，凤姐儿的丫头平儿、丰儿、小红，并王夫人的两个丫头金钏、彩云，也跟了凤姐儿来。

这是一段典型的红楼梦式的列举（姑且说是丰赡），其中贾母的四个丫头呈很规则的对称形式（鸳鸯与鹦鹉并列，以鸟名；琥珀与"珍珠"并列，以宝石名）并列，而"珍珠"之名赫然在列。能够证明此处的列举并非是一种偶然错误的是第三回和第八回的两处脂批：第三回在"原来这袭人亦是贾母之婢，本名珍珠"处甲戌本有一侧批："亦是贾母之文章。前鹦哥已伏下一鸳鸯，今珍珠又伏下一珀矣。以下乃宝玉之文章。"[1]证明珍珠之名是与琥珀之名构成对称关系，"以下乃宝玉之文章"是说珍珠改名袭人后将会在宝玉处有很多故事，就如鸳鸯在贾母处有许多故事一样。又在第八回描写紫鹃吩咐雪雁给黛玉送手炉时，"雪雁道：'紫鹃姐姐怕姑娘冷，使我送来的。'"此处甲戌本有一处侧批："鹦哥改名也。"[2]"鹦哥"也是第三回林黛玉来后贾母送给她当使女的，后改名为"紫鹃"。"鹦哥"的改名为"紫鹃"和"珍珠"改名为"袭人"是同类而具有对称关系的事。因此，袭人就是珍珠改名而来，是板上钉钉的事。"错误继承"的"错误"，指的就是这回事。

现在我们先不去探讨为什么在前八十回中曹公会留下这样的"错误"，我们还是抓住重点，看看在后四十回中所谓的续书人高鹗怎样"继承错误"，然后来讨论其他：

第94回，贾母看了在十一月反常开花的海棠后，"贾母还坐了半天，然后扶了珍珠回去了，王夫人等跟着过来"。此处不仅"珍珠"仍然是贾母的丫头，并且"袭人"之名之人同时在场。

第九十六回中，傻大姐无意中向黛玉透露了宝玉娶宝钗的消息，这是惊心动魄的掉包计中非常重要的一个转折点，其中傻大姐的话中就几次提到了"珍珠"，而且在同一段话中，"宝二爷屋里的袭人"与珍珠被同时提到：

……那丫头见黛玉来了，便也不敢再哭，站起来拭眼泪。黛玉问道："你好好的为什么在这里伤心？"那丫头听了这话，又流泪道："林姑娘，你评评这个理：他们说话，我又不知道，我就说错了一句话，我姐姐也不犯就打我呀。"黛玉听了，不懂他说的是什么，因笑问道："你姐姐是那一个？"那丫头道："就是珍珠姐姐。"黛玉听了，才知他是贾母屋里的。傻大姐道："……头一宗，给宝二爷冲什么喜；第二宗——"这到这里，又瞅着黛玉笑了一笑，才说道："赶着办了，还要给林姑娘说婆婆家呢。"黛玉已经听呆了。这丫头只管说道："我又不知道他们怎么商量的，不叫人吵嚷，怕宝姑娘听见害臊。我白和宝二爷屋里的袭人姐姐说了一句：'咱们明儿更热闹了，又是宝姑娘，又是宝二奶奶，这可怎么叫呢？'林姑娘，你说我这话害着珍珠姐姐什么了吗？他走过来就打了我一个嘴巴，说我混说，不遵上头的话，要撵出我去。"

第98回，林黛玉死去，贾母哭得伤心之时，也是"珍珠"扶着贾母，且在同一场景中，也有袭人在场（无需引出）。在106回，在贾母"祷天"的情节中，也是鸳鸯和"珍珠""解劝"贾母。第108回，"珍珠"几次出现，向贾母报告事由。第111回，在贾母的丧事现场，"珍珠"也多次出现。

我们从以上并不十分全面的举例中可以见出，在后四十回中，在前八十回仅仅是"错误"地出现过一次的"珍珠"，在后四十回中反而屡屡出现，这个"错误继承"未免也太过"严重"了吧。

现在我们就先假定后四十回是高鹗所续，然后依据逻辑推论看看高鹗可能在什么情况下会犯这个"错误继承"的错误，或者更准确地说，看看他犯这个"错误继承"的错误到底有多大的可能：

第一，高鹗不管前八十回或者完全不了解前八十回的内容，自顾自地写出了后四十回，因而碰巧地继承了延续了前八十回中的那个错误，即不应该出现的"珍珠"屡次出现了，且多次与袭人同时在场。

这种情形完全不可能出现，第一，后四十回的种种情节细节表明，后四十回作者对前八十回情形十分熟悉，且前后情节细节等经常具有联系（前面已举出多例，此亦是红学界共识）。另外，在完全偶然的情况下碰巧继承了那个"错误"，且多次反复地继承了那个"错误"也是完全不可能的。因此，这种情形是不可能出现的！

关于此（即完全偶然地继承了原书的错误的不可能），我们还有证据能从反面说明程伟元、高鹗在出程甲本时，的确没有注意到第3回和第29回所构成的那个错误，一个什么证据呢？就是程伟元、高鹗在出程乙本时，才发现了这个由第3回和第29回所构成的错误，而且它们想出了一个办法，来避免这个错误，这个办法就是把第3回中有关袭人改名的那一段文字中的"珍珠"一名改为"蕊珠"，于是，在程乙本中，那段小说就改成了这样：

> 原来这袭人亦是贾母之婢，本名蕊珠，贾母因溺爱宝玉，恐宝玉之婢不中使，素喜蕊珠心地纯良，遂与宝玉。宝玉因知他本姓花，又曾见旧人诗句有"花气袭人"之句，遂回明贾母，即把蕊珠更名袭人。

这样，袭人就成了"蕊珠"改名而来，"蕊珠"此后就以"袭人"之名进行活动，而且"蕊珠"之名后来果然就消失了，这样，也就避免了与第29回出现的"珍珠"相矛盾。程乙本改程甲本第三回的"珍珠"为"蕊珠"说明，如果程甲本是高鹗所续，那么在程甲本创作时，续书的人是没有发现原作第3回和第29回所构成的那个"错误"的。而从逻辑和情理上来说，在没有发现原作的错误的情况下，完全偶然地继承了原作的错误这种情形，是完全不可能发生的，因此说后四十回的所谓"错误继承"只能是曹公自己（原因后详）。

另外，程乙本在第3回改"珍珠"为"蕊珠"的事情是不是曹雪芹自己所为呢（我们的观点是程乙本据以修订的依据仍然是曹雪芹的一个原本，前面已说过此）？可以说也没有这种可能性。因为在上面我们提到了在第3回介绍袭人名字由"珍珠"之名而来时，就有脂批："亦是贾母之文章。前鹦哥已伏下一鸳鸯，今珍珠又伏下一珀矣。以下乃宝玉之文章。"证明珍珠之名是与琥珀之名构成对称关系的。而且"珍珠"之名改为宝玉的贴心丫头"袭人"，与"鹦哥"改名为黛玉的贴心丫头"紫鹃"，也是有对称关系的，有艺术洁癖的曹雪芹，断断不会将"珍珠"的名字随便地改名为不伦不类的"蕊珠"，因为这么一改，破坏的不仅是一个"珍珠"之名，而是那一整个名字的对称系统都被破坏了。因此，改成"蕊珠"这个行为，断断是高鹗所为。还有一点，曹雪芹如果看见了那个错误，他也不必要如此代价巨大地麻烦地在第三回改"珍珠"为"蕊珠"，他只需在第29回把"珍珠"之名去掉或另外让一个丫头顶替"珍珠"就行了。

第二，续作者看见了第3回和第29回所构成的那个"错

误"，但是仍然明知故犯地把那个错误继承了下来，并且
"光大"（出现的次数更多）起来。此种情形亦不可能，而且
从程乙本对程甲本的修改中可以看到，高鹗对于小说的修订是
十分小心敬业的，很难想象他们对于前八十回中的一个小错误
会这样不负责任，仍由它一错再错。因此。这第二种情形亦是
不可能出现的！

第三，高鹗没有看见第三回中那个"珍珠"已改名为
"袭人"的情节，而只看到了第29回中提到的贾母有个丫头名
叫"珍珠"，因而在后四十回中多次写到"珍珠"，并且还让
她多次与袭人处于同一场景中。

这是在情理上也不可能出现的情形，为什么？因为在小
说中，袭人是非常重要的人物，而第三回就是交代袭人之名的
由来，且在袭人改名的同时，鹦哥也改名为"紫鹃"，在第23
回贾政亦曾质疑袭人之名。另外，"珍珠"与"琥珀""鹦
哥"与"鸳鸯"，都是成对的名称，况且，从续书的内容来
看，后四十回的作者对前八十回的情形相当熟悉。因此，对于
第三回的袭人的改名这一多次提及且多有参照的情节，假想的
续书者高鹗不可能不会注意到它，而反而注意到了第29回单单
提及"珍珠"一名的两个文字。因此，第三种情形亦是：否
定的！

前面我们可以说十分周延地从三个方面假定了高鹗"错
误继承"的问题，通过逻辑情理分析和事实说明，所谓"错误
继承"是不可能的，是不存在的。也就是说，后四十回那一系
列的"错误继承"地写到"珍珠"的文字就不是高鹗所为，因
而后四十回也就不可能是高鹗所为。

下面我们就试图说明，这种所谓"错误"以及"错误继

承"（其实已不存在"错误继承"问题了）问题，在曹雪芹身上，是怎么发生的：

我们以为，在曹雪芹比较早的构思和写作中，可能本来的确存在着"珍珠"和"袭人"两个不同的人物，其中"珍珠"是和"琥珀"（另外还有"鹦哥"和"鸳鸯"）之名具有对应关系的贾母的丫头之一，而袭人则是宝玉的丫头，与"珍珠"可能本没有任何关系。在写作的过程中，曹雪芹可能觉得"珍珠"这个人物在他的人物系列中，没有什么实际意义，另外他可能也想简化人物，于是就打算取消"珍珠"这个人物。怎么取消呢？可能在实际上，贾母的身边的确存在过这样的四个丫头（《红楼梦》本具有自传的意味），如果简单地取消删去一个或两个，则在曹雪芹的写实心理或惯性中，他觉得有点简单化，或心理上过不去，于是他就想出了一个取消的办法，这就是让"珍珠"变成"袭人"，让"鹦哥"变成"紫鹃"，这样，他就在两方面同时满足了自己的愿望：第一，贾母的两个丫头（"珍珠"和"鹦哥"）仍然存在；第二，人物却又减少了，不仅减少了，更重要的是人物变得有意义了（袭人和紫鹃，分别成了宝玉和黛玉身边最重要的人物），而不是仅止于成为一个现实性的记录符号。这样的一种人物构成和设计，的确大大优于原来的人物构成和设计。我们看现在仍然残留着的（下详）关于"珍珠"的文字，的确都没有什么意义。第29回中不过提到了在去寺院打醮时乘车的人中有一个叫"珍珠"，然后在前八十回中就没有了。在后四十回中，虽然珍珠出场的次数不少，但都只是出面扶扶贾母，或者有过一点间接的人物行为（例如傻大姐转述的打傻大姐），甚至连一句台词都没有，这样的人物存在，确实没有什么意义。

于是曹雪芹就动手改，他应该先是处理了最关键的一处，即在第三回袭人出场的时候，就将她处理为由"珍珠"改名而来（同时也按这样方式处理了"鹦哥"），这样，"珍珠"这个人物就顺理成章地被取消了（同时取消了"鹦哥"）。曹雪芹很可能觉得，只消此处一弄，这件事情就算完成了，剩下的文字处理于是就暂时放下了（其余的修改确实很简单，只消把剩下的几个提到"珍珠"的地方用别的人替代就完了，例如用"琥珀"替代）。但是，他这一放就年深日久，一直到他逝世，这些简单的修改他也一直没有时间或没有再想到去完成。

关于此，我们还有一种猜测，曹雪芹之所以迟迟没有动手完全取消第29回和后40回中几处有关"珍珠"的文字，很有可能他心里有于心不忍的因子，即他不忍如此快的干净地取消掉"珍珠"这个人物。而这很有可能是因为在真实的生活中，贾母的身边的确存在着"珍珠"这样一个人物或人物原型：换一种方式说，曹公的心理在"珍珠"这个人物的处理上多少有一点纠结：从艺术上来说，最好取消掉这个没有实际意义的人物，但是从现实上来说，他又觉得"珍珠"这个人物不应该完全取消（因为毕竟他的那些现实，与他的生命和写作，联系得太紧密了）。于是他就一直犹豫着、迁延着，一直到他仙逝，他也没有着手去处理残剩的那些"错误"。

我想，这可能就是有关"珍珠"的"错误继承"的奥秘所在。

二 关于"巧姐"的"错误继承"

其实，在我们比较好的论述了有关"珍珠"的"错误继承"的问题以后，其余的几个"错误继承"的问题就比较好理解了，因为它们"同理"，即都是曹雪芹在修改中不彻底的一种表现，而这种修改之所以不彻底，很有可能与我们上面所分析的情形或心理因素有关。但是我们还是循着上面的方式来继续处理其余的"错误继承"问题：

有关"巧姐"的"错误继承"问题，我们还是按上面方法分两步来，先谈在前八十回中曹雪芹的"错误"，然后再来看后四十回中的"错误继承"，然后再作出分析。

在脂本的第27回和第29回中，都清楚地显示凤姐本有两个女儿，小的叫"大姐儿"，大的就叫"巧姐"。第27回中众姐妹祭饯花神，内中大姐儿和巧姐就并列出现，相关的几句话是："且说宝钗、迎春、探春、惜春、李纨、凤姐等并巧姐、大姐、香菱等众丫鬟们在园内玩耍，独不见林黛玉。"第29回说得更清楚，其时贾府众女眷去清虚观打醮："凤姐的丫头平儿、丰儿、小红，并王夫人两个丫头也要跟了凤姐儿去的金钏、彩云，奶子抱着大姐儿带着巧姐儿另在一车。"其中不仅大姐儿和巧姐同时与凤姐出行，且明白地写着"大姐儿"还是"奶子抱着"，还很小，"巧姐"大些，所以只是被大人"带着"。

但是，到了第42回，曹雪芹可能为了总体情节的需要，对凤姐的两个女儿动了"大手术"，怎么动呢？即把大女儿"巧姐儿"的名字给了小女儿"大姐儿"。而这就意味着，凤姐的两个女儿要砍掉一个，砍谁呢，当然是砍掉原来叫"巧姐"的大女儿。因为既然"巧姐儿"这个名字已经给了"大姐儿"，那么大女儿"巧姐"就不能再存在，否则就会出现两个女儿都叫"巧姐"的怪事。当然，读者可能说难道不可以重新给大女儿设计一个名字吗？确实可以的。但是改名这件事，实际上还包含着曹雪芹的另外一层考虑，即他要将两个女儿其中的一个去掉，实际的情形是，谁叫"巧姐儿"谁存在，而余下的一个女儿，因为在小说中没有什么意义，就像前面对待"珍珠"一名一样，作者要将其砍掉。作者的初衷，可能是为了砍掉一些没有意义的也过于庞杂的人物。

为什么这一改名涉及到总体情节的需要呢？这段情节读者都比较熟悉，但俺还是打算做些解释。曹雪芹之所以在第42回要让刘姥姥替大姐儿"取名"为"巧姐"，是为了在后面的情节中让刘姥姥"碰巧"充当巧姐的救命恩人。但是，当时凤姐的大女儿本来就叫"巧姐"，且"大女儿""巧姐"已经大了，也就没有再让人取名的道理，于是在情节设计中，作者就只好让刘姥姥给小女儿"大姐儿"取名为"巧姐"，这样，"巧姐"这一名字就从大女儿头上转到了小女儿头上，而且已经不叫"巧姐"的大女儿还必须消失才对。其相关的一段文字是：

> 凤姐儿笑道："到底是你们有年纪的人经历的多。我们大姐儿时常肯病，也不知是个什么原故。"刘姥姥道："这也有的。富贵人家养的孩子都太娇嫩，自然禁不得一些儿委屈。再他小人儿家，过于尊贵了，也禁不起。以后姑奶奶少疼他些就好了。"凤姐儿道："这也有理。我想起来，他还没个名字，你就给他起个名字，一则借借你的寿；二则你们是庄家人，不怕你恼，到底贫苦些，你贫苦人起个名字，只怕压的住他。"刘姥姥听说，便想了

一想，笑道："不知他几时生的？"凤姐儿道："正是生日的日子不好呢：可巧是七月初七日。"刘姥姥忙笑道："这个正好，就叫她是巧哥儿。这个叫做'以毒攻毒，以火攻火'的法子。姑奶奶定依我这名字，必然长命百岁。日后大了，各人成家立业，或一时有不遂心的事，必然遇难成祥，逢凶化吉，却从这'巧'字儿来。"

应该说，让凤姐的两个女儿取消一个（大的取消），让刘姥姥给小女儿取名为"巧姐"，以便日后让刘姥姥在一种巧合中救下遇难的巧姐，这个改动设计就已经完成了。但是，不知何故（后面再分析），曹雪芹却忘了将前面第27回和第29回中凤姐的两个女儿"大姐儿"和"巧姐儿"并列的情形作出相应的改动，即取消掉其中的大女儿"巧姐"（前"巧姐"）。这就是曹雪芹的"错误"。

然后我们就要说到后四十回中的所谓"错误继承"问题。有关"巧姐儿"的"错误继承"要比"珍珠"的"错误继承"问题复杂。有关后四十回中"巧姐"的"错误继承"问题需要分为两点来说：第一点，就是在后四十回的第101回中居然又出现了"大姐儿"，其涉及的一段文章是：

那凤姐刚有要睡之意，只听那边大姐儿哭了，凤姐又将眼睁开。平儿连向那边叫道："李妈，你到底是怎么着？姐儿哭了，你到底拍着他些。你也忒爱睡了。"那边李妈从梦中惊醒，听得平儿如此说，心中没好气，只得狠命的拍了几下，口里嘟嘟

> 哝哝的骂道：“真真的小短命鬼儿，放着尸不挺，三更半夜嚎你娘的丧！”一面说，一面咬牙，便向那孩子身上拧了一把。那孩子“哇”的一声大哭起来。凤姐听见，说：“了不得！你听听，他该挫磨孩子了！你过去把那黑心的养汉老婆下死劲的打他几下子，把妞妞抱过来罢。”

按理说，既然在第42回“大姐儿”已经经刘姥姥取名为“巧姐”，那么，“大姐儿”之名应该就此消失，就不应该再出现。也就是说，这个“错误”是“继承”了前面对第27回和第29回未作出相应（相应于第42回）修改而来的“错误”，所以叫“错误继承”。这是“错误继承”一。

如果我们假设后四十回是高鹗所续，那么，高鹗可能不可能犯下这个“错误继承”的错误呢？应该不可能。我们还是按上面分析“珍珠”时的方法来分析：第一，如果高鹗没有发现第27回、第29回与第42回所构成的错误，那么，他在续书时，就绝不可能偶然地也出现（“继承”）这个“错误”，把一个应当消失的名字又偶然地写了进来。此外，这个假设实际上不存在，为什么？因为第42回刘姥姥给凤姐的女儿大姐儿取名为“巧姐”的情节特别显眼，续书人不可能看不见。另外，在程甲本中，作为编辑出版人的程伟元和高鹗实际已经把原作者未及作相应修改的第27回和第29回中的那两处改掉了，即把两个并列出现的名字去掉了一个（去掉了原“巧姐”）。这表明，程伟元、高鹗实际是看到了这个错误的。

那么，第二种情形是，高鹗已经看见了第27回、第29回与第42回构成的错误，他仍然在第101回“继承”了原作的那个错误，即把本应当消失的"大姐儿"在第101回中又写进去了。

这可能吗？这完全没有可能。因此我们就凭这种"错误继承"的假设，可以排除后四十回中关于"大姐儿"的"错误继承"的文字是高鹗所为，因此也就顺理成章地排除了后四十回的文字为高鹗所为（后面我们再分析别的原因）。

"错误继承"的第二个方面十分复杂，在后四十回中，不仅重新的又出现了本应消失的"大姐儿"一名，而且"巧姐"的年龄也忽大忽小，很不一致，例如：在第84回和88回中，描写"巧姐儿"生病（此段生病的情节暗伏着贾环与凤姐进一步结怨）和见了贾芸就吓得哭（此段情节暗伏贾芸与巧姐儿结怨）：

> 琥珀递过来向凤姐道："刚才平儿打发小丫头来回二奶奶，说：'巧姐儿身上不大好，请二奶奶忙着些过去才好呢。'"贾母因说道："你快去罢，姨太太也不是外人。"凤姐连忙答应，在薛姨妈跟前告了辞。又见王夫人说道："你先过去，我就去。小孩子家魂儿还不全呢，别叫丫头们大惊小怪的。屋里的猫儿狗儿，也叫他们留点神儿。——尽着孩子贵气，偏有这些琐碎。"凤姐答应了，然后带了小丫头回房去了。
>
> ……正说着，只见奶妈子一大起带了巧姐儿进来。那巧姐儿身上穿得锦团花簇，手里拿着好些玩意儿，笑嘻嘻走到凤姐身边学舌。贾芸一见，便站起来，笑盈盈的赶着说道："这就是大妹妹么？你

要什么好东西不要？"那巧姐儿便"哑"的一声哭了。贾芸连忙退下。凤姐道："乖乖不怕。"连忙将巧姐揽在怀里，道："这是你芸大哥哥，怎么认起生来了？"

显然，这里的"巧姐儿"还很小，从年龄上看，显然是继承着前八十回中"大姐儿"的年龄。孤立地看，这本没有什么问题，因为在第42回中，"大姐儿"已经经刘姥姥取名为"巧姐儿"了。但到了第92回，前几回尚在襁褓中的"巧姐儿"，似乎几天之间就长大了：

> 凤姐那边的奶妈子，带了巧姐儿，跟着几个小丫头过来，给老太太请了安，说："我妈妈先叫我来请安，陪着老太太说说话儿。妈妈回来就来。"贾母笑着道："好孩子，我一早就起来了，等他们总不来。只有你二叔叔来了。"那奶妈子便说："姑娘，给叔叔请安。"巧姐便请了安。宝玉也问了一声"姐姐好？"巧姐道："昨夜听见我妈妈说，要请二叔叔去说话。"宝玉道："说什么？"巧姐道："我妈妈说，跟着李妈认了几年字，不知道我认得不认得。我说都认得。我认给妈妈瞧，妈妈说我瞎认，不信，说我一天尽子玩，那里认得。我瞧着那些字也不要紧，就是那《女孝经》也是容易念的。妈妈说我哄他，要请二叔叔得空儿的时候给我理。"贾母听了，笑道："好孩子，你妈妈是不认得字的，所以说你哄他。明儿叫你二叔叔理给他瞧瞧他就信了。"宝玉道："你认了多少

字了？"巧姐儿道："认了三千多字，念了一本《女孝经》，半个月头里又上了《列女传》。"宝玉道："你念了懂的吗？你要不懂，我倒是讲讲这个你听罢。"贾母道："做叔叔的也该讲给侄女儿听听。"

从这段描写看，这个"巧姐儿"似乎不是前面第84回、88回中"魂儿还不全"以及还在母亲身边"学舌"、怕生人的孩子。文中更叙述已经跟着李妈"认了几年字"，而且已经"认了三千多字，念了一本《女孝经》，半个月头里又上了《列女传》。"即使我们假定这个"巧姐儿"四五岁即跟着"李妈"认字，现已识得三千来字，这个"巧姐儿"至少也在10岁左右，与前面第84回、88回中的那个"巧姐儿"年龄仍然相差甚远。然后到第113回到第118回，描写贾环、贾芸、王仁和邢大舅合伙卖巧姐与外藩的复杂的情节中，显示巧姐已俨然是大姑娘了，年龄至少在十三、十四岁间。

为什么在后四十回中"巧姐儿"的年龄显得这样飘忽不定忽大忽小呢？笔者以为，这种情形的出现与前八十回中的"错误"亦有着关系。大家应当都会记得，在前八十回中，实际上出现过两个"巧姐儿"，一个是在第27回、第29回中出现的"巧姐"，我们不妨称她为"前巧姐"，这个"前巧姐"，是凤姐的大女儿，在第27、29回写到她时，其时就已经几岁了；另一个"巧姐儿"是在第42回中经刘姥姥取名为"巧姐"的"大姐儿"，我们不妨称她为"现巧姐"，这个"现巧姐"其时还很小，尚在襁褓中。本来，在第42回中，"大姐儿"成了"现巧姐"后，"前巧姐"应当就此消失，但不知何故，曹雪芹却没有对第27回和第29回中的"前巧姐"做出删除处理，于是，在前八十回中，就存在着这样两个相互矛盾着的（也就是"错误"的）"巧姐儿"。后四十回中出现的"巧姐儿"年龄不定忽大忽小的问题，可能就与前八十回中的这一"错误"有关。

这种"错误"的前后关联关系，我认为存在着这样三种可能：

第一种：曹雪芹在撰写后四十回稿的时候，心里可能存在着这样一种矛盾和纠结，一方面，为了艺术构思的需要，他只需要凤姐的一个女儿，即"巧姐"，而且这个"巧姐"需要在很小的时候就经刘姥姥取名，以便为后面刘姥姥救"巧姐"的情节埋下一个伏线，于是就有了第42回那个有名的情节。但是，正像我在分析珍珠问题时讲到过的一样，在事实上（或事实的原型中），凤姐确实有两个女儿，而且在红楼梦的早期的稿子中，也的确有过凤姐有两个女儿这样的写法。因此，就像对待"珍珠"一名一样，曹雪芹在某种程度上在删去"前巧姐"时"犹豫"了。这种"犹豫"一方面带来了前八十回中第27回、第29回与第42回的那个矛盾，另一方面也影响了后四十回中"巧姐儿"年龄的定位：在后四十回中，当把巧姐儿写得很小的情况下，他心中实际在写凤姐的小女儿，也就是"大姐儿"，也就是"现巧姐"，但是，当把"巧姐儿"写得年龄比较大的时候，他在心中实际是在写凤姐的大女儿，也就是"前巧姐"。

第二种：后四十回中"巧姐儿"年龄的飘忽不定的原因可能还与情节的需要有关：当他在第84回要写"巧姐"生病，贾环因此弄翻了巧姐的煮着牛黄的药罐子，由此更与凤姐巧姐结怨时，以及在第88回巧姐仿佛无缘无故地害怕贾芸时，需要巧姐很小；但是在后来第92回，尤其是在第113至118回写贾环等卖巧姐与外藩的情节中，却需要"巧姐"更大一些，这样，就出现了"巧姐"年龄的飘忽不定。但是，我还是认为，第二种原因所产生的飘忽不定，是建立在第一种心理矛盾之上的，也就是说，"巧姐"年龄的这种飘忽不定，恰好在心理上契合了曹雪芹的那种想兼顾两个巧姐的犹豫心理。

第三，在后四十回中"巧姐儿"年龄的这种飘忽不定，也可能是后四十回的稿子是写于不同时期的原因，我们应当还记得，程伟元在谈到后四十回稿子的来源时曾说："不佞以是书既有百廿卷之目，岂无全璧？爰为竭力搜罗，……数年以来，仅积有廿余卷。一日偶于鼓担上得十余卷，遂重价购之。"又在程乙本的引言中说："是书后四十回，系就历年所得，集腋成裘。"因此，现后四十回中"巧姐儿"年龄不一致的问题，也有可能是作者写于不同时期的稿子，然后被程高重新组合在一起所造成的。譬如，我们猜测，其中巧姐年纪很小的部分，可能是写于稍晚时，而其中巧姐年龄较大的部分，则可能来源于比较早期的稿子。

以上是我们对于巧姐儿年龄忽大忽小原因的一些分析猜想，但是我们要注意，这三种原因，都只对作者是曹雪芹才适用，也就是说，这种"错误继承"，也只有作者自己才可能犯。而对假设的续书者高鹗，则完全不适用。为什么？因为如果假设后四十回的续书人是高鹗，他自然会把前八十回中的某一个"巧姐儿"（应当是第42回中的经刘姥姥取名的巧姐儿）作为一个设定年龄的标准，然后再写下来，不管他怎样写有关巧姐儿的故事，巧姐儿的年龄，一定是一贯的，决不会忽大忽小，飘忽不定。

以上我们主要从两大方面分析了有关"巧姐儿"的"错误继承"问题，这两种"错误继承"，都只有作者曹雪芹自己才有各种可能犯下，因此，这些有关巧姐的"错误继承"文字只能是曹雪芹自己所为，后四十回也就只能是作者曹雪芹自己所为。

三 关于秦可卿死因的"错误继承"

在本章的第三节，我们将来处理有关秦可卿的"错误继承"问题。

在脂本第13回，畸笏叟有一条回前批："'秦可卿淫丧天香楼'，作者用史笔也。老朽因有魂托凤姐贾家后事二件，岂是安富尊荣坐享人能想到者？其言其意，令人悲切感服，姑赦之，因命芹溪删去'遗簪''更衣'诸文，是以此回只十页，删去天香楼一节，少去四、五页也。"其又在同一回"彼时合家皆知，无不纳罕，都有些疑心"处有一条眉批："九个字写尽天香楼事，是不写之写。"[3]从此两条批我们得知，小说中关于秦可卿死因的情节，作者是做过较重大的修改的，第13回原来的回目名称，应该是"秦可卿淫丧天香楼，王熙凤协理宁国府"，仅从其回目名来看，秦可卿应该死于"淫"，其死的地点应该是贾府的"天香楼"。但是究竟秦可卿死于何故何地，在脂本所有的评语中，却再未着一字。

但是，曹雪芹虽然在"老朽"畸笏叟的"命"令之下大幅度地修改了第13回中关于秦可卿死因的文字，例如，已"删去'遗簪''更衣'诸文"，"删去天香楼一节"，回目名称也更为"秦可卿死封龙禁尉，王熙凤协理宁国府"。但是，亦不知何故，曹雪芹对关于秦可卿死因文字的修改却很不彻底，留下了不少令人疑窦丛生的地方。其中最大的一处遗漏（"错误"），就是曹雪芹竟然没有对第5回有关秦可卿的判词和曲子及其配置的图画进行相应的修改。在第5回，有关秦可卿的图画和判词是："后面又画着高楼大厦，有一美人悬梁自缢。其判云：'情天情海幻情深，情既相逢必主淫。漫言不肖皆荣出，造衅开端实在宁。'"其后有关秦可卿的曲子是："〔好事终〕画梁春尽落香尘。擅风情，秉月貌，便是败家的根本。箕裘颓堕皆从敬，家事消亡首罪宁。宿孽总因情！"在遵从畸笏叟的命令修改后的文字中，秦可卿是死于疾病，但是在第5回关于秦可卿的判词、曲子及其图画中，则分明可以看出，秦可卿是死于"自缢"，且她的"自缢"，则与"情既相逢必主淫"、与"造衅开端实在宁""家事消亡首罪宁"相关，联系小说中的一些其他描写，例如贾珍在秦可卿丧事中的反常表现，秦可卿的两个婢女一个撞头而死，一个自愿当秦可卿的义女终生守灵，贾珍的老婆尤氏在轰轰烈烈的秦可卿的丧事中居然因为"胃气疼"躺在床上未露一面，以及焦大的大骂的语言"爬灰的爬灰，养小叔子的养小叔子"等等，很容易让人联想到秦可卿的死恐怕大有蹊跷。

实际上，在二十世纪二十年代，在胡适发现甲戌本之前（甲戌本上的脂批才告诉读者第13回做过重大修改），研究红学的学者就怀疑现书中关于秦可卿的死因的背后另有隐情。1921年5月30日，胡适先生给顾颉刚的信中说："寄上上海《晶报》《红楼佚话》四则，可见人对于'传闻'的信心，真有不可及者！"信后附有1921年5月18日《晶报》朓蝂《红楼佚话》。其中有关秦可卿的一段："又有人谓秦可卿之死，实以与贾珍私通，为二婢窥破，故羞愤自缢。书中言可卿死后，一婢殉之，一婢披麻作孝女，即此二婢也。"1921年6月24日，顾颉刚先生给俞平伯的信中又说："秦可卿与贾珍私通，被婢撞见，羞愤自缢死的。我当时以为是想象的话，日前看册子，始知此说有因。册子上画一座高楼，上有美人悬梁自尽。……若说可卿果是自缢的罢，原文中写可卿的死状，又最是明白。作者若要点明此事，何必把他的病症这等详写？这真是一桩疑案。"[4] 其后，俞平伯先生在顾颉刚的启发下，于1923年6月出版的《红楼梦辩》一书中特列《论秦可卿之死》专章，首次对秦可卿死亡真相作了周详的考证，论证了秦可卿是自缢而死，死因是因为她与贾珍私通被婢女撞见。

从前面的论述中，我们已经知道在有关秦可卿之死的描写方面，曹雪芹的"错误"何在，即他在遵从畸笏叟之"命"将秦可卿"淫丧天香楼"上吊而死的情节删去并改写为病死之后，却没有相应地修改第5回关于秦可卿的判词和曲子及其图画，同时在前八十回中还留有许多亦未经相应修改的文字和细节。

奇怪的是（其实不奇怪。后详），不仅在前八十回中作者留下了这样的"错误"，而且这个"错误"竟然在后四十回中被"继承"下来了。在后四十回的第一百一十一回中，当鸳鸯决心一死明志，投缳自尽时，竟然是秦可卿做了鸳鸯的"导师"和灵魂的引导者，其相关的一段文章是这样：

> 谁知此时鸳鸯哭了一场，想到："自己跟着老太太一辈子，身子也没有着落。如今大老爷虽不在家，大太太的这样行为，我也瞧不上。老爷是不管

事的人，以后便'乱世为王'起来了，我们这些人不是要叫他们掇弄了么？谁收在屋子里，谁配小子，我是受不得这样折磨的，倒不如死了干净。但是一时怎么样的个死法呢？"一面想，一面走到老太太的套间屋内。刚跨进门，只见灯光惨淡，隐隐有个女人拿着汗巾子，好似要上吊的样子。鸳鸯也不惊怕，心里想道："这一个是谁？和我的心事一样，倒比我走在头里了。"便问道："你是谁？咱们两个人是一样的心，要死一块儿死。"那个人也不答言。鸳鸯走到跟前一看，并不是这屋子的丫头。仔细一看，觉得冷气侵人，一时就不见了。鸳鸯呆了一呆，退出在炕沿上坐下，细细一想，道："哦！是了，这是东府里的小蓉大奶奶啊！他早死了的了，怎么到这里来？必是来叫我来了。他怎么又上吊呢？"想了一想，道："是了，必是教给我死的法儿。"

鸳鸯这么一想，邪侵入骨，便站起来，一面哭，一面开了妆匣，取出那年铰的一绺头发，揣在怀里，就在身上解下一条汗巾，按着秦氏方才比的地方拴上。自己又哭了一回，听见外头人客散去，恐有人进来，急忙关上屋门。然后端了一个脚凳，自己站上，把汗巾拴上扣儿，套在咽喉，便把脚凳蹬开。可怜咽喉气绝，香魂出窍！正无投奔，只见秦氏隐隐在前，鸳鸯的魂魄疾忙赶上，说道："蓉大奶奶，你等等我。"那个人道："我并不是什么蓉大奶奶，乃警幻之妹可卿是也。"鸳鸯道："你明明是蓉大奶奶，怎么说不是呢？"那人道："这也有个缘故，待我告诉你，你自然明白了：我在警幻宫中，原是个钟情的首坐，管的是风情月债；降临尘世，自当为第一情人，引这些痴情怨女，早早归入情司，所以我该悬梁自尽的。因我看破凡情，超出情海，归入情天，所以太虚幻境'痴情'一司，竟自无人掌管。今警幻仙子已经将你补入，替我掌管此司，所以命我来引你前去的。"鸳鸯的魂道："我是个最无情的，怎么算我是个有情的人呢？"那人道："你还不知道呢。世人都把那淫欲之事当作'情'字，所以作出伤风败化的事来，还自谓风月多情，无关紧要。不知情之一字，喜怒哀乐未发之时，便是个'性'；喜怒哀乐已发，便是'情'了。至于你我这个情，正是未发之情，就如那花的含苞一样。若待发泄出来，这情就不为真情了。"鸳鸯的魂听了，点头会意，便跟了秦氏可卿而去。

从这段精彩的文章看出，鸳鸯死时，正是秦可卿做了鸳鸯投缳而死的导师和引导，这也就说明，秦可卿自己亦是投缳而死的，此正与第5回暗示秦可卿命运的判词和曲子以及图画相印证。

如果依高续论者的说法，是高鹗续出了《红楼梦》后四十回，那么，高鹗就没有任何理由、也没有任何可能在后四十回中再"继承"前八十回的这个错误：

第一，小说经曹雪芹修改后，对于秦可卿的病死，写得十分详细，高鹗应该亦有见于此，他决不会违背前八十回的秦可卿死于疾病的写法，让秦可卿的鬼魂来现身说法式的教鸳鸯上吊而死。

第二，即使高鹗见到了第13回的相关脂批，但第13回的相关脂批也没有明言秦可卿死于何故。况且高鹗续书不等同于搞研究，他自然应该使小说情节前后保持统一，因此，即使高鹗如俞平伯等人一样对秦可卿的死因持有疑虑，他也决不会写出这样明显前后矛盾的情节出来。

第三，在前八十回有关鸳鸯的情节中，亦没有任何情节细节等暗示鸳鸯将来要上吊而死，更没有任何情节细节暗示将来鸳鸯死时将是秦可卿来作为引导，因此，高鹗这样写是没有任何其他依据的。

因此，从以上三方面分析，如果说是高鹗续书续出了这样的"错误"，是没有任何可能的。因此，有关鸳鸯死的情节中出现的"错误继承"的文字就绝不是高鄂所为，因此后四十回也就绝不是高鹗所为。

但是我们如果反过来，把这个所谓"错误继承"看作是曹雪芹自己所为，则一切就显得顺理成章，泮然冰释：

有关秦可卿的死，就像前八十回中其他几个所谓"错误"的出现一样，在曹雪芹根据畸笏叟的"命令"对第十三回进行大幅修改，隐去了秦可卿"淫丧天香楼"的诸情节，改为病死以后，却并没有对其余的地方有关秦可卿死因的内容进行相应的修改，这其中就包含着未对第5回中暗示秦可卿命运的判词和曲子及其图画进行修改，这样就导致了前后情节的相互矛盾，即所谓的"错误"出现。在曹雪芹根据畸笏叟的"命令"对第十三回进行大幅度修改的时候，他肯定已经写出了第一百一十一回的初稿，其中就包含着鸳鸯上吊时，是秦可卿的鬼魂出现告诉了鸳鸯上吊的方法，并且引导鸳鸯的灵魂飞升到了"太虚幻境"的内容。曹雪芹既然没有对起总揽作用的第5回的内容作出相应的改动，那么他肯定亦没有对远靠后的第一百一十一回的内容作出相应的修改，于是就出现了所谓的"错误继承"现象。这种"错误继承"，正如上面已分析了的，对于高鹗来说，是绝不可能出现的，而对于曹雪芹，则有诸多的可能使他出现这种"错误"以及这种"错误继承"：

最容易想到的一种可能就是，曹雪芹没有来得及对全书的一些细部进行最后的修订处理，曹雪芹的《红楼梦》，历时十年，进行过五轮大幅的修改，按脂批中的批示，最后在"壬午除夕""泪尽而逝"时，仍然"书未成"[5]。这里的"书未成"，即指曹公最后亦未能对全书进行最后的统稿修订处理。这样的结果之一，便是全书在个别的地方出现了一些前后矛盾的"错误"，这些错误就包括前面已经阐明了的关于"珍珠"的错误和关于"巧姐儿"的错误以及此关于秦可卿的"错误"。

第二种可能，即是曹雪芹在处理这些"错误"时，内心可能处于一种矛盾的纠结状态，一方面，他有对情节和人物进行此种处理的必要。但是另一方面，他又觉得有进行彼种处理的需要，具体到秦可卿的问题，他可能觉得，他有必要为了家族的体面和碍于长辈的面子，对秦可卿的真正死因为亲者讳。但是再一方面，他又觉得他有必要忠于真实或忠于最初的艺术构思。于是，在这样一种矛盾纠结的心理中，就导致出现了前面提到的"错误"和矛盾，他似乎不能下定决心按一条线索彻底地贯彻下去，而彻底清除掉另一种线索的所有痕迹。

在本节的最后，我们亦打算按前面各章节的论述模式，

对第111回中所包含的其他因素进行一些分析，以更加固定我
们所论证的观点。

在前面所引的第111回中，除了我们已分析了的关于所谓
"错误继承"的问题，能够证明其并非高鹗所为，其中还包含
一些很重要的细节和艺术问题，亦可以帮助证明这些精彩的文
字不可能是高鹗或任何续者所为：

第一，中间包含的一些细节十分微妙，却恰如符契与前
八十回中的一些细节情节相合，而这种精准的相合，是任何局
外人都难以做到的，只有同一作者且写他的家事才可能如此熟
悉细腻：

一，前引第111回中的文字中，有鸳鸯"一面走到老太太
的套间屋内"一句，其中的"套间屋"，在第三回"金陵城起
复贾雨村，荣国府收养林黛玉"中，就在叙述安顿林黛玉的住
处时，几乎是无意地提到：

> 当下奶娘来问黛玉房舍，贾母便说："将宝玉挪
> 出来，同我在套间暖阁里，把你林姑娘暂且安置在
> 碧纱厨里。等过了残冬，春天再给他们收拾房屋，
> 另作一番安置罢。"

显然，在第111回写到鸳鸯寻死时，提到的"老太太的套
间屋"，即是前面第三回提到的那间"套间"，因鸳鸯是贾母
的贴身大丫头兼贾母的管家，故贾母去世后，他能够在贾母的
原住处随便出入。这种熟悉细腻自然的程度，只能是曹雪芹自
己才有。

第二，上引第111回中，写鸳鸯上吊之前"一面哭，一面

开了妆匣，取出那年铰的一绺头发揣在怀里"这个细节，对人物的刻画十分动人，亦照应前面第四十六回中鸳鸯发誓剪发的情节：

　　鸳鸯看见，忙拉了他嫂子，到贾母跟前跪下，一面哭，一面说，把那夫人怎么来说，园子里他嫂子怎么说，今儿他哥哥又怎么说，"因为不依，方才大老爷越发说我'恋着宝玉'，不然，要等着往外聘，凭我到天上，这一辈子也跳不出他的手心去，终久要报仇。——我是横了心的，当着众人在这里，我这一辈子，别说是宝玉，就是'宝金''宝银''宝天王''宝皇帝'，横竖不嫁人就完了！就是老太太逼着我，一刀子抹死了，也不能从命！伏侍老太太归了西，我也不跟着我老子娘哥哥去，或是寻死，或是剪了头发当姑子去！要说我不是真心，暂且拿话支吾：这不是天地鬼神、日头月亮照着！嗓子里头长疔！"原来这鸳鸯一进来时，便袖内带了一把剪子，一面说着，一面回手打开头发就铰。众婆子丫鬟看见，忙来拉住，已剪下半绺来了。众人看时，幸而他的头发极多，铰的不透，连忙替他挽上。

　　这一绺头发，在前面第四十六回中，表现了鸳鸯的刚烈高贵，在第一百一十一回，则表现了鸳鸯在临死之时对自己高洁人格的珍视珍惜，正是这一绺头发，将前后的情节、将鸳鸯完整的人物性格，有机地联系了起来。另外我们还须注意的是，在前面第四十六回中，曹雪芹并未写出鸳鸯剪下那缕头发后，对那缕头发做了如何处理。在第一百一十一回，我们才知道，鸳鸯剪下那缕头发后，虽然有众人的劝说，但她并没有把她的誓言不当一回事，而是将自己的头发十分珍重地珍藏在自己的"妆匣"里，这一个动人的细节，更好地表现了鸳鸯的高贵刚烈决绝，也表现了她对自己名节品德的珍视珍惜。而此一细节，是与前面第四十六回中的"铰发"起誓相联系的，或者换一句话说，若没有第一百一十一回的这个临死上吊之前开匣"取出那年铰的一绺头发揣在怀里"的细节，第四十六回的那个铰发的情节的动人就远不完整，鸳鸯那高贵高洁的品格也就远不完整！请问，前后这样天衣无缝的情节和人物性格，难道是一个无关痛痒的续书者可以做到的吗？

　　第三，在上引第111回的那段文字中，秦可卿的鬼魂和鸳鸯之魂关于"情"与"性"的那段对话，与第5回警幻仙姑对贾宝玉说的那段关于"皮肤滥淫"与"意淫"的区别有异曲同工之妙，我们先引出第五回中的相关一段，再作分析：

　　　　忽见警幻说道："尘世中多少富贵之家，那些绿窗风月，绣阁烟霞，皆被那些淫污纨袴与流荡女子玷辱了。更可恨者，自古来，多少轻薄浪子，皆以'好色不淫'为解，又以'情而不淫'作案，此皆饰非掩丑之语耳。好色即淫，知情更淫。是以巫山之会，云雨之欢，皆由既悦其色、复恋其情所致。——吾所爱汝者，乃天下古今第一淫人也！"

　　　　宝玉听了，唬的慌忙答道："仙姑差了：我因懒于读书，家父母尚每垂训饬，岂敢再冒'淫'字？况且年纪尚幼，不知'淫'为何事。"警幻道："非也。淫虽一理，意则有别。如世之好淫者，不过悦容貌，喜歌舞，调笑无厌，云雨无时，恨不能天下之美女供我片时之趣兴：此皆皮肤滥淫之蠢物耳。如尔则天分中生成一段痴情，吾辈推之为'意淫'。惟'意淫'二字，可心会而不可口传，可神通而不能语达。汝今独得此二字，在闺阁中虽可为良友，却于世道中未免迂阔怪诡，百口嘲谤，万目睚眦。"

在这前后两段话中，虽然是施于不同的对象间，但都透露出曹公关于两性间的同一套哲学：两性之间，嗜于肉欲的，都是"皮肤滥淫"，不是"真情"，不管其嗜欲冠以什么旗号，什么辞令、什么借口。真正的"情"则是阻隔这种"皮肤滥淫"的关系，而以含而未发的审美态度，欣赏并爱护异性的美丽，此亦就是第5回警幻仙姑所说的"可心会而不可口传，可神通而不可语达"的"意淫"。

值得注意的是，虽然前后两段话关于"情"与"淫"的哲学主旨相似，但由于所施对象不同，语境不同，在表述上还是微有差别，在第5回中，由于宝玉是男性，且宝玉将马上要经历"花柳繁华地，温柔富贵乡"的生活，所以警幻仙姑将其推许为"意淫"；而在第111回中，由于鸳鸯是女性，未有过爱情经历，但其性格透露出来的忠贞、刚烈、高贵已经具备了真正的"情"的基础，因此，仙姑（秦可卿之魂）将其推许为"就如那花的含苞一样"，是一种"喜怒哀乐未发之时"之

"性"。另外，由于第5回所在的语境是仙界，正在预言式的幻境中，因此警幻仙姑用了一套"可心会而不可口传，可神通而不可语达"的模糊语言；而在第111回中，由于小说处于结尾阶段，所以它需要把这种关于"情"与"性"的哲学表述得更为清晰：这一清晰地表述就是，真正的情要如花般含苞未放！已"放"则就下沦为"情"，甚至为"淫"了。第111回所说的这种"含苞未放"的"情"的状态亦可说是第5回所说的"意淫"，为什么？因为在"花"的"含苞未放"的状态中，它虽有情的倾向、亦有性的倾向，但一切尚处于这种审美性的意向性的倾向过程中，可以说也是一种"意淫"，或一则更适合于男性，另一或更适合于女性，两者结合，既为曹雪芹的一个完整的两性哲学。

从以上我们的比较分析中，可以见出第111回和第5回所表述的是同一的又相互联系的（对与不对可不论）关于"情"与"性"的两性哲学，且第111回中说得更清晰、更形象，亦更富于哲学化。那个"含苞未放"的花的比喻，可以说也是对前面第5回说的"意淫"的一种形象解释。如此的哲学思想的一致及其联系，如此别致的递进式的揭示表述，是不可能由任何一个他者来越俎代庖的。

以上我们从三个方面的前后契合论证了第111回那段文字非曹公莫属，其中涉及到艺术细节、哲学含蕴、人物形象塑造等。另外，上引第111回中的那段文字，尤其是其中鸳鸯的一段心理描写，亦十分精彩，亦十分符合鸳鸯的人物性格设定，对于鸳鸯这个人物形象的完成，亦起到了十分重要的作用。

注释

[1] 朱一玄：《红楼梦资料汇编》，南开大学出版社，2001年版，第135页。

[2] 同上，第202页。

[3] 同上，第233、235页。

[4] 转引自郑铁生《红学之疑·关于秦可卿之死的考证》，新华出版社，2006年版。

[5] 朱一玄：《红楼梦资料汇编》，南开大学出版社2001年版，第85页。

第十三章 三粒"老鼠屎"

《红楼梦》后四十回的"冤案"之所以一直持续至今，而且一直到现在仍十分有市场，在相当的程度上，可能也不完全怪张船山先生的那句本无心的话，也不能完全怪胡适先生在最初的考证成功中而昏昏然地陷入了那个自设的逻辑之"圈"，也不能完全怪周汝昌先生及他的那一派主高续说的人的摇旗呐喊。在相当的程度上，这一"冤案"，"后四十回"自己也难辞其咎。这话怎么说呢？这是因为在《红楼梦》"后四十回"的前面，居然赫然地摆放着三粒"老鼠屎"。咱们具体地说，就是笔者以为，《红楼梦》"后四十回"的前三回，即第81、82、83回中，其相当的部分是由别的人（这才是高鹗。下详）补缀上去的。由于在这三回中所补的部分比例太大，而补的质量又太差，因此，它们几乎就从整体上玷污败坏了"后四十回"前三回的整体质量。俗话说："一粒老鼠屎坏了一锅汤"，而现在是三粒"老鼠屎"，而且这三粒"老鼠屎"就摆放在一席盛宴的最前面，这对于读者接受《红楼梦》"后四十回"的趣味，几乎就是致命的。我想，这就是为什么张爱玲说一到"后四十回"，就"天日无光，百般无味"[1]的原因，恐怕也是鼎鼎大名的红学家周汝昌先生说"我读不了高鹗续的后四十回,如果用力量强迫我读,那就是对我最大的精神折磨"[2]的原因,当然更是无数的读者看低整个"后四十回"的重要原因,因而这三粒"老鼠屎",恐怕也就成了整个"后四十回""冤案"最大的罪魁祸首。

可惜的是,现在我们要证明后四十回的前三回中的这些"老鼠屎"般的糟糕文字非曹公自己所为,而是由高鹗所为,却也并无什么"硬"证据,我们所能作为"证据"证明的,仅只是曹公在前八十回中,也在后四十回的其他的许多回中,那显示出来的一贯的风格、个性和水平、文采等,至于考证、版本方面的证据,要么阙如,要么就并不可靠。因此,下面我们的论证,主要就采取这种"软"证明的方式来进行,至于具体方式,我们就按小说本身的顺序,一一拈出,一一数说:

一　第八十一回评析

第81回,在曹雪芹的整体构思中,是"下半部"的开始,亦是小说悲剧的正式开始。第81回承接前面第80回,叙述迎春回家后哭诉自己的可怜遭遇,前几个自然段主要写了两个方面的情节,一是宝玉对王夫人说,要让贾母把迎春留在家里不要回孙家,一是写宝玉忧心忡忡到黛玉处哭诉,其中宝玉的忧心表现和一贯呆气的人物语言以及王夫人宽慰宝玉的人物语言以及黛玉的人物个性、语言等都显得与前80回一致。第81回到此为止,笔者以为,仍然是曹公原笔。此应该是上半部转至下半部的一个转折处,此转换以迎春的悲剧开始,是很自然的一个转换,前面已有很多的铺垫。在这几个自然段后,小说接着就写宝玉因为心情不好，无心看书，就在袭人的劝告下来到大观园走走：

> 一时走到沁芳亭，但见萧疏景象，人去房空。又来至蘅芜院，更是香草依然，门窗掩闭。转过藕香榭来，远远的只见几个人，在蓼溆一带栏干上靠着，有几个小丫头蹲在地下找东西。

这几句描写"抄检大观园"后园中的萧瑟景象，亦十分精彩，它既与此时宝玉为迎春的遭遇悲哀的心情相符，又为抄检大观园后整个贾府的悲剧气氛揭幕，至此应该仍是曹公原笔。但接着描写钓鱼的部分，长度约四个自然段，文字大约是1000余字，却让人大跌眼镜。此段文字糟糕乏味主要表现在以下几个方面：

第一，与宝玉刚刚的悲哀心情完全不符。在此情节之前，宝玉几次为迎春的悲惨遭遇落泪，而且正是因为心情不好才出来漫无目的出来走走，前面的景色描写亦与之相符，但是，接着的描写中，宝玉此种悲哀的心绪却突然荡然无存，他不仅首先丢石头干扰破坏"四美"钓鱼，而且还乐呵呵的不住地"笑"：

> 宝玉忍不住，拾了一块小砖头儿，往那水里一撂，"咕咚"一声。四个人都吓了一跳，惊讶道："这是谁这么促狭？唬了我们一跳！"宝玉笑着从山子后直跳出来，笑道："你们好乐啊！怎么不叫我一声儿？"探春道："我就知道再不是别人，必是二哥

哥这么淘气。没什么说的，你好好儿的赔我们的鱼罢。刚才一个鱼上来，刚刚儿的要钓着，叫你唬跑了。"宝玉笑道："你们在这里玩，竟不找我，我还要罚你们呢。"大家笑了一回。宝玉道："咱们大家今儿钓鱼，占占谁的运气好？看谁钓得着就是他今年的运气好，钓不着就是他今年运气不好。咱们谁先钓？"

在这段叙述中，哪里有一点悲哀的影子，宝玉不仅似贾环一般恶作剧般的丢石头到水中，而且还几次三番地"笑"，甚至还提出要通过钓鱼来"占旺相"。这些描写都是与前面的情景、心情极不相符的。

第二，此段钓鱼的描写没有"功能性"的作用。曹雪芹文字的特点之一，就是笔下无闲文，就是一些看似吃喝玩乐的场景描写，也往往能够揭示人物的性格，或为情节所必须。此特点脂砚斋亦多次提到。例如在第六回中在"那蓉大爷才是她的正经侄儿呢，他怎么又跑出这么一个侄儿来了。"（周瑞家的话）此处有一条夹批："与前眼色真对，可见文章中无一个闲字。"[3] 又如第27回，畸笏叟亦批："《石头记》无闲文闲字正此。"[4] 所谓"无闲文闲字"，就是小说中的每一句话每一个字，都是有作用的，或是为了人物性格或是为了情节，或是为了烘托气氛等等，我们观察前八十回，或后四十回中那些精彩的回目，可以说曹雪芹的文笔十分突出地体现了这一特点。但是，这段长达1000余字的叙述钓鱼的情节，我们瞻前想后，却不知道这段描写有什么用处，如果我们将这段文字从小说中去除，我们也不知道小说受到了什么损害。它既不刻画出里面任一人物的性格，也不在情节上有什么承上启下的作用，这种文字，哪里够得上"文章中无一个闲字"的标准呢？

第三，文字本身亦质木无文，且不乏"硬伤"。如描写钓鱼一段：

> ……宝玉忍不住，拾了一块小砖头儿，往那水里一撂，"咕咚"一声。四个人都吓了一跳，惊讶道："这是谁这么促狭？唬了我们一跳！"宝玉笑着从山子后直跳出来，……探春把丝绳抛下，没十来句话的工夫，就有一个杨叶窜吞着钩子，把漂儿坠下去。探春把竿一挑，往地下一撩，却是活迸的。侍书在满地上乱抓，两手捧着搁在小磁坛内，清水养着。探春把钓竿递与李纹。李纹也把钓竿垂下，但觉丝儿一动，忙挑起来，却是个空钩子。又垂下去半晌，钩丝一动，又挑起来，还是空钩子。李纹把那钩子拿上来一瞧，原来往里钩了。李纹笑道："怪不得钓不着。"忙叫素云把钩子敲好了，换上新虫子，上边贴好了苇片儿。垂下去一会儿，见苇片直沉下去，急忙提起来，倒是一个二寸长的鲫瓜儿。

所引述的这段文字，且不说毫无意义，即使从文字本身来说，也是毫无文采，前八十回中的任何一段，都没有如此的了无趣味。如叙述探春钓鱼一段，写鱼"漂儿"坠，写鱼儿跳等，都是直白质木的叙述，类似一个小学生的作文。从所用的词汇来看，也有诸多不合理不妥当处：

第一，如写宝玉丢石头，竟是一块"小砖头"这样粗俗的语言，就似乎大观园是一个建筑工地似的。

第二，写宝玉从所藏的地方出来，用了"山子"这样似不是曹雪芹的语气、用法，前八十回中，曹公一般会用"山石"，即使用"山子"，亦会与"石"连用，如第23回，写林黛玉听《牡丹亭》："黛玉听了这两句，……越发如醉如痴，站立不住，便一蹲身坐在一块山子石上"。此处是写宝玉藏在一块大石头后，应用"山石"，单用"山子"似不妥。

第三，写宝玉"从山子后直跳出来"，我感觉我是在读《水浒》，而不是温文尔雅的《红楼梦》，多情公子贾宝玉似乎成了"大胖和尚"鲁智深。

第四，写探春钓鱼"把丝绳抛下"，用语似嫌粗俗，用"钓线"或"丝线"或什么别的词语应该更雅，卓越的语言艺术大师曹雪芹当不会如此用。

第五，写时间短，用了"没十来句话的工夫"这样的市井口头语，似乎也不是曹雪芹的语言风格。

第六，写钓鱼，说"就有一个杨叶窜吞着钩子，把漂儿坠下去"这样的写法，似不是曹公的风格，因为曹公写小说，一般都采用限制视角，不是他看见的听见的，不会写，这里鱼"吞着钩子"，是钓鱼的人看不见的，充其量只能说鱼咬钩了，而不能说"吞着钩子"。

第七，写探春钓鱼："探春把竿一挑，往地下一撩，却是活迸的"，这些描写语言，都是毫无描写能力人的语言，此种细节本可以写得鲜活生动。但此处的"一挑""一撩"，尤其是"活迸"一词，简直近于呆傻，难道钓上来一条死鱼不成?

第八,写把鱼放在"小磁坛内,清水养着",拙劣可笑。曹公家丢了的瓷器,都是"成窑"的珍品,此处描写,露出"小家相",且"清水养着",完全多余。

第九,写李纹钓鱼总是空钩子,钩子"原来往里钩了"。钓钩不往里钩,往哪里"钩"?

第十,贾府的丫头素云居然成了"修钓鱼钩子"的工匠,而且还直接穿"虫子"。这样的描写恐怕是高鹗以小家子之心度大家族之腹。贾府的小姐钓鱼不钓鱼我不知道(前八十回没有描写小姐们钓鱼的情节),即使她们钓鱼,也不会自己修钓钩,或自己"穿虫子",或至少曹公不会这样写出来。

第十一,"二寸长的鲫瓜儿",这样的用语似乎也不是曹公的用语。"鲫瓜儿"或许是东北话或京腔,而曹公常用的语言却是带有江苏方言特点。江苏方言把"鲫鱼"叫"鲫泥"。

我们看,短短一段文字,不仅整体上无意义,质木无文,且居然被我们列出了"十一大"罪状(比"十大罪状"还多一条!一笑),这样的文字,难道是曹雪芹写的不成,曹公的文字可真是字字珠玑!我们是连佩服都来不及,哪里还能列出"罪状"呢?这还只是就我们列出的一段而言,其实整个描写钓鱼过程的1000余字,也都是这样毫无趣味的文字,也都可以作出这样的品评分析。

第81回,在描写钓鱼的情节之后,有一个情节的转换,这个转换就是麝月来叫宝玉到贾母那儿去,以询问宝玉以前中了马道婆的巫术的事。这个转换情节只有短短一段,但是却漏洞百出,我们全部引出:

正说着，只见麝月慌慌张张的跑来说："二爷，老太太醒了，叫你快去呢。"五个人都唬了一跳。探春便问麝月道："老太太叫二爷什么事？"麝月道："我也不知道。就只听见说是什么闹破了，叫宝玉来问；还要叫琏二奶奶一块儿查问呢。"吓得宝玉发了一回呆，说道："不知又是那个丫头遭了瘟了。"探春道："不知什么事，二哥哥你快去。有什么信儿，先叫麝月来告诉我们一声儿。"说着便同李纹、李绮、岫烟走了。

漏洞之一：麝月说的是"老太太醒了，叫你快去呢"，"五个人都唬了一跳"，贾府中谁不知道，贾母最是宠爱宝玉，怎么可能听说老太太叫宝玉去，五个人都"唬了一跳"呢？很显然，这补作文章的人是模仿贾政叫宝玉的情形来写。

漏洞之二：其中写"吓得宝玉发了一回呆，说道：'不知又是哪个丫头遭了瘟了。'"也很不合情理，虽然在此之前，确实有好几个丫头"遭了瘟"，但使丫头们遭瘟的不是贾母，而是王夫人。因此宝玉"发了一回呆"是很不合情理的。另外，即使是前面几回抄检大观园中，王夫人使几个丫头"遭了瘟"，但宝玉是她的儿子，王夫人是贾宝玉慈爱的母亲，在宝玉的口里也绝不会用"遭了瘟"这样的用语。读者可以比较第77回"俏丫鬟抱屈夭风流，美优伶斩情归水月"中宝玉在袭人面前哭诉一段，就可以知道，宝玉是绝对不会用"遭了瘟"这样的用语的。之所以出现这样糟糕的写法，笔者以为，这是因为补作的人在揣测前面抄检大观园的情节写，但是他的模仿却未细细揣测人物特性和人物关系。

第三个漏洞：在此段文章的末尾，探春说："不知什么事，二哥哥你快去。有什么信儿，先叫麝月来告诉我们一声儿。"这显然也是不合情理的，探春是极明事理的人，本是贾母来叫宝玉，她决不会说出这样不着边际的话来。这种漏洞的出现，也是因为补作的人在模仿前面贾政打宝玉的情形来写，但他的模仿用错了对象。

在第八十一回，接下来的是贾母王夫人等叙述马道婆败露的事。此部分未见明显破绽。接着又是一段过渡，亦是漏洞百出：

> 正说着，只见玉钏儿走来对夫人道："老爷要找一件什么东西，请太太伺候了老太太的饭完了，自己去找一找呢。"贾母道："你去罢，保不住你老爷有要紧的事。"王夫人答应着，便留下凤姐儿伺候，自己退了出来。回至房中，合贾政说了些闲话，把东西找出来了。贾政便问道："迎儿已经回去了？他在孙家怎么样？"王夫人道："迎丫头一肚子眼泪，说孙姑爷凶横的了不得。"因把迎春的话述了一遍。贾政叹道："我原知不是对头，无奈大老爷已说定了，叫我也没法。不过迎丫头受些委屈罢了。"王夫人道："这还是新媳妇，只指望他以后好了好。"说着，"嗤"的一笑。贾政道："笑什么？"王夫人道："我笑宝玉儿早起，特特的到这屋里来，说的都是些小孩子话。"贾政道："他说什么？"王夫人把宝玉的言语笑述了一遍。贾政也忍不住的笑。

在此过渡性的段落中，主要的漏洞有三处：

第一个漏洞：贾政打发玉钏儿叫王夫人回去找东西，然后说王夫人回去"把东西找出来了"，但是却并没有说明找的什么东西，找那个东西有什么用。既然贾政居然打发玉钏儿来叫王夫人（在前八十回从未有过贾政使唤王夫人的丫头），说明要找的东西是很重要的，但却没有下文。显然，这是补作者无话找话说，以完成一个过渡。

第二个漏洞：贾政在询问王夫人迎春嫁过去的情况时，所使用的称呼是"迎儿"。这个称呼在前八十回中从未见过。王夫人的用语是"迎丫头"，按理贾政亦应称呼为"迎丫头"。如果称呼迎春为"迎儿"，那么，惜春就可以称呼为"惜儿"，探春就称呼为"探儿"，行吗？我觉得这个令人感到别扭的称呼是补作的人想当然地作如此称呼罢了，写《红楼梦》的曹雪芹写的是他的家事，断不会随便使用称呼。

第三个漏洞：王夫人和贾政谈起迎春的悲怨时，居然笑语不断。迎春的悲剧是整个贾府悲剧的开始，在第79回迎春嫁过去时，贾母、王夫人、贾政对于迎春嫁给孙绍祖，都是忧心忡忡。就是在第81回的前面，在贾宝玉对王夫人说要让贾母把迎春留住在家时，王夫人也只是"又好笑，又好恼"，且接下来对宝玉说起的一番话也是对宝玉的劝慰，说明她也担心迎春的命运。王夫人在宝玉面前尚且如此（她当然不会在自己的未成年的儿子面前露出自己的担忧），就断不会在贾政面前表现得如此轻松，居然一笑再笑，会"把宝玉的言语笑述一遍"。如果是这样，那王夫人何其没有良心，那简直比邢夫人更没有良心了。显然这只是补作者顺着前面写迎春的事情，想当然地补出这一段文字，但是他完全没有叙述故事的能力，更没有揣测清楚人物的性格特点。

第八十一回显明的漏洞大致如上。至于出现这种严重缺陷的原因，笔者以为，是因为程伟元搜集到的《红楼梦》的后四十回的前面几回缺损严重，在程伟元和高鹗编辑出版时，不得已对缺损的部分进行了一些补缀修订，这些明显不合理的糟糕的文字，笔者以为就是高鹗对缺损的部分进行补缀修订的结果。我们的这一猜测也可以在程伟元和高鹗的序和引言中得到一些印证，如程伟元在程甲本的序中说："不佞以是书既有百廿卷之目，岂无全璧？爰为竭力搜罗，……数年以来，仅积有廿余卷。一日偶于鼓担上得十余卷，遂重价购之，欣然审阅，见其前后起伏，尚属接榫，然漶漫不可收拾。"又在程乙本的引言中说："是书后四十回，系就历年所得，集腋成裘，更无他本可考，惟按其前后关照者，略为修辑，使其有应接而无矛盾。……俟再得善本，更为厘定。"很显然，后四十回在程伟元、高鹗进行编辑时，是一叠比较破烂的稿子，程、高对这些稿子，进行了一些必要的连接补缀的工作。

能够支持这种猜想的，是于1959年在山西发现的一部被称为《梦稿本》（又称为"杨本"，以其收藏者杨继振姓氏命名）的《红楼梦》120回的手抄本。关于这部《梦稿本》的性质，至今争论很大，大约有三种看法，一是认为这部《梦稿本》即是程乙本的一部底本，二是认为《梦稿本》是抄自程乙本，三是认为《梦稿本》是曹雪芹《红楼梦》的一部最早的稿本。笔者对此没有专门的研究（我们的研究及其结论并不依赖于此，此前面已屡次说明），但笔者倾向于认为，红学家杜春耕先生和林语堂先生等一派人对此的研究最为可信，即它是高鹗程乙本的一部底本，其依据大约有这样几条：

第一，《梦稿本》的正文和改文加在一起，与程乙本基本一致。

第二，在《梦稿本》的扉页上，收藏者杨继振题有："兰墅太史手定《红楼梦》稿百廿卷，内阙四十一至五十卷，据排字本抄足记"的字样。此即是说，在杨继振先生收藏到这部《梦稿本》的时候，其中缺失了第四十一至五十回，于是杨继振先生就依据早已经出版了的程本《红楼梦》把这十回书抄了下来，并在此稿本的扉页上加以了注明。杨继振字又云，是清代有名的藏书家，他如此郑重记载，应当是可信的。杨继振收藏此《梦稿本》的时间，不会晚于1829年，而此离程乙本出版的时间，只过去了38年。

第三，在《梦稿本》的第78回末有朱笔题字"兰墅阅过"。此为高鹗审阅过此本的一个铁证。

据以上三条，认定所谓《梦稿本》为程乙本的底本应该是没有问题的。

那么，这部《梦稿本》呈现出怎样的情形呢？就是在这《梦稿本》的后四十回中，除开原文以外，在字里行间添改得十分厉害，还有许多回，字里行间添改不了，于是用纸条写上再粘贴于相应位置。关于此，林语堂先生说："……真是密密删改的，大半在后四十回，如八十一、八十二、八十三、八十四、八十五、八十九、九十、即一百十七至一百廿回。纸张地位不够，另纸粘上的，前八十回仅两条，后四十回，从八十一回起，共廿一条。"[5]杜春耕先生亦说："让我们来看看后四十回的状况，其中有十九回是加了大量旁改的难于看清的文字，另外还有三十余张需要插入其中的以粘条形式出现的补写文字。"[6]这说明，在后四十回中，有许多文字是高鹗在整理编辑原稿时所添加的，而之所以要添加，极有可能是因为程伟元所收集的后四十回的底稿残缺漶漫，无法连接成文，于是高鹗不得已对此采取了此种手段，由于高鹗的目的只是使小说能够勉强连接，本不是有心创作，因此，其所添写的部分出现矛盾、不合理、可笑的情形就不奇怪了。

二　第八十二回评析

第82回大致与第81回相似，就是其中掺杂着相当一些杂质，下面我们一一评述：

1、第82回第一自然段中，叙述宝玉放学回来向贾政汇报，贾政听后说："去罢，还到老太太那边陪着坐坐去。你也该学些人功道理，别一味的贪玩。晚上早些睡，天天上学，早些起来。你听见了？"

这些话本是做父亲的常用教训语言，但其中"你也该学些人功道理"一句，怎么听都不像是曹雪芹的语气，倒像是在科举道路上一路走来的进士高鹗的语气。总之，听着有些别扭。在前八十回和后四十回的其他许多回里，我们就不曾感到这样的别扭。或许有人说，这是为了表现贾政的乏味，贾政其实并不乏味，他只是正统，看看他跪在自家的门口向他的女儿元妃说的一番精彩的颂圣的话，以及他在第105至107回中的语言即知。

2、第82回的第二自然段整个都有问题，整个都带有模仿的痕迹，我们还是先把这个段落引出：

宝玉连忙答应几个"是"，退出来，忙忙又

去见王夫人，又到贾母那边打了个照面儿，赶着出来，恨不得一走就走到潇湘馆才好。刚进门口，便拍着手笑道："我依旧回来了。"猛可里倒唬了黛玉一跳。紫鹃打起帘子，宝玉进来坐下。黛玉道："我恍惚听见你念书去了，这么早就回来了？"宝玉道："嗳呀！了不得！我今儿不是被老爷叫了念书去了么？心上倒象没有和你们见面的日子了。好容易熬了一天，这会子瞧见你们，竟如死而复生的一样。真真古人说'一日三秋'，这话再不错的。"黛玉道："你上头去过了没有？"宝玉道："都去过了。"黛玉道："别处呢？"宝玉道："没有。"黛玉道："你也该瞧瞧他们去。"宝玉道："我这会子懒怠动了，只和妹妹坐着，说一会子话儿罢。老爷还叫早睡早起，只好明儿再瞧他们去了。"黛玉道："你坐坐儿，可是正该歇歇儿去了。"宝玉道："我那里是乏？只是闷得慌。这会子咱们坐着，才把闷散了，你又催起我来！"黛玉微微的一笑。

以上所引，叙述的是宝玉第一日上学回来去见黛玉的情节，其中的毛病着实不少，我们还是分别一一述说：

第一个毛病，这个段落过于直奔主题：

宝玉爱黛玉，宝玉最想见的也是黛玉，这个没有问题。但是，在前80回中，宝黛见面总是如生活自身一般，都是自然而然的，有时候两人甚至还闹些"求全之毁，无虑之隙"。但是这个自然段却显得过于直奔主题，甚至夸大。譬如宝玉此时不过去上了半天学，放学回来居然是"恨不得一走就走到潇湘馆才好"，甚至说出"这会子瞧见你们，竟如死而复生的一样。真真古人说'一日三秋'这话再不错的。"有这么急切、严重吗？况且何其不自然。再如开头几句：写宝玉从贾政处出来："忙忙又去见王夫人，又到贾母那边打了个照面儿。赶着出来，恨不得一走就走到潇湘馆才好。"此处把宝玉去见黛玉写得如此急迫，且又没有任何原因，显得很不自然。我想，补作者之所以写出这样的"宝黛爱情"，不过是补作的人根据前面的意思想当然地打算突出一下这一主题，至于自然不自然，合理和合理等，恐怕是既没有能力也无暇去考虑了。

第二个毛病，模仿痕迹太浓。

这个自然段不仅过于直奔主题，而且模仿痕迹也太浓。这个自然段明显地模仿前面第9回宝玉第一次去上学前和黛玉告别的情节，下面我们引出第9回的相关部分，以资对比：

> （宝玉）说着又至贾母这边，秦钟早已来了，贾母正和他说话儿呢。于是二人见过，辞了贾母。宝玉忽想起未辞黛玉，又忙至黛玉房中来作辞。彼时黛玉在窗下对镜理妆，听宝玉说上学去，因笑道："好！这一去可是要'蟾宫折桂'了！我不能送你了。"宝玉道："好妹妹，等我下学再吃晚饭。那胭脂膏子也等我来再制。"唠叨了半日，方抽身去了。黛玉忙又叫住问道："你怎么不去辞你宝姐姐来呢？"宝玉笑而不答一径同秦钟上学去了。

第82回也是写宝玉去见黛玉，黛玉因为吃醋便问宝玉去见过宝钗没有，不同的只是，第82回把上学前去见黛玉换成了放学回来来见黛玉。但是，两相比较，第9回写得何其生动自然，而此处真真是尸位素餐，仅仅是徒有其表罢了。此处的模仿不仅止于模仿第9回，最后描写黛玉催宝玉离开的情节，也是对前面的模仿，前八十回也几次描写黛玉在困倦时，或在宝玉粘人太久时，或黛玉生气时黛玉撵宝玉的情节细节，如第19回，写黛玉午睡，宝玉恐黛玉午睡"滞食"，便缠着黛玉说话，于是黛玉便撵宝玉了：

> "你且出去逛逛，我前儿闹了一夜，今儿还没歇过来，浑身酸疼。"宝玉道："酸疼事小，睡出来的病大，我替你解闷儿，混过困去就好了。"黛玉只合着眼，说道："我不困，只略歇歇儿，你且别处去闹会子再来。"宝玉推他道："我往那里去呢，见了别人就怪腻的。"

这里也是黛玉撵宝玉，黛玉撵宝玉的话和宝玉的回话都与此相似。但是第19回写得生动，刻画人物性格也很好，而此处黛玉撵宝玉以及二人语言却很不自然，因为宝玉刚到黛玉处，宝玉并未触犯黛玉，黛玉不困倦也未生病，这只不过是补作的人在模仿着写罢了。

第三个毛病：语言不好：

前面已明，此段整个都带有直奔主题和模仿的痕迹，然而虽然模仿，因其语言功力不到或叙述视角使然，却仍然枯燥无味，最明显的瑕疵有几处：

如写宝玉去见黛玉："恨不得一走就走到潇湘馆才好"，这句描写从文学的角度来说，感觉分明只到初中的水平，怎么可能是曹公的手笔？曹公的语言什么时候可以俗到用这样的句子。

第二处：写宝玉刚来到潇湘馆："刚到门口，便拍着手笑道：'我依旧回来了'。"前八十回写宝玉到潇湘馆见黛玉，通常都是写得宁静幽清，什么时候会"拍着手笑道"？"拍着手""笑"的有，但那不是宝玉，而是薛蟠。如第26回写薛蟠叫焙茗哄骗宝玉说他父亲叫他：

> 转过大厅，宝玉心里还自狐疑，只听墙角边一阵呵呵大笑，回头见薛蟠拍着手跳出来，笑道："要不说姨夫叫你，你那里肯出来的这么快！"

第三处：黛玉问宝玉去见过贾母没有，用的语言却是"你上头去过了没有？"宝黛二人如亲兄妹一样，贾母看待黛玉亦如亲孙女儿一样。黛玉说"贾母"怎么可能用"上头"来指称？在红楼梦的前八十回中，多次用"上头"指称贾母等的，都是贾府的丫头或仆人，如第58回，秋纹斥责芳官的干娘时提到主人时称呼"上头"：

> 况且宝玉才好了些，连我们也不敢说话，你反打的人狼号鬼哭的。上头出了几日门，你们就无法无天的。

又如第60回柳家的嫂子和柳家的称呼主子为"上头"：

> 谁知这五日的班儿，一个外财没发，只有昨日

有广东的官儿来拜，送了上头两小篓子茯苓霜，余外给了门上人一篓作门礼。

显然，"上头"是贾府中的丫头仆人们在背后指称主人们的一种称呼，曹雪芹写的是他的家事，怎么可能随便使用称呼呢？黛玉怎么又可能用这样显得"外道"的称呼来指代贾母呢？我以为，这都是因为高鹗在补作时不自觉地将自己置于贾府的"外人"的位置上，不自觉地露出了自己的"狐狸尾巴"。

以上所提三处语言不好，只是孤立地衡量，其实这个自然段整个的语言都不自然，都无神采。

第三自然段也有诸多问题，我们仍然先引出第三自然段，再作分析：

> 黛玉微微的一笑。因叫紫鹃："把我的龙井茶给二爷沏一碗。二爷如今念书了，比不得头里。"紫鹃笑着答应，去拿茶叶，叫小丫头子沏茶。宝玉接着说道："还提什么念书？我最厌这些道学话。更可笑的，是八股文章，拿他诓功名，混饭吃，也罢了，还要说'代圣贤立言'。好些的，不过拿些经书凑搭凑搭还罢了；更有一种可笑的，肚子里原没有什么，东拉西扯，弄的牛鬼蛇神，还自以为博奥。这那里是阐发圣贤的道理？目下老爷口口声声叫我学这个，我又不敢违拗，你这会子还提念书呢！"黛玉道："我们女孩儿家虽然不要这个，但小时跟着你们雨村先生念书，也曾看过。内中也有

近情近理的，也有清微淡远的。那时候虽不大懂，也觉得好，不可一概抹倒。况且你要取功名，这个也清贵些。"宝玉听到这里，觉得不甚入耳，因想："黛玉从来不是这样人，怎么也这样势欲熏心起来？"又不敢在他跟前驳回，只在鼻子眼里笑了一声。

1、第一个可疑处便是"龙井茶"

在前八十回中，也在后四十回的其他部分中，都不见使用"龙井茶"一名。大约在贾府或当时曹家，"龙井茶"委实不算什么稀奇，所以曹雪芹可能是不屑于写的，我们看《红楼梦》中，所提到的物品都是一般老百姓闻所未闻的物品便知。而高鹗就不一样了，他所知道的好茶，大概也就是"龙井"了，所以这里又不自觉地露出了小家子气味。

2、第二个毛病也是有刻意模仿的痕迹

在第82回的这个自然段里，宝玉又把他嘲笑"禄蠹"的那套理论重发挥了一遍。我们有两点理由可以证明这些描写是高鹗的刻意模仿，第一，类似的话在前八十回中已经有过两次出现：一次是在第36回：

宝玉听至浓快处，见他不说了，便笑道："人谁不死？只要死的好。那些须眉浊物只听见'文死谏''武死战'这二死是大丈夫的名节，便只管胡闹起来。那里知道有昏君，方有死谏之臣，只顾他邀名，猛拚一死，将来置君父于何地？必定有刀兵，方有死战，他只顾图汗马之功，猛拚一死，将来弃国于何地？"袭人不等说完，便道："古时候儿这些人，也因出于不得已他才死啊。"宝玉道："那武将要是疏谋少略的，他自己无能，白送了性命，这难道也是不得已么？那文官更不比武官了：他念两句书，记在心里，若朝廷少有瑕疵，他就胡弹乱谏，邀忠烈之名；倘有不合，浊气一涌，即时拼死，这难道也是不得已？要知道那朝廷是受命于天，若非圣人，那天也断断不把这万几重任交代。可知那些死的，都是沽名钓誉，并不知君臣的大义。比如我此时若果有造化，趁着你们都在眼前，我就死了，再能够你们哭我的眼泪，流成大河，把我的尸首漂起来，送到那鸦雀不到的幽僻去处，随风化了，自此再不托生为人，这就是我死的得时了。"

再如第19回：

凡读书上进的人，你就起个外号儿，叫人家'禄蠹'；又说只除了什么'明明德'外就没书了，都是前人自己混编纂出来的。这些话你怎么怨得老爷不气，不时时刻刻的要打你呢？"宝玉笑道："再不说了。那是我小时候儿不知天多高地多厚信口胡说的，如今再不敢说了。还有什么呢？"袭人道："再不许谤僧毁道的了。"

这是宝玉在前80回中两次发挥他的厌恶"禄蠹""经济"的理论。曹雪芹的写作有一个特点，不独不沿袭别人，就是沿袭自己他也不愿意。宝玉前面既然已经两次发挥了他的理论，应该就不会再一次重复地发挥。此外，即使重复地表现，应当也是有新的角度或新的表现形式，但是以上第82回中，其理论和语言都并无什么新鲜。因此，我们认为，这只不过是高鹗又一次直奔主题和模仿的表现。

3、黛玉断不会劝宝玉博取功名

在所引出的这段文章里，黛玉居然劝宝玉"取功名"，这是很不合情理的。因为在前八十回的第32回"诉肺腑心迷活宝玉，含耻辱情烈死金钏"中，当宝玉斥责湘云劝告他留意于仕途经济时，就在背后夸奖林妹妹"从不说这些混账话"，而且恰巧被黛玉听见了，并且引出了黛玉那段最有名的心理描写：

> （黛玉）刚走进来，正听见湘云说"经济"一事，宝玉又说"林妹妹不说这些混账话，要说这话，我也和他生分了"。
>
> 黛玉听了这话，不觉又喜又惊，又悲又叹。所喜者：果然自己眼力不错，素日认他是个知己，果然是个知己；所惊者：他在人前一片私心称扬于我，其亲热厚密，竟不避嫌疑；所叹者：你既为我的知己，自然我亦可为你的知己，既你我为知己，又何必有"金玉"之论呢？既有"金玉"之论，也该你我有之，又何必来一宝钗呢？所悲者：母亲早逝，虽有铭心刻骨之言，无人为我主张；况近日每觉神思恍惚，病已渐成，医者更云："气弱血亏，恐致劳怯之症。"我虽为你的知己，但恐不能久待；你纵为我的知己，奈我薄命何！想到此间，不禁泪

又下来。待要进去相见，自觉无味，便一面拭泪，
一面抽身回去了。

黛玉这段动人的心理活动，正是因为"经济"之论而
起，她又怎么可能在宝玉面前去充当彼时的受宝玉斥责的角色
呢？我们这样说，也并不是说黛玉具有什么反封建的思想意
识，而是因为黛玉不会这么无趣，不会违背她那曾被宝玉私下
称扬的纯洁无暇的本性，而唯其在这样的本性基础上，宝玉和
她，才成为"知己"。另外，这段话不仅大悖情理，而且在艺
术上也有模仿痕迹。所模仿的对象，就正是第32回湘云劝宝玉
的那段文字：

湘云笑道："还是这个性儿，改不了！如今大
了，你就不愿意去考举人进士的，也该常会会这些
为官作宦的，谈讲谈讲那些仕途经济，也好将来应
酬事务，日后也有个正经朋友。让你成年家只在我
们队里，搅的出些什么来？"

宝玉听了，大觉逆耳，便道："姑娘请别的
屋里坐坐罢，我这里仔细腌臜了你这样知经济
的人！"

不同的只是，在湘云如此劝说之后，宝玉是当面发作，
斥责了湘云，而此处则实在不能让宝玉去斥责黛玉，所以只是
"在鼻子眼里笑了一声"。

4、此一自然段的语言也相当不妥，最明显的，是以下
一些：

第一："不过拿些经书凑搭凑搭还罢了"。"凑搭凑搭"这个词语，怎么也觉得这不像是曹雪芹会使用的语言，怎么也觉得这才是高进士说话的语气。与此相似的还有"目下"一词。

第二，黛玉说的"但小时候跟着你们雨村先生念书"一语中，"你们雨村先生"一词，怎么听也不像黛玉的口气，黛玉的语言以聪慧机灵为特点，怎么可能说出"你们雨村先生"这样的冬烘气的语言呢？这听起来也像是高进士自己的语言。况且"你们"的称呼，也显得"外道"，黛玉应该不会在宝玉面前使用如此"外道"的称呼。

第三：黛玉评价"经书"："内中也有近情近理的，也有清微淡远的"，用"清微淡远"来评价"经书"，且不说合适不合适，总觉得曹雪芹不会这样语言贫乏，林黛玉也不会这样语言贫乏。《红楼梦》中的几个主要人物，例如宝玉、宝钗、黛玉，议论起人物事情来，无不是一套一套的，都是吐珠喷玉，令人耳目一新。如黛玉议论作诗要诀，议论琴理（在后四十回中），宝钗议论绘画、议论医道药理等，宝玉议论仕途经济、议论佛理道教（后四十回中）等等，都是如此，怎么可能评论"经书"贫乏到只能使用一个"清微淡远"呢？这怎么听，都像是没做过书的高进士"理屈词穷"的乏味之言。

第四："只在鼻子眼里笑了一声"不妥。用"鼻子"可以，但具体到"鼻子眼里"却有些煞风景。要知道，曹雪芹绝对绝对的是一个唯美主义者，他决不会写出"鼻子眼里"这么不美的词，况且还是描写宝玉在黛玉面前。另外用"鼻子眼"只能哼，用"鼻子眼"笑，就不恰切。我想，曹公就是喝酒大醉（曹公爱喝酒）后，也不会写出这样令人啼笑皆非的语言来。

从以上的分析我们可以看出，这补作者实在不高明，费了九牛二虎之力，凑合整出前三回中这么几段文章，却是这么笑话百出。所以说，要让高鹗写出后四十回中后面几十回那些足以和前八十回中媲美的文字来，那是不可能的。

下面我们接着分析第四自然段：

> 正说着，忽听外面两个人说话，却是秋纹和紫鹃。只听秋纹说："袭人姐姐叫我老太太那里接去，谁知却在这里。"紫鹃道："我们这里才沏了茶，索性让他喝了再去。"说着，二人一齐进来。宝玉和秋纹笑道："我就过去。又劳动你来找。"秋纹未及答言，只见紫鹃道："你快喝了茶去罢，人家都想了一天了。"秋纹啐道："呸！好混账丫头。"说的大家都笑了。宝玉起身，才辞了出来。黛玉送到屋门口儿，紫鹃在台阶下站着，宝玉出去，才回房里来。

第四自然段从整体上亦是模仿着写，而且是为开玩笑而开玩笑（也是一种直奔主题的表现）。首先，紫鹃决不会如此开玩笑，即使开玩笑也不会是开秋纹的玩笑。无论前面和后面，怡红园中的袭人、麝月、晴雯，与宝玉都有一点或明或暗的亲密关系，唯独秋纹没有。所以说，补作者即使是模仿也是只知其一，不知其二。此大约只是模仿着前八十回中的一些玩笑情景，以增加一点轻松的味道罢了，如第31回：

　　（黛玉）一面说，一面拍着袭人的肩膀，笑道：
"好嫂子，你告诉我。必定是你们两口儿拌了嘴了？
告诉妹妹，替你们和息和息。"袭人推他道："姑
娘，你闹什么！我们一个丫头，姑娘只是混说。"
黛玉笑道："你说你是丫头，我只拿你当嫂子待。"

　　第82回大概是整体上最糟糕的一回（第81回和83回的
补作部分都少于第82回），基本上由补作者完成。为避免繁
琐，下面我们不再将所分析的段落引出，只简单地分析毛病最
突出的句子或词汇。

　　第5自然段最突出的毛病是，在宝玉从黛玉处回来后，袭
人告诉宝玉："方才太太叫鸳鸯姐姐来吩咐我们：如今老爷发
狠叫你念书，如有丫鬟们再和你玩笑，都要照着晴雯司棋的例
办。"此有两处很不合情理，第一，鸳鸯是贾母处的大丫头兼
管家，身份地位非同一般，王夫人决不会临时叫鸳鸯来向袭
人传达这样的指示。第二，袭人转告的王夫人的指示本身也
甚不合情理，晴雯是王夫人赶出去的不错，但司棋却与王夫
人无干，被王夫人撵出去的应该是芳官和晴雯，不会专门提
司棋。

　　第8自然段："袭人也觉得可怜，说道：'我靠着你睡
罢'，便和宝玉捶了一回脊梁，不知不觉，大家都睡着
了。"几句，亦颇不合情理。第一，袭人虽然曾与宝玉"初试
云雨情"，但袭人是很自重的，尤其是在王夫人重用她并撵走
了晴雯和芳官后，她更为小心，决不会自己提出来要挨着宝玉
睡。显然，这只是补作的人想当然罢了。第二，"捶了一回脊
梁"的用语很奇怪，捶背可以，捶脊梁似乎不妥，也许高鹗的

东北话是"捶脊梁"。

第9至12自然段，写代儒先生叫宝玉学四书，大不通处虽没有，但语言枯燥无味，且其主题过于直露，而且似乎是按着高鹗本人的见识来加以表现。在此部分中，代儒先生叫宝玉学了两章，一是"后生可畏"章，一是"吾未见好德如好色者也"章（高进士对于四书五经之类的东西毫无疑问是熟悉的）。这似乎是高鹗借代儒先生来教育贾宝玉，且写得太露，太一本正经。如果真是曹雪芹写读经书之类的情节，他大概也不会这样一本正经地写。此外，我们发现，高鹗如此写，恐怕也是对于第84回相关内容的一个呼应和模仿。在第84回中，有贾政询问贾宝玉读书的情节，其中有这样一段：

> 贾政问道："这几日我心上有事，也忘了问你。那一日你说你师父叫你讲一个月的书，就要给你开笔。如今算来将两个月了，你到底开了笔了没有？"宝玉道："才做过三次。师父说：'且不必回老爷知道；等好些，再回老爷知道罢。'因此，这两天总没敢回。"贾政道："是什么题目？"宝玉道："一个是'吾十有五而志于学'，一个是'人不知而不愠'，一个是'则归墨'三字。"贾政道，"都有稿儿么？"宝玉道："都是作了抄出来，师父又改的。"贾政道："你带了家来了，还是在学房里呢？"宝玉道："在学房里呢。"贾政道："叫人取了来我瞧。"宝玉连忙叫人传话与焙茗，叫他："往学房中去，我书桌子抽屉里有一本薄薄儿竹纸本子，上面写着'窗课'两字的就是，快拿来。"

　　然后就是贾宝玉面呈作业给贾政，且记叙了宝玉怎样作文，代儒先生怎样批改，贾政怎样评论的详细的内容。笔者以为，第82回写代儒先生叫宝玉学《四书》的情节，就是高鹗模仿后面第84回并反向推求而写出的内容。笔者以为，曹雪芹如果在第84回处写有这样详细的记述学《四书》的内容，就决不会在第82回也这样详细地记述学《四书》的经过，反之，如果真在第82回就详细地记述了学《四书》的内容，那么在第84回就不会再那么详细地记叙。因此，就像下面我们将要分析袭人刺探黛玉的情形一样，这两个相似的情节必是一真一假。但是我们比较这两个相似的情节，第82回的过于直露，语言也索然无味，而第84回处却气韵生动，人物性格、语气等，均与前80回一致。因此，我们判断，第82回的学《四书》的情节，不过是高鹗采用模仿和反向推求的方法，把第84回的内容在第82回又写了一遍。

　　另外，第82回中跟代儒学四书中的有些词语，如"宝玉答应了，也只得天天按着功课干去"实在粗俗，且不似是曹公的语气。

　　以上为第82回的上半部分。

　　到第82回下半部分，自"且说宝玉上学之后"一直到"又说了一回话，袭人才去了"共三个自然段，描写袭人主动去试探黛玉，是相当荒唐的一部分：

　　第一，在前八十回，袭人并没有表现出如此的贪婪和心机，况且以袭人之稳重，也决不会如此莽撞轻率去试探黛玉，这只不过是补作者故意地制造出的情节。

　　第二，整个写袭人试探的部分，不仅从整体上是故意制造出来的情节，而且模仿痕迹亦很浓。例如写袭人和黛玉说到凤姐："把手伸着两个指头，道：'说起来，比她还厉害，连外头的脸面都不顾了。'"这个"伸着两个指头"的细节在前八十回中出现过，第25回"魇魔法叔嫂逢五鬼，通灵玉蒙蔽遇双真"中，赵姨娘和马道婆说到王熙凤时就使用过：

> （赵姨娘）听了笑道："罢，罢！再别提起！如今就是榜样。我们娘儿们跟的上这屋里那一个儿？宝玉儿还是小孩子家，长的得人意儿，大人偏疼他些儿也还罢了；我只不服这个主儿！"一面说，一面伸了两个指头。马道婆会意，便问道："可是琏二奶奶？"

第82回中的这个细节，显然就是从此模仿而来。且这里不仅模仿痕迹太浓，而且不合情理，以袭人之稳重，绝不会在她认为多疑的黛玉面前议论王熙凤，更决不会在黛玉面前说王熙凤"连外头的脸面都不顾了"。

另外，需要特别指出的是，袭人刺探黛玉这个情节不仅模仿前八十回中的相关部分，它更是模仿了后四十回中的相关部分。第85回中，当袭人在贾母、王熙凤的谈话中揣测得知将要给宝玉说亲后，也有这样一个刺探黛玉的情节，现在我们就把这段文字引述出来，和第82回的那部分对比一下：

> 不说贾母处谈论亲事。且说宝玉回到自己房中，告诉袭人道："老太太和凤姐姐方才说话，含含糊糊，不知是什么意思？"袭人想了想，笑了一笑道："这个我猜不着。但只刚才说这些话时，林姑娘

在跟前没有？"宝玉道："林姑娘才病起来，这些时何曾到老太太那边去呢？"……

却说袭人听了宝玉方才的话，也明知是给宝玉提亲的事，因恐宝玉每有痴想，这一提起，不知又招出他多少呆话来，所以故作不知。自己心上，却也是头一件关切的事。夜间躺着，想了个主意：不如去见见紫鹃，看他有什么动静，自然就知道了。

次日一早起来，打发宝玉上了学，自己梳洗了，便慢慢的去到潇湘馆来。只见紫鹃正在那里掐花儿呢，见袭人进来，便笑嘻嘻的道："姐姐屋里坐着。"袭人道："坐着，妹妹，——掐花儿呢吗？姑娘呢？"紫鹃道："姑娘才梳洗完了，等着温药呢。"

紫鹃一面说着，一面同袭人进来。见了黛玉正在那里拿着一本书看。袭人陪着笑道："姑娘怨不得劳神，起来就看书。我们宝二爷念书，若能象姑娘这样，岂不好了呢。"黛玉笑着把书放下。雪雁已拿着个小茶盘里托着一钟药，一钟水，小丫头在后面捧着痰盒漱盂进来。

原来袭人来时，要探探口气，坐了一回，无处入话。又想着黛玉最是心多，探不成消息再惹着了他倒是不好。又坐了坐，搭讪着辞了出来了。

这就是第85回袭人探测黛玉的整个过程。袭人在得知要给宝玉说亲时，作为未来宝玉的妾，她当然会十分关心未来的正房太太是谁，从她的心理上，恐怕是不大愿意是黛玉的。但是她所了解的情况却是，宝玉最爱黛玉，因此给宝玉说亲是黛玉的可能性最大，因此，她就萌生了去紫鹃、黛玉那儿去窥探一下究竟的想法。但是，当她到了黛玉处时，却觉得无处探询，于是就"搭讪着辞了出来"。

我们两相对比，觉得第85回处的打探消息的情节，才是合理的，才是曹雪芹的原笔。而第82回的部分，却是补作者对于第85回的一种模仿，但是一种十分拙劣的模仿。袭人怎么可能如此丧心病狂地在黛玉面前进行这样的表演，怎么可能还会伸出"两根指头"来指斥王熙凤。这样的一种往后的拙劣的模仿，比对于前面的模仿对作品的伤害更大，为什么？因为它不仅自身拙劣，是伪文，还会让后面的第85回的真文，显得重复，让人也一并觉得糟糕起来。当然，现在当我们识破了高鹗的伎俩以后，他的这一向后的模仿也未尝不是"好事"，因为我们可以在此作出一个二者选一的简单选择：两者必有一假：因为如果第82回的那部分是曹公的文字，那么第85回曹公就必不会再重复着那么写，即，两真是不可能的；而如果第82回是高鹗自己的文字，那么高鹗在第85回也绝不会又重复着写，且前面已经写得那么露骨，第85回袭人就绝不可能如此的扭捏搭讪，因此，两假也是不可能的。第82回的部分和第85回的部分，就必是一真一假。那么谁真谁假呢？已不待言。

在袭人试探黛玉的情节之后，接着的情节是写薛姨妈处来的一"婆子"来给黛玉"送一瓶儿蜜饯荔枝"，然后议论"怨不得我们太太说：'这林姑娘和你们宝二爷是一对儿"。此情节亦大不合理，其大毛病亦有以下几点：

第一，过于直奔宝黛爱情的主题，因而显得生硬不自然。

第二，很不合情理。首先，薛姨妈应该不会在私下里说宝玉与黛玉是"一对儿",尽管在第57回薛姨妈这样开过黛玉的玩笑,但玩笑归玩笑。因为贾母、王夫人喜欢宝钗,屡次夸奖宝钗,薛姨妈是知道的,连宝钗自己的潜意识里,都知道贾府不会让宝玉娶黛玉,因为宝钗有一次无意识的露出了这一点:在第四十五回"金兰契互剖金兰语,风雨夕闷制风雨词"中,在宝钗和黛玉互剖心迹时对黛玉说,你"将来也不过多费得一副嫁妆罢了",显然是说,黛玉是要外嫁的。薛姨妈也会自觉不自觉地有这样的意识。第二,一个什么"婆子",哪敢在黛玉面前如此造次。另外,薛姨妈处也没有一个什么"看屋子"的老太婆。薛姨妈住的屋子都是贾府的,薛姨妈并不需要一个什么"看屋子"的老太婆。

接着的情节便是黛玉看见了白天老婆子送来的荔枝瓶,想起了白天老婆子的那段话引出的一系列联想。这段心理描写,孤立地看,似乎也过得去,但是,它仍存在上述的一些毛病:第一,它是对前八十回中黛玉的心理描写的一种模仿。第二,它亦有过于直奔主题的毛病。第三,其中的一系列用词,实在显得可笑,如:(黛玉)"想起:'自己身子不牢,年纪又大了'。"曹雪芹在描写黛玉时会用"身子不牢"这样的用语吗?恐怕只有高进士这样的人才会写出这样的句子吧。另外,黛玉那时才多大,尚只有十六七的黛玉就成了大龄剩女了?显然,此也极其荒唐。又,其中的"不如此时尚有可图"的用语,也十分不妥,什么叫"尚有可图"?谈恋爱不是升官考进士,宝黛爱情是建立在心心相印基础上自然的爱情,高傲无瑕的林黛玉会费心机去想什么"尚有可图"吗?

接着是很长的一部分描写黛玉梦境的文章,在整部红楼梦中,还没有过这样冗长的写梦的文字,不管怎么说,这大概是高进士最为得意的一段文章，也大概是他补《红楼梦》，开始写得比较得心应手的一段文章，但是，我仍然以为，此段文字仍有明显的漏洞：

第一，曹雪芹的小说，对于现实情景，很少作悬空的想象，大都采取限制视角的写法，而这段梦境却过于大肆悬空而作，不仅有贾雨村要见黛玉，还有什么升"湖北粮道"，还有什么"续弦"等等。曹雪芹的小说，除了两次梦游太虚幻境，其他就没有这样悬空虚构的，这不符合整部红楼梦的自然写实的风格。

第二，仍然有过于直奔主题的毛病。高鹗补写前几回，其中的一个重要方法，就是不管三七二十一，先往主题（主要是宝黛爱情的主题）上奔，而不管自然不自然，合理不合理。

第三，第82回梦境中黛玉深怪贾母，其实是补作者对后面小说的一种模仿（这也是高鹗补作这几回书的一个套路）：

> （在梦境中）黛玉道："我在这里，情愿自己做个奴婢过活，自做自吃，也是愿意。只求老太太作主。"见贾母总不言语，黛玉又抱着贾母哭道："老太太！你向来最是慈悲的，又最疼我的，到了紧急的时候儿，怎么全不管？你别说我是你的外孙女儿，是隔了一层了；我的娘是你的亲生女儿，看我娘分上，也该护庇些。"说着，撞在怀里痛哭。听见贾母道："鸳鸯，你来送姑娘出去歇歇，我倒被他闹乏了。"

　　而在黛玉死后的第98回，在贾母的哭诉中，正是有这样意思的几句话：

　　　　贾母眼泪交流，说道："是我弄坏了他了！但只是这个丫头也忒傻气！"说着，便要到园里去哭他一场，又惦记着宝玉，两头难顾。王夫人等含悲共劝贾母："不必过去，老太太身子要紧。"贾母无奈，只得叫王夫人自去。又说："你替我告诉他的阴灵：'并不是我忍心不来送你，只为有个亲疏。你是我的外孙女儿，是亲的了；若与宝玉比起来，可是宝玉比你更亲些。倘宝玉有些不好，我怎么见他父亲呢！'"

　　补书的高鹗，其实就是把第98回贾母的意思提前到第82回通过一个梦境说出来。但是，这一提前，却显得很不合理，因为在此时，黛玉并不知道、小说也并没有显示出来贾母会不同意她与宝玉的亲事，相反，在黛玉和紫鹃的心里，贾母甚至还是她与宝玉亲事的一种保障，在第57回中，紫鹃甚至劝黛玉去回贾母，把她与宝玉的事早定下来：

　　　　夜间人静后，紫鹃已宽衣卧下之时，悄向黛玉笑道："宝玉的心倒实，听见咱们去，就这么病起来。"黛玉不答。紫鹃停了半晌，自言自语的说道："一动不如一静，我们这里就算好人家，别的都容易，最难得的是从小儿一处长大，脾气情性都彼此知道的了。"黛玉啐道："你这几天还不乏，趁这会子不歇一歇，还嚼什么蛆？"

紫鹃笑道："倒不是白嚼蛆，我倒是一片真心为姑娘。——替你愁了这几年了：又没个父母兄弟，谁是知疼着热的？趁早儿老太太还明白硬朗的时节，作定了大事要紧。俗语说：'老健春寒秋后热。'倘或老太太一时有个好歹，那时虽也完事，只怕耽误了时光，还不得趁心如意呢。……要象姑娘这样的，有老太太一日，好些，一日没了老太太，也只是凭人去欺负罢了。所以说，拿主意要紧。姑娘是个明白人，没听见俗语说的：'万两黄金容易得，知心一个也难求！'"

黛玉听了，便说道："这丫头今日可疯了！怎么去了几日，忽然变了一个人？我明日必回老太太，退回你去，我不敢要你了。"紫鹃笑道："我说的是好话，不过叫你心里留神，并没叫你去为非作歹。何苦回老太太，叫我吃了亏，又有什么好处。"说着，竟自己睡了。

黛玉听了这话，口内虽如此说，心内未尝不伤感。待他睡了，便直哭了一夜，至天明，方打了一个盹儿。

从此可以看出，贾母对黛玉的疼爱是他们亲事的一种依靠和保障，黛玉怎么可能会在第82回就先知先觉地责怪贾母呢？其实，一直到黛玉在第97回临死去时，方才明白贾母是并不同意她与宝玉的亲事的，因为黛玉临死时对贾母说的一句千钧般的话是："老太太！你白疼了我了。"这句如磐石般的话什么意思？意思就是您一直疼爱我，但是如果您不能在我和宝玉的亲事上成全我们，您的疼爱全没有意义。这句话可以说明，在第82回，黛玉还不可能如此地看待贾母。这一切，只不过是补书的高鹗，提前模仿，又过于直奔主题，制造情感高潮的一种表现。

第四，在这段文章中，亦有一些词语的运用十分可笑。如黛玉在梦里说："我在这里，情愿自己做个奴婢过活，自做自吃，也是愿意。"且不说黛玉会不会这么说，就是"自做自吃"的用语，我就觉得可笑，曹雪芹决不会写出这么可笑的俗之又俗词语来。又如描写黛玉在梦境中遭到贾母的拒绝后："黛玉情知不是路了，求去无用，不如寻个自尽。""情知不是路了"的用语，过于市井俗气，不是《红楼梦》的语言风格。再如：描写黛玉从恶梦中醒来的一段心理活动：（黛玉）"想了一会，'父母死的久了，和宝玉尚未放定。'""尚未放定"的用语也太俗气，且也将爱情过于功利化，不像是黛玉的心理活动。又：其中描写黛玉梦中醒来坐在床上：（黛玉）"自己扎挣着爬起来，围着被坐了一会，觉得窗缝里透进一缕冷风来，吹得寒毛直竖。"林妹妹长没长"寒毛"我不知道，但是曹雪芹形容林妹妹，一定不会用"寒毛直竖"这么煞风景的词语。

第八十二回最后的一部分，是围绕黛玉吐血的一段文字。黛玉吐血是承前面做梦而来，在文风上、在词语运用方面也十分相近，其毛病亦与之相同：第一，就是过于直奔主题，渲染其凄惨氛围过于铺张重叠，显得很不自然。第二，同样带有模仿的痕迹，例如，同样是让湘云充当冒失鬼，当着黛玉的面说出吐血之事，同样是写黛玉得知自己痰中带血后

"自己早灰了一半"（前面是袭人被宝玉踢了一脚后吐血时用过这个写法），同样"蝎蝎螫螫"的用语，都是模仿前面而来，也都是在模仿中不恰情理。此外，笔者怀疑，高鹗之所以在第82回大肆渲染黛玉之病，恐怕也是因为在第83回中有贾母着贾琏请太医给黛玉看病的情节，于是高鹗就推测残缺了的第82回必有黛玉生病的情节，又第97回有黛玉吐血的描写，于是，高鹗根据这两处的提示，提前在第82回模仿着写出了相关内容。

三　第八十三回评析

第83回大概与第81回近，即它们都残缺了其中某一部分，并非如第82回，整体上都基本为高鹗所补作。下面，我们先引出第83回的前两段：

> 话说探春湘云才要走时，忽听外面一个人嚷道："你这不成人的小蹄子！你是个什么东西，来这园子里头混搅！"黛玉听了，大叫一声道："这里住不得了！"一手指着窗外，两眼反插上去。
>
> 原来黛玉住在大观园中，虽靠着贾母疼爱，然在别人身上，凡事终是寸步留心。听见窗外老婆子这样骂着，在别人呢，一句是贴不上的，竟象专骂着自己的。自思一个千金小姐，只因没了爹娘，不知何人指使这老婆子这般辱骂，那里委屈得来？因此，肝肠崩裂，哭的过去了。紫鹃只是哭叫："姑娘怎么样了？快醒来罢！"探春也叫了一回。半晌，

黛玉回过这口气，还说不出话来，那只手仍向窗外指着。

此两段实在糟糕，其糟糕主要表现在以下几方面：

第一，情节本身毫无来由：一个什么"婆子"，因什么事而骂，什么前因后果来龙去脉都没有，硬挺挺的几句话，实在没来由。这实在只是高鹗随意搞些无意义的事由以连接小说的拙劣方式。此外，就是这无来由的写法，也是模仿出来的，如第59回，春燕姑妈和她亲妈在果木园子打骂春燕及袭人、麝月叱责的情节，大概就是此一没来由的情节的蓝本。

第二，在此二段中，对黛玉的描写实在不合情理，黛玉在贾府，尽管贾母爱护，但她仍常有着寄人篱下之感，也是处处小心，不可能因为一个什么没来由的老婆子在窗外说话就大喊大叫。如在第45回中，当宝钗嘱呼黛玉熬燕窝补身子时，黛玉说：

> 你方才叫我吃燕窝粥的话，虽然燕窝易得，但只我因身子不好了，每年犯了这病，也没什么要紧的去处；请大夫，熬药，人参，肉桂，已经闹了个天翻地覆了，这会子我又兴出新文来，熬什么燕窝粥，老太太、太太、凤姐姐这三个人便没话，那些底下老婆子丫头们，未免嫌我太多事了。你看这里这些人，因见老太太多疼了宝玉和凤姐姐两个，他们尚虎视眈眈，背地里言三语四的，何况于我？况我又不是正经主子，原是无依无靠投奔了来的，他们已经多嫌着我呢。如今我还不知进退，何苦叫他

们咒我？"

相比一下就知道，这才是黛玉的性格语言，上引第83回黛玉的言语表现为人，何其不合情理。这当然只是高进士为了推动情节而无事找事罢了。

第三，其中的一些描写和词语实在拙劣：例如，"黛玉听了，大叫一声道：'这里住不得了！'一手指着窗外，两眼反插上去。"这描写的是哪一门子林黛玉，"大叫一声"，"两眼反插上去"，这分明类似现在动画片中的"女巫"形象，哪里还是天仙似的林妹妹。这语言和曹雪芹的语言已经有天壤之别，实在已没有了辨析的必要。又如"在别人呢，一句是贴不上的"，什么意思？这已经差不多是病句，俗之又俗，这难道也是曹雪芹笔下流出来的不成？又如"哪里委屈得来？"，此小学生式不规范的口语式的病句，莫非真是亘古以来的语言大师曹雪芹弄出来的？又如："半晌，黛玉回过这口气，还说不出话来，那只手仍向窗外指着。"莫非林妹妹已经石化，半晌"那只手仍向窗外指着"？诸如此类的拙劣之处，实在难以尽指。

第三自然段（上面未引出）仍承接前两个段落写探春斥责老婆子，其中亦有一些不合情理的荒唐可笑的地方。如下面几句：

> 探春会意，开门出去，看见老婆子手中拿着拐棍，赶着一个不干不净的毛丫头道："我是为照管这园中的花果树木，来到这里，你作什么来了？等我家去，打你一个知道。"这丫头扭着头，把一个指

头探在嘴里，瞅着老婆子笑。

"不干不净的毛丫头"一语，也不合曹雪芹的文风，荣国府有没有"不干不净的毛丫头"我不知道，但即便有，这不干不净的"毛丫头"也不会跑到林妹妹潇湘馆的窗外，或者曹雪芹的笔下根本就不会用"不干不净"来形容"毛丫头"。另外如老婆子的话："等我家去，打你一个知道。"这也不像曹雪芹的语言，语言太俗。"这丫头扭着头，把一个指头探在嘴里，瞅着老婆子笑。"多大的"毛丫头"，"把指头探在嘴里"？且"探"字用得也太奇怪，怎么看也不像是曹雪芹的用法。

总的说来，第83回的上半部分，即专一描写黛玉听见有人在窗外大叫后几乎晕厥的几个自然段，应该皆是高鹗所为。至83回下半部分，尤其是贾琏带大夫给黛玉看病的情节开始，则文气开始流畅自然。笔者以为，高鹗在第82回和第83回的补作中，之所以把黛玉由做梦到生病接连地写出如此多一部分，一方面当然是为了直奔主题，以便庶几可以塞责，完成凑足其残缺部分的目的；另一方面恐怕也是依据第83回下半部分黛玉看医生的情节反推而来。只是他或许太过仓促，根本来不及对原作进行深入地揣摩研究，又或许他本没有小说的创作经验，又或许小说尤其是《红楼梦》这样的小说，根本是无法续作的。因此，他补作的此一部分文字，尽管看起来十分煽情，但无论从哪个角度观察，和曹雪芹的原作比，都相距甚远，十分糟糕。当然，内中也有勉强过得去的部分，大略其中相对独立的其连续篇幅又较长的部分，他可能不必处处照顾前后文的关系，写得稍微顺手，如写宝玉跟着代儒先生学四书的部分，黛玉做恶梦的部分即是。

根据以上对第81回、第82回和第83回的分析，我们在此对高鹗补作这三回的手段方法最后做一个总结：他补作的方法第一是仿作，既仿前八十回，也仿后四十回，仿前八十回是为了形似，而仿后四十回则主要是为了反向推求情节。如后面有袭人到黛玉处窥探，于是高鹗便提前到八十二回让袭人去窥探；第八十四回有贾政问宝玉读书审查宝玉作业的情节，于是在八十二回便有宝玉跟着代儒读四书的情节；第八十三回后半部分有黛玉看医生的情节，于是就在第八十二回和八十三回前半大肆写黛玉生病的情节。第二种方法就是不管三七二十一，先往主题上奔，例如往宝黛爱情上奔，往黛玉生病上奔，不管合理不合理，总之便于煽情，或庶几可以哄住读者眼睛。第三就是毫无来由地写送来迎往，这主要是为了文章之间的衔接过渡。

高鹗的这些手段方法，从编辑的角度来说，也算是无可奈何，或许也算有功，毕竟通过他的工作，算是凑足了《红楼梦》的整体。但是从艺术上来说，他所补写的这些文字，却差不多等于是一场灾难。这种灾难可以分成两方面看，第一，他所补写了的后四十回的前三回，如此扎眼的硬挺在前面，极大地败坏了人们对后四十回的整体印象，尤其人们从前八十回的风光旖旎陡地来到此乏味之境，那种触目即是的糟糕写法，会使人顿感其天壤之别，就如张爱玲所言，"一到后四十回，直有群魔乱舞之感"。第二，高鹗补写的危害还不止此，因为他往往是根据后四十回的情节反向推求的，所以，他仿作的部分，就使第八十三回以后的一些内容显得重复，也一并搞坏了人们对后四十回的印象。如此说来，高鹗毕竟还是罪大于功，也许我们宁可要一个断壁的维纳斯，而不要一个狗尾续貂的整体，毕竟，真正的艺术作品，尤其是像《红楼梦》这样举世无双的艺术品，是根本无法补作的。

不过，高鹗对这三回书糟糕的补作，从某个角度看，也可算是一件"好事"，什么"好事"呢？就是它们能让我们"现场"地感受、看见，高鹗究竟有多大的本事，凭这点本事，究竟能不能续写出那整个后四十回，尤其是其中那许多回、许多部分毫不亚于前八十回的地方（前面各章已论及）。他用尽了吃奶的力气，前模后仿，直奔主题，极力煽情，最后不过弄出来一个千孔百疮、令人啼笑皆非的大约两回的东西。就他这点本领，怎么可能写出诸如"贾府抄家""贾母祷天""贾母分财""鸳鸯上吊""凤姐力诎""惜春出家""五儿承错爱""钗黛合一"（包含许多情节）"宝钗论战""双美护玉""二玉（甄贾宝玉）相见""悬崖撒手"等一系列极其精彩的故事呢？怎么可能在这一系列的故事中，丰富、完成、发展一系列人物的性格呢？另外，在高鹗所补作的这大约两回的篇幅中，其语言能力显得十分不堪，凭这样的语言能力，怎么能够写出八十三回之后那无数极其精彩的语言来呢？例如前面我们已在相关部分分析了的惜春的语言、凤姐的语言、贾政的语言、贾琏的语言、宝钗的语言等等，这些人的语言亦都各符合其人物性格，且整个叙述语言都如行云流水，精密丰赡、妙笔生花，和高鹗补作的语言（读者可以对照），真不啻有天壤之别。

关于高鹗补作部分的语言，在此作一补充，就是其语言特点，有太多的儿滑音。当然，在他对整个《红楼梦》的编辑中，高鹗大概都对其语言做了京味处理，在这种处理中，必然

就带来了比脂本更多的儿滑音。但即使这样，高鹗的补作若和曹雪芹的原作比起来，其儿滑音仍然明显地高于后者。过多的儿滑音，虽然对于小说的内容和艺术表现，并无什么实质性伤害，但读起来，有时还是令人有些不爽。

最后，我们谈一下我们作出本章结论的依据问题。笔者作出第八十一回一部分、第八十二回的整体，第八十三回的前半皆是高鹗所补作的结论，基本都是根据小说的人物性格刻画、行文风格、语气以及选词用词的特点等来进行判断，这其中包含着我们对文字的感知、对文学作品的直觉。毕竟，正所谓文如其人，"风格即其人"，要进行真正乱真的仿作是不可能的，尤其是仿作《红楼梦》是根本不可能的。笔者以为，我们在最后一章所进行的批驳论析，虽然无什么硬证据，但揣其文情文理，却也并不比硬的证据的力量逊色多少。

此外，现在我们根据这些分析，反过来再来看程伟元、高鹗的在程甲本、程乙本的序和引言中所说的话，就觉得他们实在并未撒谎，有些话实在可以和我们前面的分析相互印证。譬如，程伟元在程甲本序中说："不佞以是书既有百廿卷之目，岂无全璧？爰为竭力搜罗，……数年以来，仅积有廿余卷。一日偶于鼓担上得十余卷，遂重价购之。"程伟元在此并未明言一共搜得了多少卷（一卷即是一回），但可以比较肯定的是，应该不足四十卷之数，如果有完整的四十卷，他一定会如数报出，因为，我们从其语气中看得出，程伟元对于搜集到《红楼梦》的后四十回十分自得，几有如数家珍之感。那么这里的"廿余卷"加上"于鼓担上得"的"十余卷"加起来，一定不足四十之数。而现在我们根据风格文气等判断，高鹗补作的部分是第81回一部分，第82回近整一回，第83回前面的一部分，一共加起来，高鹗补作了大约两卷（两回）的分量。按此推测，这大约就是程伟元所搜集到的《红楼梦》后四十回所缺失部分，此亦与程伟元的话相合。又，程伟元在同一的序中说："欣然审阅，见其前后起伏，尚属接榫，然漶漫不可收拾。乃同友人细加厘剔，截长补短，抄成全部。"其又在程乙本的引言中说："书中后40回，系就历年所得，集腋成裘，更无他本可考，惟按其前后关照者，略为修辑，使其有应接而无矛盾，至其原文，未敢臆改。"显然，程伟元所搜集到的后四十回，稿子比较乱，他和高鹗对其进行了一番"细加厘剔，截长补短"的"修辑"工作，这类"截长补短"的"修辑"工作，应该主要包含两类，一是"补短"，既根据前后文关系补足原稿缺失的部分，另一就是对整个后四十回（其实只有约38回）进行修订审校。我们前面分析的第81回至第83回的补作，大约就是其前一方面的工作，至于对其余部分的修订编辑，应该还有一些零散的添加和修改，但其余原稿应该基本完整，其所修补者，应该只是个别的文字和个别句子。另外，程高二人在程乙本引言中还流露出，他们似乎对这个本子并不是十分满意的，因为他们在"惟按其前后关照者，略为修辑，使其有应接而无矛盾，至其原文，未敢臆改"之后又接着说："俟再得善本，更为厘定，且不欲尽掩其本来面目也。"其言下之意，似乎他们对眼下的这个本子，亦是不十分满意的。这种不甚满意的原因，或许就是这部后四十回的稿子，毕竟残缺了相当一部分，或他们自己也清楚，他们这种"惟按其前后关照者，略为修辑，使其有应接而无矛盾"的"截长补短"的工作，毕竟是不能代替他们自己也五体投地的原作的。

注释:

　　［1］转引自周汝昌:《定是红楼梦里人》,第二篇"天日无光"。

　　［2］周汝昌:《定是红楼梦里人》,第十篇"揭假究真"。

　　［3］朱一玄:《红楼梦资料汇编》,南开大学出版社,2001年版,第178页。

　　［4］同上,第414页。

　　［5］林语堂:《平心论高鹗》,群言出版社,2010年版,第14页。

　　［6］杜春耕:《程甲、程乙及其异本考证》,载《红楼梦学刊》,2001年第4辑。

参考文献

1、朱一玄：《红楼梦资料汇编》，南开大学出版社，2001年10月版。

2、《红楼梦研究稀见资料汇编》，人民文学出版社，2001年8月版。

3、林语堂：《平心论高鹗》，群言出版社，2010年10月版。

4、周汝昌：《红楼梦新证》，译林出版社，2002年2月版。

5、周汝昌：《周汝昌点评红楼梦》，团结出版社，2004年1月版。

6、朱淡文：《"红楼梦"论源》，江苏古籍出版社，1992年6月版。

7、熊立扬：《"红楼梦"后四十回作者辩证》四川人民出版社，1998年11月版。

8、崔川荣：《曹雪芹最后十年考》，黑龙江教育出版社，2003年8月版。

9、胡绍棠：《楝亭集笺注》，北京图书馆出版社，2007年11月版。

10、夏和：《〈乾隆抄本百廿回红楼梦稿〉剖析》，兰州大学出版社，2003年7月版。

11、郑庆山：《脂本汇校石头记》，作家出版社，2003年4月版。

12、郑铁生：《红学之疑·关于秦可卿之死的考证》，新华出版社，2006年1月版。

13、刘心武：《刘心武续红楼梦》，江苏人民出版社，2011年3月版。

14、梁归智：《红楼梦探佚》，北京师范大学出版社，2010年8月版。

15、李广柏：《文史丛考·李广柏自选集》，华中师范大学出版社，2010年12月版。

2019年3月6日稿成

后　记

本书是我退休后完成的第一部著作。真的到退休后，才感觉到从事所谓的学术研究，是我的一种需要。以前在职时，总以为写论文、出书、报选题等等，是为了完成自己的科研任务，或是自己的某种职责所在。到了退休后，一切任务职责都不存在了，按道理说应该是无责一身轻了，但是，真的到无所事事时，才感觉到那种"生命不能承受之轻"，到此时方才知道：不是学术研究需要我，而是我需要学术研究哪。

具体到本书的写作，它的起因可以说有两种，第一种是我在退休之后，我要为自己找一个最好的安身立命的所在，直白地说，就是要为自己找一点有趣的事情做，那么，《红楼梦》、天下古今唯一也是第一的小说《红楼梦》，无疑就是我这类人最好的安身立命的所在。第二个起因说来复杂点，早在退休之前，我在品读《红楼梦》的过程中，就多有感悟，尤其是在读后四十回的时候，就对流行的所谓"高续说"产生了严重的质疑，当时笔者属下尚有几个学生，我常常将自己关于后四十回的一些心得见解，以短信的方式发与她们，至于她们是不是赞同我的观点是不重要的，重要的是我要把我的这些所谓发现表现出来，记载下来。

退休之后，当我要找点事情做的时候，我首先想到的事或者工作，就是要把我的这些发现和直觉，以更扎实的材料和更有体系的论证证明出来。于是就着手干，就像几乎所有较为宏大的研究一样，刚开始时真不知从何处着手。硬着头皮干下去，干着干着，不意就像航行于某处河湾一样，航道慢慢宽阔，船儿慢慢轻快，时不时的一片片新的更宽阔的风景一个一个展现在眼前，这样到工作进程的中部，我就感觉到似乎已经把握到了整个航行的方向，甚至已经看见了我将要来到的那一片风光无限的大海。直截地说，我觉得自己已经从不同的角度，掌握了充足的材料、证据，直觉感到这困扰红学一百余年的关于后四十回的真伪问题，就要在我的手中解决了。此种感受，此种得意，此种膨胀，真似有当年曹孟德横槊赋诗之慨（一笑）。

呵呵，余下之事真不足语！得意膨胀之后是十分的失落，在一个个"市场"之论面前碰得灰头土脸。似我等性急少城府之人，如何受得了这般烦琐，这般啰唣，借用《红楼梦》中鸳鸯那高傲之语：我是受不了这般磨折的。好在我也用不着付出鸳鸯那么大的代价，事情也终于在百花州文艺出版社这里找到了一个着落。

是的，完成了，终于完成了，不管怎样说是完成了。这是德国作家托马斯历经艰辛写作后说的一句话，我借用在这里，庶几也可以表达我此时的心声。

2019年7月18日
于长沙铁道学院梅岭村

附录：曹雪芹为曹頫遗腹子的两条铁证及其相关分析

谭德晶

内容提要： 曹雪芹为曹頫遗腹子说，一直是红学界比较为人接受的观点，但一直未有直接的考据材料作为其支撑。本文从脂批中发掘出了两条证明材料，有力地证明了曹雪芹即为曹頫的遗腹子，并以此为基点，对曹雪芹的身世、年龄、生卒年月、姓名由来等进行了一种整合性地分析说明。

关 键 词： 曹頫　曹雪芹　身世

一

红楼梦的作者就是曹雪芹是毫无疑问的，能够证明此一点的有三大方面的材料，第一就是小说《红楼梦》本身，其"缘起"和"尾声"中已经自我申明其著作权。第二就是根本无可推翻质疑的"脂批"，有无数条脂批直接表明作者为曹雪芹。第三就是在脂批之外的无数条来自于当时人的材料。由于这些都是前人已经分析得比较清楚透彻的问题，故笔者在此不赘言。

但是，曹雪芹又是谁呢？他的生平及生卒年月等又是怎样的呢？这个问题却一直没有得到有效解决。而由于这个问题没有得到有效解决，因此对于《红楼梦》的著作权属问题不时地冒出一些杂音，使曹雪芹即为红楼梦的作者这一结论而不能得到更有力地确定，因此，更进一步地解决曹雪芹是谁的问题非常必要。

当然，前人对此问题亦有过大量研究，也有多种说法，只是：一，未得公认，二，各家都未拿出十分令人信服的证据。比较流行的则是以胡适和周汝昌先生为代表的曹𬒈儿子说（二人对于生卒年问题不一致），另一即是曹颙遗腹子说。此说最早由李玄伯先生在1930年提出，后也有不少人根据研究认同此种观点，如朱淡文先生在《"红楼梦"论源》中说："曹雪芹，名霑，又名天佑，字号梦阮、芹圃、芹溪居士等。康熙五十四年夏（1715）生于江宁，生父曹颙，生母马氏，乃曹颙遗腹子。乾隆二十七年壬午除夕（1763年2月12日）卒于北京西郊，享年四十八岁。"[1]只是虽然朱淡文先生言之凿凿，而且也根据相当一些材料进行过分析推论，但对此结论仍然不敢十分肯定，因而又说："曹雪芹之生父是曹颙还是曹𬒈，目前未见直接记载。推论其生父为颙。"[2]

笔者因为需写作《红楼梦后四十回真伪辨析》一书，对曹雪芹究竟是谁这个问题也曾置意。比较各家观点，从直觉、当然也从对现有材料的分析中，笔者倾向于曹雪芹是曹颙遗腹子的说法，因为这种说法似乎最能融汇起各方面的材料而达至一种最合理妥帖的结论（详于后）。但是，与朱淡文等人一样，由于手头并没有什么新的更有力的证明材料，尤其是看到周汝昌先生关于此的一种诘难后，对于此事的认定颇受动摇。周汝昌先生在其《周汝昌点评红楼梦》一书中"马道婆与遗腹子"一篇中说：

　　曹雪芹命苦，至今连父亲是谁也成了悬案。众说不一之中，有一说认为曹雪芹乃曹颙的遗腹子，即曹頫向康熙奏报的"奴才嫂马氏现怀身孕已有七月，若幸生男，则奴才兄有嗣矣"的那个证据。

　　作书人曹雪芹不会不知自己的生母姓什么。如若他即马氏所生，他对"马姓女人"应当怀有敬意与个人感情——可是，他却把一个靠邪术谋财害命的坏女人道婆偏偏加上了一个"马"姓！

　　世上能有这样的"情理"吗？他下笔时忍心把母亲的姓按给了一个最不堪的女人，在一个小说家的心理上讲，能够这样做吗？因为，"百家姓"的选择天地太自由方便了。[3]

　　周汝昌先生的这番论辩，虽然从逻辑上讲并不成立，但是从情理上讲，却似乎无懈可击：是呀，如果曹雪芹的亲生母亲姓马，他怎么会在《红楼梦》中把这个"马"姓给了书中的一个最坏最不堪的女人呢？

　　对于此事的探讨，可以说正所谓"踏破铁鞋无觅处，得来全不费功夫"。笔者亦是因为要写作那部书，自然免不了要对最直接也最珍贵材料的"脂批"进行一番翻箱倒柜地查找清理。在查找清理的过程中，竟然得到了意外收获，居然查得了能够证明曹雪芹即是曹颙遗腹子的两条材料：

　　说来也奇（其实不奇。正所谓人同此心，心同此理），第一条材料正是出现在《红楼梦》的第25回"魇魔法姊弟逢五鬼，红楼梦通灵遇双真"写马道婆与赵姨娘合谋加害宝玉和凤姐的情节中。其时马道婆探得赵姨娘口风，于是引诱赵姨娘拿出当家银两，并写了一张500两银子的欠条与马道婆，以换取马道婆用巫术加害宝玉和凤姐。在此处甲戌本和庚辰本都有一条眉批：

> 宝玉乃贼婆之寄名儿，况阿凤乎？三姑六婆之为害如此。即贾母之神明，在所不免，其他只知吃斋念佛之夫人太君，岂能防悔（庚辰本为"慊"）得来？此作者一片婆心，不避嫌疑，特为写出。（着重号为引者加。下同）看官再四着眼，吾家儿孙慎之戒之！（甲戌本）[4]

此眉批庚辰本大致相同。当笔者看到此条眉批，尤其是当看到"此作者一片婆心，不避嫌疑，特为写出"时，心里犹如一道闪电划过，为什么曹雪芹写"马道婆"是"不避嫌疑"呢？这个"嫌疑"显然与"道婆"二字无关，"不避"的显然是那个"马"字。如果作者的母亲不姓马，他把马道婆写得再坏，又有什么"嫌疑"需要"避"呢？显然，就一般心理而言，脂砚斋与周汝昌先生一样，都认为把一个坏女人冠以自己母亲的"马"姓，是不大妥当的，所以在评点小说中，才留下了"此作者一片婆心，不避嫌疑，特为写出"的眉批。这里脂砚斋似乎一条无心的眉批，在几百年后为我们留下了一条指示作者身份的重要线索。笔者联系前此所看所想的关于曹雪芹身份的材料及猜想，笔者初步认定，曹雪芹即为曹颙的遗腹子，这条材料为此说提供了一条极为重要的证据。据康熙五十四年三月初七日曹頫（曹頫是曹寅的侄子，在曹颙死后，由康熙作主，过继给曹寅家）呈给康熙帝的奏折（解释为什么曹颙的妻子不去吊曹颙之丧）言：

> 奴才之嫂马氏，因现怀妊孕已及七月，恐长途
> 劳顿未得北上奔丧。将来倘幸生男，则奴才之兄嗣
> 有在矣。[5]

此奏折写于该年农历三月初七，是上给康熙帝的，康熙帝是曹家的大恩人，对曹家的事了如指掌，康熙帝四次南巡都住在金陵曹家，因此，曹頫的奏折是百分之二百可靠的。从这段材料里，我们可以得知这样几条信息：第一，康熙五十四年（1715年）农历三月初七，曹颙（曹寅的儿子）去世时，他的妻子怀孕"已及七月"；第二，他的妻子姓马；第三，曹颙去世时，曹颙没有别的后代，至少是没有别的男性后代，因为曹頫在奏章中说的话是"将来倘幸生男，则奴才之兄嗣有在矣"。显然，当时除了尚在马氏肚子里的孩子，曹颙没有别的后人，至少是没有别的男性后代存世。因此，我们联系上面脂批中的那条眉批推断，脂批中所说的"不避嫌疑"的作者，即应该是出生于康熙五十四年四月底或五月初的曹颙的遗腹子。

当然，仅此一条材料，我们的这一结论似乎还不是十分扎实有力，好在我们在对脂批的搜罗中，我们又获得了与此条材料紧密联系自成一脉的另一材料。此条材料出现在《红楼梦》第五十三回"宁国府除夕祭宗祠，荣国府元宵开夜宴"，在此回靖藏本有一条回前批：

> 祭宗嗣，开夜宴，一番铺叙，隐后回无限文字。浩荡宏恩，亘古所无。

> 母孀兄死无依。变故屡遭，生不逢时，回首令
> 人断肠心摧。积德子孙到于今，旺族都中吾首门。
> 堪立业英雄辈，遗脉谁知祖父恩。[6]

　　这条眉批或回前批，出现在《红楼梦》第五十三回所描写的一个非常重要的场合，即春节祭祀祖宗的情节中，其所批的内容与小说祭祀祖宗的内容非常相符。批中所言，也是针对小说作者（或本来就是作者自己所批）说话。在这条批中，其中有一句与上面我们所引出的那条批具有紧密的联系，即"母孀兄死无依"一句。"母孀"无需论证，曹颙死时，其妻马氏尚怀有曹颙的孩子，后来自然孀居。"兄死"呢？在红学研究中，已经考得在康熙五十年（1711年）冬，时年23岁的曹颙生了一个儿子（见周汝昌《红楼梦新证》第六章，具体论证见李广柏《读张云章贺曹寅得孙诗》，载《文史丛考"李广柏自选集"》华中师范大学出版社2010年12月版），但是在康熙五十四年曹颙死时曹頫所上给康熙帝的奏章中，却说"奴才之嫂马氏，因现怀妊孕已及七月，恐长途劳顿未得北上奔丧。将来倘幸生男，则奴才之兄嗣有在矣。"显然，在康熙五十四年时，那个生于康熙五十年的儿子已经不存于世，也就是说，曹颙死时其尚未出生的遗腹子的哥哥，已经死了。这两条脂批所不经意留下的材料说明，红楼梦的作者曹雪芹的母亲姓马、母亲孀居，曾有一个哥哥，但是已经死了，这些材料所表示的种种信息，都与曹颙的那个遗腹子的身份信息相契若符。因此，曹雪芹即是曹颙遗腹子的结论，已经获得了最有力的材料支撑，而不再是一种模糊的猜想。

　　此外，前人已经发掘出的另一条材料，亦可以对此起到

辅助证明的作用，虽然此条材料与对曹颙遗腹子的证明并不直接相关。《红楼梦》第五十二回，描写"一时只听自鸣钟已敲了四下"，这里庚辰本有一条夹批："按'四下'乃寅正初刻。寅此样法，避讳也。"[7]脂批在这里说的意思是，作者之所以写"自鸣钟已敲了四下"，而不直接写"寅正初刻"，是为了避讳，避什么讳呢？避那个"寅"字的讳。显然，《红楼梦》作者所避的，是其祖父曹寅的"寅"字。从这条材料，我们可以从中分析出两点：第一，当然就是说明了曹寅是《红楼梦》作者的祖父，能够对胡适等人的一系列关于此的考证起到直接证明的作用（因为脂砚斋的批是最直接的材料）。第二，还说明脂砚斋在评点中对作者家世身份问题的提及，决不是一种偶然的现象，都是他对作者的身世身份（也是他自己的家族历史的一部分）的一种纪实性的触及。在这里提到的对其祖父曹寅的"寅"字的避讳，第一条材料中提到写"马道婆"时作者的"不避嫌疑"，都是这种现象的表现，它们是可以相互支撑证明的。

二

以上材料，已经十分有力地证明了曹雪芹即为曹颙遗腹子的说法，但是，我们之所以作出这个判断，还不仅仅依赖于这几条来自于最权威的脂批的材料，而且还在于，曹雪芹为曹颙遗腹子的结论，能够非常合理、圆满地契合迄今为止关于曹雪芹身份问题的种种其他材料，下面我们联系这一结论一一分述：

第一，关于曹雪芹年龄的问题。

关于曹雪芹年龄的问题，大致有以下几种说法，一是根据曹雪芹的好友的《挽曹雪芹》一诗中的："四十年华付杳冥"说法，断定曹雪芹生于雍正二年即1724年，（主此说以周汝昌为代表），另一是根据亦是曹雪芹的好友张宜泉的《伤芹溪居士》一诗的一个小序所言："年未五旬而卒。"认为曹雪芹去世时为四十六岁（胡适持此观点）或四十八岁。曹雪芹去世的时间，现在一般都根据脂批在第一回的"壬午除夕，书未成，芹为泪尽而逝"的批，认为曹雪芹逝于1763年的2月12日（关于此有争论，但争论较小）。现在我们既然已经通过上引脂批中的两条批，可以很肯定的认定曹雪芹即是曹颙的遗腹子，则我们可以断定曹雪芹生于1715年（关于生日，下详），那么，在他于壬午年除夕去世时，则享年为48岁（差两个月左右满48周岁）。另外，对此事我们也可以反过来进行推理，敦诚的"四十年华付杳冥"的说法，显然是为了诗句的和谐自然而举其成数，而张宜泉的"年未五旬而卒"的说法，则是诗前面的小序。显然，小序的表达应该更趋于真实准确，那么，我们根据上引脂批证明曹雪芹享年48岁的结论，显然更与张宜泉的说法相符，而这，又可以反过来加强曹雪芹为曹颙遗腹子，生于1715年的结论。

第二，曹雪芹是否直接经历过"繁华"的问题。

此一问题其实是与享年问题直接相关的问题。根据周汝昌先生的说法，曹雪芹生于1724年，那么，在曹家于雍正五年（1727年）被抄家并北还时，曹雪芹年仅三岁，那么，他对曹家的如烈火烹油般的繁华自然没有什么亲身体验和记忆。实际上在周汝昌先生关于此的表述中，也认为曹雪芹对在金陵所经历的繁华没有什么记忆（见周汝昌的《红楼梦新证》第五章）。但是，周汝昌先生的这一结论却与考证材料和一些相关理论严重不符。首先，在敦诚、敦敏兄弟的诗作中，都显示曹雪芹亲身经历了曹家的繁华，如"扬州旧梦久已觉"，"秦淮旧梦人犹在"，"秦淮风月忆繁华"等都说明，曹雪芹常常对他的好朋友们谈起曾经经历过的繁华。如果曹雪芹在抄家北还时仅是一个年仅三岁的孩子，他又怎么可能对他的朋友谈起这些他并不清楚的繁华呢？其次，从创作的角度，也有一系列的理由不支持周汝昌先生的推论，在《红楼梦》中，作者对曹家的种种繁华、种种大场面、种种奢华都进行了非常生动地描写。从文学理论的角度看，如果作者自己完全没有这样的亲身经历，仅凭别人的口述和想象，是根本不可能写出来的。第二，脂批也显示，作者和脂砚斋都一同经历了当时的繁华，其中脂砚斋在评点中还回忆了与作者一同读书、听戏、喝酒等一些繁华经历。第三，作者在书中的一些自述也显示，《红楼梦》的创作，带有浓厚的自序传的意味，在第一回开篇的楔子中，此类的话比比皆是：

　　　　此开卷第一回也。作者自云：曾历过一番梦幻之后，故将真事隐去，而借通灵说此《石头记》一书也，故曰"甄士隐"云云。

　　　　……当此日，欲将已往所赖天恩祖德，锦衣纨袴之时，饫甘餍肥之日，背父兄教育之恩，负师友规训之德，以致今日一技无成、半生潦倒之罪，编述一集，以告天下；

　　　　"……须得再镌上几个字，使人人见了便知你是件奇物，然后携你到那昌明隆盛之邦、诗礼簪缨之族、花柳繁华地、温柔富贵乡那里去走一遭。"

      ……其间离合悲欢，兴衰际遇，俱是按迹循

踪，不敢稍加穿凿，至失其真。

  这些自叙都说明，《红楼梦》所叙，不仅带有浓厚的自
叙传的意味，简直就是作者对过去生活的沉痛追忆及忏悔之
作。这些都是采用周汝昌等人的观点所无法解释的。

  但是，如果曹雪芹是曹颙的那个生于1715年的遗腹子，
则在雍正5年（1727年）曹家被抄北还时，（根据各位学者的
考证，雍正下令抄家的文件在当年底下达，则执行抄家很可能
在那年底或下一年初），曹雪芹已经十三岁。那么，他当然非
常完整地经历了曹家的繁华及1727年或1728年的抄家及以后的
沦落。也只具有这样前后巨大对比的经历，才能使他对这些经
历如此地刻骨铭心，据此写下那带有家族史般的《红楼梦》
来。因此，反过来推论，《红楼梦》中的种种繁华记载，以及
后四十回中那写得极具场面感的抄家场面，以及被曹雪芹写出
后又被隐去了的"狱神庙"的种种悲惨经历，都可以反过来加
强曹雪芹即曹颙遗腹子的结论。

  第三，曹雪芹的生日推测问题。

  周汝昌先生根据小说的描写，经过复杂的推论，推测贾
宝玉的生日为农历四月二十六，另外，根据崔川荣先生的研
究，则曹雪芹的生日为五月初八，[8] 此外还有研究持别的
观点，但大都集中在农历四月底到五月初一段时间。我们知
道，《红楼梦》具有十分浓厚的自叙传的色彩，小说中所谓贾
宝玉的生日，实际隐藏的就是作者曹雪芹的生日。前面我们引
述的曹頫在其堂兄曹颙去世时，给康熙帝的奏章写于农历三月
初七，在三月初七时，曹頫叙述是马氏"妊孕已及七月"，

"已及七月"则至少是已七个月，或七个多月。一般怀孕的周期是280天左右，那么马氏生产的时间则大致在农历四月末或五月初。而这个时间范围则刚好是周汝昌及其他一些研究者根据《红楼梦》的描写所推测出来的贾宝玉的生日范围中。

此外，还有一个现象也可以说明，小说中所描写的宝玉的生日极有可能就是作者曹雪芹自己的生日。这个现象就是，小说在第六十二回借探春之口列举了一月、二月、三月谁谁过生日，但是到四月却不言了，在第63回写众人给宝玉过生日，虽然在时令上可以作出大致的判断，但却偏偏不说明是哪一天。这就说明，这是作家自己故意不把明确的日期写出；而作家之所以不愿意明确地把日期写出，是因为他既不愿意杜撰出一个本不是属于自己真正生日的日子，也不愿意把自己真正的生日写在小说中（或由于腼腆，因为他的小说最初都是自己的亲朋在传看），于是就只好来了个模糊处理。因此我们判断，周汝昌先生根据小说的描写所推测出来的贾宝玉的生日，极有可能就是作者曹雪芹自己的生日。而这个被推算出来的四月二十六的生日，恰与曹頫遗腹子的可能的出生日期大致相符。因此，此一点亦可以反证曹雪芹为曹頫遗腹子的结论。

第四，曹雪芹名字的来源问题。

根据朱淡文等人对曹雪芹名、字的研究，也十分支持其为曹頫遗腹子的结论，以下我们将朱淡文先生的相关研究引出：

> 曹頫有子名"天佑"，而曹雪芹名"霑"，
> "霑"与天佑有典籍联系。按照我国古代男子命名表

字的习惯，"霑"与"天佑"极可能乃系一人。……

《诗经·小雅·南山》："上天同云，雨雪雰雰。盆之以霡霂，既优既渥，既霑既足，生我百谷。……曾孙之穑，以为酒食。畀我尸宾，寿考万年。中田有庐，疆场有瓜。是剥是菹，献之皇祖。曾孙寿考，受天之祜。"（"祜"与"佑"通）。
……

且曹家男子命名表字均出自儒家经典，如曹寅字子清，出自《尚书·舜典》："夙夜惟寅，直哉惟清。"曹颙字孚若，出于《易经·观卦》："盥而不荐，有孚颙若。"故曹霑字天佑出自《诗经》很为合理。

从考证的角度看，根据典籍联系推断"霑"与"天佑"为同一人是可以成立的。如曹宣以往不知其名，仅知字"子猷"，1953年周汝昌据《诗经·大雅·桑柔》"秉心宣犹，考慎其相"推论其名为"曹宣"，而当时所见文献如《八旗满洲氏族通谱》和内务府档案等皆仅有"曹荃"之名。1975年冯其庸先生发现康熙二十三年未刊《江宁府志》，查出其中《曹玺传》有"仲子宣"的记载。"子猷"名"宣"方得到文献证实。[9]

笔者以为，朱淡文先生的论证非常有力，曹家诸人既然都依据儒家经典来取名表字，则被视若珍宝的曹颙的遗腹子自然会依据儒家经典来取名表字。且《五庆堂辽东曹氏宗谱》载明："十三世，颙，寅长子，内务府郎中，……生子天佑。"[10] 又我们根据敦诚的诗等历史资料确知其曹雪芹名"霑"。而我们又根据以上其他种种资料分析，则曹雪芹（名"霑"）就是曹颙的那个曾取名"天佑"的遗腹子。

关于此，我们还想就曹雪芹的名、字问题作一些猜想或发挥。

曹颙的遗腹子取名为"霑"，字"天佑"，我以为还不仅仅是根据儒家的经典取名的问题，可能在他的取名上，还寄托着家族的一种祈求上天庇佑的希冀之情。我们知道，曹颙在康熙五十年（1711年）生了一个儿子，可是，这个孩子却没有养大，在康熙五十四年或之前，这个孩子已经确知夭折了。然后在康熙五十三年，曹颙的妻子马氏又已有身孕，但是在康熙五十四年农历三月，曹颙却得暴病身死。我们知道，曹颙死后，曹寅就没有了别的男性后代。所以在这种情况下，甚至由康熙皇帝作主，将曹颙伯父的儿子曹頫过继给曹寅（曹寅于康熙五十一年逝世，曹寅妻健在），以保证曹寅家后嗣有人，并让他继承了曹寅的江宁织造一职。在这样的背景下，在曹颙去世二个月左右时，曹颙的妻子马氏诞下了一个男孩。在这种背景下，这个男孩不真真如是天生"宝玉"吗？因此，整个家族对这个男孩的降生抱着无比的感恩祈求之心愿是可以想见的。我以为，这就是曹家根据《诗经》给这个遗腹子取名为"霑"，字"天佑"的根本原因，他们希望这个上天赐予的男孩"既优既渥，既霑既足"，希望他能够"受天之祐"，一生平平安安。

关于此种猜测，当然我们没有什么硬性的考证材料。但是，我们看《红楼梦》小说中所描写的情形，例如贾母对他的无比宠爱，姐姐元春对他如同母亲般的呵护，以及那个"宝玉"的象征和"宝玉"的名字，就似乎在印证着他的家族对他的这种情感心愿。因为，他是三代单传，曹家唯一的男性后代，况且这个可怜的孩子，在他生下时就没有了父亲。

那么，为什么"天佑"一名（字）后来被曹雪芹摒弃不用呢？我以为，这中间可能包含了曹雪芹的某种心路历程。我们知道，在敦诚、敦敏兄弟，在张宜泉等人留下的文字中，我们得知曹雪芹一系列的名号，计有雪芹、芹圃、芹溪、霑、梦阮等，但唯独不见那个曾经被他的家族寄予了无比希望的"天佑"二字。关系此一谜团，我的理解是，曹雪芹可能很早就摒弃了"曹天佑"这个名字，以至于敦诚、敦敏、张宜泉这些人根本不知道他的这个"字"。至于原因，可能是这个"字"不符合曹雪芹的审美理念，我们看他后来取的一系列名号，例如雪芹、芹圃、芹溪等，都显示出他对自然情趣的热爱，而"天佑"这个名字，则显得大而无当，没有自然的情趣。另外，我们猜测可能也与他和他的家族所经历的苦难坎坷有关。他的家族，在他13岁的时候，就遭到了抄家的打击，家庭的一些成员甚至有过被枷、被关在"狱神庙"的悲惨经历，以至于脂砚斋在看到对这些经历的描写时，他感到"不忍卒读"[11]我以为，在经历了这一系列的苦难之后，曹雪芹应该就不再使用"天佑"这个让他觉得滑稽又不美的名字，而代之以更符合他的审美情趣的"雪芹"一名。

至于为什么他会取名"雪芹"，我以为，这也不是曹雪芹随便为之，应该也是由来有自。在网络上有爱好者以为，曹雪芹名字的由来是由于苏东坡的《东坡八首》中的几句诗："泥芹有宿根，一寸嗟独在。雪芹何时动，春鸠行可脍。"我想，可能不是这样的，虽然诗里面确确实实有"雪芹"二字。理由一，"雪芹"二字的来源可能还是与其名"霑"字具有联系，而苏轼的那首诗则与"霑"字无关。第二，虽然《红楼梦》小说中列举了大量的美食，他的爷爷曹寅还著有一本讲美食的著作，但是没有证据表明曹雪芹或宝玉是一个美食家，而作为唯美主义者的曹雪芹恐怕也不会喜欢诗中的那句"春鸠行可脍"（马上就可以把春鸠肉做成菜吃了）的句子。

那么，"雪芹"一名的由来又是为何呢？第一恐怕确实还是与苏轼有关，苏轼有首名作《和子由渑池怀旧》："人生到处知何似，应似飞鸿踏雪泥。泥上偶然留指爪，鸿飞哪复记东西。……"此外，杜甫《徐步》诗云："芹泥随燕嘴，花粉上蜂须。"，第三，《诗经·鲁颂·泮水》中有："思乐泮水，薄采其芹。"我们猜测雪芹一名的由来或与此有关。其理由是：

一、与他的名字"霑"建立起了联系。我猜测像曹雪芹这样出身书香门第的大文人，决不肯随便因袭他人取一个名字，也不会取一个与自己的出身完全不相关的名字。而现在他从苏轼和杜甫的诗中取名"雪芹"，则既由来有自，又很巧妙此和他的名字"霑"建立起了联系。上面苏轼的"泥上偶然留指爪"和杜甫的"芹泥随燕嘴，花粉上蜂须"，都含有"霑"之意味。

第二，这样得来的"雪芹"这个名字与他的对世界的认识和审美情趣相关。前面我们说过，他本来的名字是"霑"，字"天佑"，但是在社会实际上，他"霑"到了什么呢？他十三岁一家被抄，流离颠沛，"天佑"了他什么呢？所以，他很早就否弃了"天佑"这个既不美又名不副实的字。而现在"雪芹"二字，则非常好地表达着他的世界观和他的审美情趣及其生活实际：首先，"雪芹"一名含有对过往生活的认识，意即他并未在社会上"霑"到什么，天也并未"佑"他什么，如果要说"霑"，他不过就像一只鸿雁和燕子一样，"霑"了一点雪和泥。此外，"雪芹"一名可能还包含着他的某种佛教的世界观，就如苏轼在那首诗中所说的，人生不过就像是一只雪中飞鸿，在"雪泥"上偶然留下一点痕迹而已。这也与曹雪芹晚年的世界观和《红楼梦》中表现的世界观相似。据研究，曹雪芹晚年信奉佛教，在张宜泉的诗中，就称他为"芹溪居士"。第三，"雪芹"一名可能还表现着他对自然的热爱，意即他虽然在一生中穷愁潦倒，并未得到"天佑"，但是，能够如一只飞鸿、燕子一般，沾上一点"雪泥"和"芹泥"，却也是他十分喜欢、愿意的。就如他在《红楼梦》一书的"凡例"中所说："虽今日之茅椽蓬牖，瓦灶绳床，其风晨月夕，阶柳庭花，亦未有伤于我之襟怀。"（据研究，曹雪芹大约在他的最后十年，就隐居到了西山"黄叶村"一带），这样的意思，我们在敦诚、敦敏兄弟和张宜泉的诗中，也可以发现曹雪芹是十分欣赏他隐居处西山"黄叶村"一带的风景，如张宜泉《题芹溪居士》：

> 爱将笔墨逞风流，庐结西郊别样幽。
> 门外山川供绘画，堂前花柳入吟讴。
> 羹调未羡青莲宠。苑召难忘立本羞。
> 借问古来谁得似。野心应被白云留。[12]

从他的自述和这些诗中，我们可以发现他之所以"结庐西郊"，"著书黄叶村"，也是因为他愿意把自己融于美丽的山川自然中。因此，他新取之名"曹雪芹"之"雪芹"，也与他对自然的喜爱更加契合。

第四，我们猜测，"雪芹"之名的由来，可能也与他隐居之所的实际情形相关。在曹雪芹的名字和别号中，有三个与"芹"相关："雪芹""芹圃""芹溪"，因此我们猜测，在曹雪芹"结庐"的门前门后，可能的的确确有"芹圃"（种有芹菜的菜圃），可能的的确确有一条可以"灌园"（浇菜地）的小溪。他就地取材，把青青的菜圃和门前的小溪纳入到他的名字和别号中，正可以表示他对自己所选择的隐居生活的喜爱，而这也是历代的骚人墨客常用的命名方式，例如陶渊明号"五柳先生"，就因其门前有五棵柳树，苏轼号东坡，也因为他在被贬黄石，曾在"东坡"垦荒种地。

因此，根据以上的分析，我们猜想曹雪芹大约在雍正五年被抄家之后，或在隐居西山之前之时，就已经完全抛弃了"天佑"的字，而代之以更符合他的审美情趣、更暗合他的世界观，也与他的名字"霑"具有联系，又与他"结庐西郊"的处所的实际景色相关的"曹雪芹"一名。

最后，我们想探讨一下曹雪芹的"状貌"问题，因为，此"状貌"问题亦与是否曹頫遗腹子问题相关。在《红楼梦》第二十九回，有这样一段关于宝玉相貌的描写：

> （张道士）又叹道："我看见哥儿的这个形容身段，言谈举动，怎么就和当日国公爷一个稿子！"说着，两眼酸酸的。贾母听了，也由不得有些戚惨，说道："正是呢。我养了这些儿子孙子，也没一

个像他爷爷的，就只这玉儿还像他爷爷。"

　　从《红楼梦》的写实风格看，书中的所谓"宝玉"当然就是曹雪芹自己，而张道士和贾母说宝玉像他的"爷爷"，一定也是真实的写照。根据周汝昌先生的研究，小说中对宝玉相貌的描绘，与一些资料中对曹寅的描绘真有相似处。小说第三回描绘宝玉："面若中秋之月，色如春晓之花，鬓若刀裁，眉若墨画，鼻如悬胆，睛若秋波，虽怒时而若笑，即瞋视而有情。"在此处甲戌本有一眉批："真真写杀。"[13]可知小说此处对宝玉的描绘与作者曹雪芹本人的相貌十分一致，不然脂砚斋就不会感叹"真真写杀"。小说中类似的对宝玉的描绘还有第十五回描写北静王见宝玉一段：

　　　　宝玉忙抢上来参见，世荣从轿内伸手挽住。见宝玉戴着束发银冠，勒着双龙出海抹额，穿着白蟒箭袖，围着攒珠银带，面若春花，目如点漆。北静王笑道："名不虚传，果然如'宝'似'玉'。"

　　与上面第三回的脂批相照应，甲戌本在此处又有一条侧批："又换此一句，如见其形。"[14]显然，这里脂砚斋所说的"又换此一句"，是针对第三回的那段描绘而言的，意思是这里不过是换了一种描述，"如见其形"也是如第三回的"真真写杀"一样，即是说这些状貌描写与作者的实际形象十分相似。由此我们可知，真实的作者曹雪芹，长得漂亮、肤白、面如满月，眉目传情。

　　从小说中对宝玉的描绘看，与诸资料中对曹寅的描绘确有近似之处。曹寅诗集《楝亭集》，其舅父顾景星为之作序言："晤子清，如玉树临风，谈若粲花。"又在其序中将其比之为曹植，说："昔子建与淳于生，分坐纵谈，蔗杖起舞，淳于目之以天人。今子建何多逊也！"[15]又曹寅《楝亭词钞别集》中有一首词《女冠子·感旧》，其中自描绘其貌，与小说中作者对贾宝玉的描绘简直如出一辙："……似我翩翩三五，少年时。满巷人抛果，羊车欲去迟。晴香融粉絮，秋色老金泥，妒尔西风内，好花枝。"[16]，"满巷人抛果"是用历史上有名的美男子潘岳的典故，《晋书·潘岳传》："少年时常挟弹，出洛阳道。妇人遇之者，皆连手萦绕，投之以果，遂满载而归。""羊车欲去迟"则用卫玠的典故，《晋书·卫瓘传》：（玠）"总角乘羊车入市，见者皆以为玉人，观之者倾都。"[17]又其词中以"粉絮""金泥"自比，与小说中描写宝玉的"面若中秋之月，色如春晓之花"等皆如出一辙。我们再联系小说第29回张道士和贾母所言，我们可以相信，小说中所言贾宝玉（曹雪芹）的相貌与他的爷爷相貌长得一样，是一件事实。

那么，这对于我们本篇所论曹雪芹是曹颙的遗腹子有什么关系呢？有。如果依周汝昌先生所言，曹雪芹是曹頫的儿子，而曹頫不过是曹寅哥哥的儿子过继给曹寅的，如果曹雪芹是曹頫所生，则从遗传的角度看来，曹雪芹不会如此与曹寅的长相相像；而如果曹雪芹是曹颙的遗腹子，则曹雪芹是曹寅的亲孙子，则孙儿长得像爷爷，在遗传上则是很普遍的现象。我们再联系以上从其年龄、名字、出生年月等方面的分析综合起来看，则曹雪芹为曹颙遗腹子的结论就更为坚实可信。另外，由此分析我们可知，小说中对贾宝玉外貌谈吐等的描绘，都带有浓厚的写实性，而由此使我们可以想见曹雪芹本身的形象风采，亦可算是我们此一分析的意义。

综上所论，我们可以描述曹雪芹的身世生平如下：

曹雪芹，名霑，曾用字天佑，又号芹圃、芹溪、梦阮，为曹颙的遗腹子，祖父曹寅、父亲曹颙、母亲姓马，生于康熙五十四年（1715年）农历四月二十六或左右，于1763年2月12日（农历1762年除夕）去世，享年48岁。

注释：

[1][2]朱淡文：《红楼梦论源》，江苏古籍出版社，1992年版，第127、128页。

[3]周汝昌：《周汝昌点评红楼梦》，团结出版社，2004年版，第62页。

[4]《红楼梦资料汇编》，南开大学出版社，2001年版，第386页。

[5]同上，第12页。

[6]同上，第483页。

[7]同上，第482页。

[8]崔川荣：《曹雪芹最后十年考》，黑龙江教育出版社，2003年版，第382页。

[9]朱淡文：《红楼梦论源》，江苏古籍出版社，1992年版，第128—129页。

[10]同上，第128页。

[11]《红楼梦资料汇编》，南开大学出版社，2001年版，第460页。

[12]张宜泉《题芹溪居士》。

[13]《红楼梦资料汇编》，南开大学出版社，2001年

版，第131页。

　　［14］同上，第248页。

　　［15］《楝亭集笺注》，北京图书馆出版社，2007年版，第1页。

　　［16］［17］同上，第563页。